阅读即行动

与达洛维夫人共度一天

张秋子 著

北京联合出版公司

献给尘白与我的学生们,是你们启发了我。

序

这不是一本研究《达洛维夫人》的学术作品，我也不是伍尔夫研究专家——老实说，我甚至没有读完她的所有作品。

准确地说，这仍然是一本文学漫谈，从《达洛维夫人》开始，进入这部小说的天地，打通小说中无数个洞穴与关隘，将它们串联在一起，然后将视线投向更远的地平线。实际上，这也正是五年来我和同学们一直在做的事。2018年，我开了一门选修课，叫作《二十世纪西方文学》，这个题目非常大，哪怕一节课介绍一个作家及作品，也难以对二十世纪西方文学有什么了解。我一向不太喜欢上概论性质的课，走马观花往往就意味着浮皮潦草。所以，那时候起我就想选一本代表性的作品认真地读，读完之后，至少说起"意识流""现代主义文学"之类的话题，同学们能够有一些切己的、细节的回答。

选什么书作为"二十世纪西方文学"的代表，这当然是很主观的，为了契合一学期18周的课时量与学生的能力（大都是本科低年级的同学），我最后选定的就是《达洛维夫人》。比起乔伊斯的《尤利西斯》来，《达洛维夫人》并不太长，能够在一个学期讲完；比起福克纳等人的意识流作品，伍尔夫相对来说又更好读一些[①]；此外，这些年来，随着女性主义观念的兴起，伍尔夫也更广为人知，哪怕没有完整读过伍尔夫的书，大家可能都听过"一间自己的房间""达洛维夫人说她自己去买花"之类的"金句"。实际上，在这些年的文学教育过程中，我发现绝大多数如雷贯耳的"世界名著"都没有被年轻学子认真读过，更不用提用心理解过，对文学名著的接触往往只停留在对其书名的知晓上。为了让"金句"不再只是"金句"，或者让"名人名言"回归到其生长的文本土壤中，我就想带领同学们把"达洛维夫人说她自己去买花"之后的整个故事好好读一读。

所以，有了这门课，继而，有了这本书。

五年来，我们一次次咂摸着小说中的细节，也一次次以这本小说为出发点，聊到了文学与生活中那些更丰富的话题。这本薄薄的小书被读得越来越厚：最开始我大概半个学期就讲完了全书，但现在，我一个学期还讲不完半本书——书的内容总是包含着阅读者投入书里的东西，当我们的阅读经验变得越来越丰盈，当我们经历的人生故事变得越来越复杂，书自然也就会随之变厚。

上课的方式仍然是我一贯的细读课流程，每位同学都必须带同一版本的小说来到课堂——"文本就是我们的经书"——然后在我讲授每一章节之前，需要随机邀请大家复述情节和细节，只有这样才能保证课堂的讨论与教学的高效性。至少大家都是熟悉文本的，不单单是带着耳朵来听

[①] 这些年，我也开设了《喧哗与骚动》《罪与罚》等的细读课，所以在本书中，这几部作品中的细节也会被更多地谈及和分析。

的,我们也都站在同一条起跑线上。我们这一次读的是一个连贯的、耗时更长的文本,它具有某种排他性,也会形成一个相对更为封闭的阅读小圈子。以往,同学们可以随机地来旁听《堂吉诃德的眼镜》里的内容,因为每节课、每个章节都在处理新的文本和新的主题,但在面对《达洛维夫人》时,则需要付出更多的坚持与耐心。

当然,意识流小说和以往我们谈论过的绝大部分小说都不同,它的情节很难用线性的方式总结出来,所以我会更期待同学们对细节的领受与把握,以及由文本所激发出的他们各异的生命经验。文学的阅读应该是一个动词,指的是它应该加入我们与自我的对话与诘问中,并参与到构建自我精神史的历程中。正是有了每一个各异的个体的回应,百年前的文本才会活过来,一部经典原本的价值只有在附加了一个鲜活读者的价值后,才能被看到。在细读这本书的过程中,我觉得最有生命力的部分也都是每当我讲完文学相关的内容后,得到的同学们的生命经历的回馈。我经常感到纯粹的、"就事论事"的纯文学批评很干瘪,好的纯文学批评固然会产生极大的智力或者审美的愉悦,但在回应我们的处境之惑时毕竟会"隔",因为它始终是把文学当成一个外在于己的知识或者技术来谈论,因而,"我读到的东西究竟和我有什么关系呢"——这成为我在文学教育和文学批评中最关切的问题,这也是一个向内而非向外的问题。

我身边汉语言文学专业的同学绝大多数都不会走上学术的道路(把文学做成学术可能是最远离文学的路径),他们也并不都是饱读诗书的专业读者,很多人在上这门课之前读过的外国文学作品甚至不过一两本(如果本书的读者对外国文学的储备量也不多,同样不必担心)。所以,摆在我面前的任务就是,首先要找到一种有趣的方式让大家感觉:嘿,外国文学还挺好玩,我愿意花时间读一读、想一想;然后,以一部小说为出发点,自然而然地发散到对整个文学世界的复盘与沉思;最后,积极且有效地加入与经典文本的对话中——不再是单向度地、枯燥地研读一部作品,而是借由文本这个他者绕回到自己,把自己的经历、想法、困顿与领悟全都慷慨地交付出来。

聆听文学的最后目的是回答生活。

我想,再伟大的作品都不应该是供奉在神庙里受人膜拜的神祇,相反,它应该成为个体浇筑自我的基石。同样的,再有价值的作品,也不会如孤木般立着就能够释放其全部魅力,只有将其放置在整个文学传统乃至思想传统之林中,加以千百部其他作品的印证,才能被真正地解读和判断。一言以蔽之,文学的理解与解读不是单行道,而是纵横交错的思想图谱。

关于版本的选择,我也多说一句,因为如果读者想跟随本书把伍尔夫的小说好好读一遍,也需要和我们用同一个版本,书中有大量对于细节乃至词句的分析,只有相同的译本才能保证我们定位的一致性。我选的版本是上海译文出版社2011年的译本,黄色封面,由孙梁和苏美所译,这个版本的译名是"达洛卫夫人",但在中文世界中,"达洛维夫人"早已广为传播,故为检索和发音方便,本书中人名也采用"达洛维夫人"。选择这个译本的原因和文学或者翻译毫无关系:因为它最便宜,在网店甚至不到十元就能买到。我非常不想额外增加学生的经济负担,也理解买书从来不是很多人的消费首选项,但为了保证课堂教学效果,我还是希望大家手里能有一本纸质书(同时我也会发该版本的 pdf 给大家),只能择其便宜者而买之。所有人一起翻开同一页,一起讨论那一页的同一个细节,这对一个文学课来说是非常美好的现场。

很多时候,我也会被问到译本选择的问题。冒犯地说一句,我总觉得如果我们不是做翻译研究或者传播学研究,任何一个译本其实都差不多,我相信每一个经典译本也都是译者呕心沥血的结果,也都有其个人特色。逮着一部译本中的误译抨击个没完,无非是傲慢与自负,毕竟译者译对的地方总是更多的。任何对翻译或者语言稍有了解的人也许都会同意,没有翻译能做到百分之百的还原,再伟大的翻译也总是一种"创造性的叛逆"。翻译的困难不仅存在于不同语言之间,甚至还存在于一种语言的内部,因为人们所处的时代、阶层乃至职业的差异,语言本身也在不停流变着,所以,"哪个译本才是最好的"这样的问题显得有些徒劳。读外国文学,有能力的话当然直接读原文最好,但世界上千百种语言,我们又能精通几种? 这时候,选择相信译者并且感激译者就是最优解。我们不仅要像乔治·斯坦纳所谓的"对伟大的作家怀抱感激之情",还应该对所有筚路蓝缕的译者怀抱感激之情。当然,在本书中,我还是会涉及一些词源学的讨论以及对个别译法的检讨,对伍尔夫的许多文本分析也需要还原到英文原文中才能获得理解,读者若手边有一本英文的原著对读,自然更好。

从另一方面来说,如果不想那么细地读《达洛维夫人》,

也可以读读这本书,因为本书并不是《达洛维夫人》的导读、注疏或者句读。很多时候,我所讨论的问题都是以小说中的现象为出发点,继而探讨到这部小说不曾涵盖的范畴。整部小说没有分章,但原文中伍尔夫用分隔符做出过内容上的分隔,一共分为十二部分,正是时钟走完一圈的节奏,显然这并非随机分隔,而是代表了伍尔夫对时间元素的重视。不过,我舍弃了,重新按照我的主题把小说划分成十六个章节,每个章节讨论一个由文本生发继而扩展到整个文学史或者观念史的主题。这些问题是近年来我在阅读和思考中反复琢磨过的问题,也都是我个人的趣味和关切所在。在每一章的讨论之前,我会尽可能详细地概括总结本章对应文本的情节梗概,读者哪怕不去读原文,也能知悉本章讨论的背景。

我有一个野心,就是通过讲述这一部作品,尽可能地触及更为复杂的文学演变、观念流变以及现实生活批判。所以,本书有一半左右的篇幅囊括上述这些内容,和我之前写作的《堂吉诃德的眼镜》一样,虽然在讨论中会涉及大量其他作品,但我都会对作品做简单的介绍,并摘取其中重要的片段分析和细读,读者读来不会觉得陌生。自然,这种介绍不同于传统导读性质的文学介绍,我一般会省略作者信息、历史背景,单纯只讲文本的情节或者技巧,我希望提供一种专注于文本本身的细读方式。对于习惯了阅读作家逸闻趣事的读者来说,聚焦于文本的细读之法一开始可能有些难以接受。我在很多次非校内的、公共场合的细读实验中都遇到过这样的读者。不过,知道再多逸闻趣事,也许还是很难帮助一个人进入文本的字里行间,而实际上,经由细读进入肌理层面的盘剥与啣摸,本身就充盈着足够多的趣味。读者大可不必担心跟不上,文本细读是一门技术,但这种技术不单单靠大量阅读的训练得来,很多时候,它也倚仗一个人的感受力与生活经验。这也是我在课堂上,从很多阅读经验并不丰富的年轻读者身上发现的,他们的灵气与感受,已然奠定了细读的法门。

如果做一个比喻,本书的讲授和写作的方式,类似于依循平面图纸搭建三维空间。平面图纸就是《达洛维夫人》,分析它,解读它,但更重要的是通过它建构起一个更为立体的批评世界。入乎其内,出乎其外,这是我想勉力为之的。

自然,这就涉及怎么界定文学批评的问题。我常常会被问:怎样才能确保我们的解读没有违背作者的原意呢?我们是不是在曲解作者?这是一个非常经典的阐释学问题。在现代的语境中,"作者的原意"其实是一个伪命题,作家并不会在写完一部作品后,把"作者原意"放在宝物盒子里,埋在大树下,看哪个批评者能精准定位,谁挖出来谁就揭开了原意。那样批评就沦为了解密,沦为了作者的附庸。"作者原意"更近乎一种预设的概念,每个作家在创作时当然会有一些确凿想要表达的东西,但是在创作的过程中、在反复的修改中,这些东西会慢慢移位、变形,有时候连作家自己都说不清楚。对于现代读者与批评者来说,就更是这样了,我们总是依据自己能读到的东西来解读文本,而不是依据作者摆出来的东西来解读,所以,重要的是你能读出什么,而非作者写了什么或者没写什么。一个强有力的解释者甚至能为文本带来原本不属于它的内容——批评者令他读到的文字内化,服从于自己的意志,并最终择定文字的某种命运。其实,这并不是现代文学批评者的专利,在科耶夫解读黑格尔、舍勒解读尼采的时候,我们都发现了解读者"六经注我"的痕迹。

从这点来说,文学阅读是一种互动,也是一场博弈。

也就是说,文学批评的本质和注疏或者导读不同,它是一种积极的创造行为。这种创造当然不是天马行空地乱想,我在几年前写的《万千微尘纷坠心田》中曾经总结过,批评所有的创造都不是无根浮萍,作家的文本、日记、书信、回忆录、传记等资料都是切实的依据,依据这些材料,想象力才能飞扬起来。现在,我必须为文学批评再添置一个信条:从根本上来说,一切有抱负的批评所依据的,都应该是批评者成熟的道德立场。是什么决定着批评者选这部作品不选那部作品,解读这个细节而非那个细节?是批评者的审美态度以及道德立场。这些年我慢慢感到,稳定坚忍的道德立场甚至可能比审美的态度更为重要,因为从道德上对庸见、流俗与从众做出冒犯和挑战,所面对的风险是更大的。美国批评家莱昂内尔·特里林有一本书叫作《知性乃道德职责》(*The Moral Obligation to Be Intelligent*),他说的正是有了知性但并不耽于知性所领悟的审美,而是要从道德立场上,向更为具体、真实的世界投去标枪。

我上的文学课与我接触的年轻学子,使我无法沉溺在纯粹学术化的文学评论中闭目塞听,而文学对我的教化又使我必须用一种比以往更激烈和绝对的道德立场做出判断。在这个过程中,我希望评论如人。

目录

一
速度：栗子慢慢掉落
001

二
重力：低垂之手
016

三
浮力：打碎的灯泡
040

四
分心：盘中冷肉
065

五
对折：发光的地洞
093

六
曲线：用脚步制图
119

七
减法：被占的房间
143

八
两极：一分为二的人
165

九
哎哟：刺破手背
192

十
沉默：坟地的入口
219

十一
比例：书籍的刺痛
246

十二
弹性：悬于蛛丝
269

十三
恨意：喂奶与流血
295

十四
阴魂：脚步轻轻
323

十五
磨蹭：迟迟不进
349

十六
两栖：分身有术
372

参考文献
401

一

速度:栗子慢慢掉落

细读内容:第1页
第一句话:达洛维夫人说她自己去买花。

1

2022年秋天,与几位毕业的学生聚会,天色已晚,我寻思让一位住在外地的学生留昆住一晚,她很紧张,那时还没有"解封",她担心第二天一起床就无法离开昆明了——万一行程码变红了呢?她开玩笑说,我们都变成"临时性的人"了,安全也只是"临时安全",就好像那个叫作"糖豆人"的小游戏,主角必须一刻不停地跳到下一层楼梯上,否则,脚下的楼梯就会消融,无立足境。在这个意义上,时间深深俘获了我们,它规定了人的行为与选择,而且,它还变得越来越快。

同时,人们似乎也无法忍受慢了。慢意味着等待,手指频繁戳着电梯的"关门"按钮,它多少减缓了自动关门之前等待的烦躁;慢意味着被按在座位上,但当飞机落地还在滑行时,大家都已经站了起来;慢意味着颗粒感与摩擦,但手机键盘已经被智能机的平滑界面所取代,指腹不再需要与凸起的字符较劲,说不定打字时又节省了好几秒。一切都在顺从我们变快,我们则被掠夺了耐心。

可是,文学偏偏是从慢里诞生的。

纳博科夫有一篇令人惆怅的小说叫《仁慈》。故事中的男主人公是个雕塑家,被塑造成了一个软弱被动的形象。他正经历着一桩失败的爱情,对方嘲弄他、背叛他。男人本来约好了要与女人好好谈谈,可是久等她却不至,站在柏林城墙下两根孤零零的柱子中间,男人终于决定结束等待,他甚至告诉自己:我想从你身上找到的欢乐也不一定只隐藏在你身上呀,世间万物都有呀,这就是"仁慈"嘛。他坐上有轨电车回家,却只听得车顶"砰"的一声。

那是风吹落的栗子轻轻砸在了车顶,又顺着车厢滚了下去。男人开始谛听起来。过了一阵,"砰"的一声,过了一阵,又是"砰"的一声……

小说就这样结束了。有些人可能会因为没法给小说设置"倍速播放"而干着急,不然就可以加快栗子掉落的速度,然后看看最后发生了什么。可是,纳博科夫只是慢悠悠地写栗子一个个掉落,并没有什么"大结局"。其实,当男人在谛听的时候,纳博科夫悄悄告诉我们,他还是不死心,还是不甘心女人对自己的爽约,之前那些关于"仁慈"的说法统统是自我安慰,他默默地等待着栗子掉落,就像默默等待着女人回心转意。所以,栗子只能慢慢掉落,它把男人的等待与痴心拉得像一根游丝般细长,却总也剪不断。也是在这时,文学的美妙到来了。它逼迫我们拾回耐心,好好想象荷马是怎样走街串巷、经年累月记录歌谣的,好好想象福楼拜是如何不断逼迫自己,用三个月写出一段话的。

这也是我想与学生们共读《达洛维夫人》的根本原因:我们对待自己的生活太过草率和轻忽,几乎没有一刻停下来,细数今日的每个片段,好像完全忘了这些时刻是一去不回的。以至于,填满一天的方式和填满十年没什么区别,抛掷这一刻和抛掷这一生也差不多。可是,《达洛维夫人》居然可以只讲一个女人一生中的一天时光!这里面有一种郑重其事的贪恋,它恰恰是我们对待生活漫不经心的态度的反面。

在伍尔夫的日记中,她谈到过这种贪恋痴迷,她的日子照样是"一天天地过去了。有时我自问是否被生活迷住了,一如孩子痴迷银色的星球一般,这是否就是生活?"。于是,她决定把这个星球捧在手中,"静静地摩挲,它溜圆溜圆,沉甸甸的"。因为把玩许久,甚至被包浆,具有了某种永恒的气息。同样的,在《达洛维夫人》中,文学以特有的迟缓让人们悬浮在自己的思绪中,忘了往前迈步。

《达洛维夫人》是反速度的,是缓慢的。

有时,我甚至疑心,这种反速度背后藏着作家对速度的终点——死亡——的深深恐惧。她要通过截停和放大每一个细节,推迟终点的到来,就像福克纳笔下的昆丁,通过把手表摔碎,推迟死亡与溃败的到来一样。毕竟,任何一个读过伍尔夫日记和小说的人,都会被她深切的死亡忧虑所击中。如果你恰好也暗藏着类似的恐惧(时至今日,我仍然会在午夜被自己要死这件事突然吓醒,有如坠深渊之感),那么你也许就会体察到伍尔夫作品的底色,那是贪恋与恐惧的交织。于是,对伍尔夫来说,写作的行为,逐渐变成了一种驯化时间与对抗死亡的可能,对读者来说,阅读的行为同样如此。因此,我们得放慢速度,迟缓细读。

这是读者能对一位作家回报的最大感激之情。

2

小说的开篇在文学史上极为有名,它正是对一个瞬间反速度的抓取:

达洛维夫人说她自己去买花。

之所以有名,是因为它太没头没脑了!它把整个文学传统给掀翻了。

普通读者期待着作者亲切又絮叨地交代背景知识:达洛维夫人是谁啦,她多大年纪啦,眼睛是什么颜色啦,为什么要去买花啦,等等。总之,那些关于主角的身份与历史信息就像蛋糕上的奶油,堆得厚厚的,吃起来才够味。可是,伍尔夫的笔像一柄冰凉的细刀,无声快速地切入蛋糕,把所有腻歪的奶油裱花都抛诸脑后,直接将这个叫作达洛维夫人的人生命中的一个侧切面冷不防地端给了你。

这种甩掉包袱的写法在今天看来没什么大不了的。塞林格在写于二十世纪五十年代的《麦田里的守望者》里蛮可以轻松地说,你们可别指望我去聊什么出生、家庭、父母职业这些"故事式的屁话",但倒推三十年,这么写就暗含着一种挑战读者阅读习惯的勇气。以至于,哈代来伍尔夫家做客时,有点抱怨地说:"现在他们把一切都改变了。我们过去一直以为小说总得有个开头、中间和结尾。我们相信亚里士多德的文学理论。可是现在倒好,有这么一个故事,竟然以一个女人走出屋子而告终。"这种写法上的变革非常具有现代意味,它暗示着作家将穿上"紧身衣",把历史、传统乃至时间的赘疣全部割掉,更加轻盈地挤进现代世界。

也就是说,现代文学倾向于将漫长的故事掐头去尾,只把生命中的某个片段逮住,然后放大它,观察它,将它封装在琥珀中赏玩。人们总说时间如水,仿佛它在平面上滔滔不绝地流过,但小说家改变了时间的水平属性,让它变成了停顿的垂直形态,不断在一个动作、一个状态中往深处扎根,于是,事情的模样改变了。日常生活里,咱们上几节楼梯不过就几秒钟的事,但是,同样是上楼梯,作家的时间单位则放慢到了毫秒,也即一秒钟的千分之一。比如科塔萨尔在《上楼梯指南》这篇古怪的小说里,煞有介事地为读者介绍了怎么上楼梯:

> 上楼时一般应面对楼梯,因为侧身或背对楼梯进行将产生相当程度的不适。正常的做法是采取站姿,双臂自然下垂,抬头(但不要过分抬头以至于眼睛看不到下一级台阶),呼吸须平缓而规律。上楼梯应从抬起位于身体右下方的部分开始,该部分一般会被皮革覆盖,除个别情况外其大小与台阶面积吻合。该部分(为简便起见我们将该部分称作脚)安置在第一级台阶上之后,抬起左边对应的部分(也称作脚,但请勿与此前提到的脚相混淆),将其抬至与脚相同的高度,继续抬

升直到将其放置在第二级台阶上,至此,脚在第二级台阶。

(范晔译)

我在阅读的时候,不由自主地脑补了一出上楼梯大戏,目光与知觉追踪到了每一个动作的细枝末节之处,我开始尽情地想象:手臂垂到哪儿?皮革覆盖的部分是什么感觉?膝盖应该抬得多慢?就像在做瑜伽时,人们被提醒注意自己的呼吸,放松感要从脚趾蔓延到小腿、从腹部到头皮,放慢的文学同样延长并超越了普通的感知,人们三步并作两步上楼时所遗漏的、所放弃的,被放慢的文学——捡起并耐心还原了。

在这些时刻,作家们有一种完全违背功利主义的较真,不仅让我们在阅读中重构时间本身,更逼近了那些大家习以为常的动作与形态的内核,而我相信,事物的内核总是独一无二的。中世纪神学家斯科特斯有个很美妙的拉丁词叫作"Haecceity",翻译成英文更好理解一些,"thisness"——此性,就是这个东西有而其他东西绝对不会有的特性,只存在于此物之中的特性。假如在一部小说里浮皮潦草地写主人公看到了很多花,那么这个"花"还是抽象的、模糊的、没有特性的花,然而,伟大的作家是不会笼统地写"花"的。我常常惊讶于普鲁斯特世界里的精细:没有共相,只有具体,没有模糊,只有"thisness","花"变成了菖蒲花、葛兰花、龙须菜、勿忘我、椴花、凤仙花。在《达洛维夫人》中,"花"是同样具体的:翠雀、香豌豆、紫丁香、香石竹、三尾鸢……在这些时刻,物本身的独一无二性引导读者进入了一个颜色、气味、姿态都确凿的世界，甚至，它们以前是从哪个国度与地区引进的，以后的花期又能保持多久，也都一一变得真切了，事物不再是眼睛匆匆一瞥就滑过去的背景，它们被拽出了隐形的状态，浮现出特殊的轮廓。我以前读武侠小说，总看到"天下武功，唯快不破"的说法，那么读文学大概就是"天下文学，唯慢不破"了。

想来，文学的魅力正在于使一个放慢乃至凝固的瞬间里饱含了关于过去与未来的所有可能。

在几乎没有任何关于伍尔夫知识的背景下，同学们对这句话展开了讨论。迎面而来的第一个问题就是：为什么这句话说的是"达洛维夫人"而非主角的名字"克拉丽莎"？进一步地，为什么小说不取名叫《克拉丽莎》？参与讨论的同学逐渐达成了一个共识，他们意识到，达洛维夫人是克拉丽莎嫁人以后的社会称呼，是一种公共身份的指认，而克拉丽莎则是闺名，是她私人自我和本真自我的体认，在这两者之间，主人公应该更在乎面向公众的自我呈现，也就是嫁给了达洛维后的妻子身份。就像在《红楼梦》里，我们也看不到男性仆从妻子的名字，她们的称呼被丈夫的名字整个地覆盖住了：周瑞家的——指的是周瑞的老婆——赖大家的、林之孝家的，等等；或者现在的很多女性，自我的称谓被孩子遮蔽掉了，她们的名字变成了淇淇妈妈、聪聪妈妈或者更笼统的"宝妈"。大家的这个观察很重要，因为这对后文理解克拉丽莎的许多行为有着决定性意义。我们是不是可以说，伍尔夫要用这个书名和这个开头暗示我们，对于女主角来说，她的本真自我在故事开始之前与开始之时，就被先行遮蔽掉了？

可是，这句话里又有不那么平顺的地方。原句是"Mrs. Dalloway said she would buy the flowers herself"，这似乎暗示着，女主角以往总是有人替她买花的，她大可以事事让他人代劳。但刻意强调"自己"，就把买花的主动性强化了，是她自己，而不是他人，被推到前台、凸显、放大。这也是整篇小说的主题之一：人如何塑造自我、求索自我。这让人联想到伍尔夫那篇著名的《一间自己的房间》(*A Room of Her Own*)里，也采用了这种刻意强调的口吻："own"。我们似乎看到一组矛盾渐渐浮出水面，这个女主角似乎想强调自我，但真实自我的身份又被已婚的社会身份遮蔽了，那么，她总体上应该是一个很拧巴和纠结的状态，在出世和入世之间不断摇摆，很快，我们就会在后文的讲述中验证这个推测。

也就是说，这一个动作的瞬间，对主角过去的经历与未来的渴望都有所提示。

在细读文本时，不妨掂量作家们采用的小小词汇。因为，词汇本身就是有质地、有软硬、有大小的，诗人张枣甚至认为（汉语）词汇是有甜味的。以美国作家麦尔维尔的《抄写员巴特比》为例，主角巴特比对于一切超过他本职工作范围的要求都一概回绝，哪怕只是顺路跑个腿，他的态度都极为强硬，以至于最后被送入监狱，死于其中。麦尔维尔想通过巴特比这个伟大的形象，塑造一个不计代价、敢于拒绝的人，毕竟在现实生活里，大家更多的是言不由衷的接受与同意。按照惯性的预设，这么强硬的人说拒绝的话，大概率会撂下狠话，在中文译文中，他的口头禅是"我宁愿不"。如果不读原文，读者大概会猜测他说的是"rather not"，这个词有一股子决绝的味道,但其实,巴特比说的是"prefer not"。"prefer"(宁愿、更喜爱)这个词则有某种选择的意味,好像我可以选这么做,也可以不选,但是,当我们有得选的时候却仍然选择了"正确"而非"舒服",这反而使得"prefer"有了更压抑住的、未曾言明的孤勇。

此处,麦尔维尔通过一个看似弱的词来表达强悍。

作为中文读者,我们很大程度上依赖于译文,如果有机会对比原文词汇的选用,往往会有意外之喜。我在读乔伊斯的《泥土》时,一开始以为泥土是常见的"soil"一词。这部小说中并没有直接描写泥土的场景,但是让女主角在玩爱尔兰的占卜游戏时,蒙着眼睛摸到了一块又软又湿的东西,周围顿时响起了窃窃私语,人们说起了关于花园的什么事情,还说要把这个东西扔出去。如果中文读者以为这块东西说的就是来自花园的"soil",那么故事就会变得很"实",失去了某些不确定的模糊之感。我在课堂上讲这个小说时,大家一致的反应就是,女主角捏到的肯定是泥土,标题不都告诉我们了嘛。大家也会接受对泥土一词最常见的联想:它代表死亡,女主角很快就要入土了。可是,死亡的主题对我们理解女主角没有什么意义,谁不会死呢?

其实乔伊斯用的词是"clay",在英文里它既有"黏土"的含义,又有"肉体"和"类似于黏土质地"的含义。模糊多义的词汇为我们打开了更为丰富的理解空间;如果,女主角摸到的是一块丢弃在花园里的肉,是否意味着她对肉体的内在渴求?小说多次提到她对结婚的关注,而且她在路上还因为对一位绅士遐想联翩丢了蛋糕;如果,女主角摸到的是她丢失的那块蛋糕(有可能落在花园里被弄脏了),是否意味着她总是在经历丢失与匮乏？小说里的人总在丢东西，不是丢了胡桃夹子，就是丢了蛋糕，要么丢了过去的恩情，人们普遍处于巨大匮乏与丧失之中。总之"clay"一词比"soil"传递出更丰富的可能，这也需要读者花多一点的时间去找原文，比对比对。

好的作家肯定总是词语的炼金术士，哪怕是最寻常最乏味的词语，在他们的笔下也会像一枚落入深井的石子，激荡起深刻的共鸣与回音，所以，无论是《达洛维夫人》还是别的文学作品，我在进行细读时常常想要把一个词、一个动作或者一个写法后面的隐喻搞清楚。因为文学归根结底是关于隐喻的艺术。它如同一枚蜂蜜味的瓜子，故事情节只是壳，意义则藏在果仁里，如果我们像不会嗑瓜子的孩子一样，只是吮吸一下壳上的蜜味儿就将其丢弃，未免可惜，更好的吃法是带着壳的滋味嚼碎果仁，让甜与香混合在一起。

3

小说的第一句话饱含着瞬间的诗学，它一下子就传递了一颗心、一个人、一件事的秘密。也正因为它是对瞬间的抓取与放大、停滞与摸索，所以这一句话可以继续讨论。

——它是怎么说出来的？发出声音来了？抑或是内心独白？跟谁说呢？女仆露西还是她自己？也就是说，这句简单的开场白里，包含着很混沌的东西。这也是小说与电影或者戏剧不同的地方，所有的声音都不是直接让人听到的，都需要"脑补"，而读者们之所以对这种声音的混沌不敏感，是因为太过于把小说当成一种信息和内容来理解，忽略了它本身也是一种修辞,内容如何被讲出来也是重要的。

在读文学作品的时候,读者经常会被作者施的魔法拖入情节的旋涡里。这就导致课堂讨论时,大家常常会忘记是在读一部虚构作品,而是把情节当成了现实来争论。我的学生们为《罪与罚》中马美拉多夫到底是不是"人渣"争论过,为《红与黑》里于连最后忏悔时对贵族的诅咒是不是真的争论过,还为《达洛维夫人》中彼得与克拉丽莎两人是否"意难平"争论过。假如把这些人名与书名抛开,大家看上去简直是在聊班里最新出现的八卦或者最近爆出的社会新闻。但是,在讨论内容与情节时,始终需要留出第三只眼,以旁观的视角来问这样一个问题:是什么诱导了我们,让大家争论不休?

是作者的写法。

其实,很多时候,作者的写法未必会让人争论不休,反而会让人习焉不察,也就是把一些内容看成理所应当的信息交代。这种技巧更隐蔽,也更令人麻痹,读者看完后往往想的就是,哦,知道了。"达洛维夫人说她自己去买花",这句话起到的就是麻痹读者的作用,它仿佛在自我宣誓说:你们可别想多了。但文学批评做的就是"想太多"的活儿。有几次和一位毕业生在微信聊天时,注意到她特别喜欢这样的表达:"老师您能不能帮我看看《醋栗》呗(超小声)""老师您去上课能不能把我带进学校里面(小声)"——这样的讲法会让我感到有两个人,一个人躲在另一个后面,冒出半个小脑袋,把她的心里话(通常自己不太好意思说的)通过前面那个人说出来。

当然,到这里,专业的理论家估计就该扯"隐藏作者"

"叙事声音""自由间接体"之类吓人的名词了,但我想到的是科塔萨尔在一篇极为顽皮的小说《剧烈头痛》里写下的极为顽皮的那句话:"一些句子爬到另一些句子上面。"当我看到与同学的聊天内容时,声音的交织与攀爬、人的多重面孔、闪躲与呈现,忽然就生动了起来。如果我们认同"达洛维夫人说她自己去买花"也是这样的表达,那么也可以想象,更多的句子从这一个句子下面爬了上来,更多的声音从这一个声音背后冒了出来:

有可能,它是克拉丽莎对女仆露西说的,因为后文交代,露西"已经有活儿要干了"。这像一句简单的信息传达。

也可能,它是克拉丽莎大声对自己说的,因为她需要给自己鼓鼓劲儿,她并不能全然沉浸在世俗世界中,她的心态多少有点欲拒还迎,这种心态决定了她的婚姻选择乃至人生。

还可能,它是克拉丽莎的内心独白,因而有了一丝不需要向外宣誓的笃定、一种沉思默想的气质,这与她后文展现出来的胡思乱想的气质是相符的,也反过来印证了她对世俗世界渴望的另一面:精神追求。

所以,谁在讲、讲给谁、怎么讲,这些问题很重要。它甚至会比直接给出的情节更能够暗示出人物的性格乃至命运。也就是说,当内容在大声嚷嚷时,形式在小声嘀咕。有时候,大家会有个错觉,怎么我听得出生活中别人对我的阴阳怪气、言外之意、隐约其词,但却看不出小说的类似伎俩?这是因为小说省略了日常对话中具体的语境、语气、音调乃至神态,只留下最核心的文字。它们以一副骨架的方式召唤着读者去填空,用他的神经、他的唾液、他的火花、他的想象、他的敏感——这当然是有难度的。有一次讲完这句话的课后，有个男生找我来聊。他说，读到小说的第一句话后，他就"琢磨了一下午"，还和朋友讨论了很久，因为他一开始搞不清楚说出这句话的人和克拉丽莎的内心之间的距离；又谈到，自己去读文学理论后似乎有点茅塞顿开，以至于他后来每读一段都要去琢磨，讲故事的人和故事里的人隔得多远这个问题。需不需要用理论来理解文学，当然还是看个人的思考习惯，我会更偏向于非理论的理解方式，用个体的经验介入，但是，我非常喜欢这个男生说自己"琢磨"的习惯。绝大多数人看完第一句话后就滑过去了，没有在寻常里呃摸到古怪，变成了常说的"习焉不察"，而琢磨就是"察"，它可能是阅读文学时最为珍贵的一种准备。

有了琢磨，就有了疑惑，也才有了解答的可能。

所有视角与声音的展开都是有意义的。今年春节假期，我帮助已经年近九十的奶奶整理完了她的回忆录。回忆录的第一句话是这样的："1954年3月8日，一群少女在昆明圆通公园嬉戏玩耍，她们是即将奔赴工作岗位的白衣天使，我是班长，组织大家出来郊游，算是同学之间的告别。"这一句话里有一个明显的观看角度的转变，仿佛先是一个全知全能的视角从远处客观地看着这群少女在嬉戏，我的奶奶也在其中，但是马上，"我"出现了，全知全能的客观视角变成了清晰的自我，故事的镜头仿佛从第三人称拉近，一下子变成了更为亲切的第一人称。我奶奶这么写的时候，肯定没有什么文学技巧的考量，是她的经历与情感让她不自觉地完成一次视角的变化：人在年老回首往事时，因为时间隔得太久远，总会把时光开端的那个自我当成一个客观的对象来描述,当成一个与当下的自我没有关系的人来描述。这就是我所说的视角的意义。

当然,文学家的讲述会比我奶奶的讲述更具有自觉的技巧意识,比如我们来看文学史上最有名的一个例子,来自福楼拜的《包法利夫人》。第一句话这么写道:

> 我们正在上自习,校长进来了,后面跟着一个没有穿制服的新生和一个端着一张大书桌的校工。

几乎所有读者一开始都相信,"我们"是主人公夏尔的同班同学,因为交代得很清楚,大家正在一块儿上自习。但若果真如此,后文中,"我们"怎么会知道夏尔的拉丁语是本村神甫启的蒙,知道他父母不肯送他上学堂,甚至知道他母亲在一家洗染店的四楼为他找了房子?这些根本就是同班同学不可能知道的背景信息——你能说出你萍水相逢的同学或同事家住在哪个小区的几楼吗?所以,福楼拜赋予了"我们"一双流动的眼睛,它有时候钻到同班同学身上,有时候钻到作者身上,然后在第一章结束时神秘地消失了……流动的眼睛跟小说的内容有什么关系呢?它为故事注入了一股灵活的气息,让我们无意识地接受了用每一个角色的眼睛来目睹整个故事的可能性,也就是说,《包法利夫人》是一部被众人之眼环绕起来的小说——回想一下,小说中的人物是多么热衷于凝视吧!

为何要对小说的开篇如此较真?

现代文学是对传统文学的一个告别再出发,作家们多多多少少都交出了控制人物的按钮,让他们不带赘疣地出场,至少,作家们想表达的是,他们并不想比我们知道得更多,所以,无论是从作家的眼睛,还是从我们的眼睛,看到的几乎都是同样的一个人。

于是,站在整个现代文学的开端,当达洛维夫人正独自出门买花,她的兄弟们也零零落落地上路了:

"神气十足,体态壮实的勃克·穆利根从楼梯口出现。"(《尤利西斯》的开头)

"他站在特格尔监狱的大门前,他自由了。"(《柏林,亚历山大广场》的开头)

"在很长一段时期里,我都是早早就躺下了。"(《追忆似水年华》的开头)

"K抵达的时候,天已经很晚了。"(《城堡》的开头)

…………

二
重力：低垂之手

细读内容：第1—11页

情节梗概：克拉丽莎决定去买花，因为女仆露西已经有活要干了，况且这是一个美好清新的早晨，适宜出门。她回忆起从前在布尔顿的生活，推开窗子，也是同样美好的早晨。那时，她才十八岁，站在窗口，"预感到有些可怕的事情要发生"。观赏着景物，直到彼得·沃尔什出现，这是她曾经的恋人，最近，他从印度回来了。关于他的种种，克拉丽莎都记不清了，只记得他关于"卷心菜"的话。克拉丽莎已经来到街头。从一个旁人的眼睛，我们看到了她的外形：轻快，活泼，五十出头，还生着病。街头嘈杂纷乱，却令她喜爱。

这是六月份，战争刚结束，有人欢喜有人愁；克拉丽莎从橱窗里的珠宝联想到了自己生活的珠光宝气，以及晚宴上自己的大放光彩。她突然遇到了老朋友休·惠特布雷德，她表示自己正在"漫步"，而休一家则是刚到伦敦来看病的。休也要来参加晚宴。由于休和克拉丽莎在布尔顿时就相识，她又想起了从前彼得大吃休的醋的场景，就因为自己喜欢休。

在克拉丽莎的思绪中，有一个锚点，不管她飘到哪儿,都会被扯回来,那就是彼得。她总是断断续续地想着彼得,彼得不关心世俗世界,对花草、小女孩一概视而不见,一味指责克拉丽莎会变成一个庸俗的妻子,她天性如此。这令克拉丽莎哭泣。现在她确实是一个妻子了,和丈夫理查德相敬如宾。她气的是彼得和别的女人结了婚。

走在街头,她把自己想成一把刀子,又想象着自己的死亡。自然景观,雾气、树枝成了她死亡想象中的对应物。她来到海查德书店,透过橱窗,读到了书上莎士比亚的诗句:"不要再怕骄阳炎热,也不怕隆冬严寒。"没有书适合送给休病中的太太。她继续漫游,想象着另一个可能的自己,没有孩子,容貌举止也变了。在邦德街头,她看着橱窗里的东西,觉得"这就是一切"。

沿着邦德街继续走,她心怀怨气地想起了基尔曼小姐,她贫穷、乐于付出,反而让克拉丽莎觉得充满了优越感,她不理解女儿与此人的交好。(基尔曼小姐与死亡是克拉丽莎出门后想到的两件不愉快之事。)心烦意乱之际,她进入了马尔伯里花店,欣赏着里面的一片繁花似锦,正在挑选时,窗外传来一声——"砰"。

1

这些年,我变得越来越迷信。

总觉得人决定做什么事,选择和谁结婚,乃至最后成为什么样的人,都是按照冥冥中写好的图纸施工的。像很多人一样,我年轻时读萨特读得痴狂,他那些"把自己投到未来"的话我简直倒背如流,深信未来会由自己手里的砖石一块块垒高。尤其考研成功让我有些忘乎所以了,觉得"天道酬勤"真是没错,一切成功都可以归因于自己的努力与规划。现在,反倒很犹豫,因为有一些东西被记忆忽略了,比如十多年前考研竞争根本没现在激烈,比如复试时我是作为最后一名侥幸入围的……运气和机会,那些我无法把握的东西,同样塑造了我的过去。很可能,我们以为可以选择人生,其实只是在毫无自知地履行着"被选择"。

每到毕业季,大家就会陷入焦灼,好像有很多条路摆在面前,但是不知该走哪一条。这时,我经常成为被求助的对象,帮他们筛选,最合适的是考编还是考研还是出国。一开始,我很胆怯,总觉得无法负担为别人选择的责任,只能推给我的老相识萨特,用他的话告诉大家,不管选什么,都必须自己承担,也都是有代价的。这几年才突然自哂:你真是够自大的!最终,所有人都会领受自己的命途与星辰,好像有一股重力坠着他,时间一到,让他自然而然走到那个位置,跟你又有何干?虽然,这个过程可能会几经辗转,但终点是昭然的。中国人爱说"性格决定命运",到底是不是性格很难讲,但是"性格"一词,是源于希腊文的单词"character",意味着铭刻(engrave),有一些东西似乎是注定写在了人的性命之中。

在屠格涅夫一篇很短的小说里,我曾看到过这种铭刻好的命运的重量。

这是一篇叫作《白菜汤》的故事。一个农家的寡妇刚失去了她的独子,地主太太来看望她,寡妇正在家里喝白菜汤,一勺一勺地从漆黑的锅底里舀起汤来,再吞进肚子,"她的左手无力地垂在腰间"。地主太太惊呆了,怎么孩子死了还能喝下去,回想自己的小女儿死了的那个夏天,她可是不愿意去美丽别墅度假的。她终于忍不住问,你怎么胃口还是那么好?寡妇说,孩子死了,固然是心痛,但汤里毕竟还有盐呢。

你平时是怎么喝汤的呢?一只手捧着碗,一只手拿着勺子?一只手滑着手机,眼睛瞟着屏幕,另一只手端着碗?还是干脆两手捧碗,仰头大喝?总之,不摸碗的那只手不太可能闲着,更不会低垂下去,无力地悬在腰间。这个姿势告诉了我们什么?农妇的痛苦。她并不像地主太太以为的那样,把盐巴看得比亡子重;也不像一些读者以为的那样,把活下去的本能看得比丧子的悲哀还重。对她来说,吃东西已经变成了一种机械的、无目的的行为,并不暗含生存的渴望,至于她心疼盐巴的说法,更是近乎一种贫困生活造成的无意识的节省。她的悲痛秘而不宣,但决定了她整个人最基本的底色,痛苦感如下坠之力,牵引着她的整个身姿。屠格涅夫最妙之处,在于写出了她自己都未察觉这种重力——这和很多人是一样的。

如果我们相信每个人身上都有这种重力,它牵引我们,决定我们,构筑我们的底色,并把我们推到最终会落脚的位置上,那么,《达洛维夫人》中,克拉丽莎的命运也是预定的。她必然会选择理查德做丈夫,必然会选择更为世俗的生活,必然会选择成为一位珠光宝气的中年太太,必然会作为"达洛维夫人"而非"克拉丽莎"出门去买花。因为,这些选择其实都是她生命的天平上已然摆好的砝码，它们朝同一个方向压下去。

这一章，我想聊一聊文学的重力。它有个更通俗的名字：宿命或必然性。

2

在这个细读部分中，有两样东西压在了克拉丽莎的天平上：花和卷心菜。

在原稿《邦德街的达洛维夫人》中，本来写的是"达洛维夫人说她会自己买手套"，怎么后来变成了买花呢？消费社会中，购买行为带来了幸福感，有钱人不再像以前那样被各种仆从包围，而是被各种物质包围了。用充满世俗乐趣的购物开篇为整个小说中克拉丽莎的形象定了调：她的生命重力必然朝向"接地气"的那一面，朝向由购物与生活琐事组成的那一面，不然，伍尔夫完全可以在开篇写她在祈祷、阅读或者沉思，而不是多次写到她徘徊于橱窗之外，目睹玻璃后面混在一起的必需品与过剩品。这就是我说的生命的重量，它是一个人所有行为中最具有代表性的那个，它也是面对一道 MBTI 人格测试题时，犹犹豫豫或者毅然决然，你最终总会选择的那个选项——一个 i 人永远不会选择 e 人的选项。

进一步来说，手套是死物，是人造品，花则是有生命的，是活物，或者说，花曾是活物。手套会产生隔绝感。与伍尔夫差不多同时代的恩娜·谢泼德在游记《活山》中讲过一个细节，当她要去登山时，一位魅力十足的贵妇要求她把手套放下,不要带出去,因为"你的手不需要这些东西,许多力量只有通过双手才能来到我们身上"。手套隔绝了自然。我在侍弄花草时,一开始也会小心翼翼戴着橡胶手套,但它剥夺了手指的灵活性,让手上的皮肤无法呼吸,所以,我干脆把手套一丢,开始徒手接触土壤,只有在这个时候,土壤的湿润感、根茎的粗糙感才会涌到手上。也许正因此,伍尔夫打定主意把手套换成花,花暗示着购买者克拉丽莎的生命力。毕竟,花是伍尔夫最喜欢的文学意象之一,光"玫瑰"就在她笔下出现了250次之多,直到现在,仍然有她的粉丝热情地为她建造植物学网站,收录她所提及的各种花卉。

从手套到花,这一处微小的改动表明了作家的决心:她要把生命活力锚定在克拉丽莎的身上,她必须活下去,这也是小说最终的结局:她确实活下去了,而另一个主角赛普蒂默斯代替她死去了。小说中的重量不仅会藏在微小的改动中,也会藏在文本里那些看起来突兀、怪异的细节中,它们如支棱起来的胳膊肘,冷不防地捅了捅读者,引发注意。

在舍伍德·安德森的《母亲》中,儿子的全部生命重量藏在一张书桌里,它是儿子房间里的那张"由厨房餐桌改成的书桌"。为什么非得强调是餐桌改成的书桌呢?因为这张不起眼的桌子标志着精神追求与庸常的分道扬镳,当母亲还沉溺在庸常的日常生活中时,儿子已经开始探索母亲所不能理解的精神世界,这样一来,小说结局儿子的出门远行就是必然的。在《包法利夫人》中,艾玛的全部生命重量藏在一个小小的钱包里,那是艾玛还在修道院读书时看到的一幅画,画的内容无非是符合她浪漫想象的男女缱绻,青年男子抱着一个白衣少女。可是,福楼拜多写了一笔,说

"女郎的腰带上还挂着一个钱包"——一个钱包出现在爱情画里是多么突兀和煞风景,福楼拜偏偏要通过这个看似扎眼睛的钱包告诉我们关于艾玛生命重力的全部秘密:她再怎样陶醉于情欲轻盈的欢愉,最终都会死于沉重的经济变故。

花在整部小说里处于动态之中。

小说有四次写到买花行为,每一次都使得花更接近于凋敝、脱离土壤、隔绝自然的状态:第一次克拉丽莎去买花时,花刚刚摘下,在马尔伯里花店里姹紫嫣红;第二次是雷西娅去买花,她从穷人手里买下来,差不多都快凋谢了;第三次则是理查德买了一大把花,却包在"薄纸"里,彻底隔绝了土地与自然。花本来是伍尔夫最喜欢的意象之一,它深深代表着她的生命渴望,但三次买花的递进结构却让死亡的气息逐渐增强,最后指向了文末赛普蒂默斯的自杀。显然,文学不一定模仿生活,但总是在模仿死亡,当这个幽暗国度没有给人类提供任何概念时,文学会主动用具体的意象为它赋形。有时候,一个很小的意象就足以揭示人类全部的幸福和需要经受的痛苦,就像卡夫卡笔下那个少年人右侧臀部裂开的伤口,既像一朵玫瑰,又涌动着蛆虫,既昭示着死亡,又召唤着治愈。

所以,花被摘下,为消费的世俗快乐带来了一丝犹疑,因为它会很快枯萎、败坏,与世俗的物质痴迷构成正反面的死亡也正是在此时入场了——克拉丽莎从一开始就"预感到有些可怕的事情要发生"。也就是说,花在标记克拉丽莎生命的世俗乐趣与活力时,也在预告不祥,另一位主角的自杀其实在小说的第一页就埋下了伏笔。

做文本细读的时候,最需要留意的就是重复出现又微不足道的意象。包藏作者苦心的重复意象是一种文本中以小博大的嬉戏,它们往往会用最轻盈的形态激发出最具有牵引性的重力。《包法利夫人》中也有一个不起眼的物件,那是一座神甫诵经的石膏像,福楼拜一共写了它四次。最初是在女主角艾玛新婚典礼上出现,仿佛是在祝福她的婚姻,但随着故事推进,每一次都比上一次更破败。最后因为在搬家时车辆颠簸,它掉了下来摔得粉碎,艾玛此时对婚姻的忍耐也走到了终点,最终选择了出轨。也就是说,这尊石膏像为不可见的生命重力赋予了形态,让我们得以追踪艾玛婚姻状态急转直下的轨迹。每一年细读《包法利夫人》的课堂上,这都是一个令人兴奋的挖掘点,当一位同学得意地分享着自己反复阅读捕捉到的石膏像细节时,几乎所有人都会被他的兴奋所感染,那不啻勘破一桩小小的密案。

自然,对于只读过一两遍的读者来说,这些细节太过于隐秘,难以察觉,毕竟人们在初读一部小说时,注意力大多放在接收信息上,只有事后反复琢磨,才能在接收信息的基础上处理信息。也有一些读者觉得,就算我没注意到买花或石膏像,也不妨碍我理解这些人下坠的命运啊,但是,也许这会多少失落一些切入文本肌理的快乐。会做饭的人都知道,盐是让食材吐出水分的好办法,萝卜茄子抹上一把盐,蔬菜的水分就会穿过细胞壁渗透到盐水中,食材也就会变得更加紧实。对于文学的阅读者来说,自己的手里也需要握一把盐,与文本交换,让文本吐出秘密。

再来说卷心菜。

克拉丽莎第一次回想起旧日恋人彼得时,表述得很有意思。她谈起关于他的过往,说都已经烟消云散,但是偏偏记得他说的关于卷心菜的话——"我喜欢人,不太喜欢花椰菜(cauliflowers)"。不过,在克拉丽莎的回忆里,变成了那些"关于卷心菜(cabbages)的话"(有的译本中是"白菜")。为什么偏偏只记得这句,而且还把花椰菜记成了卷心菜?细微的差别意味着什么呢?

记忆自有其意愿,它会删除、模糊、扭曲,但留下的肯定是人最珍重的东西。对克拉丽莎来说,和彼得聊了那么多话题,但是她只记住了跟日常生活有关的蔬菜,也就是说,老老实实过日子的愿望牵引着她的生命重力。伍尔夫有意把玫瑰与蔬菜安排在一起,在后文中她甚至描绘"它们被栽种在同一个花园里",但克拉丽莎二选一的结果还是菜。而且在她的记忆中,尚带有花朵含义的花椰菜最后变成了再寻常不过的卷心菜,一词之易,让诗意彻底消失了,柴米油盐逐渐吞没了沉思。

毕竟,与缥缈的沉思相比,卷心菜是更有重量的。

小说中关于物质的描写往往有几个作用:它会为抽象的内容注入一丝实心的感觉,把寓言式的主题压实。我很喜欢看卡夫卡长篇小说里关于食物的描写:黄油面包、熏板肉、8字形椒盐脆饼、沙丁鱼油、小蜂蜜罐……它们会为整个小说扭曲恐怖的氛围涂抹上人间的气味。物质描写还能为整个小说构建一个不明显但是必要的背景墙,让人物的行动得到依托,背景得到解释,不至于变成真空中的纸片人。读者看到磨损了的地毯、桥梁的照片、松脱的墙纸(来自伍尔夫早期的小说《夜与日》)时,就和作者达成契约:我相信你笔下的角色是在这个空间里活动的,而且,日子过得不怎么样。当然,物品还有最重要的作用,它以实体来隐喻不可见之物,这里说的当然就是福楼拜笔下那只著名的晴雨表:在《一颗简单的心》中,它躺在钢琴上方,测量出了我们肉眼看不见的大气压,而这种压力就如同生之重负一般沉重地压在主角身上,使她一辈子劳劳碌碌却一无所得。

也就是说,小说中的物质实体是具有重量的,同时又是隐喻的、轻盈的,这样,我们也就能理解伍尔夫笔下这颗圆圆的卷心菜,它的重量压低了克拉丽莎天平的一端,又隐喻着她的人生到底和彼得不同,她被牵引到了一个更务实也更日常的世界中。这也才能解释,为何彼得会大骂她是平庸的,而她有时候也觉得彼得"叫人难以忍受,没法相处"——他们在精神气质上,似乎是背道而驰的。然而,克拉丽莎在婚后,还是会频繁地想起彼得,这不是说她余情未了,而是说明她的内在矛盾:彼得身上有她可望而不可即的气质,而她对目前的生活是不甘心的。

所以,我常常觉得这部小说是一部"中年之书"。

因为只有中年人才会有强烈的不甘。与年轻人相比,中年人的不甘之痛在于,他们已经没有时间"翻盘"了,一切基本上都尘埃落定。我时常会和中文系的学生谈及"如果"这个话题:毕业如果不去做中小学老师,最想做的是什么呢?他们提到过"网红"、入殓师、咖啡师、小卖铺老板、自媒体等等。学习中文专业的四年时间其实也并不算长,大有机会从头再来的,也就是说,对于年轻人来说,选错专业、爱错人、入错行都不是天塌下来的大事,因为沉没成本没那么大。可是对于一个已经投入大半生的中年人来说,日子每过一天就是多一天的积重难返,跟他们谈起推倒重来简直是残忍的。

所以,只剩下了不甘心。你希望走那条路,但是生命的重力却推着你走上了这条路,你在这条路上花了大半生的时间,回首从前,发现还是意难平。生活中的遭遇可能会影响一个人的兴趣、偏好、节奏,但却不可能改造一个人天性里最根本的决定性力量——命运的重力。人甚至会参与制造那些在自己身上发生的事情,有时候你已经觉得是有问题的,甚至是痛苦的,但还是只能不撒手地一直做下去,这仍是重力的牵引。

总体上,读者在小说中感到的是一种宽容而略带嘲讽的基调,人们在形而上与形而下的世界里不断折返、试探与碰壁。当克拉丽莎被判定为庸俗的尖酸时刻,伍尔夫又总会加入人物的自哂,克拉丽莎会笑话自己折腾来折腾去是为了什么呢,也会带着不甘期待另一种人生。这种自嘲或不甘的语气,冲淡了尖酸,使得整部小说的气息趋于酸碱平衡:批判终是带着爱意的,沉溺里也总有自我反思,每个人都只能过他注定的生活,没有谁应该遭到轻视;所有人都多少沉沦在自己的苦涩与喜乐中,没有更高级的也没有更低级的。珍惜值得珍惜的,哀悼一切逝去的,这可能是生活自带的重力。

3

设想这么一个场景:

一名单身母亲带着两个女儿过活,大女儿乖巧懂事,二女儿则不受待见,母亲怎么也喜欢不起二女儿来。这天,早

餐时分,三个人围坐在餐桌边吃饭,二女儿开始吃自己的那份面包:

> 从自己那杯牛奶里,把浸泡过的长长的一条黄油吐司硬皮捞出来,牛奶还在往下滴,就拎向她伸出的嘴巴。

(孙仲旭译)

读者可以试着猜一下,这一幕是从谁的眼睛看到的,又带着什么样的情感。我认为这是母亲看到的,她看得那么细,是因为她嫌恶得那么深。也就是说,小说家不需要写太多解释性的废话——"母亲带着厌恶的眼光看着二女儿吃面包,狼狈邋遢的模样让她感到恶心"——只需单纯地把场景本身写出来,就足以让读者感觉到人物之间的情感状态。这个场景,来自理查德·耶茨的《复活节游行》。耶茨之所以相信读者肯定能领会该场景背后的情感,是因为他深谙:目光是沉重的,他人的目光往往带有强烈的判断,它甚至比语言和动作更有力。比如说你在地铁里看到一个大汉在开着公放听云南山歌,手里还捧着韭菜合子吃,你想上前喝止又怕打不过对方,就会选择用目光冷冷地凝视和审判他。也正因为人们觉察到他人的目光是带有评价的,所以"你瞅啥"才会变成一句不满的回击。

在本细读章节中,克拉丽莎生命中的重力不仅体现在她对庸常生活的最终选择,也在于她自愿背负了他人沉重的目光。别人的目光构成了她生活的意义乃至重力。说白了,她总是活给别人看。

当她遇到休时,她用休的眼睛来自我打量,"莫名其妙地想到自己的帽子,兴许不适合清晨戴吧";她渴望在走进屋子时,"人们一见她进来就高兴啊";甚至,她幻想自己有某夫人的外貌、某夫人的举止,因为她的容颜正好相反。

他人的目光总是饱含着深切的道德或者审美判断。

我曾看到孙隆基的一个妙论,说中国人是一个非常重视吃的民族,所有的感受几乎都可以用饱含口欲色彩的"吃"来言说,吃不消、吃力、吃苦、大吃一惊、吃紧、吃水线等等。我觉得把口欲之"吃"换成目欲之"看",好像也是成立的,看轻、看扁、看重、看淡、看破、看不下去、看中、看好、看齐、看跌……反正,看这个动作,总是与被看之物建立起一种充斥着审美、情感、价值的复杂认知关系,而且,两者之间往往是不平衡的,被看的那一方要么就是被抽去了价值,变得轻了、扁了、跌了,要么就是被赋予了价值,变得重了、符合心意了、值得期待了。两股力量始终在看与被看者之间博弈。有时候,下课后会有女生跑来跟我聊天,说自己今天很开心,终于鼓起勇气穿了露脐装,虽然会露出肚子上的肉肉;还会有女生和我说今天来教室里没有刮腿毛,就这么来了,感觉很自在……当她们这么描述自己的时候,我感觉到她们在努力和另一种牵引力量较量,和那种社会公认的什么才算是"美"的话语权力较量。这是一种非常具有塑造性的力量,它出现在别人对你的打量中,传递的则是一套"白瘦幼才是美"或者"进行体毛管理才是美"的整齐划一的观念。

布罗茨基有个特别迷人的概念叫作"小于一",谈的正是对社会把人塑造成整齐划一的力量的拒绝。每当步调一致的命令出现时,他就想躲在"自我"那个小小的躯壳里,永不停歇地观察着四周正在发生的一切。这个小小的我,比社会要求的统一的"我"要小,却永远不变,时间的流逝不会将其耗损分毫。对于克拉丽莎来说,她的存在则可能是"大于一"的,是重力过载的,因为那个小小的我太过于游移不定,所以只能用各种关于自己的幻想与来自他人的目光往上加码,几乎使她不堪重负。于是,她开始用漫不经心的口吻自欺:

> 一旦结了婚,在同一所屋子里朝夕相处,夫妻之间必须有点儿自由,有点儿自主权。这,理查德给了她,她也满足了理查德。

我们的同学在读这句话时几乎都被骗过了,他们认为克拉丽莎获得了理想又松弛的婚姻。其实我头几次读时,也以为这句话是伍尔夫本人婚姻状态的投射,甚至引用过不少描述这对夫妻情感的资料来进行解释。后来我再反复读这句话,才觉察到里面一丝无可奈何的自欺,当我们无法得到真正渴望的亲密情感时,会退一步称之为"有点自主权",就像人不得不妥协时,他会告诉自己这是"成长"。所以,紧接着这句话,伍尔夫又写道:"譬如,他今天上午在哪儿?在什么委员会吧,她从不过问。"亲密关系中的疏离与彼此不理解,被克拉丽莎的自欺包装成了一种相敬如宾。

因为,这样的婚姻才能在其他人眼中获得尊敬。①

自欺者往往需要包装才能自我说服。

在美国剧作家田纳西·威廉斯笔下,自欺者用的道具是一个纸灯罩。名作《欲望号街车》中,已经破产并且滥交的南方淑女来投靠妹妹,妹妹此时已经嫁了一个粗俗的米兰人。姐姐始终摆出一副对粗俗无法忍受的态度,她每天都洗澡换衣服,还把妹夫称为没有被文明洗礼过的原始人,这些行为能够帮她建立良好的自欺幻觉,仿佛还活在有着廊柱的南方庄园中,一位富有的绅士终将把她娶走。但是,威廉斯特别残忍地用一个细节揭穿了姐姐:纸灯罩。布兰琪讨厌光秃秃的灯泡直射光芒,觉得没有美感,像妹夫家一样粗俗,所以她要求为灯泡装上一个纸灯笼作为罩子:

> 我从来都不够坚强也不大能自立。当你不够强的时候——软弱的人就必须得光彩照人——你就必须得披上软弱的亮彩,就像蝴蝶的翅膀,还得——在灯泡上罩上个纸灯笼……

(冯涛译)

---

① 伍尔夫写婚姻最大的特点,就是她是以一个现代人的视角进行着审视。我们经常会在奥斯汀或者盖斯凯尔夫人笔下读到那些彬彬有礼又克制的两性关系,男女不会因为激情而破坏了恋爱的仪式性流程,也不会让对方窥见自己的想法与感受。因为在传统时代,向对方托付终身的活动需要满足一系列社会标准的评估——七大姑八大姨可能都会参与到评判与审查求婚者的过程中,但这并不是现代人理解的"家长里短、热衷八卦",而是整个社会以及家族都无意识地试图要求,婚姻带来的东西应该是情绪、关系乃至财产的稳定性,而非激情可能产生的不确定之感。一个等待夫婿的女性的态度不过是包裹着她的社会道德与禁忌体系的延伸。自然,对于经历着现代生活洗礼的伍尔夫来说,这种被他人之眼所审查和要求的两性关系却明显已经过时了,一个现代人在她的身体里立住,向读者揭开了克拉丽莎包装给别人看的婚姻的面纱。

纸灯罩让人想到什么呢？

易碎的、脆弱的、不堪一击、幻影般的……在戏剧结尾，当姐姐的自欺与骗人被揭穿后，妹夫发现她无依无靠，就把她强奸了。在此之前，他做了一个有象征意味的动作：把纸灯罩扯了下来，好看清姐姐的脸。请注意，这里再次出现了残酷的目光，撕下灯罩的目的，是要把自欺的姐姐看个清楚，揭发出赤裸的真相。姐姐的悲剧在于她为了迎合他人的目光而自我包装，但最后也毁于他人的目光中。实际上，在司汤达和詹姆斯的心理小说以及易卜生和奥尼尔的戏剧中都有这样的人物，他们的自我理解没有充分与外在世界的动态达成一致。比如，剧中人觉得自己幽默大方、广结善缘，其实则是众叛亲离，又或者，剧中人认为自己总是为别人着想，但其他人的反应则恰恰相反。

显然，好的文学作品会提供一种观看的参差感，就像天文学中所谓的"视差"，也即从保持一定距离的两个点观察同一个目标时所产生的方向差异。在文学中，这些视角互不兼容，不可化约，动摇了一个人的自足假象。

在这个细读章节中，伍尔夫并没有一味地把克拉丽莎塑造成一个彻底活在别人眼中的愚蠢角色，她也试图提供一种"视差"，用来纠正克拉丽莎被目光重力牵引的身姿。所以，每当她不由自主地倒向别人的目光时，伍尔夫就要颇为残酷地为她补上另一种纠正的目光，似乎要把她的失衡拉回中轴。克拉丽莎对自己的回忆是"十八岁的姑娘"，仿佛是永远的少女，但通过一个朋友的描述，她被残酷地呈现为"五十出头"的女人，带一点鸟儿的气质，花店里已经"见老"的皮姆小姐则第二次从他者的视角提示着她的衰老;当她幻想自己在晚宴上会如何珠光宝气、大放异彩时,彼得却又在一次次争论中,批评她只是一个楼梯顶上迎宾的俗妇。这样一来,伍尔夫就保证了克拉丽莎身上有反思、自观与顿悟的可能,她也因此会有下面的烦恼:

> 她多么渴望使人们一见她进来就高兴啊!克拉丽莎这样思忖着,又转身折回邦德街。她心里又泛起烦恼,因为做一件事非得为他人是愚蠢的。

克拉丽莎处于一种摇摆的状态中,宿命的重力和他人的目光拉扯着她倒向一侧,不甘与忽然闪现的反思又试图将她掰回来一些。于是,在整部小说中她始终处于顿悟的边缘,那顿悟如风中之烛,忽明忽暗,却从未真正照亮过整间屋子,甚至在赛普蒂默斯死时依然如此。出于同情之理解,伍尔夫不愿像神一样蹲在人物头顶沉思,而是以一种旁观的方式,从生活中借来一个原型——克拉丽莎这个形象与伍尔夫儿时的朋友凯蒂(Kitty Maxse)非常相似[①]——让其在小说中获得一种美学的膨胀与复杂性,进而邀请读者用个性化的阅读称量这个人物性命中的重力。至于克拉丽莎到底是什么样的角色,你自己说了算。

---

① 她死于 1922 年 10 月 4 日,从栏杆上跌下,伍尔夫认为她是自杀。

4

文学技术也有其重力。

我在黑板上画了一个大大的蓝色圆点。请大家尽情地去幻想凝视这个圆点时脑中冒出来的东西,然后用关键词的方式速记下来。我从同学那里得到了如下内容:

> 一个蓝色的圆　地球　从井里看到的天空　一张蓝色的膏药　卫生巾的广告　一倒水就会变成蓝色　这个圆球呼应着桌面的蓝色　如果是绘画我会把这个圆分析为它在呼应这个环境里的蓝色　它是独立在泛黄墙壁之外的　悬浮在这个温暖的环境里　只能听到教室之外微弱的喧闹声　感觉到自己的手因为热水而温热

或者:

> 一首歌——太阳可以是蓝色的吗？　爱伦·坡《红死病的假面》——蓝色的窗户　很喜欢的颜色　有一部电影《圆圈》　昨晚看了一部叫《超脱》的电影——眼泪也可能是蓝色的吧　我在落笔的时候,觉得这一幕似曾相识——手机屏幕闪了一下

到这里,可能你已经会心一笑了——我们在模仿伍尔夫的名篇《墙上的斑点》。文章的开篇,伍尔夫这样写道:

"大约是在今年一月中旬,我抬起头来,第一次看见了墙上的那个斑点。"整篇文章,正是在呈现由这块斑点引发的各种思绪。只不过,当同学们在捕捉自己脑海中的思绪时,可能早已忘记高中学过的这篇散文,毕竟,让中学生去"学习"意识流这个概念,并不是什么可供消遣的活儿。此时,他们虽然答不出对于"意识流"的各种学术性的定义与概念溯源,但他们已经在实践和感受这种写法。

由此,我们会发现几个特点:首先,意识的内容往往是跟个人的经验相关的,是具体的。如果你正好在读罗翔的《圆圈正义》或者正好看了一部电影《圆圈》,那么你的意识会很快找到附着点。现象学会把这称之为"意向性",也就是人们的意识总得关于什么——about something——脑中一片澄明反而是需要训练的。用伍尔夫自己的话来说,心灵所接纳的万千印象犹如"不计其数的原子在不停地簇射",但是簇射总是有靶心的;而且,这个念头与那个念头之间的跳跃并不是全然无稽的,它们之间可能暗含着一种勾连。比如你先是想起了高中时读过的《墙上的斑点》,进而想到那是高中时难得的闲暇时光,继而自问,现在会比高中时调节负面情绪的能力强吗?一种暗中的严密逻辑将不同的念头勾连起来。最后,大家也都承认,我们无法把所有思绪全部抓住和写下,当开始写关键词时,总有一些念头溜掉、消失了,而写下的内容多少有点刻意创造乃至编造的味道。

其实,这就是意识流文学的特点——我们无须搬出任何权威的定义,只需感受自己创作时的状态。它的核心是人的经验,虽然套上了一种看似玄虚的思绪外壳。也就是说,每个人具体的经验构成了各自飘散的思绪的地基与重力,无论你的思维飘到哪儿,你都会被自己经历过的事所牵引。

在这个细读部分中,伍尔夫对克拉丽莎意识的塑造很大程度上调动的正是她自己的人生经验。人们经常引用她在塔兰别墅(Talland House)醒来时的回忆,那是她家在康沃尔郡圣艾夫斯的避暑别墅。午夜梦回,她总是能"听到海浪拍击,一、二、一、二,一阵浪花被送到岸边;然后又是浪花拍击,一、二、一、二,在黄色百叶窗后面"。这段个人经验对伍尔夫极为重要,因为在《雅各的房间》《到灯塔去》等作品中,它被反复书写,投射到不同的人物身上。因而,小说中露西推开窗后,克拉丽莎想到的是:"空气那么清新,仿佛为了让海滩上的孩子们享受似的",而在接下来的思绪联想中,她想到的又是"波浪拍击,或如浪花轻拂"。

学生们自己的意识流创作也表明,两段看似无关的意识流之间也总有一枚小钩子将其勾连。有时候,钩子是相似的动作,有时候则是相似的词语,大家常说"××事勾起了我的回忆",而不是说"黏起""抓起"或者"抱起",其实也是在谈记忆流动之间的微妙逻辑。露西打开窗子时推开铰链时的声音,继而引发了下一段中克拉丽莎对布尔顿的回忆,那时她也曾推开窗子,铰链作响,面朝大海。她不由得感慨"多么痛快啊"(what a plunge!),请注意,相似的动作与词汇出现在小说结尾处,赛普蒂默斯自杀时也是打开窗子,纵身一跃,完成了自杀。伍尔夫用"flung"(猛投、猛地移动之意)来形容他的自杀:"一面拼出浑身劲儿,纵身一跃(flung himself vigorously)。"plunge 与 flung 不仅发音相似,意思也都指向"猛冲""猛投""突然跌落"。于是,开篇的达洛维夫人似乎无意识地对结尾的赛普蒂默斯发出了轻轻的叹息——这是怎样的纵身一跃啊!从一开始,伍尔夫就打定主意用同一个词把这两个看似毫不相关的人的命运对照起来,他们在生活表面的轨迹各不相同,但生命的重力却勾勒出他们共同的命脉。

意识流自有其重力所在,作家们对经验与逻辑的倚重其实仍然具有强烈的计划色彩,只是他们把控制的力量藏在了更深的地方,让读者产生了散漫无序、漫无边际的错觉。对文本的彻底解缚要再往后几十年才能在一些实验性质的作品中看到。比如美国作家凯鲁亚克创立的"自动写作"。在创作之前,他会把纸剪成足够打字机用的长条,然后把它们粘成一个长达三四十米的纸卷,以便让他不间断地写作——或者说仅仅是自动地打字。打出来的内容很多时候是不可读的,完全抛弃了计划性,长长的纸卷就像一个塞满阴影的河谷,上面的字符则是无法辨清的地表植物。比如在《荒凉天使》的第三十七章,有这样的句子:

> 谁为何写下谁为何等待嗅事物 IIIIIIIIIIII O MODIIGRAGA NA PA RA TO MA NI CO SA PA RI MA TO MA NA PA SHOOOOOOO BIZA RIIII……I O O O O ……M M M ……SO—SO—SO—SO—SO—SO—SO—SO—SO—SO—SO—SO—

(娅子译)

你简直可以相信它们是猫在打字机上留下的随机的脚印,要么就是作家在嗑了药以后的幻觉中写作。

凯鲁亚克彻底放弃了跟读者讲个故事的愿望,他甚至都不想跟你好好讲话!眼睛滑过这个段落,故事的逻辑与文字的意义被彻底驱逐了,文字以符号的形态疯狂无序地流淌,甚至带有一丝温度和哆嗦感,那是刚从大脑里挤出来时还带着的体温的余热与肌肉的动态。相比之下伍尔夫的意识流就显得拘谨和传统得多;从创作意图来说,她依然在费尽心思跟读者讲故事,与荷马或者塞万提斯并没有不同。实际上,很多早期的现代主义小说都像一颗酒心巧克力,表里的口味和质地都是矛盾的。福克纳、乔伊斯也差不多,叙事技巧跑到了观念前面,故事讲得花团锦簇、新意迭出,但内核仍是一颗保守古老的温柔之心。①

《达洛维夫人》带有传统小说的精心布局感和建筑般的设计意图:每一个思绪不仅要和下一个思绪暗中关联,还要草蛇灰线地伏延到小说的中部和后部,甚至,所有奔腾的思绪都要获得一个整体性的隐喻:达洛维夫人穿过的闹哄哄的城市、一条条喧嚣与川流不息的街道,不正象征着一个思绪翻涌不休的大脑?她根本就是在颅内漫步!

甚至,连小说开场的季节也经过了精心设计,伍尔夫把她的重力之锤放置在了盛夏六月。

---

① 很难说二十世纪四五十年代之后小说的彻底解缚是否和当时西方的意识形态有关,随着"二战"结束、冷战到来,人们对"计划""制度"都满腹疑云,一种更为自由主义的精神盛行于战后的西方世界,文学的极度松弛也是从这时开始的。当然,跳出意识形态博弈的旋涡,我们也可以认为这是现代人走向自由(或者虚无)的必然之路。

六月,战争结束,街头忙乱,这是伍尔夫非常关注的月份。在日记里,她把盛夏的六、七、八三个月形容为一个"破碎的瓷器橱柜",里面有太多碎片与变形。小说写到此时伦敦街头的躁动:"川流不息的马车、汽车、公共汽车和运货车;胸前背上挂着广告牌的人们(时而蹒跚,时而大摇大摆);铜管乐队、手摇风琴的乐声;一片喜洋洋的气氛,叮当的铃声,头顶上飞机发出奇异的尖啸声——这一切便是她热爱的:生活、伦敦、此时此刻的六月。"可以想象,这是一个遍布强烈光线、热量、尘嚣的世界,也更会让人心绪烦乱、大脑充血。

为什么要强调盛夏高温这个细节呢?

小说中的温度与湿度都是读者在细读时可以留意的细节。温度的升高可能与小说中人物内在的紧张感有关,加缪《局外人》中的默尔索正是在太阳高悬、热浪逼人的时刻,心烦意乱地拔出枪来,杀死了一个陌生的阿拉伯人。相反,冷使人向内蜷缩、削减语言,甚至冻结思绪。帕斯捷尔纳克在《日瓦戈医生》里塑造了严寒的俄罗斯冬日世界。小说开篇,两个年轻的中学生目睹了一场未遂的自杀,又讨论起刚见到的跟自杀有关的人和事,如此严峻的时刻,他们却觉得听不懂对方的话,帕斯捷尔纳克将其解释为"天太冷,谈话很困难"。温度与湿度会从犄角旮旯里提供对小说核心象征与走势的提示,在《达洛维夫人》中,后文赛普蒂默斯的自杀其实在高温的天气中也获得了暗示。

而且,夏天这个意象在"一战"之后别有深意。"一战"的持续时间是1914年7月28日至1918年11月11日,所以,人们常常把1914年的6月称为"欧洲最后的夏天"。在这段无忧无虑的时光里,四处充满了音乐与聚会,海滩、花园、客厅里留下了大量的欢声笑语。茨威格在《昨日的世界》中以充满温情的笔调回忆了这个夏天:

> 1914年的夏天也仍然令人难以忘怀。我很少经历过如此这般的夏天,比以往的任何夏天都美丽、繁盛,我几乎想说,更是夏天。连续多日,天空像蓝色的丝绸一般舒展,空气柔软而温热;草地暖暖地散发着幽香;树林郁郁葱葱,到处都是新绿。至今,当我一说出"夏天"这个词,还会情不自禁地想起那一年的灿烂七月天。
>
> (吴秀杰译)

在伍尔夫笔下,"一战"结束后的第一个夏天似乎又重新回到了从前,欢声笑语回来了,街头熙熙攘攘,"这一切总算过去了"。真的如此吗?请注意,当作家交代"这一切总算过去了"时,前面还有一句话,"还有像福克斯克罗夫特太太那样伤心的人,她昨晚在大使馆痛不欲生,因为她的好儿子已阵亡,那所古老的庄园得让侄儿继承了。还有贝克斯巴勒夫人,人们说她主持义卖市场开幕时,手里还拿着那份电报:她最疼的儿子约翰牺牲了"。也就是说,伍尔夫用看起来漫不经心的语言告诉读者,战后的第一个六月天,看似一切都没变,但其实,战争与死亡为这些恍若隔世的欢声笑语奠基,正如后文主角的自杀会为小说高潮的宴会奠基一般。

欧洲的"最后一个夏天"再也不会复现。这正是整部小说最核心也最隐微的牵引之力——死者为生者的奠基。

三
浮力：打碎的灯泡

细读内容：第 11—20 页

情节梗概： 原来，是一辆车停在了花店外面的人行道上，它发出了一声巨响。大家都停步观看，车里有个头面人物。人们开始谈论和猜想这个大人物的身份。一位路人觉得那是首相的汽车，这个猜想被本书的第二位主人公赛普蒂默斯听到了。他大约三十岁上下，穿着旧大衣和棕色鞋子，眼睛里有畏惧(apprehensive)的神色。车辆的爆响让一切陷入停顿，人们都在驻足围观，赛普蒂默斯陷入幻觉。他的妻子卢克丽西娅（后文也被称为雷西娅）想拉着他走，虽然自己也对着车里的人物浮想联翩。车里的人很神秘，显然是位大人物。千百年后，路人都已经化为灰烬，但是还会有结婚戒指混在尸体的废墟中。

车辆里的手拉上遮帘前行，人们也许都会记得这个与大人物擦肩而过的周三早上。街头拥挤不堪。达洛维夫人出了花店。看到车里的司机和警察说了什么，警察敬礼。她从车里之人的身份想到了皇室的辉煌，继而想到自己晚上也将在豪华场景中迎客。

车辆已经离去，每个人的思绪都被激荡了。人们想到了一些共通的东西。车辆来到圣·詹姆斯大街时，酒店里的人都起身向外凝望。白金汉宫前面聚集了一小群民众，他们等待着皇室人员的驾临。抱着孩子的女人在围观，矮小的男人也在围观。忽然，汽车被飞机所替代，人们又开始对着天空中拖出白色尾巴的飞机浮想联翩。每个人从飞机拖出的尾巴中看到的内容都不一样。赛普蒂默斯夫妇也在看，卢克丽西娅很兴奋，但赛普蒂默斯觉得街头景象与声音令他发狂，令他产生幻觉。他想到了树木的召唤。

1

从不会游泳变为会游泳的瞬间发生了什么？

我们的同学认为是"克服了恐惧""掌握了浮力""仿佛抓到了一种规律""呛水""惊喜与自由"。我想还有一个，就是"相信"。相信水是真的可以把人托起来的，而不是任由人沉到池底，相信我们的身体真的可以漂浮在水的某一层，随着姿势的变化甚至可以悠游到水的任一层。我小时候非常怕水，连淋浴都觉得恐怖，读书时在学校的泳池里泡着消暑，也特别害怕水漫过头或者脚踩不到池底的踏空感。其实，人在子宫里的时候，完全被羊水包裹，但出生后却被干燥的世界赋予了恐惧，剥夺了相信。以至于，当我第一次敢于完全浸入水中漂浮起来时，觉得不可思议，原来可以真的相信水。

当小说的文体像水体时，阅读这部文学作品的状态就和学会游泳差不多。刚开始阅读时，读者可能会不适应：抓不住情节就像触不到岸，把握不了核心就像在水里踩空，无法触底，惊慌失措，甚至有淹没感——第一次读到《海浪》时，伍尔夫的姐姐贝尔就惊呼，"自己仿佛淹在水下，只剩下喘气、呛咳、快溺毙了"——但是，一旦我们相信眼睛的浮力与文本的柔软性，水体般的文体会包裹我们，将我们轻轻托举，彼此共生。

马尔克斯就是一位沉迷于"淹没感"的作家。在《族长的秋天》中，他驱使泡沫翻滚的大海涌入街道的每一扇窗户，任鲨鱼在会客厅中妄为；而在《世上最美的溺水者》里，他刻画了一个溺水而死的巨人，人们为他叹息心碎。短篇小说《光恰似水》里，沉没于水中的想象被刻画到了极致：一对兄弟要求父母买划艇，为此他们交出了令人满意的学习成绩。父母不能食言，买来了划艇，放到了车库里。但兄弟俩把划艇搬到了房间。他们关上门，打碎了客厅里亮着的灯泡。

> 一股像水一样清澈的金色光芒从破碎的灯泡里流出来，孩子们让它一直流出来，直到在屋里积到四掌深。
>
> （罗秀译）

就这样，孩子们搬出了划艇，快乐地摇曳在各个房间之中。而且，他们还提出了更多的要求，要脚蹼、氧气管、潜水装备，并且交出了更好的成绩。父母没有答应，他们也就不再提要求,只是在成为模范生的时候,提出要招待全班同学。那天晚上,父母出门看戏,回来只见到光的瀑布从旧楼中倾泻而出,金色的河流照亮了整个城市,房间里漂浮着溺毙的全体同学,他们全都停在某一瞬间,释放出大量的光。

这是一篇看似古怪的小说,它以全体小学生的溺毙为结束,但并不令人感到恐惧或憎恶,反而有一丝幸福感:孩子们似乎终于可以尽情地释放和满足自己了。小说乃是虚构和隐喻的,所以读者不必真的还原小小尸体漂在水中的恐怖场面,而是要理解马尔克斯到底在隐喻什么。我想,他是在回答"文学是什么"——文学是一种儿童恶作剧式的渴望,是一种把海洋移到家宅的疯狂幻想,是一种被平庸的家长式作风禁止的冒险,也是一种将人包裹并变为永恒的流动。

有可能,好的文学总是水的形状,它从被打碎的固体中流出,充满了自由且不拘一格的气息。它之所以能发生,又依赖于我们对于意识、想象与心灵的相信。

这一章,我想聊一聊现代文学从行动向思绪的转变。思绪,就是最接近液态的表达。

2

现代性意味着流动性。

相比从前,人从固定的土地、位置、身份与职业中跳了出来,社会学家们会用"脱域"(disembedding)来形容,而实际上,我们只需要回想自己在上大学离家前夜的惶恐和期待,以及工作后四处出差旅居的疲惫和刺激,就能明白,现代人已经在更大的时空中体验不确定性与过渡性了。国内年轻人对于编制和"上岸"的执着,很大程度上也因为他们被抛到了一片动荡之海中,人们在定所与漂泊中来回折返。

置身水中乍听起来不太妙,因为这时人的身份与故事都会变得模糊不定,可是几乎所有的文明都相信海洋与河流是文明的起源。在古典文学中,作家们不厌其烦地讲述漂流中的冒险,而现代作家对现代生活的描述也不约而同地采用了各种各样的水体景观。早年漂泊于海上的麦尔维尔坦言:"所有的人或多或少,或先或后,都会生出向往海洋的感情,和我相差无几。"济慈的墓志铭是:"这里长眠着一个人,他的名字写在水上。"T.S.艾略特干脆把《荒原》的第四章定名为《死于水》,并为读者们留下了一具随波沉浮的永恒的尸体……至于伍尔夫,当她开始描述现代人的生活状态时,动用的依然是她最喜爱的水体景观。大海、海浪、瀑布、河流、雨水、滨河、湿地、池塘、沼泽、水池……所有这些水的形态都高频率地出现在她的作品中,只不过,与《到灯塔去》《海浪》等作品不同,《达洛维夫人》至少在表面上看来含水量很低,纯然是一个内陆城市的干燥故事,水只会以记忆中的浪涛声或在关于水体的比喻中出现,人们在讨论到伍尔夫笔下的水时,也很少会拿这一部分说事。但是,《达洛维夫人》中人的思绪飘移,又是用水的形态展开的。

某种程度上,这部小说的文体即水体,读者即泅泳者。我们必须学会相信水的规律,才能漂浮前行。

在本细读章节的开始,伍尔夫描述了一声爆炸,原来是花店外面汽车的车胎爆炸了,车里坐着一位神秘的大人物,于是,所有人的注意力都被吸引到了那里。这段描写可能来自伍尔夫自己在伦敦购物时的经历。1915年2月1日，她同样在街头听到了一声爆炸，在日记中，她试图分辨那到底是什么声音，我们可以想象，当时，她的注意力一半被声音吸引，另一半则迅速观察着周围那些同样被吸引了的人。她的观察被转换到了以下的描写中：

> 然而顷刻之间，谣言便从邦德街中央无声无形地向两边传开，一边传到牛津街，另一边传到阿特金斯街上的香水店里，宛如一片云雾，迅速遮住青山，仿佛给它罩上一层面纱；谣言确实像突如其来的庄重和宁静的云雾，降落到人们脸上。瞬息之前，这些人的面部表情还各自不同，可是此刻，神秘的羽翼已从他们身旁擦过，他们聆听了权威的声音，宗教的圣灵已经显身。

文学的魅力，就在于使不可见者可见。

大家在日常生活里都听过流言蜚语，也可能都传过闲话，但是，没人想过用什么样的方式把碎语传播的方式展现出来。所有的碎语与谣言中都包裹着不确定的信息与惶惶不安的忧虑，水则是最能传递这种不安与不确定的载体。在这里，读者会发现伍尔夫选用的词语都是与水有关的，比如说谣言从街中央无声地向两边传开，"传"的原文是"circulation"（流动、传输、循环之意），这个词会让我们想到人体内部血液的循环流动；音波在人群中传送时，作家两次将其比喻为无形无声的云雾（cloud），云本身就是大气中的水蒸气遇冷液化成的小水滴或小冰晶。更有趣的是，伍尔夫哪怕在形容钟声传送时，仍然用的是和水有关的词，比如

"flood"(充溢、泛滥、洪水之意)。

不仅人们说话的内容与感受被液态化了,消息传递的路径也像河流溪水一样会分叉。当达洛维夫人告诉休自己在漫游时,这场流动就开始了。但故事并未将她视为主流,她也不过是伦敦万千市民支流中的一条。大家的第一个汇流处就是那辆突然发出爆炸声的汽车,正当这声爆炸激起了人群的注意时,伍尔夫又荡开一笔,开始细写每个人不同的反应,这样,小说的焦点就从克拉丽莎自然地流淌到了同样听到响声的赛普蒂默斯身上,他是小说中的另一位主角。以爆炸声为中介,人们的思绪汇聚又分叉。这种写法其实很具有游戏性质,让我想到曾经目击的一个孩子的游戏。我家小区的外面是烧烤街,店主的孩子每天都在街头玩。有一次,我看到其中一个小女孩拿着筷子在人行道上划拉了很久,走近了以后才发现,她在"造河"。她家铺子里的水淌到街上来,汇聚了一大摊,她拿着筷子,沿着人行道砖块的缝隙把这摊水洼分出新的"河道",很快,路面上出现了好几条沿缝而行的细流,歪歪扭扭,分流了那一大摊水。在那一刻,我觉得小女孩在做着和伍尔夫一样的工作,就是改变水体的形态。

孩子与作家感受到的可能是一样的创造性的快乐。

人们常说"水往低处流",水的流势是有规律可循的,在众人注意力与思绪汇聚又分叉的过程中,也有一种情感规律始终牢牢统治着他们:对大人物的崇拜。伍尔夫用一种近乎漫画的方式解释了人们动作如此统一的原因,也在其中流露出轻微的讽刺味道:人们会因为觉得大人物也许近在咫尺而备感荣耀——"这当口,他们国家永恒的象征——

英国君主可能近在咫尺,几乎能通话哩。对这些普通人来说,这是第一次,也是最后一次千载难逢的机会。"伍尔夫在伦敦时加入了具有波希米亚性质的艺术团体"布鲁姆斯伯里文化圈",所以她的政治立场很自然有一些"左"倾。她对皇室与政治上的大人物一向不以为然,甚至写过一些带有温和否定气息的政论文章,只是由于编辑担心文章是在"攻击皇室",始终没有发表出来。

在这个细读章节中,伍尔夫以水的形式写出了街头众人的景观,读者的视线一直不间断地跟随着不同角色的思绪之流漂浮,从主角流向配角,从只出场一次的人物又荡回到恒定的角色。但是,我发现伍尔夫没有精确地写人们的动作,只是模糊地告诉读者,他们在听、在聚集、在看、在停驻。比如说雷西娅挽着丈夫的手臂走,但只是以夫妻的名分这样做的,并不带感情,我其实特别想知道到底是怎么个挽法;再比如萨拉抱着孩子,那孩子一直在乱踢——养过孩子的人都知道,几个月大的孩子在怀里简直会像刚捕上来的鱼一样扑腾,非得用蛮力才抱得住,萨拉又是如何抱住孩子并抬头看天的呢?也就是说,在城市表面漫游的伦敦人的动作是模糊的,也是不连贯的,相比之下,倒映在他们心灵中的思绪则有一种持续之感。

动作模糊与行动断裂之处,思绪却绵延如河。

我在阅读小说时,一度非常喜欢对动作精细的刻画,如果一部小说中的动作能被还原出来,简直令人喜悦。比如乔伊斯在《死者》里刻画一个微醺的男人,他一边和人讲故事,开怀大笑,"同时用他的左拳的指关节来回揉着他的左眼",这个动作意味着他想让自己清醒过来;或者耶茨《复活节游行》中形容一个人表示自己又忘了事,"用掌根部击打着自己的太阳穴",这个动作则意味着他的恍然大悟与懊丧。在课堂上,我邀请大家设计动作来表现试图让自己醒酒和恍然大悟的懊丧这些情绪,一个好玩的现象出现了,没有经过写作训练的人在表达情绪时往往比较抽象和粗略。比如有同学说她怎么表达突然想起某事的懊丧呢,她说:"用手拍脑袋",可这是一个很模糊的动作,因为看到这句话,你既可以认为是用手掌拍脑瓜顶,也可以认为是握拳捶打脑门。可是,作家的写作中有一种"一击必中""舍此无他"的精准,所有人读到乔伊斯的这个描写时都只会做出同一个动作——一时间,课堂上的同学们都开始用手掌根部击打自己的太阳穴。

许多伟大的现实主义风格的小说会刻意描述精确的动作,用以传达一个人最内在的性情。大家常常说一个词叫"躺平",就是不想去"卷"了,有点放任自流的意思,当我躺在床上玩手机时,发现真的需要努力才能再起身下床做事。就说"躺"这个动作,在小说中就赢得了大量有目的的呈现。比如海明威在《杀手》中描述了一个高个子的拳击手,当他得知有两位杀手要来杀自己时,他的动作始终是躺着,床根本容不下他的身量,而且海明威几次写到他面朝墙躺着。不合身的床、始终躺着的姿态、面朝墙的方向,这一切都透露出这个拳击手的被动性,他面对自己的丧命是毫无办法的,他犹如困兽般无奈地等待着命运的降临。类似的,托尔斯泰在《战争与和平》里写了一个贵族的躺,当他得知自己的新婚妻子的风流韵事时,他却只能躺在沙发上看书,"好像一只被猎犬包围的兔子,竖起耳朵,在敌人面前躺着不动"。这个动作透露出他在婚姻中弱势的地位,面对婚外情却无能为力的屏弱姿态,这场婚姻本来就结得稀里糊涂的,而这个女人他从来不能驾驭。

这些动作都是有意识、有目的的,我想作家最伟大的地方更在于表现无意识的动作,那些在日常生活中被大量做出却被忽略的动作。还是在这堂课上,我邀请一个男生设计动作时,他说自己实在是想不出来,这时候他用手抓了抓脑袋左边的头发,我提示他说你做了一个无意识的动作后,他很不好意思地又用手抓了抓右边的头发,这仍然是一个无意识的动作。我们每天要做多少无意识的动作啊,可是哪怕有一个会被记取下来吗?塞林格的《与爱斯基摩人打仗前》中也写过一个男生的无意识举动,他在说着话,忽然间"用大拇指刮蹭自己的脊梁骨"。我想不起自己做过这个举动,但是一定见别人做过类似的动作。我其实有些夸张地认为,仅仅是对于这个无意识的动作的捕捉就足以让塞林格进入一流短篇小说家的行列。他有超乎普通人的敏锐,鹰眼一般打捞和筛选日常生活激流之下的小小鱼苗。

可是,在《达洛维夫人》的这个细读章节中,最为具体的一个动作也无非是说惠特酒店里的男人看到神秘的黑车驶过窗口时,纷纷站在酒店的凸肚窗前,"手叉在背后"。要不是伍尔夫告诉我们这些人是被不朽的伟人放出的淡淡的光芒攫住了心灵,读者还真不知道把手背在背后观望这个动作意味着什么,毕竟,一个中国的老大爷也会在早晨遛弯时把手叉在背后,逗弄笼子里的画眉。在更多的时候,伍尔夫笔下的人物动作和姿态就像是被滴了一滴水后洇开的模糊轮廓,读者无法从中窥见一个人的性情。也就是说,她基本放弃了对外部动作的精细刻画。

她同时放弃的还有动作与行为的连续性,一个角色可以出现一次就消失,泥牛入海一般。我们的同学在初读这些段落的时候很不适应,大家总觉得一个有名有姓的人登场了,是不是就会和咱们的主角发生点什么故事呢?可是,在本章节中,抱着孩子的萨拉、矮小的鲍利先生与他的科茨太太,全都只出场了一次,说了点什么,或者想了点什么,然后就消失了。而且,大家也习惯了主角登场后,故事就应该围着他转,怎么才讲了两句,又去讲别的人了?很多人读到后面,才发现本书是双主角模式,赛普蒂默斯也是主角之一。整个小说基本是在克拉丽莎与赛普蒂默斯的所闻所感之间穿插切换。

这还挺让人纳闷的。

3

行动的连贯曾是小说的核心。

从《圣经》开始,故事就通过对行为和行动的描述来展现人物的思想,于是,作家们费尽心思设计行动,推进行动,还得考虑怎么把这个行动和那个行动连起来,让一个角色得到充分的理解。所以,传统的小说非常注意"情节冲突"或者"巧合",为的是将所有的行动合理且戏剧性地串起来。

翻开《安娜·卡列尼娜》,找到一个关于露齿大笑的动作,读者就能明白什么是古典小说里强调的行动的连续性。整部小说的核心事件是女主角安娜受到了一位风流浪子沃伦斯基的引诱,两人私奔,但最后沃伦斯基还是厌弃了安娜,安娜终于卧轨自杀。在风流浪子刚刚登场时,托翁反复写他有一排"整齐的牙齿",从里面会传出"健康的笑声"。咬合良好又洁白的牙齿让人想到咬碎一个东西时的力量和笃定,试着回想一下我们用后槽牙压碎一颗坚果,榨出里面芬芳的油脂的情形,咬碎的动作诉说着我们的健康。我想托翁意在用这排美牙传递出它的主人赢得美人芳心的志在必得,就像猎豹咬定自己的猎物不放松一样。① 当托翁笔下的这位牙齿美白的风流浪子厌倦了安娜后,他那阔大的牙齿突然开始剧痛,嘴里充满了口水,似乎无意再捕获什么女人,牙齿的病变乃是情感的病变。如果把小说前后关于牙齿、微笑、咬合这些细节串联起来,读者会看到一幅完整连续的行动变化图:一开始对女人的追求与露齿大笑,以及厌倦后剧痛的口腔与坏牙。小说中似乎处处布满了呼应的巧合与冲突。

如果按照这样的标准来看《达洛维夫人》的这个细读章节,读者大概会铩羽而归。伍尔夫笔下是以碎片化的方式来交代人物行动的,当飞机出现在天空时,每个人的行动都只被捕获了一个瞬间:

"Blaxo,"科茨太太凝视天空,带着紧张而敬畏的口吻说。她那白嫩的婴孩,静静地躺在她的怀中,也睁

---

① 在做文本细读时,牙齿是非常值得关注的细节,小说家常用牙齿比喻攫取的野性力量。在山多尔的《烛烬》中,作家描写了两个老人用牙齿撕咬和咀嚼红肉纤维的场景,他们急需从中获得生命力量;在狄更斯的《董贝父子》中,牙齿的攫取力量染上了邪恶的色彩,主角的心腹卡克尔先生炫耀"两排完整无损的、闪闪发光的牙齿,其整齐度和洁白度令人触目惊心"。

开眼望着天空。

"Kreemo,"布莱切利太太如梦游者一般轻轻低语。鲍利先生安详地举着帽子,抬头望天。整个墨尔街上的人群一齐站着注视天上。

....

在摄政公园的大道上,卢克丽西娅·沃伦·史密斯坐在丈夫身边的座位上,抬头观看。

读者无法再进行勾连和推断了,因为行动的连续性被偶然性取代了。这一幕真实地还原了一个人走在路上时看到的景观:只可能注意到路人的一两个动作,而且无法从这些零碎的动作中推断出关于这个人更多的信息。其实,连贯的动作会更依赖有逻辑的想象,而偶然的动作则更依赖对生活的警觉。

在这个细读章节中,不仅动作是模糊的,行动也是偶然与断裂的。不过,偶然性的行动并不是伍尔夫的发明,用偶然与无稽超越刻意的冲突关系,在十九世纪以来的小说中就有所显露。

我还是用上文提到的《安娜·卡列尼娜》为例。这本书确实充满了连贯的动作,但它还有一个毫不引人注意的细节,它破坏了全书的连贯感。主角的哥哥爱上了一个姑娘,他决定在树林中采蘑菇时向她表白,内心也演练了好几遍表白的话,终于,围在他们旁边的孩子已经走开,姑娘也猜到了男子的心意,兴奋和恐惧得心都缩紧了。可是,姑娘突然违反心意,脱口而出:

"那您真的什么也没有找到吗?其实树林里总要少一些。"

他的回答则是:

"我只听说白蘑菇多年都生在树林边上,可是我也不会鉴别哪些是白蘑菇。"

(草婴译)

告白就这样结束了,什么都没发生,就像气球被放了气,除了关于蘑菇的一些知识,我们也什么都不知道。故事里似乎少了一环,肯定是发生了什么,导致两个人都没有把爱慕之情说出来,可是,托翁始终没把断裂的动作补上,当然也没有把两个人内心的想法交代出来,告白就这样莫名其妙地失败了,甚至,两个人的这场采蘑菇的戏也显得偶然和无稽。

实际上,在整个十九世纪的俄罗斯小说中,"突然""无稽"这些断裂的行动构成了某种核心体验。陀思妥耶夫斯基的小说中,人物会突然做一件事,这件事往往无法和此人之前的行动搭上关系,也没法解释他之后的行为。《群魔》中的主要角色斯塔夫罗金一开始显得特别正常,他受过良好的教育,而且学识颇为渊博,一向彬彬有礼地出入于上流社会。但是,有一次在和某位俱乐部主任谈话的过程中,斯塔夫罗金突然伸出两只手捏住主任的鼻子,抓着他在大厅里走了几步,读者的唯一线索大概就是主任吹嘘过自己:谁也别想牵着我的鼻子走;而另一次,当亲戚问他为什么突然行事如此乖张之时,他假意凑过去要告诉人家原因,却一口咬住了亲戚的耳朵……对于这些莫名其妙、突然出现的行为,似乎连作者陀思妥耶夫斯基都无法解释,他只能一摊手,耸耸肩说:"只有鬼知道这是为什么……"

近代也有一些作家喜欢突出这种连续动作之中的无稽性与不可解性。比如,奥康纳在短篇小说《帕克的背》里描述帕克是怎么与妻子结识并结婚的,每一次帕克都觉得这个女人实在是又不好看又无趣,但下一次他仍然莫名其妙地来到了女人身边。写两人结婚的细节简直堪称"神转折":当帕克想要和女人在车后座发生关系时,女人严词拒绝了婚前性行为,因为她是一个虔诚的基督徒,她甚至把帕克推倒了。帕克"下定决心,不要再和她纠缠下去了"。读者这个时候大概也会附和帕克,觉得这两人真是够了,既然始终无法磨合,干脆一拍两散、一别两宽。但是,令人大呼意外的是,奥康纳换了一行,在下一段里马上写道:

> 他们是在本地教区长办公室里成婚的。
>
> (于是译)

奥康纳把人物行动中的无稽与偶然表现得更为"锐化",当一个大转折蓦然发生时,其令人费解的尖锐简直能够刺伤人。我在课堂上复述这部小说时,很多同学都错愕地惊呼了出来,因为一个人行动里的偶然性切断了读者想象的一切连贯的可能。它不是单纯为了刺激读者的所谓"反转"——那种悬疑剧中最常见的平庸手段——而是激发我们去思考一个问题:人的行为真的能让我们窥见人的本心吗?

无论是俄罗斯作家群还是奥康纳,他们似乎都窥见了一个人行动里混沌与荒诞的地方,向更深处的窥视实际上都暗示着作家们将对人的推敲转移到了动作之下,从可见的行为本身转移到了支配行为的心灵之上。

这是一次了不起的飞跃。

所以,下一次如果你再读到小说中人物让你费解的行为时,也许可以不必再费心地去弄明白原因,倒不如接受这样一个事实:近现代小说倾向于呈现人身上难以解释的地方,毕竟,我们看到身边很多人的行为时,也常常觉得匪夷所思、难以诉诸理性呢。有一位已经毕业的学生和我聊到自己是如何渐生防备心的。她毕业后到书店工作,每天都看到一位老爷爷来店里看书,可能因为觉得自己没付钱却一直看书,他还不好意思坐在店里,一直坐在店门口的花坛边。女孩很感动,她对读书人有天然滤镜,又觉得老人很慈祥,还去给他送过茶。但是在一次值夜班的时候,这位老人喝醉了,拎着酒瓶闯入书店,对女孩做了一番颇为猥亵下流的评论,当时女孩吓坏了,觉得这个行为与他之前的行为根本连不上,仿佛他突然暴露出自己的本性来。喝酒不是原因,更像是掩饰。这就是人行为中不可预期的断裂。

当然,我还得强调一下,上述这些作家在模糊了行动的连贯性后,仍然把解释这些行动的思绪藏了起来,直到伍尔夫,才打断了行动的脊梁骨,围住了思绪,从而让行动的连贯变成了思考的流动。这是现代意识流小说对传统作品最大的颠覆与改变。

我也意识到,现代意识流小说中,思与行的断裂是永恒的，大段绵延的思绪必然以行动的中断为代价。在现实生活中，一个人其实很难产生长时间的浮想联翩，因为他会被白天外界的各种琐事打断，或者被晚间的睡眠吞没，哪怕是彻夜失眠的人，也会有翻来覆去的动作，像《尤利西斯》最后一章莫莉长达几十页的幻想，根本只能是纯文学的产物。我当然明白，作家们这么"悬浮"地描绘意识是有其美学追求的，当读者艰难地阅读着福克纳笔下自杀者长达数页的心理活动时，那些铺张蜿蜒的句子简直就像一支看不到头的送葬队伍，将主角护送到冰凉的河底。只是有时候，我因为太过好奇，倒还是很想邀请同学们为大段大段幻想着的人增补几个动作，因为我实在难以想象一个人什么也不做，光想就想了十几页。

其实，伍尔夫注意到了这个问题。所以，她非常妥善地处理了小说中人物思绪的节奏性，在她的笔下，很少会看到福克纳或者乔伊斯笔下连着幻想和思考几十页的悬浮之人。她的妙，在于她会捕捉刹那之思。

刹那之思与漫漫缅想构成了小说水面之下两股速度与压强不同的水流，彼此交错。

在本细读章节里出现了飞机，它所刺激的思绪就是刹那之思。人们抬头仰望天空，看到飞机拖出长长的尾巴，继而根据自己的想法拼出文字，也就是说，伍尔夫此时以一种即兴的瞬间思绪拼凑出众人的思绪之流：有的人想到的是Blaxo（一种香皂），有的人想到的是Kreemo（一种乳制品品牌），有的人则是toffee（太妃糖），每个人的思绪都由她的经验决定。这也再一次呼应了前文中达洛维夫人看到铺子里的鲑鱼、珠宝和花呢时说："这就是一切。"——它指的是，你是什么人,就只能看到什么东西,这些东西又反过来强化你所是的状态,人与物因此处于一种互相解释的循环关系之中。对于一个孕妇来说,她会觉得街头的孕妇比平时多得多;对于一个名牌爱好者来说,他对人的观察也往往只筛出了各种logo(标志);对于伦敦街头的这些主妇来说,她们的生活是围着清洁工作与饲育工作展开的,所以,她们也只能联想到糖果、乳品和香皂。由此,伍尔夫为我们传递出一个人类生活的侧写:绝大多数人都无法超过他日常经验的水位线,人们困在自己的昼夜与琐事中。

对刹那思绪的捕捉,也许还暗藏着伍尔夫的教导:在个人伦理生活的核心,仍然存在着某种不确定性,它需要得到尊重——内心的秘密是不可侵犯的,不要试图通过长篇大论的意识流描写把一个人吃干抹净、搜刮一空。

似乎,与男性作家的意识流写作相比,作为女性的伍尔夫是有余让的,也是克制的。

4

在1929年的一篇小说《游泳池的魅力》里,伍尔夫区分了水面之上与水面之下的景观。

讲故事的人坐在池边,看到了旁边的白色广告招牌以及上面红红黑黑的文字,但她更感兴趣的是倒映在池面的影子。微风吹过,水面的倒影就像一件被涤荡的衣服,当人们凝神,会发现有一种令人捉摸不透的奇特魅力,表面上似乎很薄,但水下面却在进行着某种深奥的生活,仿佛是心灵的沉思默想。显然,伍尔夫非常关切表面和内在的两种生活状态。在《达洛维夫人》中，表面的生活是人们在城市中的漫游，而倒映水下的，则是他们的思绪。在创作这本小说时，她最常翻阅的书就是《奥德赛》，自然而然，充满咸味的海水从古典的希腊世界倒灌进了现代的伦敦，她的目光，则紧紧跟随"下面的"、平日里看不到的暗流。遐想之所以能展开，依循的是倒影和深度的辩证关系。

这篇小说从另一个角度回答了伍尔夫专注于意识而非动作的连续性的原因：她觉得一个人的意识会比一个人的动作更真实。其实，大家常说的成语里也表达过类似的智慧，比如"人面兽心""装模作样""色厉内荏""笑里藏刀""人模狗样"……这些成语都在强调人外在呈现的不可靠，只是没有用一种小说化的方式来传达。小说中对外在世界与内在世界真实性的颠倒差不多到了十九世纪末才大规模地发生，而且这场变化深刻地混入了整个近代社会认识论的变化潮流中：为什么个人主义会在近代崛起、为什么弗洛伊德的精神分析会在十九世纪以后大行其道、为什么印象主义绘画很快盖过了古典主义的风头……所有的这些现象可以说都意味着一件事：人们不再满足于对世界进行物质的理解了。

在这个细读章节中，众人的内在世界的状态以万花筒的形态传递出来，伍尔夫不甘于写一个人的心灵波动，她要写万千人的心灵，她要对人类的心灵史做一个掠影。当然，我们可以用一个更具体的意象，想象人们是如何被巨响刺激并组织起来的：一颗石子投入水中，荡漾出一圈圈涟漪，每个人都像水面上浮着的昆虫或者树叶，被编织到涟漪的同心圆中，昆虫或者树叶又因为自身的存在，激荡出更多的涟漪，彼此交织。

具有浮力的水体般的文体是对传统小说极大的颠覆，因为传统小说看上去像是一块陆地，有时候因为干燥缺水，会出现板结和龟裂的现象。

以意大利十八世纪的作家曼佐尼的《约婚夫妇》为例，这是一部非常厚重的作品，但情节无非是有情人经过重重磨难终成眷属，并没有什么新意。读的时候，读者们会发现故事是一块一块讲出来的，比如一对年轻男女想要请神父证婚却遭遇了恶人的阻挠，于是他们请来了一位修士做帮手，曼佐尼把这对男女一丢，开始讲起修士的生平过往；回到男孩女孩的主线后，困难仍未解决，为了躲避恶人，两人分开，曼佐尼又把男孩一丢，讲起女孩避难的修道院里修女的堕落故事；当我们都快忘了男孩时，曼佐尼终于在米兰把他找到，可一旦找到他，女孩却失踪了。

曼佐尼给自己设置了一个无法解决的难题：既不能让两人重聚，又无法完美地交织讲述两个人的故事，于是，故事变成了板结的状态，他自己承认有这个问题，当要调转回马枪时，只能承认：

> 我们认为这件事还可以作为另一部作品的素材。但三言两语是说不清的，需要相当的篇幅。再说，在那些事情上花费许多笔墨会干扰读者对我们的故事的兴趣。因此，我们不如在另一篇文章里记叙并探讨那些事，先回到我们的主人公身边，免得冷落了他们。

（王永年译）

读者心里不免犯嘀咕：您还记得自己在写小说哪。小时候，我守着收音机听评书，说书人还会取个巧，"花开两朵，各表一枝"，而且往往在这头故事最险要的关头突然打个岔，又开始讲那头的故事，两边的故事在悬念的跷跷板上忽上忽下，把人急坏了。与此相反，我发现曼佐尼根本不在乎什么悬疑的设置，他会一直讲一块故事，直到我们已经不关心其他人物的存在，直到这一块故事没什么可讲的了，他才重新捡起另一块。远远望去，整个小说就是各种无关的故事模块拼在一起，边缘缝隙极大，几乎没有有机关联。

这当然不是曼佐尼自己的问题，况且《约婚夫妇》在其他方面仍有可称道之处。由于整个传统文学世界都极度依赖情节，情节模块的组织又往往非常程式化，很多小说都是作家在民间传说口口相传的基础上整理起来的故事集，板结和龟裂的情形就时有发生。《一千零一夜》《十日谈》《堂吉诃德》都是块状叙事，也就是把一堆故事凑在一起。只不过，有的作家会在不同的故事模块之间多上一些"润滑油"，有的则听之任之地让其干燥结块下去。这其实是我们分辨好作家与坏作家的一个准绳。

由于对故事情节的淡化、对动作的模糊以及对思绪的持续追踪，《达洛维夫人》的整个故事是流动而非板结的。但这也并不意味着小说失去了确定感与立足之境。对现代作家来说，小说的思绪太过流畅也是个问题。伍尔夫和朋友聊过对写得"单纯的流畅"的担忧，在1924年12月13日的日记中，她做了一个关于水的比喻，说重新把这部作品打理了一遍，"就像理发，用湿梳子将它整个地梳理一遍，把分散写出的部分一起理顺畅"。所以，她需要一些更坚硬的东西,像楔子或者钉耙一样插入文本,固定思绪,一如海上灯塔的作用,只有这样,才能在流动性与固定性之间实现微妙的平衡。

我请同学们试着抓取这段细读文本中的坚固之物。他们抓到了建筑(维多利亚大街、布鲁克街、白金汉宫、圣·詹姆斯街、皮卡迪利大街、摄政大街),雕像(维多利亚女王的雕像、后文中戈登的雕像、战士的黑色雕像),还有,大本钟。这些城市的象征符号与公共建筑体现出城市"超凡"的一面,所以能够牢牢抓住行人的注意力。西方文艺复兴之后,公共建筑的超凡入圣又会被混乱无序的扩张改建拉回地面:复杂弯曲的小路,鳞次栉比的新建筑以及吵吵闹闹的新型交通工具,一股脑全涌现出来。所以,其实汽车和飞机也算是新出现的坚固之物。聆听报时,目击飞机,围观车辆,路遇雕像,这些东西为万千心灵营造了一个"同时的感觉"。

这其实也是一种现代体验。

我的共时性体验出现得很早。小时候,生活在厂矿,每天早上七点半,厂里的广播站就开始报时,催促工人前往工厂,主持人会用略带口音的普通话告诉大家"早上八点的太阳红丹丹(红彤彤)",所有人都处在一致且统一的时间与空间中。长大后和来自农村的同学交流,发现他们的童年几乎是在一个无时间概念的环境里长大的,去水库游泳捞鱼,随随便便就天黑了。后来看社会学的书,才知道这叫作"想象的共同体",传媒报纸、北京时间,让分散在各地的人有了一种我们"共在一个国度"的认知。

当然,也要解释一下,为什么在伦敦街头吸引大家的是汽车和飞机。现代社会里,除了孩子会兴奋地指认天空的飞机,所有人都会对这些工具漠然,但对于二十世纪初的人来说,这两样东西代表新生的文明,是科学与生产力的体现。在小说中,运输工具往往暗示出社会背景的历史进程。在奥斯丁笔下,当马匹匮乏时,小姐们只能踩着烂泥步行,衬裙溅满了泥点子;十九世纪初的交通革命带来了更多碎石路、马道、大马路和公共马车,也把包法利夫人从乡下送进了富庶的小镇;萨克雷笔下的年轻人则会骑着老马去看火车驶过的场景,因为那代表着通向未来的方向与速度,令人兴奋;铁轨的铺设冲击着古老的世界,最具有象征意味的是哈代日记中的一则记录,说伦敦当时的铁路公司穿城而铺,途经一处教堂墓地,尸骨都被挖出来让路;很快,汽车的出现再一次更新了人们的兴奋点,菲茨杰拉德笔下的公子哥开着劳斯莱斯把人撞死。

伍尔夫对待这些现代机器是什么态度呢?

她故意让我们看不到是谁在使用这些机器:车里的手很快拉上了帘子,飞行员对地上众人来说是看不到的;甚至当克拉丽莎回家时,也只是"听到"打字机的哒哒声,浑然不知是谁在打字。这种不可见最后是否指向了那些统治着我们的权力的不可见,甚至发动和指挥战争之人的不可见呢?与兵戎相见、面对面的传统战争相比,现代战争依靠的东西变成了一粒按钮、一块屏幕、一道射线,没有人知道按下发射原子弹按钮的那只手来自谁,也不知道喷出毒气的阀门又是由谁转动。参战者赛普蒂默斯成了不可见的牺牲者,读者会注意到,当街头所有人都被汽车和飞机所吸引时,他却漠然无感。

我想伍尔夫的态度已经显而易见了,她与卡夫卡达成了共识:对现代技术保持警惕,对现代技术背后的暴力保持警惕。

总之,各种各样的坚固之物如同一个个楔子,或者钉子,插入文本,防止人们的思绪游离无边,营造出完美的共时性的感觉。不过,这些楔子却并不完全一样,至少,聆听报时的钟声与目睹飞机汽车或者雕塑建筑有很大不同。听觉相对视觉来说更为被动,你可以通过调整视角来变化远景和近景,可以安排和整理进入眼睛的世界,但却无法拒绝与改变涌入耳蜗的钟声。这近乎一个隐喻:人们无法抗拒时间的流逝,而时间的流逝巩固了某种最坚固的无形之物——社会的制度,它不仅将所有人收拢进一个共同体认知里,而且还世世代代地延续下去。

所以,伍尔夫写下了这段关于婚姻制度和政治制度的话,这也是在课堂上大家表达过最多困惑的一段话:

> 多少年后,伦敦将变成野草蔓生的荒野,在这星期三早晨匆匆经过此地的人们也都只剩下一堆白骨,唯有几只结婚戒指混杂在尸体的灰烬之中,此外便是无数腐败了的牙齿上的金粉填料。到那时,好奇的考古学家将追溯昔日的遗迹,会考证出汽车里那个人究竟是谁。

伍尔夫没读过什么社会学家的高论,但她深深感到,这个社会最不可撼动的,恰恰是已成惯例的习俗,人们对待性别、婚姻、生育、战争、阶层等制度的态度,莫不如此。当巴黎圣母院被付之一炬,当巴黎狭窄的小路被拱廊街所取代,当伦敦的水晶宫被毁于一旦,习俗还在,你还得结婚!还得生娃!那枚在枯骨中依然坚固的结婚戒指,透露出深深的哀叹与讽刺。与其说伍尔夫是在描述种种制度的持久,不如说在讽刺它们的顽固,活着的人被"该怎么做"的方法论牢牢统治,浑然忘了是死去的人定下这些规则。时间的海啸只是一次次强化着制度的堤坝,而并没有损害其分毫。对于很多中国人来说,读书时不允许早恋的告诫与工作后被催婚催育的观念无缝切换、并行不悖,"必须结婚生子才是完整的人生"的想法也深深印刻心中,比任何有形的东西都坚固。

但是,人与动物的不同又在于,人不会永久地栖息在历史与习俗的余荫下毫不动弹。

由是,伍尔夫在日记中发出强烈的渴望:"我想描绘生与死,理性与疯癫;我想批判社会制度,展示它是如何工作的,在它最激烈的状态下。"

《达洛维夫人》在很多微小的地方对这些最强悍的固定存在物发起了攻击,我们稍后就会看到。

四

分心：盘中冷肉

细读内容：第21—30页

情节梗概：当赛普蒂默斯陷入幻觉时，妻子把他唤醒。雷西娅对这样的生活无法再忍受，这场缺乏交流与理解的婚姻让她消瘦。她回忆起远在意大利的家人，她试图和丈夫交流，却得不到回应，她陷入了巨大的孤独感之中，而此时，丈夫仍然沉湎在幻觉中，他看到了战场上死去的战友埃文斯。每当他走神幻想，妻子总是将他打断，她希望他关注人间，他却始终神游物外。路过的梅西（十九岁）觉得这一对有点古怪，伍尔夫在这里插入了一段梅西的沉思，这个人物在小说中也只出现了一次。伍尔夫继续写雷西娅的痛苦。

视角来到另一位路人登普斯太太身上，她也在打量雷西娅，寻思她的婚嫁情况。在想象中，她还想和上面那位路人梅西聊聊这些问题。她想到了对于生活的理解，也希望梅西怜悯雷西娅。继而，飞机引起了登普斯太太的关注，她想象着它飞行的各种轨迹。第三位路人本特利先生也看到了飞机，而后飞机被一个站在教堂台阶上的无名男子目击，它最后直入云霄。

与此同时，达洛维夫人回到家。她喃喃自语，想着报答一切人。(这个时候,达洛维夫人再次思考衰老和生命感的问题,但这个瞬间的思绪非常难以复述。)女仆露西告诉她,布鲁顿夫人邀请了她的丈夫共进午餐却没邀请她,她向女仆大声说"天啊",表示不满。据说布鲁顿夫人的宴会别具一格,她想到夫人生命的萎缩,进而是自己年轻时的水润之感。被排除在外让她感觉自己也老了,于是她走上阁楼,躺在窄床上,开始胡思乱想。小说从这里再次开始难以复述,因为进入了大段的意识流,她想到了"滴水的龙头"、男女情欲、光明、花朵、蜡烛,还听到了提琴声、理查德上楼的声音,等等。

思索着爱情、女性之间的相爱,达洛维夫人想到了萨利·赛顿。

1

文学有时需要经过生命经验的处理,才能真正被理解。

在细读《喧哗与骚动》时,作家提到,儿子在父亲的墓地边"突然觉得好玩,便决心在附近逛一会儿"。我的学生表示不能理解这种心情,哪怕父子感情再不好,在那个严肃的时刻,也应该全神贯注于生死大事,除非作者就是要写儿子的全无心肝。直到她后来跟我分享了自己的经历。

她与室友养了好几年的猫突然得了猫瘟,被抱到宠物医院时已经奄奄一息。两个姑娘在医院里哭到没有力气,只有把猫抱回。整夜,猫都一直在哀号,可能是因为"眼泪都哭干了",姑娘们无法彻底沉浸在悲伤里,时不时竟还聊起了最近发生的一些愉快的事情。有时候,因为猫的叫声太烦人,她们还会抱怨两句,觉得睡眠被严重地影响了,聊天闲扯和抱怨就像忍不住开的小差,溜进了这个死亡之夜。第二天,猫终于身子一挺,排出一些粪便后便死了,粪便温热,身体僵硬,粉红色肉垫全都变成了黄色。

在她不可自抑的分心时刻,她突然理解了那个儿子的态度:没有人能持续不变地沉浸在一种高强度的痛苦之中。文学说的是真的。山多尔在《伪装成独白的爱情》中也问我们:你了解这样一种感受吗?当一个人在生活最悲剧的阶段,超越了痛苦和绝望,一下子变得特别无谓甚至心情愉悦?

> 比如,当人们要埋葬一个最亲近的人时,突然想起忘记关上冰箱门,狗因此可能会吃掉为葬礼酒宴准备的冷肉……在下葬时,当人们围着棺椁歌唱,你已经开始下着指示,悄声而平静地处理冰箱这件事……因为在本质上,我们生活在这样没有尽头的彼岸和永无止境的距离之间。
>
> (郭晓晶译)

在这样一个应该屏息凝神的时刻,人们就是会分心。哪怕是在不那么悲剧性的场合,仅仅是需要严肃、认真和专心的时候,人也总忍不住开点小差。我的职业一度使我必须和走神作斗争,"手机放下头抬起来"成了我在上课前负隅顽抗的冲锋号，毕竟，不间断的短视频和消息推送早就在和我争夺注意力的阵地。刚登上讲台时，我甚至想出了好多办法来对抗分心，比如学"新东方"写逐字稿，讲到第十分钟的时候来一个段子，讲到半小时的时候组织一次讨论，卡点放送，还算屡试不爽……但是，随着阅读与对人的理解的加深，这些年反而松弛了很多，有时候瞥到台下一张显然已经走神的面孔时，我更想共情于她的"索然"——她也在想着什么关于"盘中冷肉"的事情吗？

我甚至有点想要赞美走神了。因为，我在这么思考着她的时候，也在走神。

2

在这一章，我们讨论文学中的走神。

赛普蒂默斯与克拉丽莎都陷入了走神，它还有别的形态，比如：心不在焉、想入非非、散漫无序、离题万里。

表面上是两个完全不认识的人的走神，但内在是不停的呼应与回答。街头的景象使赛普蒂默斯再次陷入了病理性的幻觉之中，他想到了树枝与自己身体的息息相通。这里呼应了前文，克拉丽莎对自己死亡的幻想是被"树木托举的云雾"——伍尔夫不放过任何一个细节暗示这两人的呼应关系。赛普蒂默斯的走神被妻子雷西娅打断了数次，她想将他拉回现实世界，并不停地用现实世界的风物引导他：米兰的公园、打板球的男孩子——医生也说了，户外运动有助他的康复。

可是，赛普蒂默斯似乎只能在现实停留片刻，然后继续开始想入非非。他的神游物外有某种古怪的合逻辑性。在三段断断续续的分心里,他先是想到自己的生命与树木的关系,第二次则想到"人们不准砍伐树木。世上有上帝"。这是一组令人痛苦的反语,正因为人们大量砍伐树木,所以世上肯定没上帝——不然,怎么会有战争和死亡呢?赛普蒂默斯似乎暗中想到了关于神义论的问题。第三次分心,他从"世上有上帝"又想到"自己就是重临人间重建社会的上帝"。有时候,我们在梦中醒来,接着又睡过去,会发现梦居然接续上了,跟电视连续剧一样,尤其当你做了一个美梦,心心念念想要再续前缘时。赛普蒂默斯的这三段分心零落地分散在三页上,却也是暗含连续性的。此外,在第二段幻想中,他听到鸟儿用希腊语尖声唱歌,这是伍尔夫自己的病理体验——她同样有严重的精神疾病,她的丈夫伦纳德在给BBC的演讲稿里也提到妻子说自己听到鸟儿唱希腊语的经历。

克拉丽莎的走神则没有那么抽象与病态,其内容实际上是对赛普蒂默斯的幻想的一一回应。当她回家后,拿起了记录电话内容的小本子,也开始想入非非:自己从来没信仰过上帝,生活是要报答那些更为具体的事情,仆人啦、丈夫啦、小狗啦,"她想,人必须偿还这些悄悄积贮的美好时刻"。通过走神,两个人开始了隔空对话。然而,克拉丽莎也有一个被打断的体验,她还拿着小本子时,女仆站到了她身边,提醒她达洛维先生外出吃午餐的事情。克拉丽莎的懊恼倒不是来自走神被打断,而是达洛维先生单独赴宴撇下了她。

无论是赛普蒂默斯还是克拉丽莎,走神看起来总和不愉快有关。赛普蒂默斯在幻想与走神里陷入恐惧和焦虑，而克拉丽莎被拽回现实后，听到的第一个消息就令人烦恼。相比之下，专注引发的麻烦没那么多，甚至常常被引为美德，想想我们从小到大领受过的关于"集中注意力"的训诫与训练吧！在笛卡尔笔下，注意力简直和他能不能信任上帝真实存在扯上关系。

可是，文学偏爱走神的人。

人们不是没有遭遇过文学中的专注者，比如《堂吉诃德》中那位沉迷于骑士小说的乡绅，看到入神时，"简直把打猎呀、甚至管理家产呀都忘个一干二净"，结果呢，他的沉迷闹出了不少伤心事和笑话。启蒙运动之后，越来越多走神的人溜进了文学中，把骑士那层专注的盔甲给掀飞了。我与学生共读卢梭的《忏悔录》时，大家也曾表示过困惑：我们希望在《忏悔录》中找到那个写下了《社会契约论》《论人类不平等的起源与基础》的大学者，但最后竟然只读到了他生活琐事里的一地鸡毛？而且，卢梭动不动就离题万里，大谈和回忆主线无关的琐事。有的同学开玩笑地说：他怎么偏偏只写那些无关紧要的内容，不是怦然心动的女人，就是随时有人接济，还动辄结识达官贵人！我们倒不妨反过来想，也许卢梭这种离题、开小差的写法，正是想把对自己的辩护与回忆彻底稀释在最世俗纷乱的语境中，而这又暗含着他对启蒙思想的理解：当其他哲人在大部头里诉诸逻辑与德性时，卢梭却用碎碎念走上了一条相反的路：情感与自然，它本身就是对逻辑与德性的离心力量，或者，本身就是对启蒙推崇的专注美德的一种叛逆。也许，在他东游西荡的回忆中，一种更有创造力的东西出现了。

分心,可能暗含着更为复杂的精神空间,以及更为多元的思维力,中国人常说的"眼观六路,耳听八方"就很类似,它对单维思考的专注者发出了轻轻的嘲弄。

正因如此,简·奥斯丁的私心就在于,越是她自己偏爱的角色,她就越要让其分心,而那些她自己也瞧不大上的人物,则只能老老实实专注于眼前之事。《傲慢与偏见》中,当代表偏见的女主人公伊丽莎白踩着泥巴,跋涉到宾利先生家时,大家都为她的狼狈大吃一惊,只有宾利的姐夫"一门心思吃早饭"。看得出来,奥斯丁把这位姐夫塑造成了一个思维简单、没什么想法的庸人,他只能注意眼前的一件事,当奥斯丁不吝笔墨刻画主角男性的魅力时,对姐夫只是淡淡地交代了一句:"只不过像个绅士。"他的专注,他的一门心思,悄悄泄露了他的简单乏味。但是,一旦说到令奥斯丁喜爱的角色伊丽莎白时,心灵的状况立马变了,这个姑娘思维奔流,几乎就没有不分岔的时候。当客厅里其他青年男女在讨论买地皮的时候:

> 伊丽莎白被他们的谈话吸引住了,没有心思再看书了。不久,她索性把书放在一旁,走到牌桌跟前,坐在宾利先生和他姐姐之间,看他们玩牌。
>
> (孙致礼译)

而当伊丽莎白弹奏钢琴时,她的大脑简直是多任务进程和多焦点透视:一边表示自己的琴艺不佳,一边忍耐着别人对自己的技术指点,还得抽空观察她后来的心上人对这番指点有什么反应。我不会弹钢琴,据说一支曲子弹得极熟之后可以大脑放空,让手指自己在琴键上跑,可能伊丽莎白无须在琴键上留心,但她的心依然得分到各种反应与观察之中。奥斯丁为这个女性添置了许多美好的描绘,美丽的、有洞察力的(可以看穿姐姐的小心思)、勇毅的,但最为关键的是她的心灵活力——几乎只能用长于分心来体现。在这些时刻,伊丽莎白的思考从专注的逻辑中逃了出来,不再单线前行,而是荡开一笔,漾出了心灵最忠实的质感,它被听觉、感知、身体、判断、情绪所包裹,层叠且丰盈。

除了用走神来象征心灵的丰富多元,小说中的分心走神还常常具有一点逃逸和否定的味道。因为几乎在一切要求专注的地方,都暗含着某种强力的压制与外在的规训,"专注的暴政"必然催生一种近乎"消极自由"的走神:卡夫卡的《审判》中,莫名其妙被审判的主角K在面对闯入家中的一群权力执行者时,突然心不在焉地看向了窗外那群围观自己的人;塞林格的《麦田里的守望者》中,当作为权威者的老师批评主人公糟糕的成绩时,主人公脑子里琢磨起了别的事:中央公园湖面的鸭子去哪儿了呢?伍尔夫的《夜与日》中,当忍受不了为祖父作传记的重压时,女主角总是会分心地想到自己最擅长的数学;当王子哈姆雷特无法承受父亲死亡的真相时,他突然在与别人交谈的过程中吟讴起了关于生与死的沉思——这真是古怪的一幕,因为你不会上一秒还和同学商量着中午去食堂打什么饭,下一秒就突然进入自白:生存还是毁灭,这是一个问题!

我们来看看这些文学细节是如何调动起学生们的经验的。

一位来自大理下关的男生跟我分享过他的分心与逃

避。那是压力极大的高三,他悄悄溜出了作业繁重的晚自习,一个人跑到了教学楼的顶上,那里可以看见苍山,下关的风最有名("风花雪月"中的"风"说的就是下关的风)。冬天浩荡的大风无遮无挡,几乎要把他吹透了,可是他从自习室开小差溜出来,却觉得这样的风近乎自由的涤荡。当时,他正在读班宇的《冬泳》,下关冬天的风与天台上的开小差让他在一瞬间几乎逃到了班宇笔下的东北世界中。

我总是很期待在讲述一个文学细节时,能获得同学们的经验反馈。文学的探索往往以个体的选择与个性开始,但以人类的整体处境作结。因为,越是追求个性,越会进入一种深刻的普遍性之中,也即,最深层面的相同源于我们各自的不同。这也是为什么通过阅读文学,人们感到被讲述的原因:文学的魅力在于它有一种根植于个性之中的普遍性,每个人都在读同一个故事,但是每个人都读到了自己的处境。文学对于一个人的美妙之处也在这里,人们并不会在经历事件的时候就对事件本身有所反思,久了,这些事件就如明镜蒙尘,为人遗忘,但是日后正好读了一部作品,其中的某个细节忽然唤起了蒙尘之镜,一如手指擦亮的镜面的一小块,记忆重临,并且在当下的理解中获得了生命力,仿佛我们的部分自我也就这样被唤起、召回并复活了。

文学保全与恢复的是我们的个性。

至于赛普蒂默斯,他的走神同样有否定或者逃逸的味道,他要逃避的是战争、创伤与现实。小说用非常具有象征性的一段话表明了他所受的拘束与圈禁感:

> 园内的斜坡宛如一段绿绒,空中有蓝色和粉红色

烟雾幻成顶篷（ceiling cloth），远处，在烟雾弥漫之中，参差不齐的房屋构成一道围墙（rampart），车辆转着圈子，嗡嗡作响；右边，深褐色的动物把长长的脖子伸出动物园的栅栏（palings），又叫又嚷。他俩就在那里的一棵树荫里坐下。

仔细读一读，这一段话里有哪些意象是重复且高度雷同的？烟雾幻化而成的天幕、围墙、圈子、栅栏、树荫下——这些意象之所以相似，是因为它们都传达出包围、圈禁或者压迫的感受。最后一句说赛普蒂默斯和妻子坐在树荫下，似乎在表明他们无处可逃，被战争的创伤与失意的亲密关系按在凳子上，承受阴影，所以，他只能通过分心与走神来逃避。

从词源上来说，"分心"一词的英文 distraction 来自拉丁文 distrahere，有"分散"之意，后又引申出了思想的分裂之意。可以想象，越是饱受分裂之苦的人，越趋向于用分心来自我安顿——陀氏笔下的拉斯柯尔尼科夫（这个名字的意思正是"分裂"），不也在与别人谈论杀人案件的过程中屡屡分心，呆望着布满白色碎花的绿色墙纸吗？当这些小说中的角色无法承受现实之重时，他们不约而同地转向内在之轻。大家会发现，克拉丽莎的分心还伴随着一个向自己轻轻说话的动作，也就是说，人们通过分心，反而走近了向内言说、聆听内在的本心。

故而，我常常和同学们开玩笑说，注意观察你周围人的自言自语、梦话与无意识的表达吧，说不定那是他们心中最接近真我的表达。甚至，我们都不必等待这些幽微的时刻，仅仅试着在谈话时死死盯住对方的眼睛。其实，几乎没有人可以长时间直视对方，总会不由自主地看看别处，低垂眼帘，或者移开目光。神经科学家会解释你的这种不专注，因为视觉与大脑在一定时间内的信息接收是有上限的，我们需要转移目光，为大脑减负。

当然，我也必须承认，针对文本所展开的分心讨论多少有点浪漫化的色彩，因为在现实生活里，人们用分心进行的逃逸并不总是那么有意义。人们一刻不停地玩手机，主要是因为很难独自面对存在与自我，手机里眼花缭乱的推送帮助人分散了注意力，回避了自处的焦虑之感。

3

文学中的分心让一些人逃逸与减负，相反，专注可能让人沉重，尤其在我们过于关注自己的痛苦时。

你可能有过这样的经验，疼痛感会争夺你的注意力。感染新冠肺炎的时候，我除了发烧还有一个症状是下腹疼，不算剧痛，是拉丝般的痛。我总觉得还算能忍受，于是仍然打算坐在桌边开始工作，可是，一丝丝的疼痛无时无刻不在剥夺我的注意力，我的专注力全部转移到了感受这种疼痛上来，我最终放弃抵抗，回床上躺平。昆德拉在《不朽》中也写了一个女人的脚走得很痛，而且，她也把全部注意力都放在了痛苦的感受上：

> 又走了很久，双脚疼痛，跟跟跄跄，然后坐在公路右边中央的柏油路面上。她的头缩进肩膀，鼻子顶在

膝盖上,弓起了背,想到要将背部去迎接金属、钢板、撞击时,她感到背部在燃烧。她蜷缩成一团,将她的可怜而瘦削的胸部更加弯成弓形,疼痛的自我妨碍她去想别的东西,除了她自己,这自我的烈火在她的胸膛中升起。

(王振孙、郑克鲁译)

昆德拉非常警惕人陷于自我之中。自我陶醉、自我欣赏、自我感动都是避之不及的恶疾。通过描述一个女人把所有的注意力放到自己的脚痛之上,昆德拉向那些陷入自己的小世界中不能自拔的人发出了轻轻的笑声。注意力的集中,可能会导向另一个局面:过度的自我沉溺——不加控制地放纵自己的感受,不厌其烦地描述自己的感受,再不顾左右地大量谈论这些感受,旁人的反应,大概只剩下不胜其扰了。

在这个细读章节中,伍尔夫则用充满怜悯的笔触描述了雷西娅的孤独绝望,这是由于一门心思扎到自己的处境里引发的:她的丈夫本就不爱她,在经历了战争创伤后更是沉迷于幻觉。当发现无法把分心的丈夫拉回现实世界后,她无奈地感叹:"爱,使人孤独。"小说提供了这样一段描述:

孤零零地站在摄政公园喷水池边,她呻吟着(一面看着那印度人和他的十字架),也许好似在夜半时分,黑暗笼罩大地,一切界线都不复存在,整个国土恢复到洪荒时期的形态,宛如古罗马人登陆时见到的那样,宇宙一片混沌,山川无名,河水自流,不知流向何方——

> 这便是她内心的黑暗。忽然,仿佛从何处抛来一块礁石,她站在上面,诉说自己是他的妻子,好几年前他们在米兰结婚,她是他的妻子,永远、永远不会告诉别人他疯了!她转过身子,礁石倾倒了,她渐渐往下掉。因为他走了,她想——像他扬言过的那样,去自杀了——去扑在大车底下!

怎么来描写人的孤独与无人可诉呢?

在这里,伍尔夫动用了许多过于庞大的词汇:罗马人登陆、所有国境线消失、山川河水;在中译本中,为了增加朗朗上口的感觉,还多译出了"宇宙一片混沌"这种原文阙如的说法。另外,"礁石"一词也不准确,原文为"shelf",也就是陆地延伸到海水中的一部分,被称为陆架。也许,伍尔夫不是要呈现一个女人站在一块礁石上,突然脚下踩空跌入水里的感觉,她要呈现的是一种渐进的窒息感,是水平面上升,陆架随之被慢慢淹没,最后人沉入水中的淹没之感。水是从下往上把人淹以至淹死的,这不是一个瞬间的动作,也就意味着,雷西娅的痛苦感持续很久了。

在这处引文中,还有一个被灌注了最多注意力的词。我们可以数一数,哪一个人称代词出现得最多?——"她"。孤零零的她。在进行文本细读时,最为简单的人称代词里往往也会包藏着小小的秘密。如果一个作家显得不顾文法、不顾文本的协调,大量使用某个人称代词,他也许正是想把这个代词之下的人推到台前,让角色赤裸裸、孤零零、支棱棱地站在读者面前。伍尔夫明明可以显得更简洁,可是她仍要执拗地把每一个"她"饶舌般摆出来,正是因为她也要突出这个角色的被凸显和放大出来的孤独,唯有刻意和突兀地使用人称代词才能实现效果。我在后文还会继续讨论细读中的人称代词用法。

看得出来,伍尔夫仍旧和很多传统作家一样,执着于辞藻的华丽。在日记中,她记录了朋友对这部书的评论:"装饰极其美""偶尔美极了"。这种执着在当代作品里变得非常罕见。同样是写亲密关系里的孤独,当代作家可能会选择更冷峻、更简洁也更日常的方式。

比如,拿一条被子说事。

住过集体宿舍的人可能有过这样的体验:失眠的夜里,听着室友们磨牙、梦话和轻轻打呼噜的时候,心里会有点嫉妒,怎么他们就睡得那么香?我怎么就死活睡不着?也会涌起一阵孤独,只剩自己被撇下了。醒与睡之间的隔阂远比醒着的人之间更深,你永远无法期待睡着的人张嘴说话——哪怕他在装睡。没有希望开口的、被撇下了的、被落下的感觉,在卡佛的《学生的妻子》中被捕捉到了。卡佛也想呈现夫妇之间缺乏交流的淡漠,男人醒着的时候就大谈诗人作家、学术思想,浑然不顾妻子的兴趣,要么,就是妻子回忆起过往时,男人一概回答记不清了。当男人睡着后,女人依然醒着,她看到丈夫的样子:

> 他在床中央躺着,被子缠在肩膀处,头的一半压在枕头下面。

(小二译)

这是个非常打动我的瞬间,甚至,我觉得卡佛比伍尔夫在这点上写得更好。

描述两个人的情感淡漠和自我的孤独,不需要动用天大地大的词,只用轻轻说件日常之事:一个人比另一个人先睡着了。听着别人已经酣睡的声音,会加剧人的焦虑感与孤独感,因为清醒者就是被抛弃者。现代人说起"孤独"好像不是个多么令人难受的状态,因为流行观念会告诉你"享受孤独",社交平台上"独处""独行""独居"甚至"离婚"都会成为带来流量的 tag(标签),但是,这可能是十九世纪的浪漫主义对"孤独"改造后的结果。至少在西方的十七世纪,没有人觉得一个人出去散步或者度假有多幸福,画家也不愿把自己画成铺天盖地的荒凉景象中一个渺小的角色。如果我们在莎士比亚的字典里查阅"孤独"(alone)一词,会发现它与焦虑和恐惧的关系比享受更密切。哈姆雷特王子当然有"我想静静"的时候——"现在我独自一人",可是,那还是为了想清楚乱局,为了解脱。

在课堂上,讲到这一章时,有同学说,两个人之间最大的隔阂就在于他们不是一个人。我以为这是他从书上看来的话,但是他有点不好意思地说这是他自己胡思乱想出来的。我觉得这句话真妙啊,也许足够概括雷西娅的痛苦,她的注意力被与丈夫痛苦的婚姻关系全部吸引过去,无法像丈夫一样通过分心和走神获得逃脱。她越集中,就越会缩小成一个点,一个渴望两个人成为一个人而不得的点。

虽然伍尔夫在描述雷西娅的孤独时,动用了一些过于宏大的修辞,但并不意味着她不善于使用日常之物。在本细读章节中,克拉丽莎其实也有一段专注时刻。在她胡思乱想的分心中,她集中思考了自己的衰老与死亡,而这些思考正是凝结在日常之物上,比如她上楼后接触的"床""水龙头"和"蜡烛"。克拉丽莎对自己衰老的感受变得更加清晰,因为没有邀请她赴宴的布鲁顿夫人引起了她的衰老之思。比如对比从前玫瑰一般的柔美丰盈,现在的自己"萎缩了,衰老了,胸脯都瘪了"(shrivelled, aged, breastless)①。于是,她走上楼,走进浴室,听到水龙头在滴水:"生命的核心一片空虚,宛如空荡荡的小阁楼。"继而,她独自睡在房间中,床很窄。在这些时刻,分心的克拉丽莎开始专注于衰老与死亡,这些专注同样带来了不太愉悦的情绪。

从克拉丽莎回到家后,一直到她上床,其实有一个非常有趣的空间变换路线。先是街上,然后来到家宅大厅里,"大厅凉快得像个地窖",继而上楼,在窗前停留片刻,走进浴室,最后睡在斗室(attic,根据原文直译为阁楼)的床上。这个空间变换有什么规律和意义呢?它和每一个人的行动路线是一样的,大家也知道,人可以在户外边走路边聊天边玩手机,同时再分心看看擦身而过的美女或帅哥,但是专注则最好需要室内的安静私人空间;克拉丽莎的空间变换规律是从户外到户内,从公共到私人,这是一个暗示:人物要开始摆脱胡思乱想的分心,进入凝神的沉思了。这是一个逐渐聚焦的过程。

很多文学作品中都会出现类似的写法。比如《包法利夫人》中,夏尔第一次见到艾玛时,是按从田庄走进大宅、从大宅走近厨房、从厨房走进闺房的步骤,这似乎在呈现一个男

---

① 契诃夫在短篇小说《丈夫》中也是用了"干了、瘦了、老了"三个词来形容被丈夫剥夺跳舞资格的妻子瞬间的衰老状态。

人逐渐进入一个女人私密世界的过程；又如奥兹在《等待》中写村长丈夫发现妻子出走后开始寻找她，这时他才一点点深入与了解妻子的生活，从居所到学校，甚至他进了女厕所。这个细节非常厉害，厕所意味着女性最不洁的私密空间（大小便、月经甚至生孩子都可以在此完成），也意味着丈夫所能追回的对妻子理解的最深处。但奥兹只用了一笔来写。

进入阁楼后，克拉丽莎从分心进入对自己生命的专心思考。大家讨论最多的就是那张铺着白床单的床。原文是这么写的：

> 宽大的白床单十分洁净，两边拉得笔挺。她的床会越来越窄。半支蜡烛已燃尽。
>
> ……………
>
> 理查德回来得晚，所以他坚持，必须让她在病后独自安睡。然而，实际上她宁愿读有关从莫斯科撤退的记载。这一点他也知道。于是她便独自睡在斗室（attic）中，在一张窄床上。

有一些同学认为窄床代表着达洛维夫人的同性恋倾向，她无法接受与丈夫理查德的肌肤之亲，所以宁可称病独处，尤其在这一段中，达洛维夫人谈到了女人之间的相爱；有一些同学认为窄床反映出夫妻之间的渐行渐远，丈夫称她有病就与她分房而睡，而她也把两人的疏离包装成了相敬如宾，甚至，她可能是性冷淡——"就由于那种冷漠的性情，她让他失望了"；另一种解读则把床视作了棺木，结合充斥在这一段中的衰老与死亡的焦虑，他们认为越来越窄的床意味着越来越短的生命,窄床因而又与滴水的龙头、烧剩的蜡烛属于同一类意象。

在课堂的阐释讨论中,经常会出现"孤证不证"的现象,就是仅仅靠自由联想把某个意向对应到一个解读上,但在文本中乃至文本之外找不到佐证。比如看到"一双黑眼睛",就觉得那代表着生命力与欲望,可是,凭什么这么说呢?理解文学时,仅仅有感受和联想是不够的,还需要有说服力的证明,至少是用更多的类似表达来验证自己的判断,使其不仅仅停留于一种简单的、一次性的印象式批评上。我常常采用的方式是"平行对读",在文本之外找同类或者相反写法的支撑。所以,在讨论结束后,我又补充了几个例子:若要论床代表婚姻的和谐,可以引用史诗《奥德赛》中那个在橄榄树之上建成的婚床,它不可移动,象征着床对婚姻持久与忠贞的祝福①;若要论床代表婚姻的淡漠,可以引用

---

① 诗中奥德修斯说道:
院里生长过一棵叶片细长的橄榄树,
高大而繁茂,粗壮的树身犹如立柱。
围着那棵橄榄树,我奠基起墙盖卧室,
用磨光的石块围砌,精巧地盖上屋顶,
再安好两扇坚固的房门,合缝严密。
然后截去那棵叶片细长的橄榄树的
婆娑枝盖,再从近根部修整树干,
用铜刃仔细削,按照平直的墨线,
做成床柱,再用钻孔器一一钻孔。
由此制作卧床,做成床榻一张,
精巧地镶上黄金、白银和珍贵的象牙,
穿上牛皮条绷紧,闪烁紫色的光辉。
这就是我作成的标记,夫人啊,那张床
现在仍然固定在原处,或者是有人
砍断橄榄树干,把它移动了地方?(王焕生译)

海明威《雨中的猫》里那张始终只有丈夫躺着的床,他的卧床懒起,他的漠然于妻子的求助,都暗示出两人婚姻关系的崩溃;若要论床代表生命的虚无与终结,例子就更多了,因为人们在床上度过了三分之一的时间,可以说是老于床上甚至最后死于病榻的,那么可以从尤瑟纳尔的《哈德良回忆录》开始讲,她为我们捕捉到了一个恐怖的瞬间:"皱起的床单证明了我们夜夜与虚无交媾,夜夜不在。"

很多时候,文本细读被误认为对着一部小说死抠字眼,但只读一本书是连那一本书都读不好的,反过来说,要读好一本书,可能需要读十本百本书作为辅助。文本细读有一个潜在的必要前提:贪婪的泛读,这样,才能把泛读到的东西吸纳成解释和支撑细读内容的材料。同时,一部作品写得再好,也不会在逐字逐句的单调释读中释放其全部魅力,一部文学作品的价值只有放置在整个文学传统中,加以生活经验的印证,才能真正被判断。所以,我作为一个文学的阐释者,同时也是教学者,更倾向于让一部作品在万千作品中彼此碰撞与激发,正如我和学生们的碰撞与激发一样。

华东师大的罗岗老师曾经给我讲过一个泛读和细读互相支撑的例子,我也经常在课堂上引述。大家都很熟悉《孔乙己》中孔乙己被打断腿的情节,因为他偷了书,但是偷书何至于此呢?其实,据罗老师推测,有可能他偷的是宋版书。在中国印刻史和书籍史上,有"一页宋版书,一两黄金价"之说,因为宋版书流传不多,加以宋代刻印的书籍内容近于古本,刊印精美,成了后世藏书家追捧的对象。如果不了解这段书之外的刊刻史,其实就不明白为何偷了书要被打断腿。使用历史文献的泛读辅佐细读,这也是更符合学术传统的一种实证的路数,如果你有兴趣翻开一本外国文学的学术期刊,会发现里面的历史文献内容可能还要多过文学本身的内容。

在外国文学的阅读中,读者既可以选择历史实证的方法,也可以选择文本之间更为文学化的对读——同样是讨论家具,《简·爱》中出现了红木架的大床,熟悉经济史的读者就不妨回忆一下马德拉岛和加勒比海地区红木枯竭的历史,因为这两个地方是小说中的两个主要财富来源地。也就是说,作家在写作时不自觉地使用了当时英国殖民经济带来的社会变化作为故事背景。而《包法利夫人》中出现的桃花心木的床乃至棺椁,这又怎么理解呢?其实,在很多作品里桃花心木都被视为坏品位的代名词,它无须我们有什么经济史方面的知识,读得多了,"潜规则"也就慢慢领悟了。夏尔执着地要为死去的爱妻打造桃花心木的棺椁,只能再次暴露出他的俗气。① 对于非学院派的文学爱好者来说,后面这种对读方法可能会更有趣一些,也更接近本能一些。

---

① 那么,反过来说,小说中什么木头家具才显得高级有品呢?胡桃木。英国家具史上的"胡桃木时代"从 1660 年持续到 1720 年,相应的,小说里往往会用拥有胡桃木家具表明一个家族的贵族身份和漫长血统。《简·爱》中提到过一个华丽的餐厅,铺着土耳其地毯,挂着深紫色窗幔,而墙壁正是用胡桃木做的。总体而言,在阅读十九世纪小说时,家具摆设、室内装饰也都是我们细读时可以注意的点,尤其是木质家具,毕竟在前工业化社会中,没有塑料、纤维、铝制品,木制品几乎就等同于时代的物质文化代表。

4

回到我们的细读中,我也分神和离题了。

在这个细读部分中,无论是刚才说的床、阁楼,还是家宅,都有一个共同特点:包裹感。在比较空旷的房间里待着时这种感觉就不太明显,但是冬天窝在被子里,被包裹的状态就很具体了。而且,人们更多的是关注身体的被包裹感,但是很少注意到心灵的相对体验,我们来看看克拉丽莎准备上楼前描述的自己的状态:

> 恍惚自己在户外,在窗外,悠悠忽忽地脱离自己的躯壳和昏昏沉沉的头脑。

这段话很有意思,它一方面说明克拉丽莎是在屋子里,被物理房间包裹着,另一方面则说她感到心灵被躯壳和头脑包裹着。因此,她想开个小差,跑到户外去。读者似乎能感觉到,无论是家宅家具还是身心,都像腔体一样束缚住了达洛维夫人,她则做出了一种非常引人注目的动作:频繁地关门开门、开窗关窗——就好像一个被禁锢在某个腔体或者空间中的人,在逃逸与开小差的边缘试探。哪怕在走上楼的时候,伍尔夫还交代了一笔:"在窗前停留了片刻。"

推开窗户、推门出去游荡,几乎都与对居住在空间中的自我的开小差有关。它以一个非常典型的动作代表了人对逃脱当下环境的渴望,通俗来说就是"换一换空气"。我的一位学生今年考研失利,很痛苦地坐上了地铁,想让地铁载着自己没有目的地前行,后来丧头丧脑地走出地铁口时,"忽然感到风是从四面八方吹来的,根本逃不掉"。他向我描述说,那一瞬间他忽然从痛苦里抽离了出来,开始感受起这股挺邪门的风,因为开小差,一时间竟然忘了自己有多难受。走出地铁口,也有点像推开门窗,人被裹挟着他的强烈情绪释放了片刻。

我对"门""窗"的兴趣来源于纳博科夫的启发(后来读了齐美尔的哲学随笔《桥与门》后,发现"桥"也可成为一个大作文章的意象)。英国文学中的窗子,本就是充满了历史悖谬的意象。英国历史上曾有一种奇怪的税叫作"窗户税",从十七世纪末开始征收,一栋住宅有七扇以上的窗户就得纳税,人们得为阳光与新鲜空气付款。越是有钱人家,宅邸越阔气,被征的税也就越多,直到1851年这个税种才被废除。英国文学里也没少出现关于窗户与金钱花费的主题。在课堂上讲授后,我注意到同学们对这套隐喻模式的学习和运用非常快,很快,连潘金莲推窗掉落竹竿的情节也没逃过被大家阐释的命运——她对自己无奈嫁给武大郎的命运有着强烈的不甘,推窗也就有了一丝开小差、逃离痛苦婚姻的意味在。

在伍尔夫的小说中,推门推窗与走神的关系被处理得更为复杂一些,并不存在一种简单的因果关系,不是说她一旦开窗,就是打算走神去想点别的什么,或者打算开个小差。大家可以想象,小说开头的第一句话——达洛维夫人说她自己去买花——是站在门槛上说的,她要游离出居家禁锢的生活,这是一种指向逃逸的开小差。但是,当她推开花店的门时,她又进入了一种专心购物的情绪中,直到窗外车辆发出的爆响使她再次分心。门与窗的开开关关,使她在分心与专注之间来回滑动。这本身就是一种心不在焉的写法,伍尔夫并不想将某个意义绑定在对应的某个开门推窗的动作上,而是让意义在门窗的开开关关之间来回摇曳。伍尔夫似乎相信,人的处境乃至身份会决定做同一件事是分心还是专心。

这非常容易理解。比如在课堂上,我发现一个学生在玩《英雄联盟》,那相对于我的课堂来说他就是在分心,但是对于他手里的游戏来说,他却非常专注。我们甚至可以遥想,在十八世纪小说兴起于欧洲大陆后,一个女仆如果躲在阁楼里看书就是在分心(女仆其实是当时崛起最迅速的阅读群体),可是她的女主人在卧室的床上读书却是专心。契诃夫在中篇小说《文学教师》中提供了一个三角形的分心与专心的循环,他让读者判断一个人的专心与走神是怎样在感情的锁链上发生了滑动。《文学教师》中有一场发生于晚宴之上的三角恋。当一个军官慷慨激昂地向大家讲起自己的作战经历时,暗恋他的女人"正一动不动地盯着他看,眼也不眨,仿佛在想什么心事,或者是想得出了神似的……"而暗恋这个女人的男人也没有在聆听,他也分心了,他观察着女人,心中充满痛苦。男人和女人似乎都专注于自己的情感体验,却也都偏离了听故事这件正事。整个故事也就此在分心与专心的流动中运转了起来。

在《达洛维夫人》全书最后的高潮晚宴中,伍尔夫两次写到窗子没关上,窗帘被吹拂起来的场景:

> 橙黄的窗帘轻柔地飘拂着,上面绣着天国的仙鸟,

也在飘扬,仿佛振翅飞进室内,飞出来,又缩回去(因为窗子打开着)。

每次出现这个窗户的场景,读者就会发现叙事的焦点转变了,本来作家在讲着这个人物的事情,忽然写到飘飞的窗帘,似乎心绪也被轻盈地吹了起来,马上又开始说另一个人的事。单一的焦点被吹乱了。① 也就是说,其实小说中的分心不仅涉及故事层面的分心——人物是如何通过开小差来逃避、自我保护或者呈现心灵的丰富性的,还涉及讲故事的层面——也就是叙事层面的分心。

叙事如何分心呢?传统文学在描写一件东西时,观察的位置大体是固定的。比如我要描绘一个苹果,颜色大小形状,大体会从一个视点出发,不会一会儿钻到苹果核里写,一会儿又从苹果里肉虫的视角来写,一会儿再从离苹果十万八千里的远方写。可是,来看看下面这一段,这是所有人在摄政公园里时,突然看到天空中飞过一架飞机时的情景,这位登普斯特太太也是驻足围观的一员:

> 啊,瞧那架飞机!登普斯特太太不是总想到国外观光吗?她有个侄儿,是在异乡的传教士。飞机迅速直上高空。她总是到玛甘特去出海,但并不远航,始终让陆地呈现在她视野之中。她讨厌那些怕水的女人。飞机一掠而过,又垂下飞行,她害怕得心都快跳了出来。飞机又往上冲去。登普斯特太太吃得准,驾驶飞

---

① 这里简直有点惠能说"不是风动,不是幡动,仁者心动"的意味了。

机的准是个好样的小伙子。飞机迅捷地越飞越远,逐渐模糊,又继续往远处急速飞行:飞过格林威治,飞过所有的船桅,飞过一栋栋灰色教堂,其中有圣保罗大教堂和其他教堂;终于,在伦敦两边展现了田野和深棕色树林,爱冒险的鸫鸟在林子里勇敢地跳跃,迅速地一瞥就啄起一只蜗牛,放在石块上猛击,一下、两下、三下。

在课堂上,我邀请大家判断,这么短短一段话里,出现了多少种观看的视角?这一段话全都是写登普斯特太太所看到的吗?显然,一开始是她,她在仰视,想起了自己当传教士的侄儿;接下来,其实就是进入飞行员的视角里,因为只有由他从万里高空俯视,才能遍览大地上的船桅、教堂与森林;至于最后一句,可以当成是一个无名的观察者,他拿着放大镜,从天空之高一下子拉近到草木之深,让蜗牛纤毫毕现。假如伍尔夫扛着一架摄像机在拍摄画面,估计她一会儿给一个远景,一会儿又会从飞行员的角度给一个主观镜头,一会儿拉近焦距,微观拍摄地面场景。

她的观察视角是分心的,不是专心的,是走神的,不是"固定机位"的。我很喜欢伍尔夫在这段"炫技"中展现出的想象力与充满野性的本能,她放弃了现实主义教导的种种规则,她发现自己除了本能与想象之外,不允许有其他的指导。她让我想到塞尚的画作,那种允许自己的画笔与颜料向各个方向扩展,而不是把它们限制在画布的某个部分的力量,塞尚同样是赞美"失焦"的。当然,文学对伍尔夫的回应更为丰富。在德布林的《柏林·亚历山大广场》中,有一段对于街景的描写令人直呼过瘾,作家同样使用了分心的

手法。伍尔夫的分心偏向于观察的远近变化以及观察者身份的变化,但德布林则偏向于在人的时间尺度上滑行和四散:

> 在洛特林大街站,有四个人刚刚上了4路,两位中年妇女,一位忧郁简朴的男子和一个头戴软帽及护耳的小青年[……]年纪较大的那位,买条腹带,因为她生就了爱得脐疝的毛病。[……]那位男子是马车夫哈则布鲁克,他的痛苦来自一只电熨斗,这是他替他的老板买来的便宜旧货。人家把一只差的给了他,老板才试了几天,这玩艺儿便怎么也通不上电了,他得去换一个,那些人不愿意,他这已经是第三次坐车去了,今天他得再加付一点钱。那小青年,马可斯·卢思特,后来成为白铁工,另外七个卢思特的父亲,加入一家名叫哈利斯的公司,安装,格绿老一带的屋顶维修工作,五十二岁时在普鲁士分组抽奖中中了四分之一彩,不久退休并在要求哈利斯公司给予补偿的诉讼期间去世,终年五十五岁。他的讣告内容将是:我挚爱的丈夫,我们亲爱的父亲、儿子、兄弟、姐夫和叔叔,保尔·卢思特,因心脏病突发,于9月25日逝世,终年还不到五十五岁。
>
> (罗炜译)

为什么说这一段话精彩至极呢?

因为它虽然是一个固定的观察角度描述4路公交车上的几位乘客,却把不同乘客的过去、现在、未来合并到了一段里来写。那个女人的过往,是从小就得了脐疝的毛病,而那个男人,现在正要去给老板换货,最后一个小青年,则被告知他日后的命运乃至讣告。在这个了不起的段落中,德布林的分心体现在时间感的分心上,他让时间的箭簇从过去、当下、未来三个方向射出,然后,全部插到这辆4路公交车上,每个人的生命秘密也都在这一刻交汇。伍尔夫与德布林的天才都在于,当读者已经预设了小说画面的稳定和静止时,他们戳破了画布,扭曲和扩展了小说中的时间与视角秩序。

这种时间和视角的扭曲、扩展是极为现代的体验。就拿这个细读章节中飞行员俯视大地的视角来说,在古代就不可能出现,传统作品中会有从鸟的视角俯瞰大地的描写,但多半是作家们在登山后,假借鸟眼实现的。比如《荷马史诗》里写"太阳的亮光收入长河,引来黑夜,覆盖盛产谷物的田畴",或者中国诗歌里说"大漠孤烟直,长河落日圆",等等。但是,只有在飞机发明之后,人们才真正第一次亲临天空,小说中也会大量出现舷窗中的景观。海明威在小说《乞力马扎罗的雪》中,描述了飞机一飞冲天时,地面的景观从立体变得扁平的过程,斑马、角马纷纷变成了黑点,直到那时候,他说自己才开始理解毕加索等人的"立体主义绘画"了。现代机械使得人对距离、时间的感受都发生了变化,从哈勃望远镜到电子光速显微镜,无不在改变着人的认知。

可以说小说在二十世纪出现对静止画布的扭曲与戳破,是一件必然之事。

关于文学的分心,我最后想说的是,读者们大可以在阅读《达洛维夫人》时分心,这是一部欢迎分心和走神的小说。

我的学生们普遍反映了"读几页发现白读,又翻回去重新开始"的走神经历。同时,这也是一部打碎"思维导图"的作品,确切地说,任何一部好的作品都是拒绝思维导图的,它们更欢迎停顿、混沌与混乱。至于我自己,想到现代社会中"专注暴政"里可能暗含着的强力意志,也就对坐在教室第一排大玩手机的女孩不那么气恼了,当然,如果她在一学期专注玩手机的过程中能分心看看我,倒也是我乐于见到的。

五
对折：发光的地洞

细读内容：第30—45页

情节梗概：达洛维夫人想到了萨利·赛顿,当初和她的感情算是爱情吗？她对萨利的第一个印象就是她双手抱膝坐在地板上抽烟,而她那毫无顾忌、近乎放浪的性格正是达洛维夫人缺乏且羡慕的,这个女孩让她感到在老家布尔顿的生活是闭塞的。她们整日讨论问题：生活、性爱、社会问题、哲学著作、诗歌。萨利对于插花、外在形象的表现也都是那么与众不同。她们之间存在一种女人之间才有的情感,彼此保护,抗拒婚姻。这种情感曾经让达洛维夫人激动不已：当年,由于萨利要来参加晚宴,她激动地走下楼去,口中吟咏着莎士比亚的《奥赛罗》中的句子,她觉得在一群人中萨利是多么不同,两人外出散步时,萨利竟然亲吻了她！但这一切美好被突然闯入的彼得·沃什打断了。回忆转到了彼得身上,达洛维夫人想到了他对自己的评价,也许他现在会认为自己已经老了吧？她打量着镜中的自己,希望自己能像一颗钻石般带给人光辉,同时隐去那些性情中不好的东西。

她要缝补晚上穿的裙子,楼下的喧闹提醒她一切都在为晚宴做准备。女仆露西在摆放银器,由此想到了在一家面包铺里干活时看到的那些贵胄。主仆两人讨论了昨晚的戏文,露西希望为达洛维夫人补裙子,但夫人一直道谢,还是自己开始缝补,她又想到了身心的平静(这个部分第三次出现了《辛白林》中的"不要害怕")。

正在这时,彼得意外来访。两人握手。彼得觉得达洛维夫人老了。他一直在把玩一把大折刀。他们互相打量、评估,达洛维夫人觉得彼得的意外到来让她陶醉。他们回忆起了过往,彼得青年时期遭遇过与克拉丽莎痛苦的爱恋,他感到她依旧让他痛苦。她曾经说要去创造生活,但现在一切在他看来只是平庸的主妇生活。在克拉丽莎看来,玩刀的彼得也显得无聊。他们还聊起了事业,彼得说自己在做"成千上万件事",还在恋爱。这引发了克拉丽莎激烈的思考,她猜想着彼得这个情人的种种可能,以及自己目前衰老孤独的处境。往事也使彼得有些哽咽,他想问克拉丽莎是否幸福,她的女儿伊丽莎白突然回来了。大本钟敲响(现在是十一点半),他离开,克拉丽莎追到楼梯口,提醒他晚上要来赴宴。

1

已经毕业读研的学生回来看我,我很期待,因为对他印象太深刻了。

当初,他是在去食堂打饭的路上都要捧着Kindle看书的人。我的课堂要求一向很严格,不允许做任何与课堂无关的事,但还是会默许他在上课时看自己的书。当老师的人可能都有过这样的体验,每隔几年学生里就会冒出一个非常勤奋、颇有天赋的学生,这时候老师也会觉得很庆幸。我一度认为他是"学术苗子",并且在读研后肯定会继续激情昂扬地苦读下去。但这次他却向我自述读研以来没有再看"超过五本书",现在的兴趣转移到了"看世界",所以一边读书一边打工挣钱,全国各地跑,他觉得读书已经达到一个自我满足的点了。他仍然是自洽的,这就足够了,而且他身上知道自己想要什么的清晰感没有消失。不过,对于我这么一个旁观者来说,还是震惊于一个人在非常短的时间内的幡然变化,仿佛一张平放的纸突然被对折了一样。

时间、经历与年龄的对折,都会逼住一个人,让他的内在忧患与外在变化显得赤裸尖锐。

小说,写在纸页上的虚构文字,有时候也会产生对折的效果,它让故事中的冲突变得更加锋利。而且,越是虚构程度高的小说,越适合进行对折的冒险,因其具有某种现实主义无法模拟的实验性质。在课堂上,我最喜欢转述的就是以色列作家凯雷特的小说,因为他"太能编了":他深谙小说的核心就是不断地拓展想象力的边界,在现实所不能抵达的地块嬉戏。虽然转述会大大耗损原文的精彩,但我注意到他仍是最能在课堂上捕捉大家的注意力、令人惊呼咋舌的作家。他的《谎言之境》就是一部关于"对折"的小说。

主人公罗比从小就爱撒谎,他把妈妈给他买烟的钱买了冰激凌，还把剩下的零钱压在了一块石头下面，对妈妈撒谎说钱被一个缺牙齿的男孩抢走了。从此，他撒谎就像喝水一样寻常。成年后，他偶然想起了那块压着零钱的石头，于是驱车前往查看。掀开石头，里面竟然有一个发着光的地洞。他把手伸了进去，整个人也随之被扯了进去。那个一片雪白的世界由他的谎言构成。他撒谎说有个缺了牙齿的男孩把他的钱抢走，这个男孩就出现在了地洞世界中，他甚至还狠狠地踢了罗比一脚。紧接着出现的，还有他谎言里的残疾狗、饱受虐待的妻子、精神错乱的丈夫，等等，总之都是他为了逃避现实中的某些困扰，编造出来搪塞的理由。此刻，这些理由成了真的东西——至少是在谎言之境里。

凯雷特把什么进行了对折呢？

真实与虚构，对折点就是那个放光的地洞。这么说可能会引发歧义，因为小说本身就是虚构之物，所以这里所指的是小说的真实与小说中的二次虚构（谎言）。读文学需要一点孩子气的精神，就是"假装相信"，一个孩子不会怀疑她的奶油蛋糕玩具是无法食用的，而一个读者也需要先验地接受罗比这个人、他的妈妈、买烟的钱这些东西是真的。人类对于"假装"的接受由童年开始，在文学这项活动中得到永恒的延续，它可能是我们许多行动的精髓。所以，读者几乎能感觉到，当罗比进入发光的地洞，发现谎言中编造的人与物一一出现时，就像一只扇贝的两叶在逐渐合拢，两个世界彼此照面，内壳珠光色的纹路波动、真与假、实在与虚幻、语言与形象、所有的对立与冲突在此刻变得锋芒毕露。

现代小说的基本形态正是对折。

2

这一章，我想谈一谈小说中的"对折艺术"。在《达洛维夫人》的这个细读章节中，伍尔夫设置了大量对折的坐标系，这些对折跨越了时间、性别乃至文本。

已经有同学注意到这部小说中不同年龄段的女性形象相比男性形象似乎更多，但是她不解其意，我想，伍尔夫是想要刻画一个女人一生中的所有形态，并把它们分散地布置在不同女人的身上，这些人与克拉丽莎擦肩而过，折射出她生命中曾有过或者将会有的所有瞬间。但是，小说中最常出现的两个年龄段集中在布尔顿度过的 18 岁，以及在伦敦当下的 52 岁，也就是说，在这个细读章节中，伍尔夫最先安排的就是少女时代与中老年时代的对折。

18 岁的形象首先是通过一个动作抓取到的：克拉丽莎的女朋友萨利"双手抱腿，坐在地板上抽烟"。伍尔夫对"少女感"的传达借助的是某个瞬间，而非长篇累牍的描述，而且，她还给萨利安排了一段具有浪漫色彩的血缘，说她是法国玛丽·安东内特皇后的侍臣，这其实是伍尔夫把自己的身世转托到了萨利身上，她自己确实是玛丽皇后贴身侍女的曾曾孙女，可见她对萨利这个形象何等偏爱。抱着双膝，这样一个少女独有的动作，有些顽皮和任性的味道，我们很难想象一个中老年女人用同样的姿势坐在地板上，毕竟，成长意味着规矩、庄重，也意味着僵硬与不灵便。

我曾在课堂上邀请同学们创作，用一个瞬间、一个特写或者一个动作来勾勒大家心目中最具有"少女感"或者"老年感"的状态,毕竟,习得文学最好的方式之一就是参与创作,而对特定场景的捕捉则能极好地展现作者的观察力。有同学谈到了少女感,是"在吃下冰激凌时被冰到控制不住眯眼睛",云南方言里是被"zhá"得眯起眼睛,可惜一旦换成普通话,冰晶那种带小刺的感觉就消失了;还有一个男生描述了现实生活中只见过一次的场景:一个女孩在他前面奔跑,书包被甩起来,她就背过手来用手托着书包。老年感,有同学想到的是"脚脖子上的勒痕",他坐地铁时发现有的老人裤管下露出来的腿上有一圈袜子的勒痕,老人的皮肉已经松弛了;或者是"一包水",这是一位同学在揉奶奶肚子和小腿时的感受。

我很喜欢这些敏锐的观察,有时候觉得甚至不亚于专业作家的捕捉,我也非常迷恋文学中的细节,它们就像一个人用手指去梳理水中密集悠长的水草,当水草披落,手指缝里会留下的几枚螺蛳。细节是及物的,是具体的,是将感受引领到实体的。当大家很有兴致地在课堂上聊起在阅读或者生活中最能打动自己的细节时,又像是一群孩子把各自摘取到的螺蛳贝壳摊在掌心分享,没什么意义,但是好玩。人一辈子能耽于"不为了什么"的时刻是极其罕见的,而且,随着年龄的增长,浸入世俗生活的程度加深,这些无功利性的感受只会越来越少。我的导师王志耕老师从前特别爱说"只有空想是有意义的",这些年我才明白这句话的意思。

除了用一个动作交代少女时代的风貌,伍尔夫继而用一个空间进行了补充:两个少女在顶楼的卧室(bedroom at the top of the house)内谈天说地,畅想着对于世界的改造。这是一个有意味的空间。

顶楼或阁楼，房子的最高处，最接近于天空的建筑部分，在法国哲人巴什拉看来，那是人们可以做梦的明亮的高处，是被梦想者建造的所在，在顶楼阅读与沉思，仿佛就意味着要摘取人类最高智慧的星辰。所以，阁楼意味着明亮、梦想、抽象和超越性的体验——你肯定不会在地下室里大声呐喊，极目纵情，但是总想在登上山顶的一刻"会当凌绝顶，一览众山小"地号上几嗓子。离地越高总意味着更为超凡脱俗的体验，这是少女时代的克拉丽莎与朋友所拥有的心性。在讲述这个细节时，有同学也提出了一个相应的有趣观察，她发现在《罪与罚》中，楼梯的位置也存在一个上下的关系，站在楼梯上的人具有某种更为纯洁、神圣的意味。当主人公把醉汉送回家后，醉汉的孩子跑出来向他告别，这一幕就是在楼梯上发生的，而且，孩子站在楼梯的上方，也就是高处，向主人公发出了祝福。这仍然是高处空间暗含的美好隐喻。

显然，小说中的空间乃至空间内部的建筑构型都是文本细读中大有可为的细读密匙。作家必须找到一个环境来置放人物的行动与思考，人物不可能是飘在真空里的，所以，空间总是以腹语的方式说出人物行动的意义，读者需要仔细地聆听——为什么卢梭在《忏悔录》中说自己是在一个"小巷"里而不是"大街"上向几位女士展露阴部呢？为什么在大江健三郎的《个人的体验》乃至宫崎骏的《千与千寻》中，主角最后都会进入"森林"而不是"城市"呢？为什么吸血的德古拉是住在古堡而不是宽阔的湖边呢？

在近代小说中，可以说所有的空间都是有意味的。

小巷在很多作品中，都是个人曲折心路的体现，所以，走入小巷就具有一种走入自己心路的隐喻意味,它的晦暗与曲折,全都暗示着人进行自我剖析、自我认错时的艰巨,甚至可以说,只有在小巷里暴露露阴癖,才能真正地吻合"忏悔"之名:把内心的隐私剖露出来。走入小巷还有一个更为深入的变体:走入森林。在学者加藤周一看来,日本文化中有一组"深处"和"水平面"的对立,越深就越具有"神圣性",进入森林,人们才有机会自剖心迹、获得救赎或者宽慰的可能。至于地牢、地堡、暗洞之类的空间,没见过也想得到,它们总是黑洞洞的,让人疑心闹鬼,它们在哥特文学中大行其道,更多地象征着理性之光难以烛照到的意识的暗面,所以《地下室手记》绝不会变成《广场手记》。

在本细读章节中,少女时代是通过一个发光的镜子对折到中老年时代的。

回忆着18岁时布尔顿的生活片段时,克拉丽莎看到了镜中的自己:"对镜自照时,她噘起嘴,使脸型变得尖锐。这便是她的写照——尖刻,像梭镖,斩钉截铁。"由此,时间通过镜像对折到了当下。那个曾经在顶楼读诗、讨论社会问题的女孩现在成了一名"能为孤独的人提供庇荫所""帮助青年,他们感激她"的人。小说中有三次写到人物的对镜自照,这是第一次。在欧洲的传统绘画中,经常会出现一位美女手持镜子,但镜中映出骷髅的题材,红颜枯骨,一镜之隔。我想,伍尔夫在对折克拉丽莎的少女与中老年时代时,延续了这种镜像传统,也即,镜子把人拉回现实,逼人直面残酷。这种手法在近代的影视剧乃至广告中也很常见,许多影视的剧情都是让看似强大的女主角对镜卸妆,当苍老疲惫的底色暴露出来后,风光让位给风霜,她反而获得了直面真实自我的勇气。

通过镜子的翻折,人到中年的克拉丽莎从楼顶下到了客厅,变得"接地气"了。她观察着露西在客厅里摆放各种银器,象征着财富的银器(银器同样能像镜子一样折射)、亚麻、瓷器取代了当年顶楼读的雪莱与柏拉图。读者在细读文学时,不妨再留意一下小说中大量书写物质的意义,它有可能代表着一种沉迷富足世俗生活的精神状态,也就是说,表面上写物,其实写的是人的精神。托尔斯泰在《复活》中也有类似的写法,他让男主角一登场就被一个物质丰盈的世界淹没:

> 他拿起一件绸料长袍披在丰满的肩膀上,迈开又快又重的步子,走到卧室隔壁的漱洗室里去,那儿满是甘香酒剂、花露水、发蜡、香水等的人工香气。他在那儿用特制的牙粉刷他那些镶补过许多处的牙齿,用喷香的含漱剂漱过口,然后开始擦洗浑身上下,再用各式各样的毛巾擦干。他先拿香皂洗手,仔细地用刷子剔净长指甲盖。
>
> (汝龙译)

读者一下子就被拽到了香喷喷、亮晶晶的世界中。托尔斯泰之所以这么写,为的就是暗示读者,瞧瞧你们眼前这个人:他灵魂空洞、麻木又乏味,物质的实体吞噬了他的精神空间,他甚至为大量的占有感到沾沾自喜。这样,他早年毫不在乎地诱奸女主角,也就有了合理的解释。当然,诗人会用更精简和浓缩的物质意象烘托人的精神世界,T. S. 艾略特在《荒原》中只给了读者四个词:袜子、拖鞋、背心、紧身胸衣——它们堆在一个女人的长沙发上。哪怕读者没有读过这首诗,脑海中再浮现出这幅画面时,似乎也能感知到一些关于不快、疲惫、邋遢、凌乱、麻木的气息,它们都在泄露这个女人的生命故事。或者,它会让人想到她早晨匆忙出门上班,很晚才回家,昏暗的灯光下,把衣服胡乱一脱就上床的场景,身体都被掏空了,哪还有心思收拾打理。事实上,艾略特正是想要交代如荒原般的现代世界中,每一个个体疲惫且孤独的处境。

从阁楼回到客厅后,克拉丽莎的动作也发生了有趣的对折——"她在沙发上坐下,膝盖上放着裙子,还有剪刀和绸料。"再也没有孩子般抱着膝盖的动作了,也不会有那样的心态了,因为接地气,她变得实际与安稳。哪怕是后来彼得的到来使两人陷入昔日情感的旋涡,她的动作依然是坐着补裙子。在这一刻,伍尔夫非常残酷地为读者揭开中年生活的面纱:安稳,但是乏味空洞。

中年对于少年时代来说可不就是安稳。

因为工作的关系,我不时会听到学生诉说他们的精神性迷茫,但是很少听到身边的中年人有类似的困惑。当然,绝大多数人的迷茫都是事务性的、阶段性的——比如和朋友闹掰了,不知道能找到什么工作,或者和办公室里的同事不对付、孩子与自己的关系在变得疏远——但总体上很少会有精神性的痛苦与紧张,那种关乎自我存在状态的沉思与不解。事务性与阶段性的问题必然会随着时间的推移得到安置,孩子总会长大、工作总会找到、问题学生总会毕业、朋友总会变得更亲密或者干脆"友尽",在这些时刻,人生大抵尘埃落定。很多人最终会在中年时期暴露出一切了然的赤裸肉身:再没有什么构成问题,再没有什么需要去思考。读康拉德的《间谍》时,曾读到过他的一个比喻,说一个棱角不太分明的人要钻进一个长期形成的圆窟窿时,最多耸一耸肩,最后就"报以感官满足后的沉默",那沉默如此诱惑人却又如此恐怖。

少年时代的精神性困惑可能是种禀赋,但往往也一闪即过。有的人先天就会更多地感受痛苦。我的一位学生说起自己读小学时的经历,因为是留守儿童,跟着爷爷奶奶过,很孤独,所以总是孤僻一人。放学后就去林子边看树,有时候一看就是半个多小时,他觉得林子里那棵最低矮的树是他自己,周围全是比它高大的树木。他在看树的瞬间体会到了自我的孤独,但是这种精神性的感受持续的时间可能很短暂,随着他不断读书、融入社会、成家立业,那一瞬间的孤独感在没有得到很妥善的回应后就消失了。但更多时候,年轻人的精神性困惑像是"学来的",像是被教育穿上的一件衣服。① 进了大学,师友们都在讨论各种概念、修辞、主义、存在、心灵等话题,自己就不由自主地被吸引进去,不管是出于风尚、义务、机遇还是虚荣,依样画葫芦地聊了几年,等到毕业时,事务性的困惑一来——工作怎么办?女朋友怎么办?保研还是考研?——就没心思再想了,这

---

① 儒家经典里时时常会出现一句话叫"服使然也",前面一般会设置一个"非不能也"的情景,比如说不是不能听,不是不能吃,或者不是不胆怯,只是穿上了(代表社会地位、身份等的)衣服,衣服规定了人的举止礼仪,就不能乱听乱吃,或者就得鼓起勇气来。在这个意义上,衣服有引导人行为的意味,而教育则是最复杂的一件衣服。

件衣服也就从此被脱下了,恢复本性。在中年的世界里,大家突然发现,裸体也是能活下去的,毕竟,生存的问题本就比存在的问题更为紧迫。

有时候,看着台下的每一张年轻的面孔,我会感到有些惆怅,对于绝大多数人来说,大学四年可能是一生中唯一能集中阅读思考接近生命本真性问题的时期,一旦褪去大学的衣服,人们就会迅速被生活淹没。我们以为克拉丽莎只是小说中的对象,但很可能她是我们——未来之我、中年之我,甚至,我们嘲笑她时不时的庸俗别扭,但很可能在中年之后连她都不及。

有一次,打开一本毕业生送给我很久却一直未读的书,发现里面掉出一张小卡片,上面剖白:毕业以后,不知道自己是不是真的喜欢读书和文学。

我不免黯然。

3

"我爱上她了吗?但什么是爱呢?"伍尔夫在日记里这样问道。

"她"指的是薇塔(Vita Sackville-West),她比伍尔夫小十岁,来自更为上层的贵族家庭。两人都是受欢迎的作家(伍尔夫一度对薇塔更为畅销感到不快),也都嫁给了男人,但是,这两位女性还是为对方写下了数百封的情书,最长的那封叫作《奥兰多》,伍尔夫把它献给了薇塔。而在薇塔的帮助下,伍尔夫说出了当年曾遭表兄性骚扰的事情,也有了人生中第一次令人满意的性关系,她学会了放松自己。甚至,她们在去法国旅游时,伍尔夫买了一面镜子,觉得自己可以照镜子了!后来,伍尔夫开始觉得薇塔的精力太过于充沛,喜欢到处旅游(这一点和法国作家尤瑟纳尔何其相似),伍尔夫力所不逮,而薇塔对各种各样的情人的欲求,也令伍尔夫吃醋。两个人的热恋最终由于政治意见的分歧而冷淡下来,1935年后,两人渐行渐远。伍尔夫在1935年3月11日的日记里写道:"我和薇塔的友谊结束了。没有争吵,也不是砰的一声,而是瓜熟蒂落。"

其实,我在讲述文学时不太喜欢引用作家的生平,总觉得"知人论世"是一种比较陈旧的方法,一部虚构作品无论在多大程度上有作家个人思想与经历的投射,最终应该讨论的都是独立的作品本身。在短篇小说精读的课堂上,我甚至要求学生保持一种纯粹的"不知",也就是在他们对所阅读的作家毫不了解甚至完全没听过的情况下就开始阅读,我想,这样多少能逼出一些更贴近作品"内在物"的思考。无论是罗兰·巴特的"作者已死",还是普鲁斯特驳斥圣伯夫,说的都是文学评论应该迫使评论者返身于作品的内核、内在的超验维度、内向的质料,并且使评论者也保持一种宁静中默默自观的状态。有可能,读十本传记都比不上读一本小说原著更能捕捉作家的文学内核。在我的书架上,我甚至把一个作家的作品和传记远远隔开,仿佛它们会互相干扰似的。不过,对于非专业的普通读者来说,作家的八卦故事也并非多余,它能亲切地减少我们与百年前作家的距离,也为经验不够充分的学子提供一套便宜(虽然有些简单粗暴)的阐释逻辑:因为伍尔夫的同性恋情如何如何,所以她才会在小说中如何如何写。

还是让我们回到原文,且不管伍尔夫自己的风月情浓吧。在这个细读章节,作家设置的第二组对折是从女性之爱到男女之爱。

小说花了不少笔墨来描述克拉丽莎与萨利曾经有过的情感:

> 只能存在于女人之间,尤其是刚成年的女子之间的特征。它的形成来自于一种合谋,一种预感,仿佛有什么东西必然会把她俩拆散(她们谈起婚姻,总把它说成灾难),因而就产生了这种骑士精神,一种保护性的感情。

在课堂上,一开始很多女生都特别确定地表示难以理解这种感情,也从来没有经历过,从她们的表情判断,似乎这是一种令人难堪的情感。她们想到的词和很多批评家应该差不多:同性恋,而她们绝不可能是同性恋。我在想,人们衡量和理解亲密关系的模式是否就是那么边界清晰的呢?女人之间要么就是同性恋,要么就是好朋友,绝对不会有中间的暧昧与模糊状态吗?

更具体一些问:人们如何理解爱呢?

大多数人希望它有一些清晰的界定和边界。C.S.刘易斯在《四种爱》里曾提出过泾渭分明的界定:慈爱是父母对子女的关爱,也包括孩子对父母的爱;友爱是超越血缘关系且最具有智性色彩的感情;情爱是根植于性欲、发生在男女之间的欲望;圣爱则超乎于前面所有这些尘世之爱,由信徒对泽被苍生的上帝发出。我在课堂上常常会引用刘易斯的这个分类,也会看到年轻的学子们非常虔诚和勤勉地把刘易斯的话记在笔记本上,因为他为年轻人暧昧未明的情感世界提供一个极为确凿的框架。可是,刘易斯的分类是足够的吗?在课后,有过好几位女生来和我聊到自己的情感体验,她们都发现,自己的真实体验无法完全被边界清晰的框架容纳进去。其中一个女孩与另一个女孩因为都喜欢读书而走近,继而她对自己的同学有了一种近乎占有的、排他性的情谊,她甚至做出决定,以后不结婚,要和那位同学一起赡养她得了慢性病的寡母,然而,她又否认自己是女同;还有一个女生说起自己假期留校的经历,她和关系很好的室友一起去吃饭,买了酒又回宿舍看电影,看的是《燃烧女子的肖像》,那一刻,她已经有点微醺,忽然想到身边的室友,对她们到底是什么关系产生了困惑。当然,第二天,酒醒了,电影结束了,二人还是像往常一样,自然地去上自习和打饭了……

小说帮助这些女孩表达了自己的处境,因为小说正是把慈爱、友爱、情爱、圣爱这些过于分明的划分给搅成了一锅粥,也在最大限度上还原了人内在世界的含糊状态。对这些女生来说,文学正是在这些时刻与自己亲近的——很多时候,人们希望的不是文学真的能解决什么问题,而仅仅是自己的处境得以被说出、被表达,因为,说出可能已经意味着被理解。简而言之,文学不界定,只描述,不解释,只呈现。它把最为幽微、模糊、暧昧的情感从过于清晰系统的框架中解救了出来,让人们回忆起那些因为害羞、道德感或者时间磨损而被丢弃在记忆深处的情感体验。我猜测,很多女性在青春期都体会过一种对于同性的近乎爱欲的亲密与信任感，它是混沌且带有神秘色彩的女性之爱，令女孩们掉转枪头一致向外，形成伍尔夫所描绘的"合谋"，虽然，她们最后还是会嫁人生子。

为什么说女人之间这种充满了幽微与暧昧的亲密关系甚至会产生"骑士精神"呢？

实际上，19世纪以来，女孩与女性朋友发生浪漫关系仍然是一种习惯。与她们关系密切的人，如母亲和老师，往往鼓励女儿和学生之间的这种浪漫关系，她们认为这种关系比与男性的亲密关系更安全。"骑士精神"则让我想到中世纪神学体系中的"灵性情谊"，指的是两个人在走向上帝的过程中在精神上合二为一的亲密感，其特征还包括手势、目光、倾慕与温柔，途径则是通过共度时日、共同完成使命、共同分担责任，等等。现代人一提起中世纪的修道院，想到的可能都是清规戒律和禁欲，所以可能会很惊讶修道院里的人会互相写情书，而且全是滚烫热辣的情话，他们这不就破戒了吗？实际上，灵性情谊的特点正在于此，当时的很多神秘主义者都喜欢用充满情欲的修辞来描述人与上帝的关系，这一传统最早可以追溯到《雅歌》。两个人如何表达他们对上帝共同的爱呢？通过更深入地走近对方，然后才能更接近上帝。中国人有时说"革命友情"——"咱俩感情可是经过革命考验的呀"——其实也有点"灵性情谊"的味道，那些神圣的、召唤着我们一起奔赴的目标，会为我们之间的感情点染神圣色彩。所以，对于克拉丽莎来说，她与萨利的女性之爱也在情爱、友爱乃至圣爱之间游走。当萨利亲吻了克拉丽莎时，后者甚至觉得那是"神灵的启示、宗教的感情"。

和男性之间的友情相比,女性之间会产生上述感情的可能性似乎更大,这又是为什么呢?

友谊也许是分性别的。毕竟你可能很难见到两个男生约好一起去上厕所或者买奶茶(我祈求这里不要被误解为是刻板印象)。或者说,男性之间的友谊偏向于是肩并肩的,女性偏向于面对面的。女性之间的友谊更多地以情感的分享与自我的表露展开,有时候,互相吐露内心的秘密甚至诉苦,是最快地拉近两位女性距离的方式。当两个女性面对面时,她们交换的是眼神,还有气息。气息,总是和一个人的内在性有着更紧密的联系。它会让我联想到上帝在造人时,是往人的鼻孔里吹了一口气,人才有了灵魂;或者小时候,我记得有一位邻居自己做了豆腐,挨家挨户地叫卖,据她说,在制作豆腐的过程中,要有人的气息参与到发酵里,做出来的豆腐才好吃。是否可以说文学中,女作家们往往也会更敏锐地把握女性角色对于气息的敏感?在普拉斯的《钟形罩》中,女主角有一只狗一样灵敏的鼻子,总是能闻到女伴身上的味道;轻微的汗酸、马的味道……女性之吻也跟气息有关,在女性之爱的高潮,克拉丽莎与萨利接吻了:

> 这时,她整个生命中最美妙的时刻到来了:萨利止步,摘下一朵花,亲吻了她的嘴唇。

请注意,这美好的一吻之前有一个动作:摘花。

花是有香气的。芬芳的缭绕如同一吻中气息的交换。

当人们接吻的时候,传递的不仅是感官的抚触,更重要的是会非常近距离地吸入对方的气息。面对面的情谊显然比肩并肩的情谊更能摄入代表着灵魂与身体渴望的气息。我的一位学生和我分享过一个有趣的地铁观察,在他对面,坐着一对年轻情侣和一对老年夫妇,与老年夫妇全程正襟危坐、目不斜视相比,小情侣腻歪在一起,不停地寻找一个最舒服的姿势,一会儿女孩头依靠在男孩肩膀,男孩顺势闻了闻女孩的头发,一会儿女孩又窝到男孩胸口,像小猫一样蹭一蹭、闻一闻。我的学生由此得出一个特别好玩的结论:年轻人是用气息来谈恋爱的,老人之所以没有腻歪在一起蹭啊蹭,是因为气息已经消失了——荷尔蒙的消失。我觉得这个观察非常有趣,脑海中马上想到的是契诃夫的《吻》。小说中的男人在黑暗中不期然地吻了一个女人的嘴,但是契诃夫没有写接吻的触感,男人自然也不知道女人的模样,契诃夫唯独只写了接吻留下的气息:薄荷味,这个气息令他魂牵梦绕。相反,在山多尔的小说《伪装成独白的爱情》中,女人回忆起与她前夫的气味,是"干草味"。想想看,人们都喜欢吃薄荷味的糖,它凉丝丝的让人回味无穷,可是,没有人会期待吃干草味的糖。在伍尔夫笔下,当男人猛地出现后,女人灵性情谊之间的气息交换被中断了,后来的故事中克拉丽莎与萨利分别结了婚、生了子,这是结结实实的事,不再是缥缈的气息。

结结实实的男女情欲关系被另一个意象坐实了:墙。

伍尔夫用"撞在一堵墙上"来形容女性灵谊的突然幻灭,男性的冷硬一下子出现在眼前。柔软的、暧昧的、模糊的女性情欲被替换成坚韧的、清晰的、绝对的男女情欲。当然,作家有时候也会用"墙"来反向地塑造女性的柔媚。在

《红玫瑰与白玫瑰》中,张爱玲塑造了极具性张力的女人王娇蕊,她在男主角面前又娇憨又诱人,当她说自己在喝乳钙时,用了一个绝妙的形容:"像喝墙似的。"这么一个不通文法的句子,不仅是要交代娇蕊作为华侨的中文不精,更要暗示娇蕊对于男性力量与气质(仍然是以墙为隐喻)的性贪婪,她的柔媚是可以吞噬和消化他的强硬的,故而,两人在后文勾搭成奸也就不令人意外了。

这个细读章节的第二个对折由此发生,女性之爱被蛮横地对折到了男女之爱里,克拉丽莎用"真可怕啊"匆匆结束了这段回忆,开始专注于眼前和彼得的情感较劲中。所以,回到当下的客厅环境后,克拉丽莎向彼得炫示的是自己的女儿:"这是我的伊丽莎白",而彼得则暗示了自己最近的情事。两人的谈话以回忆开始,而沉湎于回忆暗示着两个人再没有未来。① 此后,再没有什么是两个人可以共同完成的志业了,伍尔夫在这个章节对当时男女分道扬镳的处境作出了沉痛的描绘:一个男人,可以做成千上万件事情:旅途,骑马,争吵,探险,桥牌,恋爱,工作,工作!而女人呢,透过彼得的眼睛,他只看到了一个家庭主妇,坐在那里缝补衣服。在这一刻,伍尔夫对男女不平等的状态发出了最强烈的申诉,这种不平等被象征性地赋予到了两个物件之上——克拉丽莎的是一根缝衣针,而彼得的则是一把小

---

① 在阅读文学作品时,不妨留意那些大段大段出现回忆的情节,这些场景的出现往往都有一个潜台词:主角看不到未来或无法实现未来,只能将自己安置在过去。回忆的写作不仅意味着时间的情景,更意味着人在当下的情景。萨特在评论《喧哗与骚动》时用过一个很形象的比喻:"福克纳看到的世界可以用一个坐敞篷车里往后看的人所看到的来比拟。"人确实会随着时间推移继续生活,但他只能看到过往的风景,这个时候,人是无望的。

折刀。

这两个工具意味着什么?

我的学生们给出了非常有想象力的解读。他们想到了针和小刀的功能不一样:一个功能单一,只能缝衣服,一个却能劈砍杀削,功能多元,这意味着男女之间能做的事情的差异;他们想到了针与小刀造成的创口是不一样的:针很小很深,意味着女性受到的伤害总是向内的、不可见的、自行消化的,而刀则是明显的,有伤口的话也能让所有人都看到;他们还想到了针总是面对已有之物进行工作,但刀却可以砍向一个人还不曾拥有的东西,通过砍削来获得对象,这也对应着伍尔夫发现的男女之间的差距:女人只能坐在家里缝补,但"一个男人,可以做成千上万件事情"。我也补充了我的想法:一枚针,就像是一枚作茧自缚的工具,克拉丽莎把自己的人生缝在了像茧一样的绿裙子中,安心当起了理查德的"家内天使",被大量的物质、仆人与宴饮包围;而一把刀,则象征着彼得开拓人生、丰富自我的武器。一个是向内缝补,一个则是向外砍削。刀是伍尔夫偏爱使用的男性工具,它往往代表破坏性与创造性。在《海浪》中,尚为小男孩的伯纳德会在女性玩伴哭泣时,拿着小刀子,"向她编造一些故事",借此安慰她。

在文本细读时,读者们不妨留意小说中出现的道具,一流的作家不会放过任何一个向读者吐露天机的工具:契诃夫在《精神错乱》里的工具是一只酒杯,他让即将逛妓院的男大学生盯着这只酒杯,那里漂着一些软木塞的碎屑,凝视杯中渣滓暴露了这位学生的精神洁癖,他在后文因为无法接受妓女安逸的处境而精神错乱;托妮·莫里森在《秀拉》

里的工具是一块猪油,她让做母亲的女人把这块猪油塞到儿子的肛门里为他通便,而这猪油是家里仅存的食物,只是再不拉屎,儿子就要憋死了,母爱无非就是在挨饿和肠梗阻之间做抉择。哲学家喜爱用"上手"来描绘人与世界打交道的状况,那是一种工具与使用者高度融合、抽掉中介的境界,一如庖丁解牛,刀近乎无形,或者剑客的手中无剑、心中有剑,总之,工具变成了身体的一部分。我想,好的小说中的道具,往往也是最能贴合人物手感的东西,是人物性格与命运的外延。

4

古典主义时代最伟大的喜剧作家莫里哀是在舞台上倒下的。

当时,他正在演一出叫作《没病找病》的剧,这是他的天鹅绝唱。主角是一个身体健康却疑心病极重的人,整日惶惶不安,跟今天沉迷于"百度查病、癌症起步"的人差不多,最终,他久病成医,也接受了自己是个健康人的事实。这本书在国内也译作《无病呻吟》,同样颇为贴切。莫里哀于1673年2月17日登上舞台表演这出剧时,早年入狱时落下的肺结核已入膏肓,他在舞台上表演一个无病呻吟、恢复健康的人,但却因为自己真实的疾病无力支撑到剧终,吐血倒下,死于家中。法国哲学家巴迪欧极为喜欢这则令人伤心的逸事,他提示我们:"面对突然降临的、重叠在想象的疾病之上的真实死亡,观众被深深击中。"

巴迪欧之所以把这个场景称之为"重叠",正是因为剧中人的命运与剧外真实的莫里哀的生命发生了微妙的颠倒和重叠，正像我们沿着一条缝折叠一张A4纸时，两边的图案在一瞬间交叠在一起，两个故事是相似的，但走向和含义却完全不同。当剧中那个无病呻吟的人沉浸在身心痊愈的喜悦中时，莫里哀却走向了真正死亡的悲剧，舞台与现实的维度差异放大了悲剧的体验。与此类似，在《达洛维夫人》中，我们还能发现伍尔夫设计的第三组对折：小说里的故事与传统典故的对折，读者也将再一次看到相似的情节导向截然不同的结局。

其实，从小说的刚开篇，大家就注意到伍尔夫极爱引用莎士比亚。比如克拉丽莎在书店里，透过橱窗看到《辛白林》里的句子："不要害怕骄阳炎热，也不怕隆冬严寒。"这句"不要害怕骄阳炎热"在全书中出现了三四次，在小说最后的大宴会上也出现过。读者必须先搞清楚《辛白林》到底讲的是啥，才能明白伍尔夫为什么非要几次三番地引用它。

《辛白林》这出剧在莎剧中不算太复杂，但也集中了他非常喜欢的变装、猜疑与试探、误会及其解除等经典元素。剧中的妻子与丈夫被强行分开后，丈夫怀疑妻子的忠贞，要求仆人杀死妻子，忠心的仆人不忍动手，让女主人乔装成男人以便出行，去她的丈夫那里看看发生了什么导致猜忌发生。但在此过程中，妻子喝下了一瓶药水，假死过去，被妻子失散多年的两位兄弟遇到，两人哀叹于这位"少年"的美丽，同时又心痛于"他"这么快就离开了人世，于是，两兄弟就为这个尚未与他们相认的"美少年"举办了葬礼，他们唱道：

不要再怕骄阳晒蒸，

不要再怕寒风凛冽。

世间工作你已完成,

领了工资回家休息。

(朱生豪译)

　　他们哀叹的正是这桩死亡事件,死亡带来了超脱,人不必再受人世的煎熬。那么,这个古老的传奇故事和克拉丽莎的故事有什么关系呢？在莎士比亚的故事中,有一个核心的元素:双重性。女扮男装,这是身份与性别上的双重性,女性身份隐藏在男性外表之下;假死,又是介于生和死之间的双重性。如果读者已经了解《达洛维夫人》的整个情节走向,就会发现,小说也以这两种双重性为核心线索:克拉丽莎本人,非常拧巴,非常纠结,她的真实自我掩藏在社会身份之下,而小说结尾时,赛普蒂默斯跳窗自杀,克拉丽莎感到自己也有一部分随着这个青年而去,青年好像是代替她去死了,换句话说,她也"假死"了。

　　在莎士比亚的时代,女性是不能登台献艺的,法律明令禁止。所以,戏剧中的女性往往由男性扮演,那些尚未变声、音色尖锐的男孩也成了首选。有时候为了制造喜剧效果,戏剧中会大量出现女扮男装的桥段,类似于我们梁山伯与祝英台的故事,或者是花木兰代父从军的故事,于是观众就会看到这样离奇的场景——男演员扮成女性,然后该"女性"又扮成男装——这本身就是舞台上性别的对折。这一奇观与小说存在对折吗？也许,读者可以把克拉丽莎与赛普蒂默斯看成一个人,一个既是男人又是女人的角色。克拉丽莎在听闻青年死讯后曾经说了一句:"不知怎的,她觉得自己和他像得很。"只不过,为了讲故事的真实性,只好拆成两个角色。当他们合二为一、雌雄同体时,正对应着莎剧中集男女于一身的场景。

理解《辛白林》的典故,才能理解它与一部全新的现代小说之间到底是什么样的对折关系。这对读者的要求比较高,但也提醒着读者,不要放过小说中出现的"插入性信息",因为插入的诗歌或者书籍、画作的名称往往都提示着与小说核心密切相关的线索。当我们试图依据线索解密时就会发现,有时候只需要我们领会全篇就够了,有时候则需要读者跳出去掌握更为深厚的文化与历史传统背景。

爱伦·坡属于第一种。在他的名篇《厄舍府之倒塌》中,叙事者来到一座恐怖的大宅拜访厄舍①兄妹,抵达后,他在卧室里拿起一本书随便翻翻,书名叫作《疯狂的约会》。读者可能扫一眼就过去了,心想无非是一个无关紧要的书名嘛,但是读完整部小说,读者可能会发现小说中的兄妹发生了乱伦,而《疯狂的约会》也就突然被赋予了意义,它也许早就在告诉我们厄舍兄妹在做的是什么——乱伦可不就是疯狂的约会。这就是领会全篇、读懂了小说后就能明白的"插入"。

但是,再来看看下面这个例子。狄更斯在《我们共同的朋友》中说,一个年轻的家庭秘书读的第一本书是爱德华·吉本的《罗马帝国衰亡史》。对于绝大多数的中国读者来说,这个书名的插入没有任何意义,且让我来开个脑洞,如

---

① Usher,这个词本意为剧院里的引座员,但是可以引申为进入、入侵的意思,叙事者其实也是一个入侵者,他的到来加速了本就已经产生裂缝的府邸的倒塌。

果这时出现的是杜甫的《春望》呢？"国破山河在,城春草木深"的句子让中国读者马上明白,这首诗是关于国仇家恨的,那么,出现在一部小说中,是不是也意味着小说要写同样的主题？其实,吉本是一位十八世纪的英国历史学家,他的《罗马帝国衰亡史》描绘的是一个古老文明崩盘的过程,而《我们共同的朋友》则以伦敦为背景,小说中,它被描述成一个颓废和腐败的城市,人们只关心自己的利益。所以,作家在这里引入《罗马帝国衰亡史》这个书名也就象征性表明了他对伦敦社会崩溃的预言。

我由此想到,中国读者理解外国文学的一个难处在于,它需要读者自己架构阅读的文化背景与历史的视野,这是一套全然陌生、需要习得的知识,但对西方读者来说,莎士比亚也好,荷马也好,多少是成长过程中就伴随的。就像《红楼梦》里,大家一看宝黛共读的是《西厢记》,就明白了两人的情感正在升温。所以要真的彻底读懂外国文学,可能还需要对西方历史、政治、艺术都有一点了解。不过,这是一个充分不必要条件,因为,文学的一个神奇魅力在于,读者可以在理解之前就进入其中,就好像美食在人们尝到之前已经先被闻到了,潜意识与感受正是"闻"到一件文学作品的核心器官。我曾经邀请大家解读洛特雷阿蒙的名句:"一把雨伞和缝纫机在手术台上相遇也是美,因为那是我的一个梦。"一开始,同学们还是努力想用逻辑把这句诗"说清楚",但后来他们渐渐放下了这个执念,单纯地谈论文字、修辞、意象带来的冲击感。这是超越于知识与逻辑之外的东西。

在伍尔夫对莎士比亚的引用中,自然也不是把故事当成一种知识或者逻辑来化用。

古今之间文本的对折,从来都不是简单的复制。每一个伟大的作家脑子里都装着一千个前辈作家,但写出来的东西只属于他自己。莎士比亚是伍尔夫极为喜爱的作家,在著名的《一间自己的房间》里,她宣称伟大的心灵总是雌雄同体的,莎士比亚的性质就是"雌雄同体的典型,是女性化的男性头脑"。她非常熟悉莎剧,但往往在靠近莎士比亚的时候也在逐渐远离他,她彻底改变了莎翁皆大欢喜的底色,用一种更为残酷、冷峻但又漫不经心的方式展现出现代人的生存处境:焦虑与死欲构成了日常生活表面之下的暗河。不再有结尾的相认与好事多磨,取而代之的,是一了百了的决绝与永恒的困惑。

这样的对折,在中国文学传统中有一个更为简约的表达:"用典。"汉学家宇文所安在《追忆》中将"用典"放置在人们环环相扣的回忆之链上:刘禹锡写下"朱雀桥边野草花,乌衣巷口夕阳斜"时,他在回忆那些东晋豪门世家的往事,而我们在读到这句诗时,又在回忆刘禹锡或者眼前新的衰亡与更替。人世代谢,用典故来铭记。但是,没有一位作家在用典时是在单纯地还原前一位诗人呈现的世界,古今文本的折叠将读者引向文本之外,思索在文学乃至人类的历史疆界中,相似的处境是如何引出对人世辗转变化的沉思的。

从这点上来说,文学中所有的借鉴、化用和致敬,新瓶装旧酒的艺术,也许都是一种创造性的折叠。

六

曲线:用脚步制图

细读内容:第45—55页

情节梗概:离开克拉丽莎后,彼得走上大街,在钟声波荡中沉思(此时是十一点半)。他望着维多利亚大街的橱窗,想到身后是印度,又想到了在印度的生活与恋爱,但克拉丽莎对这些并不知情。他觉得克拉丽莎曾经的羞怯变成了如今的世俗和一事无成。想到自己居然表现得像个傻瓜,他又懊悔不已。圣·玛格雷特教堂的钟声敲响,声音如同一位来到客厅的女主人,这又让彼得想到了曾经的克拉丽莎来到客厅,钟声又如同她的心跳,也许会成为丧钟。不,他不答应她的死与自己的老。他不在乎那群庸人对他的态度,他曾是开拓世界的青年。接着,他来到白厅街,看到了一群身穿制服的男孩列队前行。这些孩子手拿花,表情严肃,车马均停下让路。彼得觉得,这些孩子终将会因为纪律的约束变成僵化的人,过着毫无变化的生活,就像街头的雕像那样,一度克己、牺牲,最终成为大理石雕像,受到注目。

　　彼得觉得大地像一个岛屿,自己孑然又茫然地站在特拉法尔加广场。他想冲破习惯的束缚去漫游(wander),前往干草市场时,他遇到一个女郎,他跟随着女郎,经过了科克斯珀街,风儿吹动她的披肩。彼得观察着她,如果她停下来就请她吃冰激凌。人群中,彼得觉得自己像一个冒险家,一个海盗,抛开了繁文缛节,穿过皮卡迪利大街,走上摄政街,她的衣饰与街景交融。来到牛津大街和波特兰大街,她进了门,一番尾随结束。他自觉满意。

再次走上大街,他觉得去哪都行,就沿着这条路往摄政公园走吧。今早真好,伦敦的社交季节的风物让他喜悦。它所代表的文明让他亲切。来到摄政公园,他回想起曾与克拉丽莎的父亲争执。他在椅子上坐下。想起刚才看到的伊丽莎白,猜想她与母亲的关系不好。抽着烟,他在椅子上打起了瞌睡。身边有一个推着婴儿车的保姆。这时,他进入一种童话般的幻游,精神出没于大街小巷,看到树枝幻化为女性,仪态万方,时而端庄,时而纵情。幻觉中有一个由天空和树枝构成的形体从海中涌起,如同女神。孤独的漫游者又走出森林,遇到各种老妇人和寻找战死之儿的母亲。画面又转入室内,在日常的家居环境里,女房东问:今晚没有事了吗?

可是,孤独的漫游者向谁答复呢?①

---

① 按:1922年7月22日,伍尔夫在日记中澄清了彼得在公园打盹这一场景的含义:"这时该有一支歌队出现,一半由保姆和婴儿组成,他们平静安全,[一半?]由一个看见彼得睡觉的小女孩组成,她恐惧和担心。他身上有一种无助、荒谬、可怕的东西:它使得睡眠被抛弃了。小女孩跑向了雷西娅。"

1

我们常常在课堂上作画。

讲《巴黎圣母院》的时候,大家一起画加西莫多的样子,他有着四角形的鼻子,马蹄形的嘴巴,眉毛如红色的猪鬃,牙齿则跟城垛一样;讲《罪与罚》的时候,我们尝试着画出索尼娅房间的格局,那是不规则的四边形屋子,临靠运河的墙上有三扇窗户,这面墙有点歪斜地把房间切掉了一块,所以房间里有个奇怪的锐角,又有一个难看而突兀的钝角,右边角落里有一张床,靠床是一条凳子;讲冯塔纳的《艾菲·布里斯特》时,我在黑板上建造布里斯特府邸的结构,侧厅、正厅与围墙围出一个马蹄形的小花园,但花园出口又被一个池塘堵住,上面泊着一叶小舟,被铁链拴住,池塘边有个秋千,踏板又被绳索缚住。

为故事制图并不是要把文字抽象的逻辑兑换成肉眼可见的图画逻辑,哪怕纳博科夫在精心绘制托翁笔下的火车车厢时也不认为自己是在"还原"。我相信,每个故事都自有其肖像学、建筑学与几何学,只是作家们的绘图工具是文字,而非测量桩、砖石或者颜料,读者们读图的工具则是想象,每个人的画作依循的都是文字描述本身与个体想象交织后独一无二的产物。作画,无非是落实想象。所以,每当大家画完以后交流和彼此观摩时,是笑声最多的时刻,没有人画出的加西莫多是一样的,没有人画出的房间、宅邸与秋千会相同。

读文学作品首先读到的,应该是自己——自己的体验,自己的想象,自己个性化的输出。或者说,文学阅读与批评的唯一标准应该是生命本身。面对任何一部作品,首先问的都不必是"作者想说什么?",而是"作品与我发生了怎样的关系?"——解惑与困惑,都属于关系的一种。当然,五花八门的画作最后又可以收束到一些相对的共识中,比如,大家多会认同,加西莫多的丑是雨果"美丑对照原则"的刻意体现,索尼娅的房屋如此不合规矩,是她沦落为娼的反常崎岖人生的写照,而艾菲从小长大的宅邸,四面围挡,被封锁和束缚,预示了她日后想要挣脱枷锁的出轨。

《达洛维夫人》中,人们走出家门,漫步街头,用脚步丈量伦敦,他们经过了各种各样的街道、建筑、广场、商铺,也在其中留下了各种各样的行动与沉思。如果我们继续为小说制图,而且是制作地图,会发现他们在街头浪荡、徘徊,从一个地方没有目的地走到另一个地方,拥抱突然出现在眼前的东西,对虽然平凡但又令人眼花缭乱的街景敞开心怀。他们的轨迹往往不是直奔主题的直线。他们走的是曲线。

所以,这一章,我们讨论小说中的漂流与漫游。

2

在本细读章节中,彼得走入街头的洪流。他是小说中漫步时间最长、频率最高的人物。在前半段,他途经了维多利亚大街、白厅街、牛津街、大波特兰街、皮卡迪利大街、摄政街、摄政公园;后半段,他在摄政公园的椅子上睡着,继而,一个幻觉中的孤独的漫游者在幻想世界的树林里、海面上与家宅中继续漫游。如果摊开一张伦敦地图,按图索骥,连点成线,我们会发现这些漫步的痕迹纵横交错,有折返,有突然的拐弯,有波浪形的游踪,有偶然的相逢,有无计划的岔路,没有什么地方是一定得去的目的地,人进入了不可控制的、不服从的、漂移的路线中。这让人想到现代流行的城市运动city-walk,还有各种网红博主为你设计路线。伍尔夫特地用漫步(walk)形容克拉丽莎的动作,用漫游(wander)形容彼得的动作,这两个词有什么区别呢?Walk指的是步态,一种协调的身体运动,而wander指的是空间模式和蜿蜒形状,它会让我们想到那些弯曲、蜿蜒的空间运动。也就是说,伍尔夫早就暗中标示出两人的不同,彼得是更具有"曲线"气质的角色。

那么,人们为什么漫游与徘徊呢?漫游意味着从固定位置中脱落下来,有时是主动的,但大多时候则是被动的,暗示出一种被拒之门外的沮丧气息。我们会在大量社会新闻与民族志里看到那些因为疾病或者毒品走到街头的人,或者因为农田被淹没、村庄被烧毁而不得不迁徙的人,战争退伍后无家可归的老兵,以及缺乏一纸证书而成为难民、在国界线上徘徊的人,他们统统被免除了具体组织的关怀与接纳。我也不止一次听学生们向我聊起他们的漫游,或者说流浪。有时候是因为找工作和考试都很不如意,所以干脆给自己一个喘息的机会,决定出门"浪游",当我问"去哪里、住哪里、何时回",回答都是"不知道,都没定呢"。其中最严重的一个,童年时期因为父母重男轻女,于是就负气离家出走,门一关在身后问题就来了,去哪儿呢?到处乱逛,甚至走到了河边,犹豫了半天还是不敢自杀,还好碰到了同学,索性住到了同学家,但她期待的父母来找她始终没有发生,一个星期后,她只能灰心地回了家。一切都是随机的,也都是否定性的。

小说中的流浪漂泊会刻画得更具有隐喻色彩。

伍尔夫安排彼得在伦敦这个大都市中漫游本来就饱含深意。一座城市建起来,它应该是神圣的、有序的、安定的,而城市周围的荒野则天然带有一种被文明与正统驱逐的气息。不要忘记,在莎士比亚笔下,被驱逐的老国王李尔在荒野里找到的栖身之所,仅仅是一个野外的树洞。所以,当听惯了狒狒叫声的彼得回到伦敦后,他身上带有的原始气息与伦敦的文明整饬构成了强烈冲突,而当他离开克拉丽莎家以后,彼得为自己刚才冲动的动情感到后悔,他深感自己被拒绝了,继而,他来到维多利亚大街的一块橱窗面前凝视自己。

请注意,这里第二次出现了镜像。小说中的人在受伤沮丧、支离破碎时,往往会用镜子中完整的镜像来修复自己,只不过女人们用的是镜子,男人们用的则是更便宜的街边橱窗。也就是说,彼得这时候遭遇了双重的拒绝,他既无法像达洛维等人一样在大英帝国的主流正统部门获得一官半职,也无法像这对夫妇一样缔结常态化的婚姻关系。他刚从印度回来,没什么正经职业,又与有夫之妇卷入了混乱的情感关系,无论怎么看,他都不是一个主流的人。他是悬浮在精密的社会结构与亲密的婚姻关系之外的流浪汉。他所做的那些事,什么投身到一块充满霍乱的大陆上啦,什么和黛西才是第一次真正的恋爱啦,什么订购英国的手推车给印度的劳工啦,都是英国主流社会不关心也不接受的事情——印度对英国当然是重要的,只是这种重要不应该

以"可见"的方式出现在体面的帝国人民身边,对此,彼得发了一通感慨:

> 仿佛一片乌云遮住太阳,寂静笼罩伦敦,压抑人的心灵。一切努力停止了。时光拍击着桅杆。我们就此停顿,我们在此伫立。唯有僵硬的习俗的枯骨支撑着人体的骨架,里面却空空如也,彼得·沃尔什喃喃自语;他感到身体被掏空,内部什么也没有。克拉丽莎拒绝了我,他站着沉思,克拉丽莎拒绝了我。

明明是克拉丽莎拒绝了他,但为什么他要说前面那些关于伦敦或者习俗的话呢?因为他意识到,克拉丽莎是镶嵌在整个主流与正统体系中的一员,她的拒绝实际上就意味着帝国与社会习俗的拒绝。绝大多数时刻,人们恐惧流离在主流结构之外,那意味着安全的匮乏、独自面对风险的巨大成本与彻底的孤独。也就是说,徘徊与漫游是一种惩罚,是一种永不得被纳入主流结构的拒绝,是一种反英雄的叙事。只是,好的文学又往往站在习俗与主流之外,它总有些不合时宜、格格不入,它常向一个时代引以为傲的东西背过身去,甚至不惜对其冒犯,却在亵渎之名下永存;相反,那些与时代精神过于密切的作品往往是在下一个时代里最先被淘汰的作品。

文学似乎热衷于为徘徊者与漂泊者立下传记,似乎偏爱罪人和法外之徒。

很多人在读莎翁的《哈姆雷特》时可能都没注意到一个细节,王子在误杀大臣之后是怎么被遣送国外的?是坐船。

新国王谎称王子杀人需要避祸,急命船整装待发将其送走,而实际上是为了在船上将王子杀死,没承想一场风暴摧毁了这个阴谋(这一部分情节没有演出来,是通过信件来转述的)。那么,为什么是船呢？其实,船正是流放罪人的场所,这艘船的目的地根本不存在,它从往返于丹麦与英格兰之间的直线航线变成了在海面漂泊打转的幽灵船,只不过,历史学家与社会学家们更愿意把它称为"愚人船"。健全社会对待异己的态度一向都是隔离和驱逐。最早,一个城镇想要赶走一个不受欢迎的人,往往都是命水手将其带走,久而久之,"愚人船"成了最佳的圈禁之所。我们可以想象,它会满载疯子或者罪人,从坚固的陆地抛到了千百支流的河道或者茫茫大海上,随他们自生自灭。漂泊与惩戒,就这样进行了一次联姻。

俄罗斯文学中也留下了大量关于流浪的罪人的记录,他们有一块相同的目的地:西伯利亚。说是目的地,其实也不准确,因为西伯利亚没有明确的边界,也不是一个确定的目的地,踏上流放之旅就意味着学会四海为家。很多苦役犯到达流放地服刑期满后,又开始了流浪和盗窃的生活,还有不少人逃出流放的苦行队伍,加入强盗团伙漂泊。至于其中一些人被判流放的原因则更为悖谬,陀思妥耶夫斯基在《死屋手记》里通过一名流放犯之口告诉读者:"罪名就是流浪。"《死屋手记》里记载了不少这些流浪者的生平,这些人会为了一点财物甚至一个葱头而流窜作案,被判流放,但也会在详细的计划下逃跑成功,隐入俄罗斯广阔的冻土与密林中,漂泊无踪,只留下监狱里蚁穴将溃般的骚动。可以说,他们始于流浪,也终于流浪,流放不过是流浪中的一个点。显然，西伯利亚不是苦刑的终点，人们也并不沿着一条直线抵达那里，在看似目标明确的西伯利亚流放史上，作家们依旧还原出了通往目的地的直线之外的曲线人生，它更像是俄罗斯的黑暗之心，混沌无名，罪人们在其中狼奔豕突，流离不定。

对比下来，反倒是我们的男主角彼得"罪行"最轻，没有杀人，没有越货，他只是对当时英国人主流的生活方式做出了拒绝，因而，他受到的惩罚是从印度而来，孤家寡人地漂泊于伦敦。实际上，十九世纪以来的英国小说中，那些被主流社会驱逐的可疑之人几乎都有一个遥远的海外背景，不是印度、澳大利亚，就是南非、南太平洋岛屿……这些散落全球的英国殖民地通常用来放置文本中的失败者，或者复活新的角色，它们也常常成为小说中的起点、结尾与戏剧性转折的背景。在伍尔夫开始写《达洛维夫人》之前，印度刚刚经历了一场反对英国殖民统治的起义，它由圣雄甘地领导，从1920年持续到1922年，小说中的布鲁顿夫人惊呼的那句"啊，来自印度的消息"，说的就是这件事，印度作为一个遥远的、动荡的背景加入小说之中。

可能正因为彼得注定漂泊，所以，他总能在那些看似刻板固定的东西里把握到一丝游离的气息，比如，在漫游的过程中，他听到了圣·玛格雷特教堂的钟声：

> 圣·玛格雷特教堂的钟声在诉说：我没有来迟。没有来迟，她说，现在正是十一点半；然而，尽管她绝对正确，她的声音却不愿显出个性，因为那是女主人一本正经的口吻。对过去的某种忧伤，对现在的某种关注，

使她把个性隐藏。

在彼得听来,钟声不再是客观、中性的时间标记,而是一种女性化的声音。也就是说,伍尔夫在小说中为物理钟声赋予了女性的性别。在手稿《时时刻刻》中,她形容该钟声"有着女人的声音,若不赋予它们性别,它们就不可能与无生命之物有任何联系"。把时间赋予人格,看起来没什么了不起,早在莎士比亚或者更早一些的彼得拉克的十四行诗里,读者们早就见识过时间被比喻成"小偷""破坏者""涂鸦者"或者"老人",这些比喻的相似之处,都是强调时间对人的摧残力量,它偷走了人的青春、美貌与健康。就是这样的时间牢牢束缚在钟表的表盘上,一丝不苟地走完一圈圈路程,兢兢业业在人的身体上留下线性的残酷标记——今年的皱纹只会比去年更深,明年的白发只会比现在更多。

伍尔夫笔下女性化的钟声有什么不同吗?

她给客观的机械时间赋予了一种具有活力的性别乃至人性,这样,时间就可以从钟表的刻度盘上逃逸出来,挣脱从1指向12的规定路线,挣脱从生到死的既定终点,以漂泊、浪荡、游踪的方式神秘地与内心的思绪缠绕起来。虽然见到克拉丽莎只是早上几分钟里的事情,按时间的顺序短暂闪现罢了,但是,它对彼得个人意识的影响具有更长的持续时间和意义。女性化的钟声激发了彼得的随机联想,他感到钟声就如同克拉丽莎本人,她穿着洁白的衣裳,随着钟声走下楼来。她不是按照表盘的规律走,而是走下来,甚至倒着走——"他想到她曾经患病,那钟声表示虚弱和痛苦",甚至,当所有的物理钟声都指向衰老和死亡时,彼得聆听着钟声,内心竟然感到:"她没有死!我也不老!"

在这一瞬间,机械的表盘、固定的路线、单调的钟声全都消失了,时间变成了人,在内心流浪。这是只有在伍尔夫的小说中才能见到的奇观:不仅人是流浪的,时间也在随着心灵漫游辗转。

在一个充满容貌焦虑与衰老恐惧的时代里,女性自然会更关注时间的流逝,周期性的变化——比如说月经——也会更明显地体现在女性身上,所以,时间成为伍尔夫最为关注的主题之一。她受到现代哲学家柏格森等人的影响,认为时间不仅仅是被机械钟表标记的时间,生命的流动也不是以出生、成长、死亡这样不间断的机械节奏进行的,还包括以某一时刻的情绪强度来衡量的内在主观时间。因此,文学对一个完整之人的塑造,必然共同回荡着心灵内在节奏和宇宙循环的节律,也必然是情感、意识、记忆与时间的奇妙交融。

3

看起来,彼得的罪是选择了一种非主流的生活方式,而他受的惩罚则是漂泊。只是我常常在想,一个在具体的活法上特立独行的人,反而可能会比激情犯罪需要付出更多的智力思考与成本计算,因而也就更有一种决绝的勇气。

小说中,彼得想到达洛维那些人对他的风言风语,想来,无非是议论这个人"不入流",没有进入正统社会的游戏规则里,是个在经济与社会地位上的失败者。对此,伍尔夫只是轻轻说了一句:"他毫不在意",接着又不无玩笑地补充了一句："虽然他有时确实不得不考虑,理查德能否给他找件差事。"我很喜欢这句转折,伍尔夫没有把彼得塑造成一个慷而慨之的符号,而是把他放回到生活的肌理层面,用看似"退一步"的方式为他坚硬的人生法则注入了一丝柔化剂。伍尔夫总在考虑怎样使她偏爱的角色不要自我沉溺,她不许他自恋,也避免了这个人变得媚俗,但想必她也承认,这种生活十分艰难,故而,她用缓和退让来表现刚强决绝。

讲到彼得的漂泊与选择时,我常常会和同学们聊起一个男孩,他从外校来听过我几次课,后来离开了昆明。他的家境不错,本科毕业后很难适应制度化的工作环境,最后选择了送外卖(他告诉我,不少外卖小哥都喜欢读书,而且最喜欢的是哲学类书籍),因为这样才能保证他有灵活充裕的时间读书,当然,这只是他许多就业行当中的一项。当我聊起这个男孩的选择时,大家都很错愕,因为没人能接受自己毕业以后去送外卖,很多人对生活路径的规划依然沿用了主流的思维。大家还以为他去送外卖是因为挣钱多,但是他的大部分工资其实用来租了一个两室的小房子,之所以是两室,是因为要保证其中一间用来作为他与几个小伙伴办读书会的活动场所。我很喜欢和他聊天,他会在某些我从未想过的点上激发我的思考,我不知道这种思维的活络是否也与他行动上的自由构成了一体两面。他让我感到,人可以成为自己的立法者,或者更直白地说,人在被社会文化所构造的过程中,是有能力拉大自身的变量、顺应自己本性的。

因而,漂泊与徘徊,又具有一种创造性的力量,它是人自身变量的所在,其创造性来自放弃了标准的、公认的路径,而主动选择了一种规范之外的运动,它构成了局外人的立场。在直线的帝国中,曲线乃至虚线旁逸斜出地制造出新的故事。

正是基于这种局外人的视角,彼得在看到帝国培养的未来的年轻人时,产生了疏离感以及冷静的批判,虽然他也一度是这些青年人中的一员。他们"身穿制服,手执枪支,凝视前方,大踏步行进着;他们的手臂僵直,脸部表情活像刻在塑像底座四周的铭文——颂扬尽职、感恩、忠贞不渝、热爱祖国"。这些年轻人身上有一种整齐划一的东西让彼得感到害怕,它最终会令生活变成一具僵尸。在《海浪》中,伍尔夫再次提到了这群名校毕业的男生,他们的名字总是不停地重复,就如他们的动作总是整齐一致。我很喜欢伍尔夫的这段描述,因为我对整齐也有一种恐惧,总觉得一旦人进入整齐划一中,就会丧失个体性。所以,我从不希望学生"齐声朗诵",只要求默读,因为默读很大程度上保证了与自我心灵的对话,而人在齐读的时候,理解力很容易被宏大的声音所冲散,变成一种单纯从众的发声行为。甚至,我对微信群里复制粘贴的"鲜花鼓掌"系列表情符号也有点畏惧,总觉得那里面有一种无视自我、任整齐践踏的味道。

十九世纪以来,在社会的各个方面都骚动着一股不安的气氛,人们对越来越烦琐严苛的社会制度有了怀疑与厌弃之心,许多作家都留意到了压抑之下的骚动。任何读过夏洛蒂·勃朗特的人,都会对她描述的英国当时纪律森严的学院教育印象深刻,学生们被告知不要吵闹、步伐整齐,他们将被训练成源源不断的为国尽忠的后备力量。甚至,我们都不必看英国本土的情况，仅仅看看海外殖民地的学校，就能感受到帝国将一切有生机的存在物紧紧攥在手中的辐射力量：哪怕在遥远的锡兰，也会有像模像样的英式私立学校，男孩们穿着鲜艳的运动服，戴着橄榄色帽子，遵循着体罚的惩戒，以及为高年级学生跑腿的"行规"。一切的纪律与规则，都是为了一个笔直的目标：拱卫帝国的荣光。而漫游意味着对直线的厌恶，当年轻人选择了直接的道路通向光明的未来时，漫游者却通过绕弯来重新厘定生命的意义。

这种曲线的运动与意义的个体化，早在古典世界就冒出了头角。

不过，古希腊的世界与希伯来的世界还是有些不同。奥德修斯可不是在流浪，他在荷马的海洋上与岛屿间航行，但最后要回到伊塔卡岛上与妻儿团聚。他的航行几何学是圆形的，也是圆满的，古希腊世界里对英雄的礼赞与时间的轮回观念，必然让奥德修斯的漂泊变成充满赫赫战功的归家之旅。反倒是希伯来的历史为我们提供了关于惩罚与漂泊最早的记录，杀死兄弟的该隐被上帝判为"你必流离飘荡在地上"。据此，拜伦写下了诗剧《该隐》。该剧并未展现该隐犯下弑弟之罪后受罚流浪的场景，而是创造性地把漫游的场景放置到凶案之前，让反叛天使路西法带领着该隐在深邃的天空进行了一番遨游。古典时代的作家们都迷恋仰头望向天空，从但丁到弥尔顿也都没少写过星球的运转与对天体的观测，但是，只有拜伦将文学的天空推高至宇宙的维度，让他笔下的人与魔进行了文学史上第一次"星际穿越"，他们在渺茫的太空中回望了我们栖居的蓝色星球：

该隐：

我怎么能够？当我们如日光一样向上飘移，

它显得越来越小了，随着它渐渐变得越来越小，

有一圈光晕聚绕在它的周围，宛似发光体，

照耀着诸星辰里最浑圆的星球，

那时候，我可以站在乐园郊外仰望太空中的星斗。

我心想，当我们飞离得越来越远了，

它们俩就好像和我们周围的满天星斗融成一片，

当我们继续飘移时，

它们也随着增加了千千万万。

（曹元勇译）

Monstre（魔鬼）一词源自 montrer（展示、教导），就是在集市上用手给人指出东西看。在宇宙星云间漫游之际，魔鬼路西法向该隐展示人的奥秘，让他了悟了一件事，必须做出选择：要么就像地球上的众生一样最后难逃一死、归于寂灭，要么就向路西法学习知识，获得不朽。若是看遍两种处境却拒不抉择，只能堕入虚无。这位该隐眉间深深印刻着拜伦式的反英雄的标记，所以，他一定会选择逸出兄弟父子的人伦走向永生的道路，于是，他向兄弟痛下杀手，用反讽的方式将其献祭给了上帝。拜伦隐去了历史记载中该隐真正的"流离飘荡在地上"的结局，反而大书特书该隐在宇宙漫游时获得的心灵的顿悟与知识的增益，他为该隐的人生绘制了一张曲线的地图，最终并不笔直地通向对上帝的敬畏，而是任性且无目的地飘游于空中。浪漫主义用这样

的方式为漂泊注入了新的意义,它打破了托勒密那种封闭的宇宙图式,将个体的孤绝连接到宇宙的气息与命脉中,将自我开放给无穷无尽的时空,也就让漫游者成了自足的自我立法者。①

拜伦发现了漫游与创造之间的奥秘。从某种意义上说,写作诗歌与小说,成为诗人与小说家,都意味着学习徘徊与流浪的技术。诗歌一旦进入圈子、会议与研讨中,就只会成为人与人之间的酬酢与利益交换,诗歌只能在露天的自由空气中存活。

同样的,尼采喜欢跋涉与漫步,在海拔 6000 英尺(1828.8 米)的瑞士湖边游荡时,他宣布"只能对在露天、在身体自由摆动、在肌肉恣意活动情况下得出的想法顶礼膜拜";华兹华斯自称为一个"流浪者",在他的诗歌里留下了大量漫游于深林、旷野、苏格兰全境、亚罗河边的记录;里尔克居无定所,没有家宅、办公室、建筑将其困住,人们很难找他,因为可能他自己也不知下一步去哪里;克尔凯郭尔自称是以最快的速度疾行贯穿生活的"漫游的学者"——这其实是一个中世纪的词,就是从一个大学跑到另一个大学,在当时是很常见的行为。

彼得与这些人一样,离开克拉丽莎家后,他开始漫游,漫游就是他的对抗、他的创造、他的自我,而克拉丽莎,始终

---

① 如果考证 planet(行星)一词,会发现一个有趣的现象,该词源于希腊文动词"漫游",这种漫游有一个显著的特征:"它的方向并不是恒定的。运动方向通常是缓慢东移,但有时行星也会停止东移(到达一个驻点),然后向西运动一段时间,直至到达另一个驻点,再继续东移。"(见伯纳德·科恩《新物理学的诞生》)从这个意义上来说,"流浪地球"是名副其实的,而魔鬼带领该穿越星际本身也与行星一词的漫游之意吻合。

坐着,膝头压着针线。在课堂上,我邀请同学们描述坐和漫游式走路的身体差异。坐着,很多人是含胸驼背的(听到这儿,好几位同学赶紧补救性地挺直了背),跷着二郎腿,脑袋斜倚在一只胳膊上,整个身体姿态是窝着、收束、向内卷起——想想辛格笔下那位市场街研究斯宾诺莎的老学究吧,他久坐不动,驼着背、满脸汗水、被胃痛折磨,连麦片都吃不了。但是站起来走动走动,不要昂首阔步,不要大步向前,只要东游西逛、闲庭信步,身体就会从封闭走向舒展,手自然地摆动,介于像一张弓那样紧绷和像一只虫那样蜷着之间……

在这些脱离了直线的诗歌与小说叙事中,漫游以曲线完成了自己的侧身而行、侧目而视。这样一来,一个人的生活、表达、理解都是曲线前进的,而不是直奔目标或者概念。我总想,一个人过于刻意追求的东西,不一定找得到,反而是那些在漫游和散步中发掘自发源泉的人,总不会匮乏思绪的火花或价值。在刚工作的几年,我曾与师友们一起做读书会,差不多每两周读一本人文社科的经典。每次严肃的读书会结束,大家就一起会在校园里瞎逛,前前后后,三三两两,聊的内容很多时候都不是刚才读过的东西,而是他们现在最关切的日常话题。有时候,逛到校园外的烧烤摊,大家还会停下来大吃一顿。直到现在,我还记得那些没有终点、没有目的的夜晚,我们穿行在月光与树枝下,它变成了严肃的思想活动之后一项必要的补充,其重要性甚至超过了读书本身。有时候和已经毕业的同学聊起来,他们记得最清楚的,也是校园里的漫步、闲聊与烧烤的美味。

显然,漫游代表着某种"野趣"。

塞巴尔德在东拉西扯、东拼西凑的漫游式小说《土星之环》中谈到过这种野趣。他要漫游到某个庄园时,不像其他夏季游客一样开着自己的车从大门进入游览,而是"像藏在路边的树丛中准备行窃的小偷一样爬过围墙,艰难地穿过灌木丛,才能够到达庄园",但因为他的"非法"绕路,他的曲线,他看到了其他游客可能看不到的小火车,它正冒着蒸汽穿过田野。就好像在旅游中如果只奔赴每一个网红景点打卡,那么你只会生产出更多以雷同的景观为背景的游客照。如果在一个城市里漫无目的地坐车,与人闲聊,逛菜市场,反而会看到更多真正属于一个地方的风物。

在这个细读章节中,不少同学对彼得尾随一个女郎的漫游感到不满,似乎他突然变得有点下流和猥琐。我倾向于把这段描写看成是彼得弥补在克拉丽莎那里遭到拒绝后的想象性补偿。游荡和漫步,在西方传统社会里,一直是男性色彩比较浓郁的行为,早期,女人们若走到街头,会被认为是店主或者妓女。法国女作家乔治·桑会在街头闲逛,但她通常会穿着女性化剪裁的男性衣服,因为1800年,巴黎通过了一项法律,禁止妇女在未经许可的情况下在公共场合穿裤子。直到二十世纪的文学中,我们才得以看见女性自由地漫游于街头。相比之下,男性的漫游从最开始就饱含着一种潜在的性意味,一种轻浮的白日梦的气息。所以,彼得在漫游中跟随一个女郎,也就可以理解了。

漫游激发了彼得更深处的内在欲望,或者说,逼着他吐露了自己不可见的部分。

4

这根线条让你联想到什么呢?

它会让我想到女儿拿着笔在纸上的涂鸦。我给她买了涂鸦纸,上面是黑色线条勾勒的各种卡通图案,我希望她用水彩笔把卡通图案填满,但是她不仅涂得旁逸斜出,有时候干脆用笔一通输出,比上面这根线条还要狂野。我看到乱七八糟的线条很难受,一开始并没有意识到涂满、不要画出界、不允许乱画的规则是一种成人树立起来的教化法则,成人谨小慎微地遵守时,只有孩子还会自由自在地冲撞这些法则,他们尚未被规则收编。

其实,这是十八世纪小说家斯特恩在《项狄传》里留下的曲线。它来自一位下士在空中挥舞手杖画出的线条,当时,他一边说着"一个人自由时",一边在空中挥杖乱舞。也就是说,曲线意味着自由,而徘徊与游荡,因其自然与自由的放松状态,召唤着人的自我认识与内在欲望的探索。据科学家们说,眼睛其实也更偏爱曲线,挥动在空间的曲线、龙飞凤舞在纸上的曲线,都更能被眼睛所追踪,仿佛人的天性就更热爱自然灵动的线路。本细读章节中,彼得最后停在了摄政公园,在长椅上睡着,开始幻游,其实说的就是最终形态的精神漫游:他要进行一场终极的、自由的天性探索。

抵达摄政公园后,彼得在烟雾与嘈杂的市声里昏睡过去,进入幻游。这场由幻游开启的天性探寻没有固定路线,反而显得渐变和混沌。起先,彼得神游只见到一些具有女性特征的树枝,她们或端庄或曼妙,这里,伍尔夫再一次告诉我们,游荡,相当于把心灵从社会规驯的法则中松绑,所以,那些不体面的乃至具有情欲色彩的形象就会涌入心灵。直到后来,众多形象汇成一个形象,读者因此才有机会步入小说中人物心灵的最深处,唾摸那里暗藏的秘密:

> 而这幻影,由天空和枝桠构成的形体,从汹涌的大海中升起(他年岁已大,五十出头了),宛如从波涛中可能推出一个倩影,通过她那高贵的手,倾注仁爱、悟性和恩惠。

这里说的是谁呢?通过反复的重读,我发现是小说高潮宴会中身着美人鱼礼服出场的克拉丽莎。我们来对比一下这两段描写,在小说结尾的宴会中,克拉丽莎身着华服,陪着首相在客厅里招呼宾客:

> 她戴着耳环,穿一袭银白黛绿交织的、美人鱼式的礼服。她好似在波浪之上徜徉,梳着辫子,依然有一股天然的魅力;活着,生存着,行走着,眼观四方,囊括一切。

也就是说，彼得心灵深处最深的欲望，依旧是克拉丽莎，但也许，不是眼前这个活生生的克拉丽莎，而是从前他爱过的那个在老家布尔顿的少女克拉丽莎。为了避免遗忘，或者避免被现实反噬，他把她变成了一枚琥珀、一尊雕像、一位神祇，安置在内心的暗盒中，只等幻游时才会开启。人们常常说"意难平"，伤悼的其实是往事与往事中的人，哪怕当下还有机会再见面，"终不似，少年游"。但这场神游到这里并未结束，彼得很快拐了一个弯，从树林进入小村，又从小村进入家宅，在这个过程中，战争的阴影再次浮现，战死者的家人徒然地等待着永远不会回来的亡人，彼得感到一种不祥的命运。与克拉丽莎相似，他们都对后文赛普蒂默斯的自杀做出了感应，也都对为帝国带来光荣的战争感到憎恶，所以，他们理应被归为同类。

但是彼得幻游最后的落脚非常有意思，从华丽浩瀚的大海转向了一个室内，读者不知道这是谁的房子，只见身姿柔美的女房东操持着家务琐事，这一个转向是否又意味着，彼得最后还是会选择回归日常，与露西重组日常家庭呢？

在课堂上，有同学表示过疑惑，她以为彼得通过神游与天性的探索，要得出一个非常深刻的道理，结果想到的还是女人、家庭生活之类的内容，最多不咸不淡地批判了一下战争。我想，伍尔夫自有其理由，也许，她发现人们用来对抗宏大叙事感召的力量，恰恰还是来自个人的欲望与日常生活。又或者说，埋头过一种忙碌的生活，本身也能够抵御人们迷失自我投入宏大的宣传、主义与口号中，后者笔直地指向了那些过于清晰的目标：上场杀敌、成为颂扬尽职的制服男孩……相比之下，想一想女人，想一想老婆孩子热炕头，倒显得真实可爱。可能，所有着迷于萍踪浪迹的人都会真诚地赋予日常琐事以价值。

这一章讲的是文学中的徘徊与漫游，可能也是因为我在性情上就比较疏懒和无目的性。在现实生活中，我会更倾心于不走直线的人生路径，那些在规则里游刃有余并且青云直上的人总让我感到害怕，就像面对学术圈里一味追求效用最大化、产出与成果的人，我可能会默默走开。

已经去读研的学生也和我聊到读研以后的困惑。每当他兴冲冲地准备看一本书时，老师就会告诫他，"要有问题意识"，或者"你是基于什么问题来读这本书"，学生很困惑，心里嘀咕：难道不应该是我先读一本书，然后再得出问题来吗？有时候，他仅仅是感兴趣，想在书里得到一点随机的启发或者趣味，但这也让他矛盾困惑，因为读研已经进入了一个系统的学术生产体系里，信马由缰、随性而读都好像显得有点"浪费时间"，只有为了"解决问题""写论文"的阅读才有意义。我无法任性地鼓励学生去放肆阅读，因为他还背负着毕业论文的重压，但我心中始终觉得，人文学科的核心其实就在于散漫的、不拘一格的阅读。只有从心所欲的、漫游式的阅读，才能充分地滋养与丰富一个人的大脑，让他把所有无目的读来的东西都填充进自己的田地里，等到日后真的需要取用时，很自然地一抬头，就会发现满树无花果子，尽能为我所采，从丰盈进入具体其实是一个更从容的过程。这有点像德勒兹所谓的"块茎"思想。你可以想象一只马铃薯，你把它丢在菜篮子里忘了吃，时间一久它就开始发芽，但它不会从某个确定的点发出芽来，它会在你想不到的地方冒出芽来,东一条,西一条,多产又散点,它走着一种游牧般的分散路线。在不拘直线与既定目的发育的过程中,思想会以多声部的方式抵抗等级感强烈的专一暴政。

我总在想,人的创造力从何而来?——一个是沉迷,一个就是搁置目的。玩游戏或者赌博的人是沉迷的,但却总有想"赢"这个目的,抖腿有时候也挺漫无目的的,但是没人可以沉迷抖腿一整天。这两者其实也是一体两面的,我们真的沉迷于某事的时候,过程就足以产生全部的快感,浑然忘记了还有一个必须抵达的终点。在最忘情的阅读中,在最无我的工作中,在完全无视付出和时间的事情中,人是最幸福的,这些时候,人在过程中漫游与飘浮,同时领受着神的恩典。甚至,当我们目睹别人处于热爱与沉迷中时,也会被那种幸福感染,我永远不会忘记那些同学们兴奋地向我说起他们沉迷的书、制作的音乐、练习的舞蹈时的幸福瞬间,就像彼得在摄政公园的幻视里感受到了没有终点的沉迷:

> 他兀自思量:让我们永不返回华灯之下吧,不再重返客厅,永不读完自己的书,再也不磕掉烟斗里的灰,再也不按铃唤特纳太太收拾杯盏;就让我勇往直前,赶上那硕大的幻影吧,她一昂头便会把我举到她的飘带之上,让我和其他一切都化为乌有哩。

读者会有种感觉,彼得比其他所有人都更想把用尺子比对后所产生的"意义"或者"终点"驱逐。他宁可做小说中那个反复徜徉的角色,体会穿梭的乐趣,以及迷宫般的行走,不拥有一寸土地或者固定的职业,但拥有了全部自己,不向那些所谓的终点与笔直的路线做出半点割让,但却在最大程度上保卫了自己的个性与复杂性。就像十九世纪作家德·昆西在《一个英国瘾君子的自白》中所说:

> 在这种情况下,假设我不是(实际上就是)和流浪汉状况相差无几的话——我只是自己学识的主人,而没有一寸土地。

(于中华译)

七
减法：被占的房间

细读内容：第55—60页

情节梗概：在摄政公园的长椅上，彼得从梦中惊醒，高喊：灵魂死啦！由此，他回忆起了曾经说过这句话的往昔。那是在布尔顿的一个夏天，他正热恋着克拉丽莎，年轻的男女们在围桌说笑。克拉丽莎模仿着一个嫁给了绅士的女仆的样子，但萨利说这个女仆婚前就有孩子时，克拉丽莎顿时脸红起来，不想再谈。对此，彼得评论矛盾的克拉丽莎是"灵魂死啦"。他继而回忆起两个人的往事，他们不必交谈就能心心相通，可是又因为骗不了彼此所以总是争吵，这种争吵又和好的循环让他抑郁。他想和她聊聊，她周围却总是有人。一起吃晚饭那天很糟糕。彼得旁边的海伦娜姑妈对他很和气，他却只是坐着不说话，他发现克拉丽莎只顾跟她旁边的青年交谈。那就是达洛维，克拉丽莎还把他的名字记错了，念成"威克姆"。

彼得有预感克拉丽莎会和这个达洛维结婚。他想听这两人在聊什么。克拉丽莎跟彼得说话的样子，就像他们是陌生人一样，这让彼得万分痛苦，如坠地狱。萨利提议去湖上泛舟，只有他被撇下，只是克拉丽莎又进屋来叫他,令他幸福不已,仿佛他们又和好了。在湖边,他清楚地意识到:"她会嫁给那个人。"他默默无语地骑着自行车离开了。他后悔,觉得要是自己不提那么多要求,不去跟克拉丽莎吵架,也许她仍会接受自己,因为在这个不寻常的夏天,萨利给他写长信,内容是克拉丽莎对他的称赞,为他的落泪。

最后一次争吵,是个大热天。萨利开起了关于达洛维的玩笑,克拉丽莎却生气了,仿佛是在捍卫自己的知己,不允许别人对其取乐。于是,彼得写信约出了克拉丽莎,在喷水池的边上,他逼问她对达洛维的情感:"把真情告诉我,告诉我。"克拉丽莎一动不动。彼得哭了,克拉丽莎却说:"不行,这是最后一次会面。"这句话犹如耳光。他呼唤,但没有回应。当晚,他离开了布尔顿。

1

从事文学教育或者语文教育,有时候需要手持铲子、剪子或者推子。

我有一位回到云南地州教书的学生,时不时会和我聊起一线中学语文教育的经验。在批改学生的试卷时,他常常觉得所谓主观题其实是最不主观的部分,因为学生们会按照各种套路来回答,老师一般则是按点给分,而实际上就是让学生用既定的内容去理解文本。于是,答题变成了"踩点",点踩得越多,分数就越高,主观题的回答因此就像做加法一般,变成了点到点的堆积。这个学生很有雄心与想法,所以他做了一个大胆的决定,凡是围绕文本且言之有理的都给分,他试图把应试答题里的得分规则撬松一些。

解读小说也最能看出人们做的加法。在学院里,小说经受的加法是理论与概念的堆叠,好像人们不提后殖民主义或者女性主义就不知道怎么谈论《简·爱》了,不提创伤理论或者不可靠叙事就不知道如何谈论石黑一雄了。当然,你还可以使用那些看起来更高级的词汇,只是,老老实实贴着小说的地表前行变成了一桩难事;在学院外部,小说则会经受社会流俗观念与套话句式的层层加码。近四五年来,我一直带领一些脱离阅读已久的中年人读《麦田里的守望者》,据我统计,大家最高频的几个观念和表达是:"美国的资本主义造成了人性的扭曲堕落""谁的青春不迷茫""让我们做教育的守望者,静待花开""岁月静好""一朵云推动另一朵云""坚守那一份纯真,在希望的田野上"。文本好像被抛开了,加上的是一锅人到中年乱炖的心灵鸡汤。只是,不说这些,还能说什么呢?

文学本身应该是做减法的。

也就是说,它会把绝大多数社会附加其上的外在物减去,将无限逼近内在性的东西还原出来,哪怕那是令人战栗和恐惧的。科塔萨尔在一篇古怪的小说《被占的宅子》里,用寓言的方式呈现了这种减法。

两兄妹住在一栋宅子里,每天打扫卫生,做饭,享受安静时光。两人也都绝不结婚。这是一处祖产,在祖荫的庇护下,兄妹俩过得很是自在,哥哥读书,妹妹织毛衣,他们无须为生计操心,因为"乡下每个月都送钱过来"。但是有一天,哥哥听到饭厅里有动静,接着走廊尽头也传来声音,他赶紧把门关上,把声音抵挡在外。走廊后面的空间被占了。随着日子流逝,兄妹俩的厨房、卫生间、卧室、主厅逐一被占据,他们的生活空间日益减少,小说结束时,哥哥把钥匙丢进阴沟,他们被逐出了宅子。

在课堂上讲述这个故事时,大家都很蒙。不知道究竟是人是鬼占有了宅子,不知道兄妹俩为什么在一步步丧失,也不明白为什么他们不反抗。这种寓言式的作品有很多解法,一种是把寓言落实成实体,比如将《城堡》理解成对行政体系的描绘,或把《被占的宅子》理解成科塔萨尔对拉美独裁者入侵私人空间的控诉。不过在这里,我愿意把《被占的宅子》理解为一篇"小说减法的宣言",它向那些固定的、既有的、陈旧的、实际的东西发起了攻击,将其一一剪除。房间中许多东西指向了无用的加法,比如没完没了编织的披肩、门与门之间不同功能的房间、乡下每个月送来的钱,它们合力将兄妹俩悄悄刻画成一对坐享其成的既得利益者,他们通过加法的累积守护着滋润的生活。但入侵房间的力量则以减法对这些既有之物构成了消减——你甚至可以认为这股无名力量是来自街头的革命,但这不重要,因为科塔萨尔也许意在为我们辨明文学的减法所具有的力量。

它逼人甩掉负载,赤裸肉身,坦诚相见。

2

这一章,我打算讨论小说中的减法。

本细读章节在整部小说里都显得非常特别,因为,它的叙述风格意外地平实,也是全书中最容易读的一部分。因为伍尔夫采用了早年使用过的现实主义手法,让彼得回忆起往昔与克拉丽莎的一段爱恨与别离。伍尔夫早年是写过不少现实主义的作品,比如《夜与日》,但在《达洛维夫人》中,明明意识流手法已经非常成熟和出彩了,为什么她偏偏在这短短的几页里放弃了意识流,转而用起了老实巴交的现实主义写法呢?

我们的同学给出了很多解释。有人认为这一部分里有一些彼得捏造的事情,因为他不愿意面对当年克拉丽莎在布尔顿离他而去的事实,而一个人在说谎的时候总是最流利的,说出的大体上是想好的语言,所以这一部分缺少飞扬的思绪;有人干脆认为这一部分整个都可以理解为是彼得对过去的"发明",但这种解释站不住脚,伍尔夫没有不可靠叙事的倾向,文本里也没有证据能够圆上这个推论。我偏向于认为这段插入性回忆体现了彼得在追忆时的心如死灰,一切都是既定的现实,一切也都无法再更改。所以,现实主义的平铺直叙代替了神采飞扬的意识流动,这背后,是彼得对生活与情感的认输,总体上,这一部分的基调是阴郁而无可奈何的。

在细读小说的时候,故事的讲法有时候会比故事本身更值得琢磨。如果说"狼来了"的故事表明小说的本质就是

"虚构",那么"我有一个朋友"的讲法则示范着文学里最基础的叙事技巧:明明是你身上发生的事,为什么非要无中生"友"地来说,听的人就会猜测,是不是因为你出于胆怯、害羞、恐惧或者内疚才采用了这样的讲法。当然,文学的叙事会比"我有一个朋友"复杂得多,不过核心还是万变不离其宗的。比如麦克劳德的《海风中失落的血色馈赠》就写得非常隐晦,丢失了大量信息,读者得读很多遍,才能大致把整个故事补全,那这个时候就可以想一想,为什么作者非得把故事讲得支离破碎呢?是否因为主角其实说不出口,或者他无力再完整地讲述往事?进一步的,读者又可以去推断,是否因为主角以往遭遇了创伤,抑或是他做错了事情,让他羞于启齿。主角的性格就这样从故事的讲法里一步步被推导了出来。

伍尔夫在讲述彼得与克拉丽莎分手的这段往事时,刻意使用了平平无奇的现实主义手法,她显然也想通过故事的讲法来进行某种强化。

当彼得回忆往昔时,现实主义对意识流做出了减法,让人物不再思绪翻涌,单单直陈其事,事实本身就是有力量的证言。现实主义也在这里显示出它的魅力,它有一种严肃和冷峻的气息,最大限度地取消了虚构与现实之间的暧昧关系。我有一个模糊的判断:意识流小说更长于表现人的困惑,而现实主义小说更长于表现人的痛苦。思绪的流动多少有解释的意味,但现实主义往往会不由分说丢给读者铁板一块的残酷事实——比如在莫兰黛的小说《历史:延续万年的丑闻》开篇,一个刚入伍还在想着妈妈的年轻士兵转眼就把一个年纪可以做他妈妈的女人强奸了,在讲述整件事的过程中,莫兰黛几乎都没有交代年轻人的心理活动,她拒绝用思绪来为士兵的变态行为找补,她只冷酷地丢出了这桩事实。但是,读者们足以明白,士兵变态行为的背后,正是一颗被战争扭曲的心灵——邪恶自天真出。

省略了心灵活动的现实主义手法会带来强烈的"直击感"。

我在目睹了一个非常相似的案例后,才真正理解了现实主义具有的"直击感"。那是2013年的夏天,我在等待博士一年级开学,闲来无事就到我们本地的一家报纸实习,算是在进入学术圈之前一圆自己的记者梦(当时看了柴静的书)。一开始,都是一些琐屑无聊的小事,不是丢电单车就是邻里吵架,我觉得百无聊赖。直到有一次,跟着带我的师父去城中村采写新闻,一开始只听说是强奸犯指认现场,心想肯定是个中年猥琐男,到了现场之后才发现,竟然是个不满十七岁的男孩。他本来是入室行窃,而且已经得手了,但是看到房间里的女孩趴在床上看书,女孩在夏天穿得很少,他突然就起了歹念,将她强奸了。我当时看到这个男孩在警方控制下指认现场时,第一个反应就是:这还是个小孩啊。我不可能知道他的想法、他的内心世界,但这样面对面地看着,"邪恶自天真出"的判断如在眼前。等到我师父采写的新闻见报时,新闻报道本身那种客观、不带感情的口吻也马上让我想到了莫兰黛的小说。

正因为莫兰黛深谙现实主义的风格已经足够震撼心灵,无须再进行情绪渲染,所以,在《历史》的开篇,她引用了大量"二战"时的新闻报道片段以及历史档案,将读者一下子就拉入了战争的真实氛围中:

1914 年

第一次世界大战爆发,交战双方是两大对立的列强集团,后来又有另一些同盟国卫星国参战。军火工业的新的(或者说是经过改良的)产品,其中包括坦克和毒气,投入了战争行动。

1915—1917 年

国王、民族主义者及各有关执政集团压服了国内占大多数的反战派(他们被称为失败主义者),决定意大利加入协约国参战。后来,包括超级大国美国在内的一些国家,也加入了协约国的阵营。

(万子美译)

在现实主义小说或者倡导现实主义的新闻报道中,作者更多地是交代事件,不允许当事人大篇幅地思考这些事件,读者接收的解释性信息也就相应变少了。人们常说"情有可原",之所以可以原谅,正是因为给出了解释。一旦取消解释,直击事实的时候,读者受到的情感冲击会强于意识流小说。当然,也因为这样,现实主义小说家一开始没少受到批评,许多人认为这样的写法是作家为自己的犬儒主义或者不道德行为寻找的遁词,殊不知,作者这样直陈其事的写法,可能本身就暗含着对人类痛苦的同情与对战争的批评,也暗含着一种充满训谕的劝诫意味。

伍尔夫不喜欢传统现实主义手法中对世界机械老套的描述,也反感现实主义自带的道德光晕,但是,想必她会

承认现实主义最适合用来表现人的痛苦,故而,彼得之痛必然诉诸现实主义。来看看这段话:

> 为了让别人意识到他在场,他故意很晚才去吃晚饭,坐在老帕里小姐旁边,就是海伦娜姑妈,帕里先生的姐姐。按理说,她是晚餐的主妇。她披着白色开司米围巾,头靠着窗子,是一位令人望而生畏的老太太,对他却挺和气,因为他曾给她找到一种稀有花卉。她热爱生物学,老是穿着厚皮靴,背上黑色铅皮标本箱,出外采集标本。彼得在她身旁坐下,默默无言,一切事物似乎都从他身边溜过,他只是坐在那儿吃东西。晚饭吃到一半时,他才第一次迫使自己向克拉丽莎瞟一眼。她正和一个坐在她右边的青年交谈。猝然,他有一种预感:"她将会嫁给那个人。"他自言自语。那会儿,他甚至还不知道那人的姓名呢。

如果我们不知道这引文出自《达洛维夫人》,大概会猜测它来自哪个普通的十九世纪作家笔下吧。现实主义中常见的各种元素全都到齐了,比如外貌服饰描写(白色开司米围巾、厚皮靴)、生平传记描写(热爱生物学,背上黑色铅皮标本箱,出外采集标本)、情绪描写(彼得在她身旁坐下,默默无言,一切事物似乎都从他身边溜过,他只是坐在那儿吃东西)。我们不知道彼得在想什么,但是从他孤独的体验与强迫性的动作中把握到了他无言的痛苦。正因为伍尔夫减去了思绪的流动,使得彼得的痛苦变得不可解释、不可想象,于是,读者们看见了他的痛苦,直击了这个痛苦之人的

身体,而非听见了他的痛苦。当彼得看到克拉丽莎和理查德·达洛维打得火热时,他只能用最为笨拙的方式表示:

他从没有、从来没有这般痛苦!

对往事的复述铲掉了故事发生时人们所有关于当下和未来的思考,只留下干瘪零星的事实。小说以无情干枯的回忆昭示出彼得的失败,不容许他再对自己与克拉丽莎的关系浮想联翩。毕竟,当人们在讲述往事时,欲望都是最先被抹掉的东西,因为欲望只有朝向未来才有意义,就像悔悟总是朝向过去才有意义。

现实主义对意识流的减法并不是伍尔夫的发明,实际上,文学一直在模仿人的情感结构与思维结构。伍尔夫抓住的正是回忆本身具有的惯性:她利用了回忆对往事自动构成的减法。

彼得被一句话勾起了回忆:"灵魂死了",而且这句话使他想起的也仅仅是"某一个场景、某个房间,以及某一段往事"。在这些零星的记忆中,他对某一些片段记得非常牢固,比如和克拉丽莎彻底分手的那一天,他们隔着喷水池相对而立,一泓清泉从水池的喷口汩汩流出,彼得连这个喷口"已经断裂"都还记得!可是,更多的细节他不记得了,不记得那天他们取笑的那个绅士的名字了,只记得克拉丽莎对这位绅士妻子的模仿与嘲笑;不记得老车夫的名字了,只记得克拉丽莎酷爱骑马;他甚至记不清那个老保姆的名字了,"他们叫她老穆迪或者老古迪那样的名字"。

由此,回忆的一个残酷的矛盾结构暴露而出,日子一天天过,我们通过回忆才能积累与确证自身,但回忆本身又是不断湮灭和丢失的,人的自我在积累中不断失却、在做加法时不断做减法。对于彼得来说,记得克拉丽莎喜欢骑马、喜欢模仿取乐就够了,车夫叫查利还是王二、绅士叫汤米还是李四都无关紧要。对于普通人来说,记忆中留下的基本也是些零星片段——当我回忆童年时代奶奶的房间,只记得衣柜门一打开,里面扑鼻的樟脑香,但里面是什么样的衣服早已经不记得了。学生也和我聊过高中住校的体验,繁重的课业压力全都被抛诸脑后了,只记得每天早上最先到达集体盥洗室刷牙,牙膏薄荷的清凉久久地停留在口腔中。当一个人开始回忆往昔,往事就像一块风干的腊肉,曾经的脂肪消失了,筋腱变细了,肉体干硬了。固然,人会在回忆中进行一些无中生有的捏造,但是,每个人在回忆往昔时,曾经实在的每一分每一秒都会被浓缩和风干成零星片段,人们填满这些分秒所做出的思考和言说,也只剩下吉光片羽的骨架,这是让大脑避免爆炸的唯一方式。

只有不断地遗忘,人才能够继续记忆。同样的,小说也只有在省略、删削、留白、缺项、模糊、淡化的基础上才能写下去;小说不能写尽一个世界,只能写对某个世界做了减法后的差额,它设置了一种让冗余蒸发的绝对法则,或者说,一种减法主导着小说创作的内在经济原则。

戏剧创作分享了小说的减法原则。贝克特的《等待戈多》也是用回忆自带的减法推进戏剧前进的加法。熟悉文学的读者对这出剧的情节也许并不陌生,用一句话就可以概括:两天之内,两个流浪汉戈戈和狄狄在等待一个叫作戈多的人,但是一直没有等到。贝克特安排两人说个没完没

了,而他们之所以能说个不停,因为他们的记忆出了差错——他们都记不清昨天发生的事情了,这激发了他们更多的"废话"和争论:

爱:昨天它难道不在那儿?
弗:它当然在那儿。你不记得了?咱们差点儿在那儿上吊啦。可是你不答应。你不记得了?
爱:是你做的梦。
弗:难道你已经忘了?
爱:我就是这样的人。要么马上忘掉,要么永远不忘。
弗:还有波卓和幸运儿,你也把他们忘了吗?
爱:波卓和幸运儿?
弗:他把什么都忘了!
爱:我记得有个疯子踢了我一脚,差点儿把我的小腿骨踢断了。跟着他扮演了小丑的角色。
弗:那是幸运儿。
爱:那个我记得。可是那是什么时候的事?
弗:还有他的主人,你还记得他吗?
爱:他给了我一根骨头。
弗:那是波卓。
爱:而这一切都发生在昨天,你说?
弗:是的,当然是在昨天。
爱:那么我们这会儿是在什么地方呢?
弗:你以为我们可能在什么别的地方?你难道认不出这地方?

爱:(突然暴怒)认不出!有什么可认的?我他妈的这一辈子到处在泥地里爬!你却跟我谈起景色来了!(发疯似的往四面张望)瞧这个垃圾堆!我这辈子从来没离开过它!

(余中先译)

我想,贝克特同样掌握了文学减法的算术,借由回忆的遗忘与减法,两个人物得以不断制造纠纷,始终被牢牢绑定在一起,故事也才能被讲下去。也就是说,因为回忆的减法,生活才能够被推进,因为文学的减法,作品才可能被写下去。

减法的法则弥漫在一切的艺术创作法则乃至人类生存原则中。有一次,年近耄耋的法语译者李玉民老先生和我谈到了他的翻译原则,对待每一个法文词,都要尽可能多地想出中文对应词,然后,再把这些中文词一一剔除,留下最最贴近原文的那个;雕塑家贾科梅蒂每一天在对着活生生的模特作画结束后,会简单地画出他的主题,然后,就开始慢慢地抹去这个主题,有时候是彻底拆除,有时候是敲掉小细节;甚至,人类学家们也注意到同样的现象,在我们祖先繁衍发展的过程中,"数典忘祖"是很重要的一环,只有忘记一些祖先,才能让家族继续往下发展和分化。

在艺术作品的创作法则中,加法自减法出。

3

已经去外地读研的学生和我分享过一个课堂观察。

她去蹭中国当代小说的课,第一节课是学生分享老师点评,讲读的文本是杨绛的《洗澡》。让她惊喜的是,本科生完全不"水",大家会非常严肃地讨论为什么谎言和真实没有绝对对错,为什么直到现在人们的生活还是部分地用谎言支撑,或者写《洗澡》的时候杨绛是不是用了一种窥私癖的视角。大家的引经据典也很恰当,不是"强行上福柯海德格尔什么的",不偏不倚,"一个比一个正常"。连这个自诩在研究生班里最不保守的女生,在本科生课堂上满脑子都是"啊这个能说吗?"。但是她同时注意到,当研究生来讲述同样的文本时,大家都会很注意"红线",都会往"红色经典再阐释"的方向去理解文本,一顿猛夸,最多就说说叙事技巧上的瑕疵,连老师都听不下去了,追问道:"从审美上你真的喜欢吗?"

我没有给研究生上过课,所以印象一直停留在本科生课堂活跃自发的阶段。这个女孩和我分析了很多原因,最后感慨本科的孩子在接近文学和人性上的探讨,比他们研究生的表达要真诚太多了。这当然只是非常小的样本,局部的经验,但是也让我想到一个悖论:随着人的成长,嵌入主流世界的程度渐深,习得的知识越多,他可能就会越保守,越发恪守种种暗中的规则、习俗与指南,也就越发背上了沉重的十字架般的加号。

在本细读章节,彼得观察到了一个类似现象,他最先回忆的这件事引发了他对克拉丽莎的复杂心情。当时,他们正在嘲笑一位娶了女仆的乡绅,克拉丽莎显得非常活泼,但是萨利提到这个女人在结婚前就有了孩子,克拉丽莎的态度马上转变了,她的脸涨得通红,而且扭曲了。这个女仆在她眼里变成了一个不道德的人。彼得并不想因此责怪她，"因为在当年，像她那样成长起来的女孩子什么都不懂。但是，她的姿态叫他生气：她胆怯又严厉，傲慢又拘泥。他本能地说了句：'灵魂死啦'——她的灵魂死了。"彼得的话非常值得玩味，他说克拉丽莎"什么都不懂"，但其实，她可能什么都懂，她深谙主流观念里一个上流社会女孩可以对贫民女孩恣肆嘲弄的潜规则，也遵守这个社会对女子未婚就怀孕生子的道德唾弃。阶级的傲慢、保守的道德，这些东西都不是天生的，而是在她成长过程中习得的，一点点加在她身上的。彼得对她的看穿——"胆怯又严厉，傲慢又拘泥"——就像是用他爱拨弄的那把小刀一样，把一层层加码削减，还原出克拉丽莎的底色。

文学最大的功用——如果我们非要说它有——就在这里：它倾向于把人身上所负载的种种习焉不察与保守的观念、知识、判断乃至言辞做减法，让人精光赤裸，去掉一切遮蔽，足够称量我们全部底色的净重。

它会有多重呢？可能不过半封信那么重。

在马尔克斯的《霍乱时期的爱情》中，有一份很特别的情书。那是男人第一次写给女人的信，本来写了七十多页，全是滚烫热烈的情话，后来，男人还是决定做减法，只给女人一封简明扼要的半页纸的短信，"在这半页纸中，他对最为本质的东西做出了承诺，即他那可以经受住任何考验的忠诚和至死不渝的爱"。这就足够了。马尔克斯在这封半页纸的短信里提醒我们两个事实：越简单的东西就越赤诚，而数字与计量中可能充满了危险。

这是一个习惯了数字统计与量化的时代，人们为了制度的清晰、透明和可操作性，把往往是内在且不可见的能力、意志全部转换成了数据，并为它们设计了一套评价标准，数据越高就等于能力越高，一切东西都难逃称量。一个社会确实需要统一的尺度衡量与管理，但是均质的管理方式从衡量物转移到了衡量人，而且预设了一切都是可被测量的。在这个过程里，加法被神化了。比如说，对一个学者的学术能力的衡量变成了统计其论文与项目数量的加法，东西越多，就越会被认为是大学者，但是，真正的学术能力与论文项目不一定成正比例关系甚至不一定有关系，这套算法首先淘汰的就是孔子这样述而不作的思想者；对于一个有学术理想的本科生来说，衡量他是否有资格保研被具体化为一系列综测的排名情况，他除了应该完成本职的学业，还需要参加一堆哪怕自己不感兴趣的讲座、活动、公益、比赛、创业大赛，获得尽可能多的证书与奖状，东西越多，排名越高，就越有机会保研，这套算法很可能首先淘汰真正喜爱读书、勤于思考的学生。网络时代，人们常说流量为王，流量可能是人们追逐加法最直观的体现。

正是通过玩弄着折刀的彼得的减法，克拉丽莎身上被层层加码的社会流俗观念才会被看清楚。面对女仆不道德的生子行为，她的反应是脸红以及决定"不再理睬她"。可是，就连脸红都是一种习得的反应。人们会在喝多了酒或者运动完后脸红，这是生理性的脸红，但克拉丽莎的脸红则是社会教导的，当一个社会告诉你面对未婚就生子的女孩应该马上嫌弃她"不检点""有伤风化"时，脸红简直是最好的反应，既表明了谴责，又表达了自重。保守社会构建的风化道德甚至可以加载到一个人的生理反应中，可见习俗染人之深。

　　观念与习俗像酒精一样会混入人的毛细血管中,让其脸红,也会附着在人的语言之上,让其言不及义。当克拉丽莎指责完女仆后,又对着大狗一顿猛亲,她说的这句话简直是在找补:"你瞧我多么富有同情心啊!"她真的知道同情心是什么意思吗?还是只是随手拈来一个社会上常见的词进行自我描述?普通人使用的高频词汇往往带有一种强烈的社会因袭性与外在性,现代社会网络平台赚取流量的逻辑以商业化的算法令大量重复的、贫乏的、毫无个体生命特征的词汇像癌细胞一样繁殖,人由此强化了天性里的恶习:缺乏反思的模仿。

　　语言的贫乏与因袭往往对标着思想的贫乏与因袭,留下来的,一定是最为顽固的一套认知,就好像我们把一碗勾芡水静置,最终,白色的淀粉会沉到底部,与水分离,变得浓稠。文学的减法则要把这层发黏发稠的淀粉曝光、铲除。

　　通过彼得的减法,还有一个很小的细节暴露出来。有一次萨利在午餐时谈到了达洛维,开起他的玩笑,克拉丽莎此时已经自动把达洛维当成了未婚夫,所以愤然抗议大家拿他开玩笑,俨然开始"护夫"——捍卫即将实现的婚姻关系。也就是说,彼得发现克拉丽莎不仅背负着阶级的傲慢与保守的道德观,她还把家庭伦理观也主动担到了肩头。小说有这样一段:

　　　　克拉丽莎听后骤然生气了,涨红了脸,以她特有的神情尖利地说:"这个无聊的笑话,我们听够了。"就这么一句话,可是对他来说,仿佛她说的是:"我只不过把你们当作娱乐的对象,我跟理查德·达洛维才是知己哩。"他便是这样领会她的话的。好几个夜晚他都失眠。

彼得的失眠,固然是因为失去了往昔爱人,但我想伍尔夫写这个情节,却并非只想传递出单纯的失恋情绪,也暗含着她对以婚姻为代表的血亲伦理观的质疑:克拉丽莎的"护夫"简直有些夸张得可笑,此时的她还没有结婚,但已经觉得捍卫未婚夫的尊严是自己的职责了。读到这里,读者们已经愈发逼近了克拉丽莎的性格核心,而在手稿中,伍尔夫也谈到这一部分的主要作用,就是要建构克拉丽莎这一角色的逼真性:"每个场景都应该建立起 C 的性格。"她身上的加法,是由彼得的减法呈现的。

在古典世界中,文学制造情节、推动故事的逻辑往往都需要依托伦理,最常见的套路总是人们因为违背了伦理而身陷困境,要么是杀父娶母、要么是杀子杀妻,再或者就是两家父辈世仇导致子女无法结合,搅动社会腥风血雨的根由都来自小小的家庭的巢穴。因而,捍卫血亲伦理,既是古典时代最具有统治性的社会结构,也构成了古典世界文学的基础母题:复仇与惩罚。

但是,随着历史岩页的堆叠,人们感到血亲伦理的细则在逐渐加码,变得笨重又强势。在大量的历史记录与社会档案中,父权、夫权、强迫式婚姻、母性准则、夫妻纲常……它们穿越时间的烟尘,以越来越严厉且僵化的方式统治着众生。现代人生活在一个相对平等的世界中,其实很难想象古代世界伦理制度的严苛。我还记得在课堂上为大家讲述瞿同祖《中国法律与中国社会》中的案例时,大家惊愕不已。比如在一桩案件里,一个儿子被判"斩立决",竟然是因为他为父亲倒水喝,结果水洒了一地,父亲飞身起来打他,却被地上的水滑了一跤,跌破头颅而死,由此,儿子却得受刑;国外古代的情况也没好到哪儿去,法王路易十四时期,父母若觉得子女忤逆不孝,可以向国王申请"王印封书"(Lettres de cachet),不经过任何公证就把子女幽囚起来,它的效力无边,因为是从皇权垂直下达的。

伦理制度的效力往往隐藏在个人生活最隐晦与最私密的角落,文学也正是从这些地方对其发起了减法革命。在二十世纪初的文学中,一场无父无母、取消婚姻的实验开始了,私生子、非婚同居的角色大量入场,他们将以减法的形式为现代人的道德伦理生活减负。并不是说古典文学中没有这些角色,而是说他们的出场往往都是不光彩的,莎翁与陀氏笔下的私生子总是与放逐、暗中使坏、给父亲戴绿帽子、篡夺权力乃至谋杀等丑闻相关,那些生下私生子的人,则会受到更严厉的舆论审判,她们是托尔斯泰、霍桑、哈代、雨果笔下的社会弃妇。

变化发生在二十世纪以后,灰色的私生子突然变成了快乐的私生子。

纪德的《伪币制造者》中,当男孩突然发现自己是私生子时,他的反应不是痛苦,而是解脱,他立刻写信给父亲宣布断绝关系并出走,没有束缚的未来在等候着他,他乐于承认私生子身份,以挑衅的方式中断了自己与强硬父权的关系,家庭神话经历了一番重组。当父亲死了、消失了或者这号人根本就不会再出现后,现代小说开始寻求一种更具有母性色彩的代际关系,柔软的、和母亲相关的甥舅组合变得流行起来;在纪德的小说中,舅舅取代了父亲,成了男孩理想自我的对象;在索尔·贝娄的小说中,父亲没有出场,外甥追随着舅舅的旅行,观察着舅舅的婚姻,思索着舅舅的人生;在卡尔维诺的小说中,父亲也没影儿了,只剩外甥目睹着舅舅历经战火后身体的变形又合一……我把这一文学现象戏称为"舅舅文学"。"舅舅文学"是对古典时代"父子文学"的讽刺与变形,它象征着"子承父业"的繁衍可能被彻底取消,最终的结果就是,在没有父亲的乐园小岛上,小说中的人干脆连孩子也不想生了,反生殖的小说时代来临了。

相应地,带来合法孩子的婚姻制度也遭到了瓦解。撤去浪漫的面纱,婚姻制度从根本上来说是一种财产的分配制度,但是在现代社会,许多变化发生了:人类预期寿命延长,性爱的目的不再是为了繁衍而单纯可以为了乐趣,离婚的成本也在逐步降低,婚姻的牢固性在逐渐下降,再加上人类天性就朝三暮四——不然"一世一双人""白头偕老"也不会成为宣誓效忠的口号,人们往往只会在做不到的事情上宣誓。出轨、背叛婚姻,不再像十九世纪以前的小说那样招致唾弃、主角往往只能落得一死。相反,一些现代作家们着力描述婚姻本身的乏味与摇摆,浪漫爱情神话带来的面纱被一把扯去,婚外情被放置在情感的中心而非道德的旋涡中来讨论,格雷厄姆·格林在描述婚外情的作品《恋情的终结》中玩笑式地谈到,吃醋的情人会比吃醋的丈夫"多一分可敬,少一分可笑。他们背后有文学传统撑腰"。另一些作家甚至提出了直接超越婚约的两性组合,逐一减去了家庭、婚姻、夫妻角色这些血亲秩序的象征物。帕斯捷尔纳克在

《日瓦戈医生》中非常赤裸地为婚外情正名,他相信男女心灵的一致性可以超越婚姻的一致性:"他们的爱情是伟大的。然而,所有相爱的人都未曾注意到这种感情的奇异。"

可以说,现代人对"爹味"的警惕、"不婚不育保平安"的说法以及女性主义的崛起,其背后都是传统人伦在现代社会的逐步解体。伍尔夫倒没有大肆颂扬婚外情或者描写偷情,但是,她不遗余力地在每一部作品中质问"为什么要结婚?",那些一味劝人结婚生娃的老妇成为她最喜欢嘲弄的对象。在《达洛维夫人》中,她一方面让克拉丽莎陷入社交、宴会、婚恋与子女的层层累加,一方面又指使彼得拿起剪刀,不仅不结婚,还卷入一桩破坏婚姻的婚外恋中。当彼得把层层加码减去时,他必然是孤独的,小说只给了他一个飘然而去的背影:

> 他默默无言,他们看着他蹬上自行车,开始那二十英里穿越树林的旅程,沿着车道摇摇晃晃骑去,挥动着手,消失在他们的视野内。

这一章,我们谈到了文学创作中的减法原则,其实,在文学批评之外更广阔的世界中,我们也常常见到"减法"的身影。我想,文学乃至整个人文学科的习得会分岔成两条路,一条是建塔式的,人们远远就能见到塔,它是外显的,也是外求的,是展示的,也是装点的,它会体现在报菜名式的人名罗列、理论枚举中与机械的知识积累中,当然,用论文、奖项、项目、头衔、称号来标记更为直观;但还有一种是挖井式的,它首先追问的是,"所读之书会和我发生什么关系呢?"它是内观的,也是浸润的,是掩藏的,也是幽微的,人们站在大地上,往往看不到一个人挖的井,因为井中深刻的回响只是对自我隐秘的褒奖与渐进。理想的文学阅读应该是挖井式的,它最初与最终,成就的都是对性命与个体的理解。有时候,我有一种偏见,遇到在个人简介里罗列与叠加一大串社会称谓与名号的人,会不以为然,相反,如果有人只是单纯地说出自己的名字,此外就不着一物,我反而会心生敬意,寻思此人可交。对自我的社会身份做减法,意味着对自我体认的赤诚与谦逊。

自然,大家读了小说,再看看现实,可能会发现小说中的减法革命并没有撼动现实的制度多少,人们仍然为了婚恋生育奔波劳碌,为了更高的名号与更多的收入而费尽心力,也仍然相信历史理性必然会螺旋式地上升——"明天会更好"。但是,好的小说总是跑在主流的价值观之前,尝试的是观念的冒险而非实践的改革。也就是说,阅读小说引发的共鸣并不会转化为集体的行动,它只会更早地看到社会变革的苗头,也只会更多地与个人行为中潜移默化的改变有关。社会层面的宏大的变革往往需要依靠文学之外的东西来实现。

八
两极：一分为二的人

细读内容：第60—72页

情节梗概：彼得从往事中回过神来。他看到摄政公园里孩子在捡卵石时撞到一个女人身上。这个女人正是卢克丽西娅，她对丈夫满心的抱怨被打断了，想到自己的悲惨命运，她泪水不断，觉得自己在受苦。她回到赛普蒂默斯身边，发现他还在自言自语。他又看见各种幻觉，她还回忆起他说一起自杀的事情，他声称掌握了宇宙的意蕴。回家后，他在幻觉中感到寸步难行，这令妻子恐惧，只想逃走。雷西娅把戒指脱下放到包里，赛普蒂默斯感到两人的婚姻完蛋了。既然绳子割断，他就应该获得自由，孑然一身响应神明召唤。

背靠着椅子，他幻觉连篇，从云巅到岩石，从音波到蔷薇，从溺死之相到车马喧嚣，无所不有。他的内心狂舞激昂，仿佛见到了真理与美。当雷西娅说："时间到了"，他看到死去的战友埃文斯从树枝间向他走来（其实他看到的是身穿灰色西装的彼得），背后是千百万人。妻子痛苦极了，她问起了时间。现在是十二点差一刻。彼得从他们身边走过，猜想他们为何争吵。

彼得审视自己，觉得自己过于敏感，而国内发生了太多变化，到处显出加工的痕迹，人们的生活变得大胆、粗俗、放浪。他拐到大路上，又想起了大胆浪漫的萨利。当年只有她能看透克拉丽莎那群朋友的庸俗。萨利觉得休像个生意人，代表着英国中产阶级里最卑鄙的东西。休不读书，不思考，一本正经，势利巴结，竟然还敢吻萨利，最后他娶了一位贵族小姐，这个女人只会一味膜拜丈夫。至于克拉丽莎嫁的达洛维，刻板，没有想象力，做事一板一眼，也许凭借这个，他赢得了克拉丽莎。他对莎士比亚一窍不通，克拉丽莎对他的谬论居然照单全收。

所以，彼得和萨利之间反而形成了一根纽带，他们都反感这群中产的庸人。萨利求彼得把克拉丽莎从这群人中救走，否则她只会沦为俗妇。克拉丽莎没有萨利机敏，但总是能给人留下深刻印象。彼得希望自己不要再想克拉丽莎，但是他做不到，他想到她虽然才智超出丈夫，却总是附和丈夫的庸俗观点。她实在太热衷于社交，也许是天性如此。

1

我小时候特别迷张爱玲，但不理解她为什么说"中国人是不彻底的"。

"彻底"究竟是什么意思呢？

后来，阅读与讲授文学似乎将我训练得略微敏锐了一些,让我得以观察现实中大家的痛苦是如何发生的。我开始感到,成人的痛苦往往非常具体,大体会关联比较现实的处境,比如身份、地位、工作、薪酬、婚恋、自我形象、人际关系等方面。这种具体又很单调,满腔痛苦看起来简直漫漫无涯倾诉不完,但又好似驴在拉磨,走了一万步还是在原地死磨。究其原因,好像真就是张爱玲点透的:不彻底。比如说,一个人抱怨目前工作里这个会议不想开,那个活儿不想做,可是一劝他干脆就辞掉这个工作时,他又马上说,还没到时机,再等等吧;或者一个人不停地痛诉目前这个男人不爱自己,至少没有按自己的想法来爱自己,你一提出分手,找个更合适的去,她又赶紧顾左右而言他。总之,彻底终结一个问题的可能被永远地悬置起来。

是否人的天性里有一种推诿,把需要自己解决的问题推诿给外在、社会、世界,这样一来,痛苦就有了解释的借口,说来说去,一切都是社会、制度、他者造成的,自己应该真正背负起来的责任则很轻松地卸掉了。它的结果是,人虽然嘴上抱怨,但对于现状仍然可以忍受,其实就是"这样也行、那样也行"的两可状态,"我该怎样生活"的真正答案也就此被悬置了。也可以说,绝大多数人似乎没有一定要坚持、非此不可的东西,没有"有所为"和"有所不为"的清晰划分。两可状态的反面是极致,面对盘根错节的制度、人际、规则、习俗,人如果能像一把刀一样决绝地切入、斩断,并且有勇气走得极致一些,也许反而会获得一线生机乃至一分通透。这样看来,"为坚持原则而痛苦"或者"经过审视的生活也并不好过"倒像是伪命题,因为真正的坚持里一定有与痛苦相抗衡、相匹配的清澈与坚忍。更直白一些说,你不能"既要又要",如果你全都不要,也就没什么能操纵你了。

文学对这个问题的回应非常有意思,它喜欢刻画两极处境。

一方面,它乐此不疲地描摹着那些在生活表面滑行的人,他们过着一种两可的甚至自动的生活,他们甚至构成了一个庞大的文学传统,散发出均质与乏味的气息;另一方面,文学又不断向极限的维度拉长自己,探索极致的处境,从情绪到结构最终深入人的存在本身。文学仿佛摆出了两副面孔:它一边笑嘻嘻地一摊手说,瞧瞧,人呢,也只能走到这里了,一边却异常冷峻地追问,人,究竟还能走多远?

文学中,那些对极致体验抱有渴望的人,往往更迷人。让我还是从卡尔维诺那个著名的故事说起吧。《分成两半的子爵》中,子爵在战场上被炮火轰上了天,掉下来后身子分成了两半,经过缜密的修补,两个半身人出现了。右半身的子爵变得极其邪恶,不要说人,连牲畜看了都会吓呆,他所到之处,净是死亡与威胁,连梨子和蘑菇都被劈成两半,百姓心中嫌恶不已;不久后,左半身的子爵也回来了,他变得极其善良,到处说教行善,让大家无法作乐,人们反而觉得他很烦。最终,两个半人为了争抢一位新娘决斗,却在打斗中挑破昔日的伤口,两人倒下时合为一人,此后不再分离,人们却觉得"少了点什么"。

卡尔维诺用这个童话般的故事,完美地描绘了人的两极处境:要么,做一个平庸完整的人,看到的都是普通智力所能了解的,人们因而对你感到无聊,觉得"少了点什么"。要么,把自己逼向极致(小说用了劈开身体、极善极恶的隐喻),这样,"你虽然失去了你自己和世界的一半,但是留下的这一半将是千倍的深刻和珍贵。你也将会愿意一切东西都如你所想象的那样变成半个,因为美好、智慧、正义只存在于被破坏之后。"卡尔维诺对极致许下了何其美好的诺言,以至于他相信,要洞彻这个世界的善、美、正义,就不能做一个不好不坏、不上不下、不左不右的人。

唯有极致,才能迫近真理。

2

这一章,我打算讨论文学中人的两种追求——极致与两可。

在本细读章节中,我们同样可以读到一个极致与两可的对立结构。写到这个部分时,伍尔夫在笔记中留下了如下的记录,"赛普蒂默斯应该经历所有极端的感受——快乐和不快乐——都应该以其最高强度展现"。在写到赛普蒂默斯幻觉的高潮时,伍尔夫也贡献了全书最美最令人战栗的字句。紧跟着赛普蒂默斯的极端体验,则出现了克拉丽莎身边那群中产阶级的群像描写,小说刹住了飞扬恣肆的风格,转入沉闷乏味的中产世界之中,这些人,通通过着一种两可乃至自动化的生活。他们是惠特布雷德·金斯利一家、坎宁安一家、金洛克·琼斯一家。在彼得的回忆中,他们以群像出现,他们的代表,则是庸俗势利的休。

伍尔夫通过两个细节交代出休的生活全景。

一个是他经过皮卡迪利大街时,会哀叹大街上"那些可怜的女子",她们是指街头游荡的妓女。小说中还有一个男人也心怀风尘女,为之抱不平——克拉丽莎的丈夫理查德。显然,伍尔夫把他们俩归为了一类。为什么关心的是妓女不是其他人?这种关心背后有没有某种隐秘的欲望?保守与维护风化背后是不是性的压抑与贪婪?伍尔夫没有直说,但读者自可意会,休那句充满了同情味道的"可怜的女子"倒是和鲁迅笔下四铭"曲曲折折的汇出手来"有异曲同工之妙——在鲁迅的《肥皂》中,这个叫作四铭的男人在街头看到一个卖身葬父的少女,听得别人调笑说这少女虽然脏,肥皂洗洗倒也好得很呢,他转头就买了块肥皂,"曲曲折折的汇出手来",交给妻子让她把身上的老泥洗掉。欲望的转嫁十分隐秘,但同时又赤裸,它常常打着清洁或者道德的名号。

第二个细节,是休这类人的出身。根据萨利的回忆,"他正是那种私立学校培养的典型"。这个教育背景的交代,多少解释了他对妓女压抑且伪善的心态。英国的私立学校指的是1868年《公立学校法案》规定的七所私立全男寄宿学校:查特豪斯学校、伊顿公学、哈罗公学、拉格比公学、什鲁斯伯里公学、威斯敏斯特公学和温彻斯特公学。从这里走出来的男孩子,未来之路已然铺就,要么是内阁,要么是军队,总之都将通向精英生涯。彼得之前在街头徘徊遇到的男孩子们也多半是这些学校的产物。伍尔夫对这些标准培训的男性精英预备役显得不屑一顾,在手稿和日记中,她多次谈及他们,觉得他们"总是一样的——这些上伊顿和牛津的漂亮年轻人""穿着完美的衣服和漂亮袜子""同样利落的语言和礼貌"。这些精致却又空洞刻板的形象激发了伍尔夫的厌恶,她觉得,"事实是人们几乎不关心彼此。

他们有一种疯狂的求生本能。但他们从不依恋自己之外的任何东西"。

现在,人们可能会更熟悉"精致的利己主义者"这样的说法,他们往往盛产于名校,从进大学的第一天已经开始计算绩点、准备雅思托福、寻找优质实习资源、储备人脉与经验,而这些,不过是从小到大精打细算的一个惯性延续。由此,盘根错节的生活实践被网格化为步步为营的攻城略地,生活充满了强烈的可操纵感。但这有可能是幻觉。有一次我和云南大学的袁长庚老师聊天,他刚从南方的精英学校来到我们这个边陲省份,我问他有没有感受到变化。他说,精英名校的孩子有一种令人意外的脆弱,这些孩子从小运筹帷幄,步步走向成功,但如果在这个过程中,突然接触到一些无法兼容在成功价值体系里的思想,比如关于死亡、生命意义虚无、失败的沉思,常常会被击碎,陷入痛苦,无法复原。相反,他在普通学校的孩子身上观察到一种韧性,无论是实际的挫败,还是关于失败与虚无的沉思,他们都能更平稳地接受下来,不至于突然内在崩溃。

伍尔夫对"精致的利己主义者"充满微词,整齐划一且刻板的教育使他们身上的"生气甚至不及小马倌"。她利用彼得与萨利的回忆,为休庸俗的生活作了一幅素描:与万千个休一样,他有床单柜、名画、地道的花边枕套,一年约莫有五千或一万镑的收入。这样的人会有痛苦吗?来看看这两段描述:

> 谁能相信呢?在吸烟室里吻萨利!天晓得!如果是什么伊迪斯贵族小姐,或者什么维奥莉特夫人,那倒

颇有可能,但绝不会是那个衣衫不整、一文不名的萨利,何况她还有个父亲(兴许是母亲)在蒙的卡罗赌博呢。

休为人最势利——最爱拍马——其实他并非十足的马屁精。他这个人过于一本正经,不可能老是阿谀别人。把他比作第一流的侍从显然更合适——就是那种跟在主人背后提箱子的角色;可以放心地派他去发电报——对女主人来说,他是不可或缺的人物。况且,他找到了差使——由于娶了个贵族小姐伊芙琳为妻,他在宫廷里得了个小差使:照料陛下的地窖,擦亮皇家用的鞋扣,穿着短外裤和有褶边的制服当差。在宫廷里干一份小差使!生活多么无情!

显然,他的痛苦正在于他的两可:一方面,他看不上萨利的出身,但一方面又去吻她;一方面,"他过于一本经正经,不可能老是阿谀别人",另一方面他的婚姻又使他当了个宫廷小差,只能穿着制服去擦亮皇家的鞋扣。他自己倒是没什么抱怨,反正"这样也行,那样也行",伍尔夫却替他讽刺性地说了一句:生活多么无情!读者能在萨利与彼得描述休的语言中捕捉到一种"想都想得出来"的熟悉感,虽然这些人彼此之间的接触可能并不太多,但因为他们过着一种没有可能性的生活,生活的每一种选择、摆放的每一件家具、言说的每一个句子,都不会超出他人的想象,他们是"可预见的人"。也就是说,两可的生活的本质是重复以及可能性的匮乏。

那些专注于嘲弄庸人生活的作家几乎都注意到了这

个特点。福楼拜写下了《庸见词典》,他以作家特有的骄傲(你也可以认为是傲慢)为庸人们编了一本词典,庸人热衷于对各种事件发表见解,可是这些见解又是那么同质和重复。一提起"日本",就只会想到"那里的东西全是瓷做的",一提起"文学",就只会想到"那是闲人做的"……习俗染人之深,包裹着、遮蔽着人的,无一不是陈词滥调与道听途说,除了自己的见解,倒是什么都有。

果戈理则把这种栖身于语言和观念中的重复更为赤裸地表达在了人的行动中。在《旧式地主》的开篇,果戈理故意用一套温情脉脉的口吻回忆起偏僻乡村的遥远生活,他诱骗读者对即将登场的两位旧式地主夫妇也产生一种怀旧的、像念及我们自己爷爷奶奶时会产生的温情心理,然后再通过故事的推进逼着读者承认:根本不是这么一回事!

这对老夫妇过着一种积攒、存储、占有、消耗的循环生活,他们是广袤俄罗斯庄园经济的主体,却完全丧失了生命的活力。他们不会劳动、不懂经营、坐吃山不空,每天只能靠无聊的对话和超过生命所需的狂吃来挨过生活。果戈理在很多微小的地方透露出他们生命的重复与乏味:女主人的家事管理"总是不停地为储藏室开门关门""苹果树下总生着一堆火""车夫总是在一只铜甑瓶里用桃叶、稠李花、百金花、樱桃仁蒸馏伏特加酒",生活的一天与十年没有区别。他们从早到晚地吃,吃的是什么呢?果戈理刻意地把他们的食物全部写成了腌货或干货,反正就是没有新鲜的食物——"盐腌、晒干、熬制数不清的水果和谷物""熬制果酱""腌蘑菇""醋煮大葫芦"——在细读文学作品时,读者需要注意小说中出现的食材的写法,很多时候,食物不单单是填饱肚子的材料,也是映射人物生存状态的道具。腌制、醋泡、晒干、熬制,所有这些食材的处理都令食物不再新鲜,也就预示着两人的生活日复一日,不再有任何别的可能。

小说中,生活的所有细节几乎都在传递生活本身的秘密。

3

乔伊斯也写人——尤其是都柏林人——生活的庸俗乏味,而且,他喜欢写人的"可预见性"。这大概是他对都柏林人最深切的观察。也许,人的"可预见性"饱含着一组深刻的矛盾,那些时常抱怨"一眼就望得到头"的生活的人,恰恰最终选择的还是最安稳最可预见的生活。

在乔伊斯的《死者》中,年复一年的圣诞舞会持续了三十年(请注意,《达洛维夫人》有同样的设置,宴会与主角们的青春岁月也隔了三十年,这是足够人们观察变化的时距),我们会读到在舞会之夜女主人的焦虑,她担心前来赴会的这位客人喝得醉醺醺的、那位客人迟到。担心无非因为能预见,也就是说这些人三十年里几乎就没有变过,他们一定会喝得醉醺醺的、一定会迟到。我们还会读到男主角心情舒畅地在宴会上切肉,他自称是"切肉的行家里手",叉子牢牢地插进鹅肉里,一切如庖丁解牛一般丝滑,这种顺手之感,还是因为能预见,每年都是他切肉,每年都是这样的肥鹅。生活的惯性会为人涂上一层厚厚的壳,年深日久,壳变硬了,举手投足、所思所想都被限定在具体而微小的幅度里,最后干脆变成自动行事。自动指的是,我们对于生活里所遭遇的一切全不审查、也不体认，只是借助生活本身的惯性滑过去，一种漠不关心的麻木之感把人与他所做的事情隔绝开，这种麻木就好像一张极为顺滑的薄膜，将人的言与行、思与言顺理成章地分开。

我最开始是在观看即将成为中小学老师的年轻学子实习讲课时注意到这个现象的。大家会很紧张很认真地准备课件，做精美的教案与PPT，但是开始讲课时，他们会突然变成课本内容的搬运工。杨绛的《老王》里老王的形象罗列一到三点，苏轼的《定风波》里生僻词展示一到三个——可是，他们消失了，讲课的人消失了。我不知道他们自己内心究竟喜不喜欢老王，不知道他们对苏轼的豁达究竟有什么样的理解。作为听众，除了考点，这些其实也是我想知道的。我想看到一个具体的人如何与具体的文本产生某种智力与感情的对话，因为这样的对话也会把听众编织进去。奇怪的是，就好像有一张无形的薄膜把孩子们与课文隔开了，他们只需要在课文的表层自动滑过去，按照教案规定的流程走完即可。刚刚毕业登上讲台的年轻师范生们，最喜欢研究的也是课文、教案或者大纲，但是他们不和自己聊天，聊聊对于文章是怎么想的。虽然如此，我仍然觉得，年轻的学子们是值得期待的，因为他们教学经验不足，更因为他们身上包裹的惯性尚未变硬变厚。

然而，中年人呢？人们在开会的时候，真的相信自己所说的东西吗？还是说，人可以仅仅开启嘴巴，让语言自动流淌出来，不需要和内心的审查经过一番对话？或者，人们在写作或者"搞学术"的时候，真的相信自己是在侍奉真理吗？还是说，仅仅按照一种既定的范式、套路与热点，自动地生成一些和内心最迫切的困惑与紧张感无关的话语？

如果我们不相信，不喜欢，不在乎，为什么还是自动说了、做了呢？

可能是因为，自动的生活其实仍然是一种强制的生活，人们总是不由自主臣服于某些社会法则。在本细读章节中，彼得回忆起达洛维夫妇的交谈模式。理查德对莎士比亚的诗歌大放厥词，说其内容不体面，不正派，"可是，克拉丽莎把他的谬论照单全收，认为他非常诚实，颇有独到之见。天知道她是否认为，达洛维是她遇到的最有思想的人呐！"克拉丽莎明明是喜欢莎士比亚的，但是在与丈夫的相处中，她内在那个喜爱阅读的自我好像突然消失了，她需要按照贤妻的形象来应付丈夫的谬论。这个时候，她从话语的内容之上自动地滑了过去，再自动做出反应，与托尔斯泰笔下的安娜一样，保持微笑就够了——《安娜·卡列尼娜》中，做丈夫的卡列宁为了显示自己的渊博，大谈莎士比亚、拉斐尔、贝多芬，对此，"安娜微微一笑，那神情就像看见心爱的人的弱点一般"。她们的自动，都源于父权制度下的贤妻准则。当克拉丽莎赞美名流的身姿挺拔时，伍尔夫借彼得之口沉重地说道：

> 她说，那些名流体现了一种勇气，随着年龄的增长，她越来越敬佩这种勇气了。当然，其中不少是达洛维先生的观点，诸如热心公益、大英帝国、关税改革、统治阶级的精神，等等，所有这些对她潜移默化，熏陶颇深。尽管她的才智超出达洛维两倍，她却不得不用他的眼光去看待事物——这是婚姻的悲剧之一。虽然她

> 自己也有头脑,却老是引用理查德的话——好像人们读了晨报以后,还无法确切了解理查德在想些什么似的!

这不仅仅是婚姻制度的悲剧,本身也是人之为人的悲剧——我们总是会迫不得已地被导入一种看似自动、其实被动的生活。人的本性在一开始时并不具体,总是需要通过不断的试错与教化将自我斧凿出清晰的轮廓,但在这个过程中,许多人放弃了对自我的责任,因为依自己的天性前行可能是会碰壁的,贴着一种"大家都这样"的方式前行则不会费力。克拉丽莎有头脑却不愿使用,她宁可遵守夫唱妇随的自动法则,哪怕理查德的见解也是自动的,都是从报纸上搬运来的。伍尔夫展现了人类最为基础又最为悲哀的一种境地:每个人都在复制别人。

附和,是一种恶习。

有时候,对自动生活的描绘仅仅用一个细节来交代就够了。理查德·耶茨在《革命之路》中展现了一对乏味的中年夫妻乏味的生活。男人日复一日去公司上班几乎成了一种自动发生的行为,几点吃饭,几点喝咖啡,几点下班,板上钉钉,他甚至觉得即使自己睡着了,脚都可以自动走进办公室。这时候,耶茨用一个很小的细节让读者看到自动生活里一种旷日持久的恐怖,他说男人每次进入办公室,第一件事就是拉出办公桌最下面那个抽屉当脚凳,"抽屉的边缘都被踩塌了"。在读到这个细节时,我毛骨悚然,千万个雷同的日子被深深印刻在了没有生命的物质上。为什么要干这些不喜欢、没感觉甚至睡着了都可以自动完成的工作呢?

小说借一个疯子之口点出了真相(在文学作品中,疯子往往代表着真相与先知,本书中的赛普蒂默斯也被认为是先知),因为这个男人卷入了一种更大的自动的生活里:如果他要搞到房子,就得有一份工作,如果要搞到很好的房子、一个甜美的妻子,那就得去做一份自己不喜欢的工作。我们几乎看到这样一幅画面:生活的滚轮不停,人人皆是仓鼠,到底是轮子带着老鼠跑,还是老鼠踩动轮子飞转,都已经无法分辨了,只要自动的壳不被外力撞碎,仓鼠可以闭着眼睛跑完一生。

如果我们接受汉娜·阿伦特的分类,就该相信行为与行动是不同的,真正能说明我们、解释我们的,应该是行动。行为具有可预见性,就好像你的膝盖被敲了一下,腿自动弹出,它总是根据某种生理规律发生的,行为面向的是过去的、既定的规则。但是,行动里则有一种"诞生性"——想象一个抱着新生儿时的画面吧——它意味着信念与面向未来的所有希望。现代社会中,人们几乎把行动全部变成了行为,也就碾碎了与自己对话以及展开沉思的可能。你可能无法骄傲地跟别人说,来看看我做的工作吧,来看看我写的东西吧,它是我的行动,我的尊严,我的性命攸关。工作变成了"狗屁工作""毫无意义的工作"……当行为代替了行动,当重复自动的劳作压缩了工作本身的应有之意,人就只能滑行在生活的表层,"我去做一件我之外的事"的心态总多于"我在完善自我尊严"的心态,无论是公共领域还是私人领域,标准永远被放在最直接与最显然的事务中,由此也只能经历最普遍、最粗糙、最原始的痛苦与喜悦。

当然,我也要承认,在日常生活里两可、自动,好像没什么大不了,谁的生活也不会因此就过不下去了。滑行在生活的表层,那又怎样?作家们为何要这么较真,把人们最常见的生活方式拖出来严刑拷打?因为,至少对于他们来说,自动的生活,不仅意味着丧失了在生活深处感受永恒如星空一般的幸福,更意味着在极端情况下可能导向的作恶。一个习惯了自动生活的人,很容易简单地用一套价值体系替换另一套价值体系,哪怕那是一套犯罪的价值体系,比如纳粹的屠犹政策,在"这样也行,那样也行"的指导下,他仍然能和自己和睦相处。相反,一个人在极端情况下,选择不服从、不参与,那么他就是阿伦特所谓的"良知不按照自动的方式起作用的人"。在关键的时刻,说"我不能""我不这么想""我拒绝"的人,从道德上来说,是罕见的,却也是可以信赖的。

显然,文学虽然站在日常的世俗里,却望向了极限的星空。

4

在讲授外国文学史的时候,作家们的生平常常会激起大家的兴叹——"他们怎么这么夸张?"

陀思妥耶夫斯基好赌成性,在蜜月里就可以把第二任新婚妻子的首饰典当换钱赌博;歌德不仅驱使笔下的维特走向自杀,他也曾在枕头底下放一把锋利的匕首,每天都试着刺进自己的身体,一次比一次深;逐渐发迹的司汤达有着永不餍足的名利欲,他不断地撒谎、往脸上贴金,只求打造一个载誉满身、战功赫赫又女人缘十足的英雄形象……当然,我无意美化作家们的这些极端的怪癖,但如果只说这些,也容易把作家身上对极致的追求变得非常外在。对于一个写作者来说,行为的极端无非是强烈生命意志的外溢,真正的激荡,往往发生在隐秘且持久的写作与内在思考中,而批评者的任务,则应该看到作家们自极端行为中向荒诞的宇宙挺身一跃时的挣扎。有一次讲完歌德,有女生来跟我聊,她觉得与其说是作家们的生活太极端,倒不如说是自己的生活"太平了"。进入大学后,发现自己好像没有什么强烈的热爱,甚至连兴趣也没有,每天就是上课吃饭做作业,"无趣""没意思"成了她对自己大学生活最高频的描述词汇。她颇为惆怅地说,其实自己很羡慕那些有点极致的人,或者有所热爱的人。

热爱可能是一种天赋或者能力,就像感知痛苦的能力也可能来自天赋。

在讲外国文学的过程中,我常常震撼于个别同学对文本的感受力,那些连我也会毫无知觉地滑过去的地方,却触发了他们真实而深切的痛苦。我猜想,伍尔夫也一定在感受痛苦的方面天赋异禀,所以,在写到本细读章节中赛普蒂默斯的部分时,她决定尝试表现最强的痛苦,为此,她的大脑被逼到了极限。在1923年10月15日的日记中,我们读到:"我现在正处在摄政公园疯狂场面的最深处……我满脑子都是这个主意。我觉得我可以用尽我曾经想过的一切。"为了穷极一个人的思考与情绪,伍尔夫写得非常挣扎,大概每天早上只能写50个字,感到备受折磨。

赛普蒂默斯是一个与上述庸人相对的极限角色。他的"极端的感受"是由战争带来的创伤直接引发的,在经历了战争的残酷之后,一些士兵会产生强烈的精神不适,甚至会出现认知与感受的突然改变乃至强烈的自杀倾向。赛普蒂默斯(Septimus)的名字取自当时的反战诗人齐格弗里格·沙逊(Siegfrigd Sasson),此人曾在第一次世界大战时于军中服役,期间写有不少尖刻的反战讽刺诗作,大家非常熟悉的诗句"心有猛虎,细嗅蔷薇"("In me the tiger sniffs the rose",余中先译)就是来自他。但我并不认为伍尔夫只是想单纯地传达反战思想,精神创伤更像是将人的极致情感体验逼出的手法。

怎么逼出来呢?如果把人体想象成一具躯壳,为了了解那藏在最深处的极致情感,必须把人体"剥开"。所以,在这个细读章节中,出现了很多和"剥开"有关的词。

首先就是把身体剥开,当然不是用开膛破肚的方式,而是用 X 光的透视。于是赛普蒂默斯出现了把人看成狗的幻觉:"为何他能透视身体内部,预见未来狗会变人呢?大概是热浪冲昏头脑而引起的吧,亿万年的进化已使脑子变得敏感。用科学来剖析,应该说肉体溶化了,超逸红尘了。"这让人想到了 X 光,我们去医院里拍片,用它来看穿自己。自从十九世纪末这种射线被发现后,它就进入了文学中,成了作家们渴望看穿存在的新式工具。托马斯·曼在《魔山》中为读者留下了一张 X 光照片,他暗示我们,血肉骨头终将陨灭,反倒是手指上戴的一枚戒指会比脆弱的肉身活得久;普鲁斯特在《追忆逝水年华》中也多次提到 X 光,他觉得 X 光照片的真实性使人感到丧气,但很深透。伍尔夫同样迷恋 X 光,她讲过有一次误入一间房间,听了一场关于伦琴射线的讲座,还看到了正常手和患者之手的照片。X

光为作家们带来了新的隐喻载体,它摧毁了坚固不透的肉身,让读者得以跟随赛普蒂默斯的眼睛直逼众生的内在。

然后,是把"时间"剥开。赛普蒂默斯听到了"时间"这个词,继而又有了一段极为华美的幻觉描写:

> "时间"这个词撕开了外壳,把它的财富泻在他身心中;从他唇边不由得吐出字字珠玑,坚贞、洁白、永不磨灭,仿佛贝壳,又似刨花,纷纷飘洒,组成一首时间的颂歌,一首不朽的时光颂。他放声歌唱。埃文斯在树背后应声而唱:死者在撒塞里,在兰花丛中。他们始终在那里期待,直到大战终止。此刻,死者,埃文斯本人,显灵了……

时间是非常抽象的存在,为了剥开它,必须赋予它极为具体的身体。原文说的是:时间这个词"撕开了外壳"(split its husk)。husk 一词有"苞叶"之意,它会令我回想起触摸硬鼓鼓的稚嫩的花苞,或者将花蒂撕下后花朵胀出来的场面,花的绽放是需要时间的,不是瞬间打开的。接着时间又被比作贝壳,读者继续被邀请想象,贝壳张开两瓣硬壳、吐出柔软白嫩的舌头的场面。接着,又写时间似"刨花"(shavings from a plane,这里的 plane 不是飞机,指的是木工刨),一段木头经过不停地刨挖,内核的木料会持续地呈现出来;下一个比喻,形容埃文斯的显灵是从"兰花丛中"来,仿佛花丛遮蔽处忽然亮出一个豁,埃文斯款步而出。也就是说,这一组比喻与上文的 X 射线的隐喻是类似的,它们都想把包裹在事物内部的东西撕开一个口子,将其彻底剥离出来,就好像人们在吃山竹的时候,把它放在两掌之间一挤,外壳裂开,白肉显露。

那么,剥开身体或者时间看到的究竟是什么呢?

死亡。

X射线证明了人不过是一堆速朽的肉身,时间则加速了肉身的灰飞烟灭。这是人类经验里最惨痛、最极致的一个哑谜。如果剥开中产生活中两可、自动的表皮,看到的正是这个哑谜的谜底。它由战争直接引发,被恐惧所污染,直抵人类情绪与体验所能触及的最深处,只不过战后的繁荣与祥和将其遮掩住了。"剥开"一定是痛苦的,当伍尔夫写到赛普蒂默斯能够透视人体内部时,说了一句"肉体溶化了,超逸红尘了"(the flesh was melted off the world),血肉消融让人联想到《奥德赛》中的奥德修斯经历的一场冒险。女神伊诺送给英雄奥德修斯的那方头巾,只要奥德修斯把它铺在胸下,就会安全无虞。在海神愤怒的波涛冲刷下:

> 巨浪把他抛起时他探手攀住悬崖,
> 呻吟着牢牢抓住,待滚滚浪涛扑过。
> 可浪脊从他身旁涌过向后卷退时,
> 又袭向他把他高高掀起抛进海里。
> 有如多足的水螅被强行从窝壁拽下,
> 吸盘上仍然牢牢吸附着无数的石砾,
> 奥德修斯也这样,强健的掌上的皮肤
> 被扯下残留崖壁,巨浪又把他淹埋。

这才是见血见肉的"剥开",虽然有方巾的保护,奥德修斯活了下来，但是他手上的皮肤被扯去，血肉残留在世界的峭壁之上，留下的骨头支撑着他上了岸、回到了家。令我惊喜的是，在和同学们细读《奥德赛》时，有一位同学注意到了这个细节，她觉得"肯定会很痛"——皮肤血肉被撕下扯去，里面的骨肉暴露了出来，奥德修斯在逃出生天的时候也一定是痛苦多于超越的。然而，自由从痛苦出。当伍尔夫写到赛普蒂默斯，她想到的是皮肉被海浪剥去的奥德修斯吗？毕竟，她创作整部小说时，一直在读的就是《奥德赛》。乔伊斯在《尤利西斯》里明写《奥德赛》，伍尔夫在《达洛维夫人》中几乎是在暗写《奥德赛》。

小说探索感受的极致，当然也会探索表达的极致。

什么样的写法与表达才意味着极致呢？小说家们往往会在结构上下功夫，也就是说，他们需要为小说设计出一些代表着极致或者无限的几何学构型。

对于科塔萨尔来说，他想出的极致结构是球形。人们迷恋球体已久。建筑学家们相信，宫殿、神庙的"穹顶"是仿照宇宙结构设计的；人类最早的建造物——避难的洞穴、葬坑与中国古代的藻井以及陶器也都偏好球体，古人说"天似穹庐、笼盖四野"。穹庐般的宇宙启发了作家们，让他们相信球体是一个完整的、无须联结点的整体，是所有形状中最完美的。在科塔萨尔的名篇《南方高速》中，他用一场交通大拥堵来呈现他的球体写作：当拥堵发生时，焦灼的心情或停滞的时间，都像是一个无形的球心，把公路上的男女老少牵引住，使他们的命运如同一个球体表面上无数的"点"，抵达球心的半径完全一样。小说因此呈现出一个精确与均等到极致的完美球形。

对于博尔赫斯来说，他想到的极致结构则是"循环—无限"。他在大量的小说中乐此不疲地书写无限的空间与时间这一主题。在大家熟知的《小径分叉的花园》中，他借人物之口自问自答："在什么情况下一部书才能成为无限？我认为只有一种情况，那就是循环不已、周而复始。"这是博尔赫斯对文体结构趋向于极致的探索时道出的创作箴言。在《小径分叉的花园》中，他驱使一位中国间谍踏上时间与选择的分叉，在无数个平行空间中生存，而在《环形废墟》中，他让制造幻影的魔术师发现自己也是幻影，也就意味着他也是被制造的，这样一来，制造的环节与层次可以无限倒推回文本深处。博尔赫斯笔下总是会出现一种不断内循环的永动机模式，哪怕读者合上书页，小说中的人物故事还是会自行发展下去。

一言以蔽之，伍尔夫选择剥开这个动作来探索人物情绪与感受的极致，科塔萨尔与博尔赫斯则会选择某种几何构型来表达文体结构的极致。

我想，作家们在情绪表达上探索极致，在文体结构上探索极致，最后还是要归结到一个终极问题的探索：对存在的探索。这可能是因为，一切伟大小说的终极目的，其实都是在探索人存在的境况与存在的可能。

在本细读章节中，赛普蒂默斯的极限感受最终还是要落到极限的存在处境里。当妻子把戒指脱下放回皮包，赛普蒂默斯的第一个反应是两人的"婚姻完蛋了"，但是他又马上感到了宽慰：

> 绳子已割断，他跨上了马，他自由了，正如命里注

定的那样,他,赛普蒂默斯,人类的上帝,应当得到自由;他孤苦伶仃(因为他的妻子扔掉了结婚戒指,离开了他),他,赛普蒂默斯,孑然一身,在芸芸众生之中,首先被神明召唤,去谛听真理,领悟正道,经过文明社会的全部辛勤劳动——希腊人、罗马人、莎士比亚、达尔文,当今则是他本人——终于要完全传给……"传给谁呢?"他大声问道。"传给首相。"他头上的低语声回答他。绝密信息必须透露给内阁:第一,树木有生命;第二,世上没有罪恶;第三,爱和博爱;他在喘气,颤抖,喃喃自语,痛楚地吐露这些深奥的真谛,它们是如此深刻,如此玄妙,必须用九牛二虎之力才能阐明,但是值得,因为它们永远改变了世界。

这段引文比较长,但我想仍有必要全文引用,因为伍尔夫用非常细密的逻辑展现出对人的极限处境的思考:赛普蒂默斯半推半就地挣脱了婚姻的世俗束缚,进入个体的孤绝之中,但也因为这样,他才能把关切从具体的痛苦中解脱出来,进入更为抽象的思维中,把握关乎整个人类的普遍规律;它关乎一流头脑所创造的智慧、关乎万事万物的生命与灵魂、关乎人类存在的奥秘。但是,赛普蒂默斯对存在极限探索的结果可能令人皱眉:他发现了人的有限性,继而打算自己成为上帝。

在细读这本书的过程中,我的学生们提出了许多朴素但是真诚的疑问。不止一位同学提到过对于赛普蒂默斯自比为上帝的不解乃至反感,他们在这种观念里体察到一丝傲慢。难道只要打着爱和博爱的名号、或者因为受过伤害,就可以自称为神吗?① 他们甚至感到有点可笑,"一个普信男",有同学借用了流行语进行描述。我不打算为赛普蒂默斯辩护,甚至我认同学生们以非常朴实的感觉把握到了一些东西。人对于存在意义的终极追问中,一定有答案吗?这个答案一定是激越人心的吗? 又或者,我们真的有能力穷极极致吗? 也许,当人们放弃了自动的生活,将自我从两可推到极限时,就得做好准备,因为最后发现的可能是深渊,它非我们所能理解,或非我们所能接受。这时候,人会是什么反应呢? 也许就是赛普蒂默斯式的傲慢。

也即,当人对存在的探索趋于极致时,他有很大概率发现自身的有限性。

有限性包括生命的短暂性。我们总是要死的,仰望星空或者目睹家人朋友离世会提示人们这个事实。我每次听电影《星际穿越》的主题曲都百感交集,辉煌的星际既让人心潮澎湃,又让人自觉如蝼蚁。人间的战争、屠杀、瘟疫、疾病也会加剧人的有限感。《达洛维夫人》中,赛普蒂默斯正因为战争的创伤而备感虚无;而且,仅在活着的这段短暂时间里,人们还会被自己的自恋、卑劣、残暴、狭隘、怨恨、盲目、动物欲望包围,这也是有限性所在。

可能在人们深深体认到自己生命的有限性时,虚无或者傲慢都是很自然的反应。海明威在《一个明亮的地方》中,让恐惧虚无的老年侍者彻夜开着小酒店的灯,仿佛这明亮干净的灯光可以抵御长夜漫漫般的虚无。这是一种对于

---

① 精神病人在想象中自比为神或者上帝似乎是一种常见的症状,不独文学爱好者进行如是描绘。在人类学著作《维塔》中,住在巴西阿雷格里港一家收容所里的各色精神疾病患者也会把自己比作"上帝"。

虚无戏剧化的表现手法,仿佛虚无总是以可怕的黑夜的形式袭来。现实生活中,虚无其实更日常、更不起眼也更无孔不入,它会发生在这样的对话里——"你在忙啥呢?""没忙啥。""你手机上刷什么呢?""乱看看。"这样的对话,本身就是人们填充虚无的重要方式——闲谈,无所用心的闲谈,而人们所做的事——"没忙啥""乱看看",也意味着人们看轻了所做之事的价值。

傲慢是另一种回答。既然人人都是卑劣、狭隘、怨恨、盲目且动物性的,那么,那些较早洞察这一点的人则发现了先机,为什么不利用人的这些有限性来实现自己的目的呢?这些角色大量出现在陀思妥耶夫斯基的小说中,他们是自视为神虐杀普通人的拉斯柯尔尼科夫、用面包和信仰把民众玩弄于股掌之间的宗教大法官……陀思妥耶夫斯基不是狄更斯,对于表现人的善恶道德没什么兴趣,他塑造的所有"恶人"的内核都是傲慢,都是相信自己的能力可以僭越其他人甚至僭越上帝的倨傲者。至于赛普蒂默斯,他有一个从傲慢到虚无的转变,在他早期的幻觉中,他多次妄称上帝:

> 我必须向全世界宣布,赛普蒂默斯举起了手(当穿灰衣服的死者向他走近时),大声呐喊,恰如一个巨人,多年来独自在沙漠里悲叹人类的命运,双手压住前额,面颊上刻着一道道绝望的皱纹……他背后匍伏着千百万人,而他,这巨人般的哀悼者,在一瞬间,露出大慈大悲的脸容……

赛普蒂默斯的傲慢有可能来自他的知识，他醉心于莎士比亚与但丁的阅读经历让他自我陶醉——"希腊人、罗马人、莎士比亚、达尔文，当今则是他本人"——比起地位、身份、职业等元素引发的傲慢，知识带来的傲慢是最隐微的，这可能因为知识本身就具有蛊惑的味道。

面对追求极限之后发现的有限性，除了傲慢和虚无，也许还有第三条人迹罕至的路：谦卑。这也是伍尔夫在这部小说中没有涉及的主题。

我们会在那个叫作亚伯拉罕的人身上发现这种品质。上帝要他杀子献祭的时刻，他举起了刀。读者们当然知道这是对亚伯拉罕的考验，上帝最终会收回成命，但是在亚伯拉罕的视野里，没有收回命令的可能，只有手起刀落的可能，极限指的就是一条没有回头的单行道。他所有的痛苦都是隐而不发的，他也没有摇尾乞怜或者用羊羔替代儿子，他举起了刀，把自己推向了极限。丹麦哲学家克尔凯郭尔因此说道："人们崇高的程度恰与其所热爱之物成正比。爱自己的人，仅在一己之内崇高；爱他人者通过不断奉献而愈加崇高；而爱上帝者则是崇高的极致。"最终，上帝收回了成命。在亚伯拉罕最无能为力的时刻，他是最有力的，他付出了常人难以想象的心力。他的谦卑也在此刻绽放：在极限处境中仍然保持对上帝的信仰，不愿意越雷池半步。这种看似愚忠、看似无能为力的退让，恰恰证成了亚伯拉罕的崇高。也就是说，人身上的神性不在于僭越众生或者掌控世界，不在于把别人玩弄于股掌之中，而恰恰在于退让乃至蜷缩回自我的内核。承认绝大多数事情与时刻，是非我们所能为、所能及的。

在现代中文语境里,讨论谦卑、极致、善良、勇敢之类的大词都容易显得油腻或者轻佻,因为词汇被滥用在口号与道德标榜中,失去了伦理根基。真正理解这些词的含义,需要看词汇是否被灌注在每一个具体行动与实践中。这也意味着,人对于极致的追求不是在口号或者大道理中完成的,极致不是远方,极致应该是附近,它不是等待着人们去触摸的遥远的地平线,而是当下正在做的具体细微的事情的积累与参悟,犹如书法中的日课。

当用"极致"来勾勒一个人时,未必需要像亚伯拉罕那样用是否听从上帝的命令杀死孩子这件抽象的事来自我考验,作为一个隐喻,它离生活毕竟是有距离的,倒是可以在一个非常日常的层面上问一问:我的行动与我的想法是否一致?

哪怕是在小小一堂课里,如果我夸耀说完全读懂并认同《局外人》或者《麦田里的守望者》,但是一转头在生活里就开始唯唯诺诺、言不由衷、曲意逢迎、怎样都行,那么,我就不算是真正地读懂,也不算是具有思想与行动的一致性,更谈不上在这课堂里做到极致。或者,我宣称自己是一个女权主义者,与朋友们从高谈阔论着韦伯或者马克思学说中可能的女性议题,但却对妻子整晚在家里做饭、收拾与带孩子熟视无睹,那么,我也不算对女性主义思想有什么极致的理解。

从日常的角度来说,极致性甚至指的可能就是一致性,只有一致才能保证一个人力量与意志朝着同一个方向密集又绝对地迸发、穿刺与超越。

我很喜欢的一个词是 consistency,翻译成"一致性、连贯性、稳定性、稠密感"都可以。Consistency这个词之所以还有"稠密"的意思,我想也是因为真正贯彻身心一致的人有一种饱满与密实的状态,世俗的水流冲击着他,但他不会被冲走,他稳稳地立在原地,无可撼动。

这就是日常生活里的极致。

九

哎哟：刺破手背

细读内容：第73—84页

情节梗概：彼得仍然在思考克拉丽莎。她在宗教态度上也有变化。她因为亲妹妹被一棵倒下的树压死而愤世嫉俗，对神怀疑，但是后来变得温和了，不信神也不怪神了。彼得感到克拉丽莎是幸福的，对现实生活有热爱，同时有喜剧感，这就使得她的生活陷入了没完没了的社交与宴会中。彼得见过她的女儿伊丽莎白，她与母亲很不一样，对社交无感，还认为父亲是个老古董。彼得走出摄政公园，想到老年的补偿就是获得了生活经验的力量。这是他的自我安慰，因为他也老了，由此他感慨人生太短，更为细腻的情绪来不及品尝。他原想自己不再需要女人，离开黛西还觉得清净，可是今早的猝然流泪会让克拉丽莎怎么想呢？一切都是因为嫉妒，他为了黛西回到伦敦东奔西跑，克拉丽莎却在冷淡地缝补衣裙，她本可以不让这一切发生的。在街头，一段奇异的歌声打断了他的思路：

依(ee)恩姆(um)法(fah)恩姆(um)梭(so)

福(foo)斯维(swee)土(too)伊姆(em)乌(oo)

歌声不男不女，难辨老幼，没有开端与结尾，似枯树般随风飘荡。歌者似一个穿越历史的女人歌唱她的情人,情人死去,她也老了,在宇宙圣典结束之际,她将紫石楠放于自己墓地上。古老的歌声在地铁对面传播,仿佛地下涌出流水,滋润了大地。沧桑的老太歌唱时仿佛仍在想念往昔的情人:她唱道"即使被人看见又有何妨"。彼得给了她一枚银币。雷西娅也听到了歌声,她觉得歌者是个可怜的老婆子。她想到了自己的不幸,她和丈夫要去找威廉·布雷德肖爵士看病。有人能想到路边这个叫作赛普蒂默斯的男子心中的启示吗?从外表看,他像一个职员,生活轨迹平凡。他离开乡间想成就一番事业,伦敦吸引着他。他爱上了在这里讲授莎士比亚的伊莎贝尔·波尔小姐。她则觉得这个青年像济慈。他在伦敦痛快地读书、思考、痛饮。按照常规路线,假以时日,他会成为一个有为青年。但是欧洲大战摧毁了这一切。

赛普蒂默斯成为第一批自愿入伍者。他想拯救从莎剧中了解到的英国。他受到了长官埃文斯的青睐。战争教育了他。他全身而退,被安顿到米兰一个旅店老板家住,停战后,他患上了震弹症,为了自救,他与老板的女儿雷西娅结婚,因为她富有生命力。回到现实,雷西娅提醒他注意美食美景,他却丧失了感受力。一定是社会出了差错。他感到世界毫无意义,生殖毫无意义。

1

当我躺在产床上等待时,我赞美十九世纪发明出来的麻醉药物。

在此之前,我已经跟几位有过生育经历的母亲聊过体验。我的母亲说她没什么痛感,到了"四指"的时候——指的是子宫口张开到四厘米宽,顺产需要开到十厘米,婴儿才能顺利从产道中出来——都没什么痛感;顺转剖的朋友则说,她经历了两重痛苦,已经痛到无法呼吸、意识模糊……我怀着忐忑又好奇的心情等待着这一体验。开到两指时,发现之前反复演练的拉玛泽呼吸法已经没用了。当时,产房里有许多云南地州上来实习的医学生,当一个小姑娘过来检测我的情况时,我疼得说不出话,紧紧握住她蓝色制服里伸出的手,她显得又害怕又忍耐。整个产房里一时间充斥着此起彼伏的鬼哭狼嚎。当麻醉科的医生终于给我打上麻醉后,我真正体会到了从地狱到天堂的感觉,飘飘然吃起了寿司(当然,疼痛真正的结束一定是在孩子生出来以后才可能)。那一瞬间,感觉世界都安详清静了,我突然想到在生之前参加医院的孕妇科普讲座时,医生说了一句非常值得玩味的话:"生产痛不是疾病痛。"

仿佛疼痛需要一个合理的说法,一种意义或者解释,这样我们才不至于陷入对其无知的恐慌中。直到现在,无痛分娩都没有在全世界范围内普及开,一方面是因为在许多地方麻醉医生人手不足,或者担心药给脊椎带来的副作用,但也有很多地方推崇自然分娩，也就是硬生，自然地承受剧痛，这种主动地承受痛苦似乎也有其相应的解释。

疼痛对于我们到底意味着什么呢？人类如何表达、理解和面对疼痛呢？

博尔赫斯在短篇小说《永生》中试着回答这个问题。小说讲述了一个罗马军团的执政官的经历。有一次，他从一个骑手口中得知了永恒之城的秘密，便动身寻找。途中，他经历了士兵的叛变后终于抵达永生者的城市，获得了永生。其间，他还遇到了已经活了一千多岁的荷马，后者向他讲述了很多故事。经历了十多个世纪之后，执政官意识到永生让人失去了怜悯、报应与庄重。一天早上，他被一棵多刺的树划伤了手背。"痛得异乎寻常。"他终于摆脱了永生，回到了普通人的一生中，他会死去。

博尔赫斯没有写执政官在被刺破手背时说了什么，"痛得异乎寻常"更像是一句追忆或者内心独白。如果他愿意发声，他会说什么呢？也许是"哎哟"，或者"Ouch"，或者"Ai!"？但是，博尔赫斯的小说提供了一种关于疼痛的解释，它暗示我们的必死性，提示我们去感受怜悯与报应，掂量个体性命的庄重与严肃——使它不至于被永恒剥夺了重量，轻如泡沫。

和我的产科医生一样，他也在为疼痛赋予意义。

2

本章讨论文学中的疼痛。

伍尔夫在《论生病》里关于病痛的描述非常有名。

她觉得疼痛是如此常见,又如此骇人,仅仅是拔掉一颗牙齿就能让人痛得要死,可是,病痛居然没有像战争、爱和嫉妒一样,跻身小说重要的主题。小说本可以为流感而作,颂歌本可以为肺炎而作——当然,伍尔夫肯定是漏掉了托尔斯泰,我们可是在《战争与和平》的开篇就遇到了流感。托尔斯泰让太后身边的女官患上了这种疾病,而且还告诉读者,在当时,"流感"是个新名词,由她的舞会开场,小说中的人物粉墨登场,为后文众生纵横交错的命运埋下伏笔。小说虽说不尽然是为流感而作,但到底可以因流感而起。伍尔夫在分析何以文学中的病痛如此之少时,提到了一个关键的原因:语言的匮乏。

> 英语,这种可以写出哈姆雷特所想,塑造李尔王悲剧的语言,却没有表现寒颤和头痛的词语。它完全是单向发展了。一个最为普通的女学生,在她恋爱时,总还有莎士比亚、多恩和济慈替她剖白心迹;可是让一个病人试着向医生描述他的头痛,语言立刻就穷尽了。没有任何成语可用。他只能自行生造,一面想着他的头痛,一面想着一堆纯粹的声音(也许巴别塔的居民一开始就是这样做的),以便将两者合并,最终挤出一个全新的词语。很有可能是个滑稽的词语。

她觉得我们找不到描述痛苦的语言。在本细读章节中,她做了一次知其不可为而为之的尝试——她要写出痛苦,或者,她要尝试厘定痛苦。

伍尔夫的写作,有可能是在回应困扰了自己一生的精神和身体疾病。可以说,她的每一部小说都是在体认痛苦、把握痛苦与书写痛苦。在《远航》中,她写高烧,高烧将人与她平时生活的世界隔绝,无法与人交流;在《海浪》中,她写疯狂,疯狂使人浑身颤抖,只觉得周身有许多刀子在刮割着身体。大家可能会注意到,伍尔夫对痛苦的关注模糊了身体之痛或者精神之痛的区分,她既写精神的错乱,又写身体的病痛,身体的疼会引发精神的区隔,而精神的痛会诱发身体的苦楚。在疼痛之名下,她试图一网打尽,或许是因为她比近代的疼痛学学者更早地意识到,所谓的身体痛和精神痛是近代人的强行区分——比如说生产痛是生理性的,而抑郁症则指向精神之痛——但这种看似自然而然的划分可能是一种现代产物,人类所感受到的疼痛被人为地分割为了两个范畴。

是人,就会有痛苦的经验,想一想自己经历过的疼痛吧,它足够验证疼痛的身心二分是否正确。对于一个有抑郁症或者焦虑症的人来说,他可能会出现强烈的躯体化现象,精神上的病痛通过他的身体来说话,让他感觉到胸痛、胃痛、头疼脑胀、后脑勺发紧,等等;对于一个经历了生产阵痛的人来说,身体上的疼痛也会在她心里留下长久的阴影,使她每每想起就会打个哆嗦。有时候,身体的直接疼痛还会转化为精神性的记忆,我用洗手液给女儿洗手,她感到手上的小伤口辣疼,下一次我再拿起洗手液,她面露恐惧地拒绝了,仿佛又感到了辣疼,这是人用来自保的本能——痛苦以及对它的记忆成为我们保护自己的第一道防线。

其实,哪怕是区分了身心二元的笛卡尔,也在1644年的《哲学原理》中提到了一个女孩,她的手臂已经被截去,可是她仍然会感觉到幻肢在疼痛，也就是说，似乎疼痛感不是来自具体的创伤部位，而是来自大脑。当代的疼痛理论进一步证实了这个观察，我们的大脑不仅仅是外在信息的接收器，相反，它是很多体验的主动参与者，它会以难以计数的方式生产、调节和处理看似外在的感官体验，疼痛当然也不例外。其实，不要说疼痛这种较为具体和真切的感受会受大脑的控制，就连那些比较抽象的观念，比如说"做好事""履行正义"，都会通过相应的行为与大脑的分泌物产生关联。简单地说，人做了好事会感觉"美美的"，不单纯是因为我们遵循了所信奉的道德准则，还因为我们的大脑在褒奖我们。

伍尔夫的小说中并没有刻意区分生理的痛苦和精神的痛苦，而是把它们混在了一起书写。彼得与赛普蒂默斯很难说有没有经历身体上的创伤，但是他们所遭遇和体会到的痛苦并不亚于被重击、捶打与鞭笞。在这个细读章节中，小说从彼得世俗的失恋之痛，转入了赛普蒂默斯更为深重的精神创伤之痛。两人的两段痛苦，是由他们在地铁站对面共同听到的歌声连起来的，那段歌声在整部小说中都显得非常神秘，它没有具体的歌词，连唱腔都显得不男不女、难辨老幼，它是否也是在言说痛苦？

我们先来看看彼得的痛苦是如何写出来的。想到自己的衰老、时日无多以及失恋，伍尔夫说彼得是"再也不会经受克拉丽莎给他的那种痛苦（suffer）了"，又说他"回想起昔日的痛楚（misery）、折磨（torture）和满腔激情"，在这几个词里，折磨（torture）的痛苦强度在英文中是最强的。接下来，当他又想到黛西故意让他吃醋，而这一切的源头都是克拉丽莎三十年前对他的拒绝时，伍尔夫用的词是"她心中琢磨着怎样才能刺伤（hurt）他的心"，以及"嫉妒之心在折磨（torture）着他"，读者这时可能会发现一个有趣的现象：在描述疼痛时，伍尔夫用的都是一些外在施加在身体上产生痛苦感的词汇，比如我们会说，一个人遭受（suffer）了丧亲的不幸，或者一个女人被一个渣男所伤（hurt），又或者某个犯人在承受着典狱长的折磨（torture），但是，这些看起来从外在发起的动作又说的是彼得内心的感受，所以，从词汇的选择上，我们也能看出伍尔夫有意混淆身体痛与所谓的精神痛。在这些疼痛里，最为持久和痛苦的是什么呢——嫉妒。小说写到彼得的思忖："这一切归根到底是由于嫉妒，这种心理比任何人类情感都持久。"

想想我们自己经历过的嫉妒吧。我在课堂上邀请同学们回忆自己经历的最严重的一次嫉妒，但并不要求他们分享，因为它是一种非常隐私的情感体验，很多人可能会羞于暴露自我，但是，无论大家回忆的是什么，那种情感肯定是非常苦痛的。同样的，在文学描述的情感世界中，嫉妒也是最为复杂的一种，它关乎痛苦，以及加剧痛苦的其他感情，比如恨、不甘、迷恋、自欺，甚至会导致暴力。如果没有嫉妒的暴力，莎士比亚笔下的摩尔人奥瑟罗不会杀死自己其实贞洁的妻子；如果没有嫉妒的不甘，《小妇人》中的妹妹不会故意烧毁姐姐的手稿；如果没有嫉妒的自欺，伍尔夫不会在这个部分设计一个故意让观众看出来的"露馅"：彼得一开始说的是黛西故意要让他吃醋，因为她告诉彼得自己与前夫还有联系，但是真正让他嫉妒的，其实是后文紧接着谈到的克拉丽莎，他因为这个女人吃了不少苦头，但她却没事人一样,气定神闲地坐着缝补衣服。也就是说,伍尔夫故意虚晃一枪,间接地让彼得真正的嫉妒之源暴露出来,读者读到这里,也不免感叹作家的迂回与婉转,前一个嫉妒之苦更像是为了遮掩后一个、真正的那个。

当彼得手持一把刀,在世界各地披荆斩棘,赢得鲜活的生命体验时,他看上去像个强者,而那个只会坐在客厅里缝裙子的克拉丽莎看上去像是一个弱者和失败者。可是,彼得居然被她打败了,受尽种种折磨。所以,当他感到自己因妒而败时,伍尔夫交代了一个非常重要的动作:"他阖上了折刀。"伍尔夫写出了嫉妒这种痛苦的"反常",我们常常觉得,只有弱者才会嫉妒强者,但是文学最大的魅力恰恰在于呈现反常,因为反常有可能才是我们日常生活的真正底色——强者往往有着最脆弱的内核,就像阿喀琉斯身上有着最脆弱的脚踝。

这是一种"反写"的手法。

无论在文学的写作乃至批评的写作中,顺着常识写往往只能写出平庸的东西,但是反写——反常识、反逻辑的写作——却往往暴露出生活真正的底色,至少能诱使内心发出惊呼。大家在看卡夫卡的《审判》时,都会觉得是 K 被诱捕,但阿甘本却能证明是 K 在自我诬陷!人们看古希腊悲剧《安提戈涅》时,也都会觉得最暴力的是僭主克瑞翁,但齐泽克却跟你说,最暴力的乃是大家一直认为受到迫害的安提戈涅。当然,这些当代后现代哲学家的路数比较一致,就是通过翻转逻辑来实现立论的惊心动魄,读多了,套路化的东西也就浮现了出来。在文学作品中,反常、反逻辑的写法更扎实一些,不会单纯地玩弄逻辑。比如安德烈耶夫的

《墙》里有个比喻：一个恶汉靠着一块花岗岩坐着，他的肩胛骨，尖得像两把刀，"使人觉得连花岗岩石都被这两把刀戳痛了"。人的肩胛骨怎么可能比花岗岩还硬呢？这个反写要强化的，是此人性情的乖张强硬、顽固不化。或者在雷马克的《西线无战事》里，士兵们觉得当战友被炸得粉身碎骨时，可以把他们仅存的血肉从墙上刮下来，"装进饭盒里埋掉"。这也是一处反写，人怎么可能装在饭盒里呢？通常是人把饭盒揣在身上，而且，人们携带饭盒是为了随时充饥，为了活下去，死人被炸得不剩多少的骨肉，甚至连饭盒都装不满，早已没有了吃饭的必要，也就是说，这一处饭盒的反写在强调战争的残忍。

就嫉妒的痛苦而言，在世界文学中，写得最为绝妙的人，必然是普鲁斯特。但是，他没有采用伍尔夫的"反写"，他用了另一种写法：层层递进。

在《斯万家那边》中，普鲁斯特写了一段非常完整、跌宕起伏的相爱与分手：男人先是在一场音乐会上认识了女人，他开始慢慢接近她。在此过程中，普鲁斯特用"小乐句""油画""粉红色便袍""胸口的兰花"这几件事物来递进两人关系的变化：一开始，他们共同听了一段音乐，这是声响；接下来，男人开始升华女人，觉得她像油画中的女神，这是画面，比声响更近一步，更为具象；然后，男人瞥见了女人粉色便袍里的肌肤，这是从间接的图画与声响直接来到肉身的观看；最后，男人吻了女人胸口的兰花，这是关系的"拳拳到肉"。做文本细读的时候，不妨留意物品摆放的顺序与人的情感关系递进之间的关系，作家总是需要借助一些物品落实与象征人与人的情感关系。在卡夫卡的《城堡》中，女店主说城堡总领在三次见面中,分别送了她"照片、围巾和睡帽"——这三个词也足够读者充分联想,两人的关系是如何从远到近递进的了。

如果用一条河流来比喻,作家的工作是精心铺设河道再灌入水,读者可能只乐于享受河面的颠簸起伏,批评者的任务则是把水抽干,观察河道上卵石摆放的静态规律。

普鲁斯特笔下,当情人疏远后,嫉妒产生了,它甚至让男人产生了生理上的病痛与变化。男人得知女人被包养过,疑心她的亲热举动早就对别的男人做过,嫉妒扩大,所有人都被男人视为情敌。他蹲守在女人家外面,从门缝监视她在家的身影,女人对他闭门后他又千方百计从朋友那里打听她的只言片语。哪怕在两个人彻底分手后,男人还做了一个梦,梦中拿破仑皇帝把女人拐跑了,他的世界中情敌简直到处都在,唯有旧日恩情不在。与伍尔夫一样,普鲁斯特也发现了痛苦摧毁的不仅是情感,也有身体,男人在折磨人的痛苦中连外部特征都改变了,仿佛遭遇大病侵袭,仿佛戴上了"她手中用来折磨他的新的刑具"。

普鲁斯特对这段感情变浓与变淡的写法简直没有敌手,情感渐浓如花瓣渐次打开、灼灼其华,到了最炙热的时候马上转冷,又像是涟漪逐一推涌、痕迹淡去。他所展现的对节奏与象征性细节的把握堪称天才,他也让读者意识到,在嫉妒的痛苦中,人们会在展现爱意时无限接近恨意,也会在暴露恨意时无限接近爱意。

3

与彼得的嫉妒之痛相比,赛普蒂默斯的痛苦显得更深沉也更特别——很多人都会遭遇失恋与嫉妒的痛苦,但是只有一部分人会遭遇战争的创伤。

战后创伤会令士兵们在几个月内,有时甚至几年内都会持续感到可怕的疼痛,这些疼痛中最常见的是神经痛、幻肢痛,但是,伍尔夫并没有动用太多关于痛苦的词汇,我们几乎很难找到 torture、suffer 或者 hurt 之类的词,但她抓住了巨大痛苦感受的一个神秘的特征:它会姗姗来迟。毫发无损地离开战场后,赛普蒂默斯患了内伤,他目睹自己的长官埃文斯死在他眼前,目睹了一批批炸弹在眼前爆炸。当时,他冷眼旁观,后来被安置在意大利后,他还是麻木状态,直到和旅店老板的女儿订了婚后才惊觉自己的麻木。为什么赛普蒂默斯没有在战争过程中感到痛苦呢?因为,巨大的痛苦往往有一种滞后性,人的本能会将正在经历痛苦的人包裹起来,不至于令他当时就崩溃,直到日后,这层蜜蜡般的保护壳融化,人才会被痛苦袭击。在我和学生的交流中,他们也不止一次地提到过类似的经历,经历了高考失败、亲人离世的当下,往往是哭不出来的,过了几个月,痛苦如同一枚缓释的药丸,慢慢才会显示出它的药效。

在交代赛普蒂默斯的战后痛苦时,伍尔夫还大有深意地写了一个细节,而且写了两次,赛普蒂默斯开始留心女人们的装饰品:"羽毛、金属饰片、丝绸、缎带",他还观察到未婚妻摆弄着"丝绸、羽毛还有其他一切,在她的手指拨弄下都富有生命"。照理说,这样一个醉心于文学的青年难得注意这些花花草草,但怎么此时看得那么细致?这个动作让我们体会到一种浓缩的生命渴望,他想逼迫自己感受这些实体的存在,实体就意味着对抗虚无的生命力,而留意的眼睛则像要紧紧攥住生命的小手。

小说中,作家常常通过"留意"来强化主人公的某种眷恋或者贪恋之感,而且,越是那些看起来和角色不搭界、不相关的东西,越能说出其情感的强度和欲望所在。比如托翁的《安娜·卡列尼娜》中,男主角坠入情网,欲火焚身,但托翁却只写他去看赛马,含情脉脉地盯着一匹马看;或者罗伯-格里耶的《嫉妒》中,丈夫嫉妒妻子的婚外情嫉妒得都快发疯了,结果呢,罗伯-格里耶偏只写丈夫盯着地上的一块油渍看,似乎对妻子的丑闻充耳不闻。越是那些离题万里的"留神",越能说明角色内在真正的关切所在。简单地说,作家们发现了一种远和近之间的奇妙关系——当你为失恋或者考试失败所折磨时,可能也会通过彻夜追剧、玩游戏来转移注意力,可越是这么做,越发现强烈的情感才下眉头,却上心头。而且,痛苦的转移意味着痛苦很少固定在一个位置上。一个人说她为未来而痛苦,她不愿进入结婚,可能恰恰因为她在过去饱尝了父母婚姻失败的不幸之苦;一个人说他为朋友遭遇情感插足而痛苦,有可能是因为他被戴了绿帽子,他悲惨地想到了自己。

痛苦就这样在过去与未来、他人与自我之间来回徘徊。

为了敲定赛普蒂默斯痛苦的原因,伍尔夫为他撰写了一段小史,将他从正常到被摧毁的整个过程揭示而出。最早,他和万万千千个青年一样,过着上进奋斗的日子,外省青年闯荡伦敦,如果不出什么意外,他会步步高升。小说写到旁人对这个充满希望的年轻人的预言:"在十年至十五年内,他会成功地坐上经理室阳光照耀的皮靠椅,四周环绕着存放契约等文件的箱子。"但是战争摧毁了这一切,将赛普蒂默斯的"正常"折断。他堕入深渊,患上了震弹症,可他也因此变得更有洞察力了。伍尔夫有意把他塑造成一个先知,让他能够轻易地读懂但丁的《神曲》,让他洞察"兴许世界本身是毫无意义的吧"。

在这个过程中,痛苦发挥着它微妙的作用:它让赛普蒂默斯从"万万千千"中脱颖而出,成了独特的那一个,从"someone"变成了"the one",从可预见的生活中剥落,反过来开始体察这种生活价值几何——一句话,痛苦让他感受到了自我的存在。

我们可能都有过这样的体验,当身体完好无损的时候,每个部分都是在令人无觉察地自动工作着,一旦撞了一下膝盖,或者擦破手指的皮,隐隐的疼痛就让我们的注意力转移到了这些部分,仿佛它们在不甘心地喊着:看看我,看看我!我不舒服!对于患上了抑郁症或者焦虑症的人来说也是类似的,这些病症逼迫患者把注意力从外在世界转向内在,开始思考一些平日里可能很少触及的问题:我活着有啥意义呢?我这破工作有啥意思呢?有时候,当经历一桩难以置信的事件时,人们会觉得"我不是在做梦吧",于是就要掐疼自己。相反,如果一个人感觉不到疼痛,很可能他就不存在——我想到了陀思妥耶夫斯基《地下室手记》中那个奇怪的情节,主角为了报复军官对他的鞭打,在街头故意"肩碰肩地结结实实地撞了军官",可是军官"甚至都没有回头看一下"——我开了一个脑洞,如此暴虐的军官居然毫无反应,也许这个神叨叨的主角根本就没有实体,只是一个观念的幽灵。

总之,疼痛逼着人开始关切自己、思考自己、感受自己。似乎痛苦的经验总试图说服我们,粗暴的物质性、身体性才是人的第一性,我们对自我的最全面或最基本的接触总是由痛苦带来的。本章开篇所引的博尔赫斯《永生》,也是在这个意义上展开对于疼痛的思考的,疼痛提示着个体存在的必死性。

从这个角度出发,伍尔夫特意写了下面这么一段,她将赛普蒂默斯与人群摆在一起,将甜与无味摆在一起,将幸福与痛苦摆在一起:

> "太美了!"卢克丽西娅低声说,一边用手肘推了推赛普蒂默斯,叫他也看。还有"美食",陈列在玻璃橱窗后面。他却感到食而无味(雷西娅爱吃冰淇淋、巧克力一类的甜食)。他把杯子搁在大理石小桌上,不想吃。他望着街上的人群,他们似乎很幸福,聚在街心,高声叫嚷,嘻嘻哈哈,莫名其妙地争论不休。他却食而不知其味,感觉麻木。就在茶室里,置身于茶桌和喋喋不休的侍者中间,那骇人的恐怖攫住了他的心灵——他失去了感觉的能力。他能推理,也能阅读,例如,他能毫不费力地读懂但丁的作品("赛普蒂默斯,你一定要把书放下,"雷西娅说,一面轻轻地阖上《神曲·地狱篇》);他能算清账目,头脑十分健全;那么,肯定是社会出了差错——以致使他丧失了感觉力。

这一段写得非常用心,它有多重并置。首先是事物的味道,卢克丽西娅喜欢甜食,赛普蒂默斯感到的则是无味。甜味往往指向了某种欲望及其难以满足的匮乏。纳博科夫在谈到洛丽塔(Lolita)之名时,指出 L 的发音应该是温柔、清亮且柔和的,就如发"Lollipop"(棒棒糖)一样,所以"小仙女"洛丽塔被赋予了棒棒糖般的甜美之感,其背后则是象征着恋童诱惑的欲望。人类眷恋甜味,本质上可能恰恰是因为欲求不满的匮乏。据说,一个三万年前的食物采集者,如果看到一株无花果树,会把自己吃到撑,因为下次再吃甜食,可能就是几个月之后了。糖在人类历史上扮演了很久的稀缺品与奢侈品的角色。卢克丽西娅嗜好甜的背后是她对幸福生活的不可企及。相反,她丈夫感觉到一切都食之无味,这实际上暗示出一种崭新的价值判断:是否人们认为组成幸福生活的那些东西,其实都是索然的?

其次,我们还可以读到"人群"和"一个人"的并列。赛普蒂默斯望着街头的人,观察并判断,他深切地怀疑这些人所过的生活的意义。在这里,他因为痛苦而变得敏锐,从芸芸众生中脱颖而出,变成了一个孤独的思考者。为什么伍尔夫单单只说他能读懂《神曲·地狱篇》呢。不要忘了,《神曲》有着最为浓烈的审判味道,《地狱篇》写的正是但丁来到地狱后,目睹了对人类尘世生活种种行为的判决。此时,但丁是俗世生活的局外人,亦如赛普蒂默斯。有时候,站在熙熙攘攘的人群外,才能更好地看清人本身,我们之所以看不清楚,不是因为站得太远了,恰恰是因为太近了。

赛普蒂默斯的痛苦逼着他从"众人"来到"个人",从而开始怀疑所谓普通人幸福生活的价值,这种痛苦带来的个体存在的提示,其实是一种近代的产物。在古典时代,痛苦的意义更倾向于和集体的、道德的、神学的元素绑定在一起。

古典文学中的疼痛往往将其意义引向集体。《荷马史诗》中,铜枪刺穿肩膀、长枪贯穿一个人的太阳穴、铜尖刺中肺里、肠子洒落到地上——所有这些创伤都是无名的,荷马没有记录战士们的名字,更没有记录战士们的感受,因为伤痛是军团获胜的必要成本,哪有不流血的战争?因此,战士们被一种荣誉准则支撑,被一种内在的勇气和尊严支撑,使他们能够忍受痛苦而不退缩或大声哭泣;哪怕是最有个性的主角阿喀琉斯,他几次出于私情的痛苦,最后也都被"全军得胜"这个集体的目标收编。

同样的,基督教文学传统中最有代表性的苦痛的记载来自《圣经》中的《约伯记》,它将痛苦的意义从尘世的军队胜利拔高到对上帝的膜拜上。约伯生活幸福,有十个孩子,牛畜成群,仆婢盈门,对上帝也很虔诚。但是有一天,魔鬼和上帝打赌,说约伯之所以信你,还不是因为你给了他这么多好处,如果把他的家人财产健康全部剥夺,看他还信不信你。上帝答应了打这个赌。魔鬼于是向约伯降下了身心的双重痛苦,首先令他的家人牛马横死,接着让他身上长满烂疮:

> 于是撒旦从耶和华面前退去,击打约伯,使他从脚掌到头顶长毒疮。约伯就坐在炉灰中,拿瓦片刮身体。他的妻子对他说,你仍然持守你的纯正吗?你弃掉神,

死了吧。约伯却对她说,你说话像愚顽的妇人一样。唉,难道我们从神手里得福,不也受祸吗?在这一切的事上约伯并不以口犯罪。

到这里,疼痛的意义显露了出来,它是为了表现人对神的虔诚。哪怕全身长满毒疮,他也不会质疑对上帝的信仰。痛苦的意义,在于证明对上帝的坚定与纯洁。历史上,基督教徒很可能把痛苦看作一种神圣的报应,或者是被选中的标志,那么,蔑视痛苦变得很自然。像《达·芬奇密码》《天使与魔鬼》等很多基督教题材的流行文艺作品中都会出现自我鞭笞、苦修等情节,但它们从未说尽宗教历史上真正骇人的自我施加之痛。人们会用烧红的烙铁烫自己、会保持终身不洗脸,或者士兵会在被截肢后骑马重返战场,这些恐怖的例子都在解释人与痛苦的关系是如何被他们的信仰所决定的。福楼拜在《圣安东尼的诱惑》中,甚至颇为夸张地把圣徒安东尼的自我鞭打比喻为"接吻"——这倒真是现代人爱说的"吻我以痛"了。其实,不用说基督教的时代,早在原始的氏族部落时代,人们就开始用施加到自己身上的痛苦表明对神的驯服。印度尼西亚西巴布亚巴利姆山谷的达尼人习惯于让有家人离世的妇女和孩子切下自己的手指,作为对神灵的祭祀。一些神话学学者认为,部落时代的原始人会自我穿刺,用自残作为牺牲,匍匐于神前。这样的自我穿刺保留到了今天,只是不再有宗教的含义,那就是打耳洞、带唇钉或者脐钉——摸摸你的耳环吧。

将疼痛的意义归结到集体荣誉或者神学信仰中,引发了一种更为世俗的痛苦观,忍耐与漠视痛苦变成了大众化的道德伦理,无论东西方,"吃苦""忍耐"一度都化身为美德,其底层逻辑是:吃苦,然后才能成功。从大家从小就背的那句"天将降大任于是人也,必先苦其心志,劳其筋骨,饿其体肤,空乏其身",到《三国》著名的典故关云长刮骨疗毒,忍耐与接受痛苦暗示着美德。而在《堂吉诃德》里,堂吉诃德吃尽了苦头,几乎每场战斗都有负伤,纳博科夫甚至饶有兴致地统计了他在所有战斗里的胜败比分为20∶20的平局,我则大致统计过他所受的伤:光肋骨就伤过五次,脑袋及头皮的挨打与擦伤两三次,打得他"全身上下没有一根好骨头"的时候也不少。那么,堂吉诃德自己是如何理解这些痛苦的呢?在第四十六章,当确认他与心中的美人定能结婚后,他提高嗓子说道:

> 我在牢笼受苦就是光荣;我带着枷锁心上也舒服;
> 我躺的硬板就不是挣命的场所,却是温柔乡!
>
> (杨绛译)

痛苦被美德化了。

到这里,一个有趣的现象浮出,痛苦本来是一种人的身体或者情感体验,但是它无时无刻不被时代的主流文化氛围塑造。文化内部的精细分层会令原本的个体感受变得具有了年龄色彩、性别色彩、种族色彩或者阶层色彩。

在男权时代,作家们爱写女人们动不动就昏厥,就痛苦得歇斯底里。我和同学们共读陀思妥耶夫斯基的小说时,对他动辄就把女性的痛苦写成"脸色苍白、嘴唇发抖、手绞在一起"感到很无奈;在殖民时代,作家们会写黑人感受不到疼痛,因为他们被认为接近动物,为此,黑人女作家托妮·莫里森专门在《最蓝的眼睛》里写黑人女性生育时故意大喊大叫,她害怕白人助产士把她看成麻木的动物——"我的屁股就不会像他们一样撕扯和疼痛吗?"在阶级壁垒森严的时代,中上层作家也喜爱描述底层人对疼痛的忍耐。十九世纪女作家盖斯凯尔夫人在为夏洛蒂·勃朗特写的传记中,专门提到一个例子,说她来到勃朗特生活的荒僻小城,城外一个男孩被马车碾轧,奄奄一息,他的哥哥却冷漠地表示,救不活了,医生也不会来。至于年龄上的分野,不妨观察一下我们的上一代人,他们好像比我们更能忍痛,而我们更脆弱敏感,我的父母一见我抱怨身体不舒服,就会觉得我又在大惊小怪了,他们的口头禅是"去什么医院"……

反正,总得为疼痛找点说法,填充一些大家都承认的意义,不然,人们就忍不下去了。

4

在撰写这个章节时,我遭遇了一次严重的偏头痛。躺在枕头上只觉得脑袋里有个大锤子在一下一下地砸,整个头简直是在枕头上蹦迪,心烦意乱之下,我不断地哎哟叹气,但是又说不出什么。这个时候,我突然想到一直在思考的疼痛问题,我发现,对于我这样的现代人来说,疼痛是没有意义的。我不再能像一个古代人一样告诉自己,疼痛是为了让我接近神,或者忍受乃是一种美德,我心里想的只有:去他妈的,疼死我啦!

也就是说,现代人其实面临这样一个处境:我们遭遇的痛苦是无意义的,也无法用语言来表达。

这其实也是伍尔夫对赛普蒂默斯的痛苦刻画的最终走向。虽然,痛苦让他感受到了自己的存在,让他从芸芸众生中脱颖而出,但是,他发现自己不可能再复原,死去的人也不会再复活,他成为超脱的局外人的代价就是他主动掏空了生活里的所有意义。于是,他越来越少地想到自己是上帝,他的傲慢被虚无代替了,此时,手里仅握有痛苦,没有意义,无法表达。

现在,让我们来看看连接彼得和赛普蒂默斯的这段歌声吧。伍尔夫描述了一个穿着裙子的老妪在歌唱的场景,这一场景的灵感可能来自她的一段经历。在1923年9月的一段日记中,她记载了与几个朋友去参观某个修道院废墟的经历。其中的一位朋友穿着粉色的外套与白色的皮草躺在大主教的坟墓里,后来,大家还围坐在墓地谈古论今,说起了石器时代、冰河时代与远古想象等话题。坟地本来就是一个能够强烈激发生命意识的场景,中国文学中围绕着"坟"的意象形成的写作几乎构成了一个抒情传统,直到废名和鲁迅都未曾断绝。同样的,怀古幽情激发了伍尔夫对时间流逝的深切体察,所以,她动用了很多年代尺度极长的词汇:长毛象、"百万年"以及沧海桑田的变化。伍尔夫对爱情似乎始终抱有一种超越时间的浪漫想象,在短篇小说《幽灵之屋》中,她安排了一男一女两个幽灵不停地找宝藏,他们显得亲密而相爱。伍尔夫特意交代,这个房屋已经有百年的历史,但仍然屹立不倒,象征性地暗示已故男人和女人的爱情也是如此。

在小说的这个片段中,还提到了老妪把紫色石楠放在她身边隆起的墓地上——也许,当伍尔夫一行人围坐在大主教的坟墓边时,也放置了一株花草?

老妪唱的又是什么呢?

依(ee) 恩姆(um) 法(fah) 恩姆(um) 梭(so)
福(foo) 斯维(swee) 土(too) 伊姆(em) 乌(oo)

小说中,伍尔夫一共写了三次歌声。第一次是彼得听到的,"像气泡一般不断冒出,了无方向,毫无活力,没有开端和结尾",第二次是客观的叙事者听到的,"仿佛一个古老的温泉喷射的水声,就在摄政公园地铁站对面一个高高的、不断震动的形体里传出来",第三次是雷西娅听到的,她评价道:"可怜的老婆子",接着声音变成了"炊烟",升入空中,在叶子间飘散——从升空以及枝叶这些意象推测,我们可以假定这是赛普蒂默斯听到的声音,因为小说中他总是和升空、枝叶间的烟雾等意象关联。作家对歌声所使用的三次比喻的内在关联——气泡、泉水、炊烟——从可见到无形,从实体到消解,到底要说什么呢?

在课堂上,我邀请同学们按照自己的想法把这一串歌声的内容念出来,并且推测一般来说人会在什么情况下发出这样的声音。于是,课堂里响起了一阵嘻嘻哈哈的吟讴之声。有一些同学觉得,这段歌声好像是在念咒语,结合发出歌声的老妪形象(她实在像一个女巫),如果我们一本正经地念,自然会觉得像在施法。但是,当大家把这段歌词念得越来越快,越来越含糊,越来越随意时,有一位同学笑称,她突然觉得像自己年初感染新冠,全身从骨头缝到皮肤都在疼的时候,在床上打滚和呻吟的声音。回想起来,那时她已经痛得不想说一句话,觉得自己沦为一只动物,只能嗷嗷乱叫。也就是说,在我们极度痛苦的时候,是找不到语言来表达的,只能用非语言乃至非文明的方式来号叫。号叫呻吟为痛苦创立了一套自有的语法——专注于痛苦的陀思妥耶夫斯基也发现了这点,在《群魔》中,他让产妇发出的叫声"已经不是呻吟,而是一声声可怕的,纯粹动物性的号叫,让人受不了,让人听不下去"。

也许,这些声响要说的是痛苦本身,这些声音就是痛苦真正的声音。

痛苦没有意义,无法诉诸语言,而语言就意味着文明,文明的底色则是一味地驱逐与免除痛苦——以十九世纪出现的麻醉剂与精神分析疗法为代表。

在极端的年代里,人被施加的暴力与摧残首先就是从语言开始的。比如集中营里的黑话就是典型例子,暴力摧残下,语言首当其冲。人在极致痛苦的时刻,甚至会走到语言与文明的反面,变成号叫的兽。理解了这一点,也就理解了为什么偏偏是雷西娅、彼得与赛普蒂默斯听到了歌声。因为,他们是大英帝国文明的边缘人,要么被文明开除,要么是该文明的外来者,或者,干脆因为疯癫彻底被文明扫地出门。所以,边缘人才更有可能感受到无言的痛苦。

在漫长的人类史上,痛苦不断地被各种文化填塞意义,是否说明了它本身就是空洞的?而这些意义与说法不停地流变,又是否说明人其实无法为痛苦找到一种本质性的表达,甚至,它是反表达的、反语言的?当你被鱼刺卡了喉咙,去看医生时,你可能会发现自己没法准确地说出到底是哪一个地方疼,到底是怎么个疼法。人们为此发明了许多描述的词汇,比如辣疼、刺疼、钝疼、火烧火燎的疼、像棒槌击打一样的疼、像针扎一样的疼……也就是说,疼的表达似乎得借助各种各样的比喻工具才能被理解,针、火、辣椒、棒槌,它总在被代言。很多时候,医生的话语,文学家的话语,都只能停留在代言的层面。任何一个阅读文学的人,也许都会承认,几乎没有一部文学作品不是关于痛苦的,没有痛苦,就没有文学。文学找到了各种的隐喻来表现疼痛,但最终发现,最理想的表达可能恰恰是放弃比喻、放弃代言乃至放弃意义。

古希腊的悲剧作家索福克勒斯的《菲罗克忒斯》记录了古典时代最惨痛又最无言的一次哀号。伟大的战士和弓箭手菲罗克忒斯的脚被毒蛇咬伤,伤口淌脓,"只管大喊大叫,不断地痛苦呻吟",因而他被遗弃荒岛,无人在乎。十年的特洛伊战争快结束时,奥德修斯从先知嘴里得知必须要有菲罗克忒斯重返战场,才能赢得最终的胜利,于是,他们只有假意把被弃者骗回去。就在要走的时候,菲罗克忒斯的脚伤猛烈地发作了,剧作家用一种前所未有的方式记录了他的疼痛:

"哎呀,哎呀!"

"哎呀!哎呀!"

"我完了,孩子!难受呀,孩子!哎呀!哎呀!哎呀呀……"

"你怎么不知道?哎呀!哎呀呀!"

(王焕生译)

在王焕生的译本中,痛苦的呻吟全部由"哎呀"或者"哎呀呀"来代替,在英译本中,译者一般翻译成"Aiiiii……aaaiii……"或者更简单的"Ah！Ah！！！！"。但是,在希腊原文里,索福克勒斯用的是一系列专门表示疼痛声音的拟声词汇,有的长达十二个音节——我们不必深究译文,无论是两个音节还是十二个音节,它们都暴露出作家为疼痛添加修饰后的直接放弃:干脆就把这些音响写下来吧,因为可能也找不到更逼肖的描写了！人们无奈地承认,疼痛全然是否定性的,它对抗文明、对抗语言——哪怕是语言的炼金术士詹姆斯·乔伊斯,在写到疼痛时也不得不放下他花团锦簇的文体工具,老老实实地拟声。在《尤利西斯》的第十二章,出现了一个莫名其妙不知身份的"我",这个"我"绕到酒吧后院撒尿,一边呻吟着:"噢"(ow!)"噢"(ow!)"呜！哎呀!"(hoik! phthook!)①"啊"(ah!)……听到这些声音,读者不由地担心起这个"我"的身体来,他或许患了淋病,导致排尿时的疼痛。

伍尔夫没有像乔伊斯或者索福克勒斯那样,用"原声"还原痛苦,她还是多了一层转换,让一个雌雄同体的人唱出痛苦的声音。歌声不男不女,歌者也仅有一条裙子表明性别,这个地母般的形象把痛苦拉到生命起源的位置,也就是"宇宙盛典"即将开始的时刻。在一个孩子出生的时刻,母

---

① 这两个词是乔伊斯自创的,我看到网上有许多讨论与联想。一些网友觉得这声音像是打嗝的拟声词,法语的 hoquer,丹麦语的 hikke,波斯语的 hikuk 都表示打嗝。一些网友则觉得是吐口水的声音,特别是通过吸气将痰汇聚在口腔时的声音,类似于中国的拖长了的那声"咳"。

亲当然感到剧痛,然而孩子的身体与脑袋被狭窄的产道挤压,也处于巨大的痛苦中,没有一个婴儿的智力能够在降生的时刻就理解挤压痛苦的意义,所有关于生命的礼赞与成长的祝福都是事后追加的。

人从无意义的痛苦中诞生,经历无意义的痛苦的一生,最后死于无意义的痛苦,这是伍尔夫笔下这个半男半女的歌者的真正歌词。

这个细节还提示着读者去思考:歌声和动物号叫有什么区别呢?为什么非要把动物般痛苦的哭号写成歌?你肯定愿意听歌声而不是动物惨叫,因为歌声具有"观赏性"。我想,伍尔夫还发现了痛苦的另一个秘密,它可以没有意义,但是无意义的东西并不妨碍它也可以成为被观赏的对象。有时候,我们走进卖场听到的氛围音乐、或者走在海边踢到的一块石头、或者此刻摊在我书桌上的一张塑料纸,都没有什么意义,但是它们也都可以成为凝神观看或者谛听的对象。也就是说,有没有意义不是决定我们观赏与否的标准,就痛苦而言,很多没有真正发生在我们身上的痛苦是可以被赏玩的,因为它会激发人的快感或者道德感。

陀思妥耶夫斯基也发现了这个秘密。还是在他的《群魔》中,他写到了一场火灾。人们在舞会时发现河对岸起了大火,火光照得夜如白昼,全城的观众蜂拥而至。他们中的一些人试图灭火,但其他人只是站在一旁盯着,"像游客一样目不转睛",眼睁睁看着烈焰把人、房、物吞噬。这时,陀思妥耶夫斯基开腔了:

夜间的大火常常会产生一种既刺激又使人欢快

的印象；焰火就是根据这个发明出来的；但是放焰火时火的造型优美，有规律，而且十分安全，给人产生一种轻松好玩的印象，就像喝了一大杯香槟酒似的。真正的火灾又当别论：这时会感到一种恐怖，而且终究还会产生某种似乎个人的危险感，尽管夜间起火会产生某种令人欢快的印象，但这在旁观者（当然不是遭了回禄之灾的居民）身上却会产生某种脑震荡，仿佛是在向他自己的破坏本能挑战似的，可叹的是任何人心里都隐藏着这种本能，甚至在最老实和拉家带口的九等文官身上也不例外……这种阴暗的感觉几乎总是令人陶醉的。

（臧仲伦译）

只要距离合适，观看他人的痛苦，也许始终存在一种隐秘的快感，只有文学把这种"阴暗的感觉"揭发了出来。生活里，它当然存在，只不过被包裹在了事件的表皮之下：比如一个清代子民在死刑犯候斩时，兴冲冲地揣着馒头，打算占个好位置，蘸一点新鲜的血；或者一个现代的司机，经过一个热乎乎的事故现场时，放慢速度，瞪大眼睛……

对一个现代人来说，当他已经知道一生中必然充满大量无意义的痛苦时，也许正是可以观看的痛苦拯救了他。后者多少能够抵消前者。下一次，我还是更愿意看小说里的人痛苦而非自己去经历，如果我自己的头痛又开始发作，我会马上翻出止痛片。

十
沉默：坟地的入口

细读内容：第83—95页

情节梗概："英国人真是沉默寡言。"雷西娅对丈夫的漠然评价道。他们搭火车前往纽黑文。赛普蒂默斯凝望窗外，觉得毫无意义。他感到莎士比亚的作品是憎恶人类、憎恶孩子的，可是妻子想要孩子。他们去了各种博物馆参观。赛普蒂默斯厌恶生殖，厌恶孩子在这样的世界出生。妻子为此哭泣，他仍无动于衷，妻子请来了霍姆斯大夫为他诊治，他只觉得自己娶了不爱的人，在战友死时又无动于衷，已经是罪大恶极。

霍姆斯大夫再次来访，把一切病症都说得无关紧要。他向赛普蒂默斯友好亲切地询问病症，鼓励他出门工作。赛普蒂默斯觉得"人性"张开血盆大口吞下了自己，霍姆斯抓住了自己，又觉得自己被抛弃了，只想自杀。当妻子出门买花时，他又见到了战友埃文斯，便开始发疯，妻子忙找来了霍姆斯大夫，大夫责备了他。

十二点整。另一位医生威廉·布雷德肖爵士来访。他通过行医积累了大量钱财，白手起家进而发达。他很快诊断了赛普蒂默斯是精神的彻底崩溃。他不停地询问病人问题，病人回答得很迟疑、结巴、嗫嚅，甚至沉默,干脆由妻子代答。威廉医生对病人的不体面非常恼怒,而病人则对医生心怀不满与怀疑。

问诊结束。他们两人被抛弃了。赛普蒂默斯推测爵士的车值不少钱。

1

我曾经很恐惧课堂里出现的沉默,比如讲着讲着突然卡住了,或者点名时,一个名字得不到回应,再或者一个问题发出后,没有人响应——它们似乎都意味着我的失败。所以,我想办法填满每一个45分钟,不允许里面出现空白,始终保持一种机动和紧张之感。

后来,我听同学描述了一堂古代文学课。那是他们大一的一堂课,昆明时值秋季,整天下着雨。因为雨天堵车,授课的老师略微迟到了片刻,一开始有些手忙脚乱,讲了一会儿课,突然静静望向窗外,神色安静了下来,过了五六秒钟,她说,同学们,我们今天不讲了,我们就来看雨和听雨吧。这个男生还记得那天的雨很大,但还不至于是瓢泼大雨,天一直灰蒙蒙的,大家全都安静了下来,沉默在天地与人之间蔓延,唯有雨声入耳。大学四年要上无数节课,听无数的声音、言说与观点,但奇怪的是,反而是这堂没讲什么的课让他记忆很深,回忆起来仍觉得是"蛮柔蛮妙的时刻"。

虽然我自己会羞于停下来看雨,但这堂课有令我神往的地方,它展现了某些松弛、自然与余裕。当我们沉默下来,不再说什么,关注着世界、自然或者星空,仿佛言说了更多的东西,又或者说,在沉默中听到了更丰富的表达。教师每天站在台上喋喋不休,但是有多少东西会留在学生的记忆中呢?后来,我开始渐渐接受一堂课中出现的沉默,比如抛出一个论断后会停下来,自己想一想,也让学生有时间想一想;一个问题提出后,让大家有充分的时间沉思和互相交流,但并不强求表达出明确的观点,甚至在写作中也意识到,可以有空缺而不必炫技式地塞得满满当当,把自己知道的一切一股脑地堆上去。好的表达,好的写作,似乎都有一种反表达的、沉默的气息,恰似鸽翼的羽毛,羽绒蓬松,羽管中空,并非实心,反而轻盈能飞。

也就是说,沉默有时候比言说表达了更多的东西。俄国作家安德烈耶夫在短篇小说《沉默》中,讲了一个类似主题的故事。小说刚开始,一位神父和他的妻子就与他们的女儿进行了一次谈话。女儿自作主张从彼得堡旅行回来后就怀孕了,父母毫不留情地责怪了她,女儿对这一切都拒绝解释。后来,她在一次散步的过程中自杀了,母亲听闻后马上中了风,从此也沉默下去。我们从旁人的讲述中得知,神父霸道、冷酷且专制。当神父询问妻子的身体时,妻子永不作声,当神父在女儿的画像前与坟头忏悔时,得到的也只有沉默。整个房子渗透着沉默,连枕头都不例外。可是,安德烈耶夫写沉默,却也在写言说,只不过,言说被转移到了沉默之物中——比如坟头入骨的寒冷,移到脚边的月光,哪怕坟地的入口也像一张嘴:

  路的尽头就是坟地的入口,有一座白色的拱门。

> 它像一张永远张开着的黑色大嘴,嘴里布满闪闪发亮的牙齿。

（张业民译）

沉默也有其嘴巴,看似不说,但又似在说。虽然妻女都在沉默,可是嘴、言说、表达的意象又无处不在。沉默其实是神父的妻女无声的反抗,沉默保持了这两个女人最大的完整性或严肃性。

除此之外,沉默在文学中还意味着什么呢?是压迫还是释放?是敞开还是封闭?是极限还是有限?是意义还是虚无?

2

这一章,我要讨论文学中的沉默。

"英国人真是沉默寡言。"在本细读章节的开始,意大利人雷西娅这样评价道。

她发现赛普蒂默斯对一切都沉默寡言。后来,为了给丈夫治病,她分别请来了霍姆斯大夫和威廉·布雷德肖爵士,面对医生的咄咄逼问,赛普蒂默斯再一次无言以对,只能由妻子代为回答。伍尔夫为赛普蒂默斯绘制了一幅沉默的肖像画:坐在火车车窗边凝视窗外景色。接着,他有了一段关于婚姻与战争的思考,那是他在莎剧中读出的启示:莎士比亚厌恶男女之情,也厌恶人类——穿衣、生孩子、肮脏的嘴巴和肚子。而他的妻子偏偏想要孩子。这是他与妻子最大的分歧。

就先从肮脏的嘴巴和孩子聊起吧。

嘴巴为什么是肮脏的？因为人们用它吃东西——蒜在嘴巴里留下了恶劣的气味，糖则黏糊糊地粘在牙齿上。伍尔夫厌恶进食，每当她精神疾病发作时，就觉得是自己的饥饿与贪吃造成的。肮脏的嘴和肮脏的肚子需要食物，唯一的办法就是禁食，有一次她甚至觉得自己生病就是因为丈夫让她吃了一只冷鸭子。什么情况下嘴不肮脏呢？闭嘴、沉默、或者写作——用词语代替食物。德勒兹说过一句很厉害的话："写作便是禁食。"我在为伍尔夫治病的医生的笔记中发现，1913 年，她的体重降到了有记录以来的最低水平。厌食是一个非常有象征性的状态，它代表着身体对"纳入"的恐惧，当"纳入"停止时，"输出"也会相应地终止，女性的身体会有哪些典型的输出呢？经血、孩子。很多女孩子在刻意减肥的时候都会发现一个可怕的伴生现象：停经。经血又意味着什么呢？规律的身体代谢与怀孕的可能。我们是否可以做一个冒险的联想：拒绝进食可能是一个人内在性冲突的表现。也就是说，厌食与厌恶性爱、厌恶生育可能有某种隐秘的同构关系，因而，伍尔夫在强调赛普蒂默斯的憎恶时，同时说到了肮脏的嘴巴和孩子这两件事。

孩子也是一个非常重要的概念。我小时候读书，一旦发现哪个喜欢得不得了的作家没有孩子就特别伤感，非常幼稚地顿足，"后继无人啊！"长大了才意识到个体生命的独一无二，天赋的传承与血统的继承根本就是两码事，一个现代诗人可以奉李白为父，但荷马的儿子可能根本就无心文艺。连小孩子的脑袋里都装着这样的想法，可见，"延续"的诱惑力简直是刻在 DNA 里的。但是，当英帝国催促女性生育更多的婴儿以巩固帝国的人口时,伍尔夫却耸耸肩:生育可没那么迷人。要知道,不婚不育的概念在一百年前可没法像现在这样轻松地说出。

如果做一个统计,我们大概会发现伍尔夫笔下的人是"少子"的,克拉丽莎只生了一个,《海浪》中没有生,《奥兰多》中也没有生。对生产的拒绝,是否也属于一种身体的沉默与拒绝输出?当一些作家相信孩子是对抗战争的力量时,伍尔夫则觉得战争是从根本上否定了制造孩子的可能,所以赛普蒂默斯想到:"不能让孩子在这样一个世界上出生。"

拒绝生孩子就是生命最大的沉默,因为没有"后话"了。

在呈现主角的沉默时,伍尔夫描述了一种非常有意思的状态:隔绝感。我们来看这段引文,在阅读的时候可以想一想,以下几个场景有没有相似之处:

> 他俩去观光了伦敦塔,参观了维多利亚和艾尔伯特博物馆,站在人群中观看国王主持议会开幕式。还有那些商店——帽店、服装店、橱窗里陈列着皮包的商行,雷西娅会站在那里目不转睛地细看。但是,她非得有个儿子。

人们在谈恋爱或者度蜜月时都会去哪些地方旅行呢?反正不会去监狱。熟悉英国历史的人应该对伦敦塔不陌生,历史上许多皇族之间的仇杀与囚禁都发生在这里,莎士比亚在《理查二世》中就将伦敦塔设置为篡位者关押理查王之地——"在高塔的顽石的胸中做一个囚人"。这对夫妇在英国的甜蜜之旅居然是从伦敦塔开始的，显然作家从一开始就暗示我们，他们俩都是婚姻之牢的囚徒，他们彼此隔绝。接下来，他们又去看了博物馆和开幕式，这两个场景的相似之处也在于人总是与他所观看之物相隔离，为了避免人们伸手去触摸展品、或者离皇室人员太近，总是要进行空间的分割①；至于这对夫妇最后去的帽店、服装店以及商行——请注意，伍尔夫没有写他们的购买行为，写的是雷西娅的凝视，她很有可能是隔着橱窗的玻璃往里看的，像开篇克拉丽莎的观看一样。也就是说，如果我们仔细推敲这段话，会发现伍尔夫不是漫无目的地安排这对夫妇的游览行程的，他们所去的每一个地方都在诉说这两个人的婚姻实质状态：他们彼此隔绝，这就造成了婚姻中无话可说的沉默。

我想再强调一下小说中出现的玻璃意象，因为它在文本细读中大有可为。玻璃可能是除了镜子之外，另一种本身就具有强烈隐喻色彩的物品，它透明、质地密实，可以当成屏障，提供容纳、限制或保护，但同时是易碎的。它最适合表现亲密关系里的貌合神离。张爱玲在《色，戒》里把玻璃用得极高明。一个做卧底的女学生，一个包养她的高官，本来也就是逢场作戏，结果两人似乎又都动了一点真情。男人带女人去买钻石戒指的场景极其值得玩味，女人的同党已经在这里设下了埋伏，只等击毙男人。这家店"楼下两边橱窗，中嵌玻璃门，一片晶澈"，等枪一响，玻璃会全部碎

---

① 十九世纪作家哈代的一则日记中，记录了当年皇室借来某个镇上的机会跳舞的场景："一根红色粗线把皇家舞者们和镇上居民隔开。在建筑曾经的位置上，地板上还能看到连接绳索的竖杆的凹槽。"

去,所以晶澈的玻璃本身就象征着两人春梦的虚幻性。张爱玲接着又写女人在玻璃柜台上反复看钻戒,"背后明亮的橱窗与玻璃门是银幕",这时,一种明明在眼前却又求不得的惆怅出现了,对于女人来说,假意里的真情被大量的玻璃意象道尽,貌合神离,在而不属,相聚同时相隔,非玻璃象征不可。①

隔绝的关系、默然的沉思,伍尔夫传递出对于沉默的第一种思考:它意味着交流与言说的困境,意味着人与人天生的阻碍。

不可交流及沉默构成了现代美学的核心。当古典时代的人们在剧院、集会、仪式、军队中大声对话、演讲与磨炼修辞术,现代人紧紧闭上了嘴巴。这就导致现代作家非常喜欢思考的一个命题:交流真的可能吗?表达真的可能吗?这是一个看起来非常矛盾的问题,亚里士多德早就定义过,"人是会说话的动物",况且,作家们写了这么多小说还不算是表达吗?我这都写到第十章了,还不算是表达吗?可是,我们又不能否认,在与人交流的时候,不仅常常词不达意,曲解丛生,还会感到无话可说。现代人爱开玩笑说"我对你的无语沉默了整个宇宙",虽然充满戏谑和夸张,但不也深刻地表明了人们在试图交流时败兴的受挫感吗?

"交流"一词来自拉丁词 communicare,在十四、十五世纪进入英语,与"社区"(community)、德语的"共同体"(Gemeinschaft)均有关系。当交流失败时,是否意味着承载交

---

① 读者如果有兴趣,还可以进一步看看雷蒙德·卡佛的短篇《鸭子》、舍伍德·安德森的短篇《上帝的力量》等作品中玻璃的用法。

流的共同体已经被破坏了?

在讲授哈代的《苔丝》时,我邀请同学们谈谈对作品的整体把握。有两个男生都谈到了"很难真的共情于苔丝"。他们觉得苔丝的处境难以理解,就算是在十九世纪,也不至于因为失身就把整个人生都毁了吧,她的妈妈还提醒她可以把失身之事遮掩过去呢。这样一部小说读下来,只觉得"整体上很机械、生硬、没有说服力"。下课后,有个女生来找我聊,愤愤于刚才男生的发言,她认为因为他们是男生,所以他们永远无法对苔丝的处境"感同身受"(虽然这个女孩忘记了作者哈代也是男性)。我问她为什么不当场反驳呢,她说:我当时只感觉很无语。我想,性别的差异并不是让交流失败的原因,但当下环境的厌男、憎女、仇老、恨娃,全都加剧了交流的困难,导向了更激烈的对抗或者更持久的沉默。也即,人类共同体日趋分裂使得人放弃交流。与此类似的,是近代过于精细的专业分工导致的知识共同体的破裂,不会再有文艺复兴时代的全才,人人都钻到了自己狭小的领域中。都是做外国文学研究的人,但一个研究中世纪《玫瑰经》的学者和一个研究后现代小说的学者估计没话说。

现代文学对交流的败坏与沉默的滋生有着更为具象的表达,也引向了对更大的共同体的破裂的忧思。

卡夫卡的思考被凝固在了一团蜜蜡和一部电话中。

一团蜜蜡出现在短篇小说《塞壬们的沉默》中,卡夫卡彻底改写了荷马的女妖故事。人人都熟悉荷马笔下的那个故事:狡猾的奥德修斯又想听女妖们唱歌,又害怕被歌声诱惑后自杀,所以,他让水手们耳朵里塞上一团蜜蜡,把自己绑在船桅上，这样，听歌和安全两不误。但是在卡夫卡笔下，那团蜜蜡奇妙地转移到了奥德修斯的耳朵里，卡夫卡戳穿了蜜蜡的本质，说他其实根本无法抵抗女妖们的歌声，奥德修斯之所以能安全无虞地航行过这片海域，是因为"女妖们有着更可怕的武器，那就是她们的沉默"。卡夫卡刻画了一场双向的欺骗：奥德修斯自以为要计谋骗过了女妖，所以他脸上沉默且喜悦的神态让女妖们忘记了歌唱；女妖则认为，逃脱歌声是可能的，但逃脱沉默则全无可能，所以她们成功骗了奥德修斯，让他沉浸在更为浩大无边、无可逃遁的沉默中。也即，这则小说的核心是欺骗与沉默。欺骗是对交流的破坏，每个人都自以为骗过了对方，而沉默则成为欺骗的象征与结果。①

与一团蜜蜡相比，一部电话可能是更具有欺骗性的，它会造成"在场"的假象，用声音伪饰身体，遮蔽身体，现在许多电信诈骗案件的发生，其实就是利用了电话本身"部分在场"的虚构性。许多小说家都喜欢写电话带来的沉默与欺骗，他们会编织各种依托"打电话"展开的婚外情、父母子女互相瞒骗的故事，但唯有卡夫卡完全不利用戏剧性的情节，极为赤裸地把电话沟通的本质书写了下来。在《城堡》中，刚来到城堡村的 K 试图拨通电话，向城堡高层索要许

---

① 其实，在卡夫卡的小说中，歌声与沉默常常关联在一起。《女歌手约瑟芬或耗子民族》中，女歌手唱完歌（也就是吹完口哨）后，她的族人们"像耗子一样不声不响"。我们不知道族人们沉默的原因，但也许有一种可能，就是他们根本听不懂女歌手的音乐，他们与她之间的交流是失败的。在《一条狗的研究》中，卡夫卡刻画了一种更奇怪的状态，狗音乐家们不唱歌，"愤怒地沉默着"，但是"它们却像变魔术似的从辽阔的空间里变出音乐来"。音乐变成了腹语，想说的话从嘴边迂回到了肚子里。

可证：

> 听筒里传来一阵喊喊喳喳声，K以前打电话时从来没有听到过这种声音。它好像是无数孩子哼哼的声音——但又不是哼哼的声音，倒像是从非常非常遥远的地方传来的歌声——好像是这种哼哼声简直不可思议地混成了一种唯一高亢而洪亮的声音，在耳边震荡，仿佛不仅要叫人听见，而是想把耳膜刺穿。K把左臂搁在放电话机的小桌上听着，不打电话了，就这么听着。
>
> （高年生译）

我觉得这是现代文学中的一个标志性片段，它意味着沟通的彻底失效。

电话本来是用来沟通的，但内中却只传出哼哼声、歌声等杂音。对此，卡夫卡写了一个重要的动作：K发现交流失败后，他只能沉默地听着。他可能已经预见了他与城堡高层搭上话的企图终将失败，也即"进入"城堡的愿望终将落空。别忘了，英语中的交流（communication）还有"连接"（connection）之意。霍桑在小说《七个尖角顶的宅第》中，形容一扇门将房子和花园"连"在一起时，用的词正是"communication"，小说中的人会穿过这扇门，进入另一个空间。显然，在卡夫卡笔下，交流的失败指向了进入的失败，因为共同体趋于封闭或者破裂，人对此只能报以沉默。

卡夫卡所做的，不是简单的技术批判，他的忧患在于预见到了共同体的破裂将会引发恐怖的后果：奥斯维辛与屠杀。屠杀拒绝语言、拒绝理性，甚至拒绝被谈论。屠杀最先杀死的是语言。在第七章《减法》中，我曾谈过二十世纪文学的一个特点是人伦的解体，那些原本构成社会制度的父子关系、夫妻关系全都在文学中遭到了预言式的破裂。一方面，现代人固然解除了禁锢心灵的枷锁，但同时，伦理共同体的破裂激化了人际关系中恶的面向，加速了"一切人反对一切人"的进程。实际上，不独卡夫卡，近代以来的文学中，从索尔仁尼琴到赫塔·米勒再到略萨，几乎每一位描写过纳粹集中营、苏联劳动营或者军阀屠杀的作家都会涉及杀戮与禁闭以后必然产生的失语这个主题。不过对于伍尔夫来说，她的视角没有拉伸到家国种族那么远的地方，她回到了她最熟悉的领域：家庭与两性关系中，就像哲学家们观察到的那样，恋人关系构成了最小单位的伦理共同体，最细微的裂缝在最小的共同体里滋生。

沉默，是共同体破裂后唯一的可能。

3

对那些在遭遇了性骚扰时敢于马上拒绝或者把这件事说出来的人，我抱有无限的钦佩。

每当有同学来跟我分享她们的类似经历时，我总是特别受到鼓舞，觉得拒绝或者说出来是一件"应该"而且"正当"的事情。后来在一次饭局上，我发现当场拒绝所需要的勇气不是想当然的那么容易。在整个吃饭的过程中，我被迫听了无数的"黄段子"，当时已经感到坐立不安，但是，我全程沉默，用埋头吃饭来掩饰我的窘迫。而且，在场的所有女性要么在附和着讪笑,要么都在沉默。这成为我后来每每追悔不及的一件事:为什么没有当场制止?为什么始终保持沉默?追想起来,其实无非是那套无聊的社交法则捆绑了我——反正就见这一次,以后也不会有机会再碰到,何必为了一个没什么关系的人撕破脸,弄得大家都不好看呢?

沉默,因为被迫。

在这个细读章节,伍尔夫对赛普蒂默斯的沉默也有一个更深的呈现:他不仅受制于破裂的婚姻共同体,更深深地被医学的理性规则所胁迫。由此,她试图揭示对沉默的第二种理解:它是一种压抑之下的失声。

小说中,雷西娅为赛普蒂默斯先后延请了两位医生。第一位是霍姆斯大夫,他的诊断是赛普蒂默斯什么病都没有,让他出去走走。伍尔夫在手稿《时时刻刻》中刻画过一个更为滑稽的霍姆斯大夫,打高尔夫球正是这位大夫自己的生活习性,在最终成书的《达洛维夫人》中,这个习性被当成了医嘱交代给病人,听上去好像那些劝抑郁症病人"你要开心一点、你不要想那么多"的废话。需要注意,在霍姆斯大夫来访的过程中,只有大夫和雷西娅的声音被写了出来,赛普蒂默斯被写出来的是他的沉思。当大夫的诊断宣布病人"没有病"后,伍尔夫给出了一段病人内心的描写,可能略微令人费解:

> 总之,人性——这个鼻孔血红、面目可憎、残暴透顶的畜生抓住他了。霍姆斯抓住他了。霍姆斯大夫每天按时来看他。赛普蒂默斯在一张明信片背面写道:一旦你失足走入歧途,人性便缠住你不放。霍姆斯不

会放过他。

赛普蒂默斯把人性(human nature)和霍姆斯大夫联系了起来,而且,人性在他看来"鼻孔血红、面目可憎、残暴透顶"。

人性是一个极为古怪的词,我很不情愿谈它。因为它太含混、太宏大。每年毕业论文开题时,总有同学要挑战"某某作品中的人性"这样可怕的题目,也每每被老师劝退。我常常觉得,人性只有放在具体的处境里才有谈的意义,而且,想想这个词吧——是否人们在使用它的时候,往往不自觉地偏重它积极的一面?比如人们会说虐猫"实在是太没有人性了",或者杀人犯是"反人性"的。王小波在《沉默的大多数》里记录过一桩"文革"时的武斗血腥事件,一个人将另一个的耳朵咬掉了,当小波得知咬耳朵的人并没有把耳朵咽下去而是吐出来后,他如释重负,因为"人性尚存"。而战争把人性一词被日常表达包上的那层道德玻璃纸给扯了下来,让词的背面——屠杀、戕害、对抗——赤裸而出。赛普蒂默斯之所以将人性与霍姆斯大夫画等号,是他发现医生"多么善良、多么好心"的叮嘱之下也暗藏着某种同样性质的压迫与伤害。

与另一位更高级的医生威廉爵士接触的过程中,赛普蒂默斯的沉默更为明显。伍尔夫形容此人是"传播科学的大法师"(priest of science),这个修辞十分矛盾,科学与法师哪能兼容,简直是异形大战铁血战士。况且,priest(原意为牧师)这个词本身就很值得玩味,在维多利亚时期,它是很多女性主义者如英国女作家奥维达(Ouida)用来抨击活体解剖者的专用词汇,放在这里的讽刺效果简直拉满——作家想告诉大家,这个威廉爵士才不是什么名医呢,他更像一个手持屠刀解剖活体的屠夫。在文本细读时,要注意自相矛盾的修辞,因为它往往会暴露很多作家的言外之意。在鲁迅的《故乡》中,瘦骨伶仃的杨二嫂被形容为"一个画图仪器里细脚伶仃的圆规",一个不识字的乡下女人却被形容为西洋绘图的新鲜工具,这里的修辞就是矛盾的,但它想说明什么呢?鲁迅也许在暗示我们,回乡之人始终是回不去了,他受了西洋文明影响,再也难以真正地理解故土、回到故土,所以,表面说的是杨二嫂,其实说的是他自己,他的格格不入被投射到了他的修辞矛盾之上。

面对屠夫般的医生的发问,病人无法回答。当医生问:"你在战争中表现很出色吗?"病人迟疑地说了"战争"一词;当他问:"你没有什么需要担忧,没有经济问题,什么问题也没有,是吗?"病人说:"我……我曾经犯了罪",但没等说完,就被妻子抢答了。接下来,我们听不到赛普蒂默斯的声音了,只剩妻子与威廉爵士的讨论。很多时候,赛普蒂默斯想说,但终究只是结结巴巴地嗫嚅了几个字。在这个部分,请注意对结巴的重复刻画以及两次出现的"结结巴巴"(stammered)一词,结巴也是沉默的前奏,以及对表达的拒绝。不妨试着算一算在此期间赛普蒂默斯沉默了多久,医生说他已经在病人身上花了"三刻钟",在这近乎一堂课的时间里,刨除妻子的代言,病人与医生之间的交流可能不会超过三四分钟。也就是说,至少有四十分钟下落不明,这段时间很可能被震耳欲聋的沉默拐跑了。

而且,在仅有的几句回答中,赛普蒂默斯始终在重复着结巴。重复是细读过程中最容易捕捉到的文本现象,是一种最直白不过的强化。海明威在短篇小说《军人之家》里也遵循了这种写作技巧,小说中的退伍士兵回家后同样陷入了沉默,海明威使用了一个高度重复的句式来体现这位士兵的丧失感:

> 他想找上个女朋友,不过不愿意为了找女朋友而费很多时间。他不想为此搞私情,去耍手段。他不想不得不花力气去追求。他不愿意再撒谎。
>
> (He would have liked to have a girl but he did not want to have to spend a long time getting her. He did not want to get into the intrigue and the politics. He did not want to have to do any courting.)

我这里给出了原文,读者可以试着把退伍士兵的内心独白念出来——有没有觉得很饶舌,对于这么一个讲究炼字的作家来说,这句话里的"did not"多得刺眼,啰唆又重复。海明威分明是要故意饶舌,这句话听起来可能和赛普蒂默斯重复结巴的感觉差不多,这些表达都显得毫无变化,干瘪乏味,这些表达恰恰强化了士兵们内在的干枯与拒绝,他们一致的沉默也就有了解释。

在这个部分,为赛普蒂默斯看病的两位医生被放到了一起来写,是因为这个细读章节在整部小说里起到了"中点"作用。时钟敲响了十二点,一天已经过半,从这时开始,早晨变成了下午,角色们开始挤在一起,后文中多人出现场合的描写变得频繁起来,直到小说结束时的宴会让所有人到场。在中午之前,小说只写人物自己的漫步或者两两相对。两位医生接连出场,用意可能也在于此:伍尔夫手持鞭子,试图驱策她笔下受到讽刺的滑稽角色来个小聚会。

那么,又为什么偏偏是医生扮演丑角呢?实际上,医生在文学传统中一直是负面形象,现在人们虽然发明出了"白衣天使""杏林泰斗"之类的美称,但其实还是更愿意在影视剧或者书籍中见到他们,而不是真的去面见他们。人们对医生的厌恶情绪甚至可以追溯到古典时代,最早是因为他们拥有某些秘密的精深知识,但却没有能履行专家的道德义务。在戏剧、书籍甚至童谣中,医生又常常被描绘成缺钱、贪金的形象,尤其在患者对医生的收费感到不满、觉得自己的钱花得不值时。直到今天人们还是会抱怨医院"乱收费",国内医疗界的反腐新闻也常常登上热搜。小说对威廉爵士积攒财富的描写就是延续了这种负面想象——他的妻子"有时候想着病人,有时候想着一堵金墙"。漫画式的笔调让我想到了乔叟笔下的医生。在英国文学的奠基之作《坎特伯雷故事集》中,乔叟刻画了一位知识渊博的医生,但是他"至今存着大瘟疫时期挣的钱。黄金作为药,既然是种兴奋剂,他特别钟爱黄金也就有道理"。或者是莎士比亚《麦克白》中的医生,他同样医术高超,但是被困在城堡里难以逃出时,他口吐真言:"要是我能够从邓斯纳恩远远离开,高官厚禄再也诱不动我回来"。在朱生豪的译本里,profit被译成了"高官厚禄",其实直译就是"利益、利润",在性命不保时,这位医生考虑的居然还是钱。

小说家对社会的观察比社会学家更敏锐和及时,因为小说总是在写"当下",社会科学则倾向对"过往"进行总结。

伍尔夫可没读过福柯的大作,也没机会看至今仍然在文科研究引用排行榜上高居榜首的《规训与惩罚》《临床医学的诞生》等书,但是,她有自己的经验,她凭借经验对医学令人沉默的力量做出了预言:其压迫性力量不仅在于它的"贪金"的表象,更在于以理性之名对疯癫做出的审查与压抑——"威廉爵士从来不提'疯狂'这个词,他称之为丧失平衡感"。和许多病人一样,伍尔夫总是争辩自己从来没生过病,整个治疗过程都是错误的。最令她气愤的是,医生为了她的病情禁止她写作和阅读,而这是她生活中唯一有意义的活动。

医学理性总体上可以被视作社会理性的分支,它常常打着体面、正常、合适的名号对反常、不合时宜、古怪进行围剿。偏偏,文学非常喜欢描写后一种人。每一年外国文学史的最后一堂课,我都要讲加缪的《局外人》。这部作品实在有名,但它的内核仍然远远没有得到相应的理解。很多同学最开始都觉得主角见到虐狗、家暴都不抗议,对母亲和情人也都无所谓,就感到"太奇怪了",但也许加缪笔下这个怪人反过来可以提醒我们,那些我们视为理所应当的社会规则是如何习焉不察地统治着我们的。在读小说时,也需要时刻提醒自己,读到的是隐喻与虚构,而不是社会法治案件的真实记录,文学需要读者在当真的同时又别太当真——把作家试图传递的审美、智识与价值取向当真,同时又别太把容纳这些取向的故事本身当真。

如果读者能谦虚赤诚地接受作者隐喻式的挑战,大概就有机会发现,人们习以为常的普通观念恰恰是最暴力的观念,只是因为年深日久,被包上一层温和的浆,浑然让人忘却了它在绞杀和噤声"不正常"时的酷烈,因为只有驯服、控制、约束乃至"治疗"了不正常,所谓正常的稳定地位才会获得保障。也许,当一个人面对文本或现实中的人物,轻易地指责其怪诞时,已经不自觉地站在了尸骨累累、血痕斑斑的"正常"尺度之上。

文学对压抑之下的沉默的表现多不胜数,有时候会凝结在一个表情中,有时候会弥漫在一种处境中。在坦桑尼亚裔英国小说家古尔纳的《赞美沉默》中,沉默藏在黑人面对白人准岳父"低声咕哝、灿烂微笑、啥也不说"里,因为面对无意识的种族优越感,他没法说出自己老家的往事;在简·奥斯丁的《曼斯菲尔德庄园》中,沉默藏在女主角范妮的"微微一笑"中,寄人篱下的时候,面对财力远胜于自己的强势男性的求爱,心怀厌恶的女主角范妮只能微笑不语。所有类似的沉默都可以理解为一种曲折的回应,一种无声的不满以及压抑下的拒绝。就像我们在开篇安德烈耶夫小说中读到的那样,人不说话,但坟地的入口却永远张着大嘴,发出了波段和频率不同的声音。而且,越是权力结构明显的处境,沉默就会越明显。

读到这些沉默的瞬间时,我们也许会在一边干着急:怎么就不能说出来呢?你在害怕什么呢?是啊,人们在害怕什么呢?其实,与压抑之下的沉默现象相比,我更好奇的是,为什么重压之下的人就一定会失声?当我回忆饭局上的那件语言骚扰的往事之时,发现我害怕的其实是自己想象出来的场面——撕破脸来多难堪啊——未发生的可能甚至比已经发生的事实更具有压迫性,而对未发生之事的想象恰恰又来自对现实惯例的依循,这里面有一个奇怪的颠倒结构——人们害怕的是尚未发生的"过往事实",未来其实仍旧是历史!人们被自己的想象吓坏了。但是,如果永远依循着已有的现实惯例,那么,未来就永远不会有任何改变。这种代替了未来的现实牢牢封杀了人的自由想象和语言行动。

当一个人不再想忍受沉默,或者不再觉得私下抱怨但不公开表态是可以接受的,可能会受到许多好心的规劝:你现实一点吧、不要惹事、小心被穿小鞋。奇怪的是,在后来的一些事情中,我受了教训决定不再沉默,坚决表达抗议后,并没被穿小鞋、被惩罚、被整治,最多就是没人理我而已——那种想象出来的恐惧忽然泄了气,我玩笑地想到,只要我自己不尴尬,尴尬的就是别人。反过来,我开始意识到,"人微言轻""说了也没用"是多么令人憎恶的词汇,私下抱怨不休但在公共场合沉默又是多么怯懦的行径。人们常常高估行动的力量而轻视语言的力量,可是在现实的情境中,仅仅是"说出来"所需要的勇气都堪比行动本身。自然,说出来并不一定真能改变什么,但在很多时候,坚定地表达立场是保卫个体不被权力吞噬的唯一办法。作为老师,难免有点好为人师的讨厌之气,但是面对我的学生,除了我能提供的一点微不足道的文学知识,我还是希望他们不要沉默——在被师长性骚扰时勇敢地拒绝,在被师长要求跑腿干杂活报销搬家时坚定地说出:不。

4

沉默自有其嘴巴,自有其力量。

在大多数情况下,它显示出否定的气息,但是,它也可以有积极的功能,可以是创造的、有意义的。当赛普蒂默斯沉默时,他被赋予了一种穿透性的洞见,得以看清战争的本质,看穿医生行医背后的贪欲以及压迫。伍尔夫的《海浪》中有一幕和赛普蒂默斯车窗边沉默的场景极为相似的描写,那是小说中最有诗性、最喜欢用各色辞藻来描述世界的角色伯纳德突然凝神不语,静观沉思:

> 寂静,咖啡杯,桌子,这一切是多么美好啊;一个人独自坐着,就像那孤独的海鸟张开翅膀站在一根木桩上,这样是多么美好啊。就让我永远坐在这里,伴着这些纯粹的东西,这个咖啡杯,这把餐刀,这把餐叉,保持它们各自本性的东西,保持我的本性的我本人。请不要过来烦扰我,提醒我什么现在到了关门的时间并且应该走了。
>
> (曹元勇译)

这些描写让我想起坐高铁时戴着耳机凝视窗外一闪而过的田野、早餐过后餐桌上半空的杯子与盘中散落的饼干渣、下课后空荡荡的阶梯教室,它们都唤起了与"空"相遇后的情绪,我们能借由自己的经验,尽可能地想象人物没有说出的话,也就是说,关键时刻的沉默既让小说中的人物有时间盘点自己的内在世界,也激发了读者的想象,读者得承认,并不是所有事情都可以说出,或者都需要被了解。我们生活在一个崇尚"发声"的社会,能说会道比沉默寡言受到更多的赞美,主持人、演讲是要"从娃娃抓起"的项目,但是小说家往往更愿意称量沉默寡言或者凝神静思的价值。对于作家来说，沉默是一个谜语，或者一件礼物。所以，在伍尔夫的笔下，那些最具有心灵深度的人，往往是最偏爱寂静与沉默的，只有这样，才能葆有"各自本性的东西"，不被世界的噪声干扰。

沉默本来就是一种高度文学化的手法，在作家具体的写作中，它会化妆成暂停、省略、空白、缺失、模糊或者丢失。小说人物的本质不必在对话或冗长的描述性段落中表现出来，通过静默不语，一个角色的情感会得到提升、也会赢得暂停和反思的机会。在一些激进的文学作品中，沉默或者空白超越了表现人物的写法局限，通过展现大量的缺席，作家们试图在更本质的层面"无中生有"。比如贝克特的戏剧《呼吸》——这可能是世界上最短的戏剧，只有35秒，当读者读完这个标题后，就读完了这出剧。在现场的演出中，除了一些垃圾和光秃秃的舞台，没有人物出现，只有一段呼吸的录音声。贝克特实验戏剧中的沉默对观众的要求可能比较高，大家也会一时摸不着头脑，不知道作家要干吗。相比之下，2011年出版的一本书就非常直观了，书名是《每个男人除了性以外还想什么》（*What Every Man Thinks About Apart from Sex*），内容则是两百页的空白。

自然，通过沉默展现幽默与机智早在古典作家那里就获得了实践。在《奥德赛》中，那个人人皆知的战胜独眼巨人的故事，就是一个关于沉默和缺失的故事。我们再来复习一下这段著名的情节吧，当奥德修斯和同伴们被巨人抓回山洞后，巨人大开杀戒，奥德修斯想出了妙计对付巨人，他想先把巨人灌醉，然后戳瞎他的眼睛再逃走，当他假意献上美酒①时,巨人大喜,询问他的名字,奥德修斯是怎么回答的呢?

> 库克洛普斯,你询问我的名字,我这就
> 禀告你,你也要如刚才允诺地赠我礼物。
> 我的名字叫"无人",我的父亲母亲
> 和我所有的同伴都用"无人"称呼我。

巨人喝醉后,奥德修斯按原计划戳瞎了他的眼睛,并藏身于羊腹之下逃出生天。瞎了眼睛的巨人痛苦地召唤伙伴前来帮助他,远处的同伴问是谁伤害了他时,他回答:"无人用阴谋伤害我。"自然,没有人会来帮他的。在这个故事里,沉默栖身何处呢?它藏在"无人"这个名字里。所有的孩子都会被教导,当自己的名字被呼唤时,一定要大声回应,一个名字,就对应着一个活生生的人。可是,在"无人"这个名字之下,对应的是空,是沉默,是虚构,只有"奥德修斯"之名,才与那个狡猾机智的英雄相匹配。但恰恰又是这个缺乏肉体对应物的空洞的符号,让整个故事得以实实在在地进展下去。"无人"会让我想到我们汉语里说"某某"。"某"是个特别微妙的词,看起来没有所指对象其实大有深意——"我们单位某人太无法无天了",听者与说者都对这个看似不具名的"某"下面指代的具体的人心知肚明。汉语

---

① 请注意,这酒是"未经掺水的甜酒",这种高纯度的酒希腊人是不会喝的,他们倾向于喝掺水之酒,这样度数比较低,不至于发酒疯引起事故。古希腊神话里最野蛮的人头马常常喝醉了发酒疯,被希腊人视为兽性未泯的象征,后来英雄赫拉克勒斯杀死了人头马。

中,"某"字的本意指很酸的梅子,它的涩口让人讳言,虽然名下有人,却也同样让人沉默。这是文化之间微妙的颠倒与相似。

我想,荷马可能是最早发现有与无之间的悖谬、沉默与言说之间的矛盾的作家。从此,不少作家开始修炼无中生有的炼金术,使得"无"成为一种进展、一种发现乃至一种顿悟。

没有人会在喋喋不休的时候忽然想明白的。武侠小说里人突然练成神功,总是在"独自面壁"的情景里完成的。在我的文学课堂里,有时候最精彩的讨论恰恰没有在课堂中出现,而是在课后,某位上课时一直沉默不语的同学突然找到了我,和我聊到自己的想法,于是,火光四溅。在许多作家笔下,人的顿悟时刻一定是沉默的时刻,他的自我发现也一定与语言的消失有关。托尔斯泰在《安娜·卡列尼娜》中为男主角列文写下了一个无与伦比的沉默片段,让他在与农民们一起割草时顿悟了。这时的他,用行动代替了言说,置身田野而非书斋,使劳作取代了阅读,脑中什么也不想,眼前也唯有像浪花一样慢慢倒下去的青草和野花。我觉得这是整部小说中最具有抒情色彩又最超越的一幕,列文沉默了,同时他领悟了:

> 在劳动中,他忽然觉得他那热汗淋淋的肩膀上有一种凉快的感觉,他不明白是怎么一回事,是怎么产生的。他在磨刀的时候抬头望望天空。飘来一片低垂的沉重乌云,接着大颗的雨点就落下来了。有些农民走去把上衣穿起来;有些农民像列文一样,只感到清凉舒

服,愉快地耸耸肩膀。

就这样,心灵与身体一直在打架的列文通过劳作,通过贴近大地的沉默,获得了一种物我相忘的通透感。他第一次去割草只是为了平复自己的坏脾气,还担心其他贵族嘲笑他,但是,当割草本身支配了他的所有感官时,他整个人沐浴在了一种纯粹与纯洁之中。托翁形容他们像"波浪"一样移动,这是否也在说明,一向格格不入的列文此时终于融入了海洋般的自然与整个世界呢?在这种情况下,沉默教我们如何注意我们周围的世界。沉默和空旷的田野让我们感受到一种充实。

在《达洛维夫人》中,伍尔夫也在以沉默之"无"写思考之"有"。她让我们意识到,真正的沉默必然涉及有意识的活动,它有着特殊的语法。小说中没有其他人对世界与自我的思考能够企及赛普蒂默斯的深度,这正是拜这个角色大量的沉默所赐。虽然克拉丽莎也在想,但她的很多想法都浮在了生活的表面。赛普蒂默斯在审判世界的时候也在审判自己,就好像他通过沉默把话语扔回给他自己一样。

我们只需要通过一个看起来不起眼的动作,就足以了解他被沉默赋予的审判力。在第一位医生霍姆斯来访时,他按部就班地给病人开药,突然无意识地做了一个动作:"敲敲墙壁",然后评价说这一带的老房子里的嵌板细工做得都挺讲究,不过,房东却愚蠢地用墙纸把它们全部糊上。这段描写看看很寻常,但是我们把场景换一下——当你在看病时,医生一直一脸严肃地开药,撰写医嘱,但是他突然说,你今天穿的衬衫的材质不错,就是花色有点鲜艳,你会是什么感觉呢？首先当然是不专业，我们无须通过后文另一位大夫的评价，就能感到这一位的心不在焉，他无法专业地沉浸在工作中；其次，我想伍尔夫写这个细节的目的在于揭示霍姆斯性情的本质；他是一个浸泡在中产阶级习气中的庸人，他所关注的东西不超过自己生活经验的范畴，而他的生活，恰恰是被嵌板、古董式家具、梳子、墙纸之类的东西包裹起来的，恰如福楼拜笔下的夏尔·包法利是被桃花心木、复杂的帽子、多层蛋糕所包裹。在这一整段中，赛普蒂默斯都被消音了，可是，我们又分明感觉到，医生的庸俗行径恰恰是从病人沉默的眼睛里折射出来的。

当然，赛普蒂默斯的沉默更多地使他转向了内在审判。

宗教人士完全可以通过沉默，恢复自我和世界之间的和谐关系，超越语言本身的局限性，在狂喜或者平静的瞬间步入澄明，但赛普蒂默斯没有信仰，也不再自认为是上帝，逃出了噪声主导的世界后，仍然受到精神疾病的折磨，他无法和谐。所以，他的沉默最后只能引向自杀。死亡，是永恒的沉默。小说再一次提及自杀，赛普蒂默斯想象自己溺死："他回眸凝视红尘，仿佛溺水而死的水手，躺在世界的边缘。"沉默总是与生命的起源或者泯灭等问题产生共鸣。玛丽·雪莱的小说《科学怪人》中，科学家试图从无生命的物质中创造出生命，当主人公用偷盗来的尸体的残肢成功地拼凑出一个怪物时，雪莱写了这么一句："他（怪物）好像是说了什么，可我根本没听进去。"不管这个怪物说的是什么，读者都被提醒了这样一个事实：在成为"人"之前，我们都是沉默的，尚未被词语所勾勒形状，存在的语言之流冲开了生命之门，怪物的诞生恰恰是从打破沉默开始的。而赛普蒂默斯对自杀的想象以及最后的实践,则提示了一件对称之事:当不再为"人",也就是死后,沉默的寂灭更为长久,人的存在,倒像是两段永恒的沉默中间的一段短暂的颤音。

伍尔夫试图通过自杀与沉默的关系,勘破生命最终的奥秘。

十一

比例：书籍的刺痛

细读内容：第95—107页

情节梗概：威廉爵士离开了赛普蒂默斯家。在医学这门精确的科学中，一个医生不能丧失平稳之感（sense of proportion），医生会使用平稳的手段开出关于生活起居的医嘱。平稳是爵士的缪斯女神，这样他才得以功成名就、压制疯狂、洞察疾病。平稳的姐妹是感化，她号召人忏悔、同时惩罚异己，爵士自己的妻子拜倒在感化之下，变成了一位丧失了自我、完全只为配合丈夫的贤妻良母。爵士像审判犯人一样宣判着疯癫之病，年入不菲，坚决拥护家庭、荣誉、光辉的事业，并且谨防反社会的行径。

雷西娅不喜欢此人。哈利街头的钟声齐鸣，整齐地切割了这一天，也代表着平稳。休·惠特布雷德在街头闲逛，他彬彬有礼，拘泥小节，一直逛到了一点半，他捧着一束花到了布鲁顿夫人家。比起休，布鲁顿夫人更喜欢理查德·达洛维，但她又不喜欢达洛维夫人分析人的劲儿。布鲁顿夫人招呼大家吃午饭，丰盛可口的饭菜端来，休觉得"整个宇宙一片和谐，同时对自己的地位蛮有把握"。同时在场的理查德望着手捧康乃馨的老夫人，心中充满崇敬，因为她出身名门。老妇人问起了克拉丽莎，但只是出于礼貌。闲聊中，布鲁顿夫人说起见到彼得·沃什回来了，大家都被勾起了回忆，布鲁顿夫人评价他功不成名不就，有性格缺陷。她要邀请彼得来吃饭，把地址写给了休。但她真正关心的是让上等人家的子女出国，在加拿大立足。这件事对她来说过于重要，敢情她失去了中庸之道（sense of proportion）。

"移民"一事让布鲁顿夫人费尽心血，休则能写一手好文章，发表在《泰晤士报》上。布鲁顿总觉得男人跟宇宙有一种神秘的契合，所以休为她捉刀，理查德当顾问最合适。在男人的帮助下，夫人的观点被写了下来，也即让那些"多余"的人去国外生活，这样就能维持国人人口的平衡。临走时，达洛维向布鲁顿夫人发出了晚宴的邀请。夫人不置可否，回到屋里睡觉，昏沉中梦回童年。

1

文学召唤的到底是哪些人呢？

大学中任何一个专业的情况应该都差不多，学子们进入这个专业并不是对它有什么热忱或者期望，而是更多地考虑现实就业的问题。就汉语言文学专业来说，绝大多数的学生也是奔着毕业后成为一名中小学老师去的，这是一个稳定且体面的工作,如果在编制里就更好了。所以,好一点的状态是认真地跟着老师或者作品去读去想,但可能并没有从心底里感到文学的召唤,也不一定能深切地体会到文学与人之间的"心动"的感觉。

我的一个学生去做家教时,遇到了一个小男孩,他提出的问题让她无言以对。她教孩子,写作文要先审题,孩子问为什么要审题?她说审题就是要立意,确定自己要写什么。孩子又问,什么是"意"?我的学生说,就是"意义"——说到这时她自己几乎也卡住了,因为她也没法回答这个问题,但是她能感到孩子的问题不单纯是针对写作文发出的,他有一种解决目前痛苦与困惑的需要,从而刺激着他追问意义的问题。这个男孩的情况是父母离异,父亲倾注了很多心血和金钱来教养他,但他始终在精神上有超出教材的要求。去一线做中学老师的学生也观察到了同样的诉求,在他的班上,本来孩子们读的书都是差不多的言情和网络小说,渐渐地,有个别学生不满足于此了,他们开始找文学作品来读,他的一个学生甚至已经开始读爱伦·坡、陀氏和伍尔夫——请把"这么小能读懂吗"的问题搁置,这个年纪有意识地开始读读文学经典,本身就意味着他也有一种课本文章无法满足的"精神需求感"。据我的学生观察,这样的学生在班里并不多,占比很小,但是几乎都是家里父母离异或者不和谐的。

这并不是粗暴地把父母离异和受到文学召唤画等号,但是家庭问题是让一个人感受到痛苦和困惑最为切近和具体的方式,它会导致一个人对目前生活描绘的美景与提供的答案感到不满足,从而进一步地去探索。可以说,文学总是召唤着那些有着某种精神性"不满足"之感的少数人。

就像《斯通纳》中的男主角,他是农民家庭出身,进大学时学的是农学,可是在大二时,他受到了奇异的感召,突然转专业到了文学系。作者写了一段他在图书馆里徜徉与翻书的场景:

> 有时他会暂时停住脚步,从架子上拿下一卷书,在自己的大手中捧住片刻,书脊和厚纸封面以及诱人的书页尚不熟悉的感觉会在手中产生某种刺痛感。然后他会翻阅起书来,这里那里随便读上一段,僵硬的手指在翻动书页时尽可能小心翼翼,好像因为笨拙的手指可能会撕坏和损毁它们忍着巨大痛苦想发现的东西。
> (杨向荣译)

我觉得真是美妙的一段,很少有人在翻书时会感到刺痛感吧,就像人们不觉得翻开一本书前会期待里面有怀着巨大痛苦才能发现的东西。受到某种志业召唤的人从比例上来说并不多,虽然在每一种事业中都有无数前赴后继的入行者。

在一个警惕精英的时代谈论少数很冒险,可是我仍然好奇少数人是如何擦亮自己的天性,在"需求感"的带领下一点点真正地接近文学的。

2

这一章,讨论文学中的"比例"。

本细读章节由两个场景组成，对威廉爵士的观念与家庭背景的介绍，以及在布鲁顿夫人家举行的午餐——也就是开篇克拉丽莎发现自己没被邀请而感到懊丧的那场午餐。两个场景中，proportion 一词以及相关影射出现了不下五六次，所以，它是本章的核心。

在我选择的译本里，译者根据语境把 proportion 分别翻译成了"平稳"以及"中庸"，此外，它还有"匀称，均衡，相称，比例，比率，规模，尺寸"等意思。在威廉爵士那里，大可以翻译成更符合中国人用语习惯的"分寸感"——"一个医生丧失了分寸感，就不成其为医生了"。如果把 proportion 定为"比例"之意，我们会发现这部小说里充斥着比例的失调。伍尔夫不仅曝光了大量比例失调的设置，甚至还挑战了传统小说的比例结构。

比例，关乎大小、长短、多少、轻重、数量，关乎一种事物在整体中所占的分量。人们很少注意文学中发生的比例变化，因为它更像一个视觉审美的尺度。我们会说，这个人的上衣太长，不合比例，显得腿短；或者说这幅画里的手太大了，简直超过脑袋的尺寸，不合比例。韩国每隔几年就会冒出一个整容模板，提供的就是当前五官分布的最佳比例。

比例确实在二十世纪以来的视觉领域掀起了更为明显的革命。1907 年是标志性的一年。这一年，巴黎举办了一次对保罗·塞尚作品的重要回顾展览，毕加索的《阿维农的少女》开始转向立体主义，马蒂斯领导了"野兽派"的运动，紧跟着的几年内，瓦西里·康定斯基和蒙德里安分别发表了抽象主义宣言——《艺术中的精神》与大量抽象线条组成的画作。当整个艺术界把传统视觉比例的法则搅得天翻地覆,文学界似乎无声无息。

《达洛维夫人》出现在1925年,好像是晚了些。但有可能,对于传统比例的颠覆与嘲弄,早在古典时代就出现了,伍尔夫的小说更像是延续了这种传统并做出了总结。

小说总是按照一定的比例编织起来的,作家们需要思考这个角色和那个角色之间的权重:让谁出场多一些,让谁思考多一些,或者让谁占有的权力多一些——只有角色之间构成某种参差的比例关系,戏剧效果才会产生。在赛普蒂默斯与医生的关系中,医生明显是权重更多的那一位。作者用讽刺的语调勾勒出威廉爵士的行医理念与生活理念:

> 由于他崇拜平稳,威廉爵士不仅自己功成名就,也使英国日益昌盛;正是像他之类的人在英国隔离疯子,禁止生育,惩罚绝望情绪,使不稳健的人不能传播他们的观点,直到他们也接受他的平稳感——如果病人是男子,就得接受他的观念,如果是女子,就接受布雷德肖夫人的观念(这个贤妻良母绣花,编织,每星期有四天在家陪伴儿子)。

伍尔夫与福楼拜一样,深谙讽刺的艺术。在这么短短的一句话里,医生把他对平稳(proportion)的诉求辐射到了社会各个方面:在社会阶层、种族观念、优生学乃至审查制度中,都得稳稳当当不出岔子。这就意味着,这个社会只允许那些最健康的人合法活着——那些出身优越、态度平和、性别占优势、不会乱说话的人,至少,他们必须占到更大的比例。这可不是小说的虚构，现代政治社会最底层的逻辑，都是维稳，要是纵容满大街疯子与持异见者瞎跑，岂不乱套了？当伍尔夫用讽刺的语调描述医生的主张时，她的批评立场已经很鲜明了：她试图揭露多数人是如何利用稳固的比例优势对少数人进行控制与压迫的，而制度的正当性又是如何依据大多数人默认的道德价值实现的。

有一个文字游戏的细节值得注意。在讲哈利街上的钟声齐鸣时，伍尔夫做了一个形容，不对照原文看就难以理解："似乎那商店（里格比－朗兹公司）为了能给大家免费报时而感到荣幸。"这个细节很重要，里格比－朗兹公司的原文是 Rigby & Lowndes，它是一个文字游戏——数数看，这个公司的英文名由几个字母组成？十二个，每个代表一个钟点，故有此说。伍尔夫一度很讨厌乔伊斯的《尤利西斯》——"它令人作呕"——但终究还是在《达洛维夫人》中进行了同样的文字游戏。按部就班的时钟为不出岔子的社会提供了绝佳隐喻，没有哪天钟会敲 13 下。而且，时间的变化与分布接近大自然的节奏，用四平八稳的钟声来比喻人类社会多数对少数构成的压迫，似乎暗含一种天然的正当性。

其实，我比较犹豫使用"压迫"这个词，它太容易让人一下子就滑到"黑暗的资本主义对人的压迫"这种陈旧的论调里，仿佛所有压迫势力都戴着恶人面具一样，而实际上，压迫常常显得平淡、寻常，这才是恐怖之处：所有人都不觉得有问题。读过阿伦特的人可能都不会忘记，她笔下那个屠杀了无数犹太人的纳粹刽子手艾希曼，长着一张平凡普通的居家男人的脸。在伍尔夫笔下，比例失衡引发的压迫也是平淡的,它被写在了威廉爵士夫妇的婚姻关系中。

一条鲑鱼游到了婚姻的池塘里。曾几何时,夫妇两人都是机灵的,也都喜欢钓鳟鱼。钓鳟鱼意味着什么呢?我不是合格的钓客,但也常常带着孩子去家附近的水草丰茂之地钓鱼和露营,虽然常常脱钩,但一尾鱼沉沉地坠在鱼钩上,把钓竿压出完美的弧形的时刻是无与伦比的。从前我读到《战争与和平》里猎狗咬住野狼喉咙时,狩猎的主人公竟觉得"这是他有生以来最幸福的时刻",觉得不免太残忍了些,及至自己钓鱼,从滑腻的鱼嘴里取下微带血迹的鱼钩时,才明白了小说中的人何以幸福。狩猎也好,垂钓也好,猎物得手后的沉重感里都有一种强烈的满足与确定的意味。

不同的鱼在文学中获得了不同的隐喻。福克纳《喧哗与骚动》里,有三个孩子在河边钓鱼,钓的是一条"十三年来从未被捕获的鳟鱼"。我有学生非常认真地查了一下,发现鳟鱼根本不可能活十三年,顶多就是十年,所以,鳟鱼在他的笔下可以代表那些可望而不可即的美梦,就像男主角昆丁对自己的妹妹不切实际的乱伦的情欲。在另一位美国诗人布劳提根笔下,鳟鱼同样具有奇想色彩,《在美国钓鳟鱼》中,鳟鱼既可以是垂钓的对象,也可以是一个人名,既可以化身为诗人拜伦,又会因为喝了一口酒而死,鳟鱼超越了"鱼类"本身,而变成了布劳提根想象力诗学的代名词。至于鲑鱼,它本身就具有强烈的故事性,鲑鱼的西文名字来自拉丁语 salire——跳跃。在海上漂泊多年后,鲑鱼会回到出生的河流,它们决心逆流而上,回到产卵地。在此过程中,它们甚至需要跳上瀑布,不惜被岩石挫伤。所以,鲑鱼意味着活泼的生命气息。在爱尔兰、苏格兰等北方地区，由于鲑鱼是一项重要的食物来源，所以自然而然地出现在他们的很多民间故事与传说中。凯尔特人将鲑鱼与智慧联系在一起，民间故事里的主角只要抓住鲑鱼并将其吃掉，总能获得全部知识，哪怕是吮吸一下烤鲑鱼时烧伤的手指，都能立马获得知识。总之，鱼儿在文学隐喻里是个好东西。

当威廉爵士获得了关于"平稳"的顿悟时，他仍然在钓鲑鱼，而他的妻子正在生产。从此，妻子失去了自我意志，沦为丈夫的附庸——"如今，却为了满足她丈夫追求控制与权力的强烈欲望，那种使他眼睛里闪现圆滑而贪婪的神色的欲望，她抽搐、挣扎，削果皮，剪树枝，畏畏缩缩，偷偷窥视"。在描述妻子的变化时，伍尔夫用了两次关于水的意象：她的意志渐渐消沉（slow sinking），被水淹没（water-logged），转变为他的意志。看上去，倒像是她变成了鲑鱼本身，被捕捉后死亡。显然，比例发生了变化，女性自主的、创造性的意志在萎缩，近乎消失，男性控制与权力的意志占比在扩大，最终，男性无限伸展的羽翼整个地遮蔽了女性的天空，妻子投射在钓鲑鱼上的获得感、活力、智慧与生命气息也随之消散。大家可能还记得小说刚开篇时，克拉丽莎在鱼店里看到的，也是"一条冰块上的鲑鱼"，我想伍尔夫不是随意安排了这个细节，她可能希望通过鲑鱼串联起这些女性共同的命运：在结婚之后，半推半就、平淡地让出了自己的意志的比例：随着钓鱼变为买鱼，生活的半径从户外退缩回厨房。

前几章提过多次，现代大家生活在一个传统伦理解体的时代，所以声讨原生家庭罪恶、批判丧偶式育儿、质疑全职妈妈、信奉丁克、声讨性骚扰,都成了能够放在公共场合讨论的话题,在这样的意见环境里,现代读者很难想象维多利亚时期对"甜蜜之家"和"家内天使"的规训。伍尔夫出生于维多利亚时代中晚期,当时最为流行的女性观念就是"顺从"。稍早于伍尔夫的诗人丁尼生写下了长诗《公主》,读起来有点像我们中国人的《女诫》,总之就是试图证明女人最大的成就是幸福的婚姻。里面有这么几句:

男人耕种,女人守炉,
男人用剑,女人用针,
男人用脑,女人用心,
男人命令,女人服从。

剑和针的说法一定会令读者想起小说前半部分,彼得一直在玩一把刀而克拉丽莎只是拿针缝制裙子的细节,不知道伍尔夫在设计这个情节时是否想起了丁尼生的这句诗。在上一次的讨论中,我的学生们曾给出了大量有趣的思考,他们都发现了针与刀在各方面的差异,两者无论如何都难以等量齐观。

同样的,针与剑的粗细相比,炉边与田边空间相比,都小了许多。伍尔夫笔下,爵士夫人的生活版图更是缩小为"绣花、编织,每星期有四天在家陪伴儿子"。而与此同时,她的丈夫在委员会、社交场所、街头不断地扩张自己的生活版图,两人之间的比例差距在不断拉大。伍尔夫的观察到今天都是有效的:生育与抚育让我体察到一个类似的比例变小的现象。以往,我用微信联系已婚已育的同事,发现她们时不时会"消失",过了半天才会抱歉地解释自己在带孩子没时间看手机,我当时觉得难以置信,手机不就放在旁边么？后来轮到自己有了小孩,发现果真如此,以至于我有时候不得不对同学说,有问题抓紧课下交流,尽量不要晚上联系我,甚至发很长的微信过来,因为我很可能没时间看手机。我也会"消失",怪不得现在的导演们不是拍"消失的妻子",就是拍"消失的她"。无论有多么强烈的自我与工作意愿,作为母亲的女性的自主时间与精力占比就是会缩小,但作为参照系的男性,他们被占用的时间与精力就不会那么多。

就这样,伍尔夫为我们揭开了这样可疑的一幕:男与女、疯癫与正常、生育与禁生、传播与闭嘴……这些明显不对等的比例分布,却在社会中被等闲视之,甚至被视为和谐的社会法则。

3

平稳的观念、和谐的分布、完美的比例究竟意味着什么？

当我讲授古希腊神话时,重口味的内容常常会让这些二十岁不到的年轻人脸红心跳。代表爱与美的女神阿佛洛狄忒的出生近乎一个血腥又色情的 cult 故事,我们看看赫西俄德在《神谱》里的记录:

> 洛诺斯用燧石镰刀割下其父的生殖器,把它扔进翻腾的大海后,这东西在海上漂流了很长一段时间,忽

> 然一簇白色的浪花从这不朽的肉块周围扩展开去,浪花中诞生了一位少女。起初,她向神圣的库忒拉靠近;尔后,她从那儿来到四面环海的塞浦路斯。在塞浦路斯,她成了一位庄重可爱的女神,在她娇美的脚下绿草成茵。
>
> (张竹明、蒋平译)

简而言之,这位美女是从掌管天空的乌拉诺斯被割掉的生殖器里幻化而出的。这时候,我会邀请大家欣赏文艺复兴时期绘画巨匠波提切利那幅极为有名的《维纳斯的诞生》,这幅画还原了维纳斯(即阿佛洛狄忒的罗马名)站立在从海中翻涌的泡沫里升起的贝壳上,光彩照人的场景——当然,"光彩照人"只是我沿用的习语,因为我的同学们并不感觉她好看,他们觉得:首先,她的肚子太大了,像孕妇,身材好像是还是五五分,最关键的是胳膊,看上去右手明显短于左手,估计大家没好意思说她的胸太小了,总之,她不好看,因为比例太不协调。

这些反馈很真实也很重要,不仅仅因为他们尚未被盲目崇拜经典的习气所沾染,更因为他们无意中昭示出支配自己进行审美判断的观念的时代性;他们的审美观念是现代人的,而不是文艺复兴时代之人的。和绝大多数概念一样,比例不是固定的,不同时代对于同一幅画、同一个文本、同一种比例的理解,经常不在于"对错"的分歧,而在于"重要性"或者"意义"的分歧,文艺复兴时期占主流的审美判断规定了最佳比例的参数,这种参数很大程度上依托的是自然或者上帝的知识背景。在当时和随后的几个世纪中,人们相信人是上帝依照自己的形象创造出来的,他躯体的比例体现了造物主的神圣的和谐,是艺术和建筑中比例的范例。

可以这么说,古典时代,比例概念的核心是来源于自然。完美的比例被认为是复制与还原了大自然的秩序。这是一种经验观察得来的结论,比如我们观察鹦鹉螺上的螺旋线,或者一枚掉落的松果上种子的旋线,再或者一条鲑鱼头身尾各部分的比例,都会发现类似的分割规律。所以,比例具有神授般的正当性,就像小说中哈利街头的钟声,敲响的既是自然的节奏,又是人类社会中各就各位的比例分布,视觉上的美感被进一步延伸到关于宇宙与自然的机械法则的深刻协调中。从文艺复兴开始,"黄金分割比例"的出现更是把所谓标准比例推上王座,直到现在,我们还会在娱乐八卦的文章里看到人们用黄金比例煞有介事地分析明星的脸,而且,最高级的整容一定是"最自然的"。

早期的一些文学实际上与其他艺术形式共享了这种和谐的神授比例观念。在《伊利亚特》中,每当战士们获胜,都会有一个仪式性的祈祷—宴饮环节,这也是我在《荷马史诗》里最喜欢看的细节,因为里面充满了各种切实的、及物的描写。战士们将脏水泼入海里,烤炙牛羊的香烟飘上天宇、白色的大麦粉随手扬起,最为关键的动作是"分肉":

> 他这样祷告,福波斯·阿波罗已经听见了,
> 他们祈祷完毕,撒上了粗磨的大麦粉,
> 先把牺牲的头往后扳,割断喉咙,
> 剥去牺牲的皮,把牺牲的大腿砍下来,

> 用双层网油覆盖,在上面放上生肉。
> 老祭司在柴薪上焚烧祭品,奠下
> 晶莹的酒液,年轻人拿着五股叉围着他。
> 他们在大腿烧化,品尝了内脏以后,
> 再把其余的肉切成小块叉起来,
> 细心烧烤,把肉全部从叉上取下来。
> 他们做完事,备好肉食,就吃起来,
> 他们心里不觉得缺少相等的一份。

"他们心里不觉得缺少相等的一份"是史诗里的固定用语,几乎在每一个分肉的情节里都会出现,它就意味着比例:什么人吃什么肉,吃多少,都是固定分配的。美味又稀少的长条里脊肉只能献给大英雄。分肉的比例对应的不仅仅是战士们的地位和战功,请看这段引文的第一句:"他这样祷告,福波斯·阿波罗已经听见了。"荷马是在暗示我们,这个比例不是人定的,而是神定的,它不容置疑,已经是最优配置。宴席并不是每个人对自己的食物感到满意才结束;相反,阿波罗对男人们的赞美诗感到满意后宴会才结束。这种天神安排的战功的分配比例一旦没有严格遵守就会引发祸端,整个《伊利亚特》的开篇正是由于坏了分配比例,才引发了著名的"阿喀琉斯的愤怒"。

当希腊世界中的人忙着分肉时,基督教世界中的人开始研究"抓阄"。

上帝的信徒们相信数量、大小、多少都已经被预定,所以基督教里有个很微妙的词叫作"拣选",就是人是被上帝挑中的,挑中了这个,可能那个就会被落下,总有人无法获得拣选,这就是比例。

上帝的拣选如何体现在文学中呢?十七世纪的作家弥尔顿在《失乐园》里思考过这个问题。诗剧的第九章中,当夏娃受到蛇的蛊惑前来说服亚当一起去吃智慧果时,她是这么说的:

> 幸福若有你的份,
> 对我是幸福;
> 要不然,没有你的份,
> 很快就厌倦了。
> 因此,你也尝尝,和我同命运,
> 同等欢乐,和同等恋爱一样。
>
> (朱维之译)

"平等的份",原文为 equal lot。其实 lot 除了我们熟悉的"一群、一批、很多"的意思外,还有抓阄、抽签的意思。lot 在夏娃与魔鬼撒旦嘴里不止出现了一次,显然是因为弥尔顿自己对这个分配的比例问题很感兴趣。其实,不只是他,整个十七世纪的宗教和政治思想家们共同关切的问题都差不多:上帝在他缔造的世界中不平等地分配的理由在哪儿?为什么上帝一人可以有智慧,有自由,有明辨是非的能力,但人类却没有;为什么我可以享有智慧,你却不能?夏娃总是对上帝的分配比例有隐隐的不甘,这是她吃智慧果的根源。作为一位清教徒作家,弥尔顿当然要说亚当夏娃错误地理解了这种分配的结果,他们也误解了上帝,自找苦吃,被逐出了伊甸园。被驱逐,显然还是因为违背了神圣的比例分配。

弥尔顿生活的十七世纪是对"完美比例"最有执念的时代，新古典主义学者根据亚里士多德的《诗学》，甚至发明出了"三一律"。它对戏剧中的时间、空间、事件都做出了集中化的比例要求：要用一地一天完成一个故事直到末尾，其背后的神圣法则依然号称是对自然规律的模仿。它不幸地引发了没完没了的吵架：人们为三一律中的一天到底是 12 小时还是 24 小时、一个地方是指一个房间还是指一座城市争论不休。甚至有些人认为，剧中所呈现的动作所占用的时间不应超过该剧表演所需的时间——大约两个小时。总之，比例原则在三一律里被无意义地细化了。单单从阅读的角度来说，严格遵守比例的十七世纪的戏剧到底好不好看呢？一个很直观的反映就是，我总是讲完莎士比亚的悲剧后再让学生读十七世纪莫里哀的喜剧，相比之下，几乎没有同学喜欢莫里哀，因为他的戏剧世界显得"太简单"、甚至"太降智"了。除了戏剧和史诗，文学其实发展出了一整套关于神圣比例的实践。音步、字序、描写与议论的协调以及叙事的组构，皆同此理。

但是，文学的发展从来不是线性且统一的，当十七世纪基督教与皇权的西方中古文学朝着愈发刻板僵化的方向一路奔去时，所谓的完美比例早就在异教文学世界里受到了颠覆，其背后暗含着一种更大的野心：作家们质疑和谐、完美、平稳的比例是否真的来自神的授意，有没有可能，这些不容置疑的比例划分只存在于人的脑袋中？又或者，这些要求稳定、和谐、对称、善美的艺术概念，其实是社会统治结构诉求的投射呢？当建筑学者与画家们宣称建筑廊柱之间的比例、绘画中人头身比都出于自然时，尼采则在《偶像的黄昏》里淡淡地说了一句："在美这件事上,人以自己为完美的标准。"

不仅没有天经地义的神圣比例,而且文艺复兴之后的文学偏爱突破公认的和谐比例,曝光比例内部的参差,塑造各种畸形、变形以及不合规矩的形象。

我们最早在一个巨人身上看到了这种比例的叛逆。在拉伯雷笔下,巨人高康大是严重不符合传统人体比例的,他光下巴就有十八层之多,擦屁股则需要一只猫来充当手纸。拉伯雷笔下的怪诞形象充满了强烈的讽刺味道,高康大以不合比例的巨大将贵族与教士阶层彬彬有礼、克己复礼、谨小慎微的仪式全部打碎。我觉得,从拉伯雷开始,文学开启了一股巨物崇拜的潮流:卡夫卡喜欢写巨大的女人,大得把门框都能堵住,我们不由咂摸出一丝他对女性的本能恐惧;斯威夫特喜欢写巨大的乳房,《格列佛游记》中主角来到了大人国,看到保姆把巨大的乳房塞给哭闹的孩子,这只"少说也有十六英尺"的巨乳让乳房本身所具有的母性的、情欲的气息全都消失了,只剩下震撼。至于海明威,他简直就是"大即美"的代言人,他沉迷于写把壁炉架踩坏的大脚(就像他自己的大脚)以及笑起来像一座山一样抖动的女人。现代人爱说自己患有"巨物恐惧症",倒像是被占比更大、更为主流的比例观收服了。

美国作家约翰·契弗也写巨物,那是一只巨型收音机。小说《巨型收音机》的开篇就塑造了一对在收入、事业与社会地位上符合"平均数"的夫妇,显然,他们是在比例上占多数的那类人,与《达洛维夫人》中的医生、布鲁顿太太一致。但是,当他们收到一只巨型收音机后,发现里面传出了各户邻居家的丑闻，内容不是激情肉欲就是无边虚荣，整天从早吵到晚。女人听后很恐惧，她一直觉得自己的生活平稳、和谐美满。但是，巨型收音机很快撕破了和谐的帷幕，为买收音机而贷款引发的争吵扯出了更多暗藏的不堪，男人曝光了女人偷首饰、堕胎等一系列不堪行径，美好的中产阶级夫妇的生活假象被瞬间戳破，他们与他们偷听的邻居别无二致。小说最后写道，收音机里传出了新闻播报：

> "东京一早发生重大列车事故，"扬声器在说，"二十九人丧生。布法罗附近收容盲童的天主教医院今晨发生火灾，已被修女们扑灭。现在的气温为四十七度。湿度八十九。"
>
> （冯涛、张坤译）

这真是一个绝妙的结尾。巨型收音机以突破传统比例的方式昭示出这对夫妻婚姻的实质，平稳的表面下是千疮百孔。可是，只要你符合"平均数"、属于占比更多的那类人，那么就能在明面上装作若无其事地活下去。收音机里的新闻就像伍尔夫笔下哈利街的钟声一样宣判着：平稳的社会不可能受到个人千疮百孔的生活的冲击，长期稳定的道德价值在效果上最接近全体一致、无人反驳的意见。

怪不得，威廉爵士崇拜平稳，崇拜比例。

4

回到《达洛维夫人》的细读章节中。

在本章节的第二个部分，休来到布鲁顿夫人家吃午餐，达洛维先生也在场，这是他第一次现身。为什么让这三个人聚在一起呢？我们需要了解伍尔夫非常有名的一条创作原则：挖隧道。在1923年8月30日的日记中，她提到自己的创作手法是从人物的外在表现向纵深处挖掘，挖掘那幽深的洞穴，"山洞与山洞该是相通的，而在此刻，每个洞穴都已露出了曙光"。这三个角色若代表三个山洞，那么伍尔夫在此时决定把它们彼此挖通连起来，连接点就是克拉丽莎与彼得的往事，三人都处于这段感情的边缘。过去侵入了现在，他们都想起了同样的事情。

如果说威廉爵士的部分提供的是关于"平稳"和"比例"的概念，那么这个部分提供的是这些概念的实景图。这顿午餐更像是一个缩影，是对即将到来的晚宴的缩小比例的演习，英国中上层社会那些彬彬有礼又不自知的礼仪受到了温和的嘲弄，一派祥和平稳的社会福利表面之下却是恐惧与无聊，只不过，在布鲁顿夫人眼里，恐惧与无聊有另一个冠冕堂皇的名字：中庸之道（sense of proportion）。

为了实现这个理想，中午饭局最核心的事情就是两位男士帮助布鲁顿夫人写出关于移民的文章，寻求发表在《泰晤士报》上。移民，又是一个关于人口比例分布的构想。与威廉爵士对于好血统的信仰类似，布鲁顿夫人也有计划让"上等人家的子女出国，帮助他们在加拿大立足"。她的愿景在英国历史上是有迹可循的。尽管欧洲通过工业革命变得更加富裕，但人口增长使就业机会的相对数量减少，迫使许多人向新世界寻求成功，尤其是加拿大和美国。加拿大在1931年之前一直是英国的领土，而在十多年前，英国政府已经开始向英国妇女海外定居协会提供资金。1869年至1930年间,英国发生了多起移民事件,大概有八万名儿童和青少年被送往加拿大,这个项目颇有一举两得之功,既成就了富人们的慈善事业,又平衡了国内的人口比例。至于这些年轻人与亲生家庭剥离、远走他乡后不适应、移民后被虐待,谁在乎呢?反正眼前是太平了,因为"好公民"与"好生产力"在国内占到了绝大多数人口。显然,移民里人口比例的分布再一次暴露出平稳概念下的残酷。

在关于移民的构想里,作家还向我们暗示出一个更隐秘的比例失衡结构:渺小个人与宏大事业之间的比例不对等。伍尔夫写道:

> 一旦青春消逝,就必须将自我主义发泄到某个目标上,不管是"移民"还是"解放";无论如何,她在灵魂深处日日夜夜围着这一计划转,所以它必然变得光华四射,熠熠生辉,仿佛一面明镜,又似一块宝石,时而小心翼翼地藏起来,惟恐人们嗤笑,时而又拿出来炫耀。总而言之,"移民"已变成布鲁顿夫人的血肉了。

我想,伍尔夫比昆德拉更早地注意到了"媚俗",也就是渺小的个体通过投身宏大事业后获得的虚幻的满足与自豪感,人们常常在这些时刻感动得"热泪盈眶"。出于对媚俗的忌惮,我有时候连"热泪盈眶""感动不已""慷慨激昂"这些词都微微感到不信任。虽然媚俗这个词被昆德拉使用后变得广为人知,但他并不是第一个描写这种现象的作家,我还是举一个《战争与和平》中的例子吧。小说中,贵族青年尼古拉奔赴前线参战,当他得知皇帝也在前线时,有一番幻想:幻想着就算自己不能救皇帝,"哪怕是死在皇帝面前,该是多大的幸福!他真爱上了沙皇!"想到这些,尼古拉激动不已。仿佛死是一种表演,一种表白,一种向神的献身与牺牲。旁边的战友倒是说了句大实话:"行军中没有人可以爱,就爱起沙皇来了。"说白了,自我感动还是个体生命的匮乏,惯于附丽在那些看似更宏大的事物上,以此来为自己的生命意义赋值。

在《达洛维夫人》中,伍尔夫曝光了社会平稳之下的比例失衡,她的野心甚至蔓延到叙事技巧上,读者们一定会注意到,这部小说中的小括号简直多得可怕,远远超过了大家在现实主义小说中看到的"浓度"!尤其在这个细读章节中,扎眼的小括号动不动就横插一脚,进入原本流畅的文本,以突兀的形式彰显着自己的意志:我们打破一切和谐比例,我们要把流畅搅动得支离破碎!

以布鲁顿夫人的餐桌上的描写为例,一个看似客观的声音说道:"美酒加上咖啡(据说也不花钱)",或者"那鲜花被布鲁姆夫人搁在菜盘边(她的动作老是带有棱角)",假如我们把括号里的内容删掉,倒也不影响阅读,但是,括号里的声音却很顽皮地提供了第二种补充——说是补充,其实更接近拆台,它要揭穿布鲁顿夫人对自己体面生活的无知,以及她生活作风的僵化。在另一个段落里,描述了布鲁顿夫人曾经插手过的一桩政治阴谋:"正是在那张桌子上(在八十年代的一个夜晚),当着布鲁顿夫人的面,经她默许(或许她还出了些点子)那将军写了一份电报。"这里的括号让我们拥有了两重时光体验,既看到了眼前的桌子,又看到了政治阴谋发生当晚的桌子,既让我们凑近了看到眼前这个老妇人,又能遥望她当年那个女阴谋家的形象。两相对照,尤为滑稽。括号声音就好像伍尔夫手持针线,为每个人的行为缝上了一道评价性的花边,充满了温和的讽刺味道。

很多时候,可以把括号里的内容当成另一个故事讲述者的声音,它也目击了一切,但它的距离、立场和态度与所补充的内容是很微妙的。它往往不合比例地乱入文中。就好比我们在读《红楼梦》时,一边读正文,一边读脂砚斋的批注,只是这些批注被放到了正文内部的小括号里。伍尔夫有意用小括号破坏行文的流畅和谐,这可能是出于她对文字本身的思考,在给画家朋友雅克·拉弗拉特(Jacques Raverat)的信中,伍尔夫曾谈过,文字本质无法打破线性的流程,不可能像绘画那样跳脱于空间之中,所以,她就会通过各种符号来实现对线型流畅感的破坏。

从很早开始,文学就充满着对所谓和谐平稳比例的突破,它要么通过变形与畸形的写作对黄金比例发出嘲弄,波德莱尔的《恶之花》、雨果的《巴黎圣母院》、安德森的《小镇畸人》以及图尼埃的《红色侏儒》都属于这一类;要么通过揭开所谓和谐平稳的表皮之下夸张的不对等,曝光其中的压迫与噤声,《达洛维夫人》则属于这一类;还有一些作品专注于塑造少数人对抗多数人的比例,彻底颠覆了"少数服从多数"的主流比例法则(以当代民主制度为代表),易卜生的《人民公敌》就属于这一类。

少数甚至不是一个客观现象,而是一种主动的道德行为。

这也是德勒兹在卡夫卡身上发现的秘密,所以他写下了《卡夫卡：为弱势文学而作》（弱势的原文是法语minorité，也指少数的、次要的）。卡夫卡感觉自己既不属于布拉格犹太人也不是占主导地位的德国和奥匈帝国臣民。他的写作有一种明显脱离领土的气息，同时也只能召唤那些内心自甘"次要"的读者。就像我们在谈论文学的两极性时提到的，在寻常的岁月里，成不成为一个极致的人或者次要的人都没什么关系，但文学提供的往往是极端处境，它会逼住一个人，让他交出自己的选择。这种极端处境也是对现实极端处境的预测与复原——在法西斯主义（或者任何极权主义）盛行的年代，自甘次要、自视弱势、自居边缘，其实也是避免受到法西斯影响并成为它一分子的必要手段。

让我用陀思妥耶夫斯基的《白痴》中的一个中国瓷盆结束本章对于比例的讨论。

小说中，"白痴"梅思金公爵在社交和身体方面都缺乏分寸感，这很大程度上是他的癫痫带来的。每次发病时，他的身体乃至手势就会扭曲，他坦言自己的手势"总是帮倒忙……我也没有分寸感"。白痴公爵是破坏身体和谐比例的一个角色。但是在小说尾声的一个宴会上，他那失去了和谐的病手碰倒了一个极为珍贵精美的中国瓷盆——这样的瓷盆，总是比例和谐、精美绝伦的吧。奇怪的是，陀氏写道，取代了公爵的惊恐心情的，"是光明、喜悦和欢欣"，一种甜丝丝的隐隐作痛。

大概，这是文学对我们的提示：只有打破完美的瓷器，才能领受破坏比例之后的光明、喜悦和欢欣。

十二

弹性：悬于蛛丝

细读内容：第107—116页
情节梗概：布鲁顿夫人从回忆中苏醒过来。理查德与休已经离开。伦敦的市声近在耳旁。随着两位男士的离开，布鲁顿觉得与他们之间的纽带（thread）变得越来越细，仿佛雨滴在蛛网上，蛛网披垂。理查德与休在街头闲逛，观赏橱窗里的商品。理查德才不想跟着休去买什么项链，他想起了自己的女儿，觉得很宠她。

当休表示要去别处时，理查德想到了自己的妻子，他的情感犹如一张蜘蛛网飘来晃去，终于黏住了一片叶尖儿。他想挑一件珠宝送克拉丽莎，但对自己挑选首饰的品位没有信心，傲慢地打发了店员。他归心似箭，如被蛛网黏住。回家总得拿点什么吧，他买了一束玫瑰花，包在薄纸里。他想送出鲜花并且对克拉丽莎表达："我爱你。"但他不会说，因为害羞和贪懒（lazy），他自忖和克拉丽莎的婚姻就像一桩奇迹，因为在下议院工作以来，他变得沉默和古板。街头的流浪汉和妓女以及不体面的想象都令他思考政府政策。他看见一个流浪女躺在格林公园，两人间起了一星火花，相视而笑。他一心想着回家告诉克拉丽莎他爱她。他的生活是个奇迹。

下午三点,他走进家门。克拉丽莎正心烦意乱地看马香夫人的来信,希望她邀请埃利来赴宴,克拉丽莎自问为什么要请伦敦的所有愚蠢女人赴宴呢?三点的钟声让她心烦。理查德进来了,送上了玫瑰,她懂得了他的心思。夫妻聊到了晚宴的宾客,彼得的回国,令人讨厌的家庭女教师。克拉丽莎回忆往昔,但理查德专注眼前,他始终没说"我爱你"。夫妻俩总是说不到一块。理查德要离开,不是克拉丽莎猜测的要为亚美尼亚人开会的事,是他要睡午觉,雷打不动。克拉丽莎再次想到,夫妻之间要有权利独处。

1

我小时候流行一种游戏:抽蜘蛛丝。用小木棍把花肚子的蜘蛛(后来我查了一些资料,才知道这叫棒络新妇蛛,在云南很常见,微毒)扒拉到地上,控制住它,再把它八条细长的腿一一扯断,只剩一个圆鼓鼓的肚子,这样它就不会逃跑或者伤人,然后,找来一个丫字形的树枝,从蜘蛛的肚子里拉出一根细丝,将其固定在树枝上,开始一圈圈缠绕,就像妈妈打毛衣时绕线一样。蜘蛛胖肚子里的丝有时候多得惊人,可以做出非常漂亮的金色蛛丝小网。我们根本舍不得将这个小网破坏掉,它无异于一件精美的工艺品,但如果用力太大,它还是会被戳破,蛛丝在手里揉搓,变成轻飘飘、灰扑扑，有时候还黏糊糊的一小团。

蜘蛛丝是一种特殊的蛋白物质，蜘蛛用它捕捉猎物，也用它来行走。它似乎很强韧，我常看到小飞虫撞到网上后动弹不得；它似乎又很脆弱，那些网上的大破洞提示着我们，一头勇猛的蝇子是如何冲决了出去。让它在脆弱与强韧之间徘徊的力量是弹性。

许多作家都喜欢用蜘蛛丝作比喻，但可能没人比芥川龙之介更为洞悉蛛丝弹性之间的脆弱与强韧。在他的名篇《蜘蛛之丝》中，佛祖正在莲池旁散步，看到了莲池底下地狱里的场景，一个曾经无恶不作的男人生前放过了一只蜘蛛，没有踩死它，所以，佛祖拈起蛛丝垂下地狱。男人眼见蛛丝，慌忙向上攀附，中途休息时，发现下面有数不清的罪人都在攀爬这根蛛丝，他忙令这些人滚回去，就在这时，蛛丝突然断了，他又跌回地狱的黑暗里。佛祖把这一切看在了眼里，觉得此人没有慈悲之心，重堕地狱，也算自作自受。

在芥川笔下，蛛丝的弹性具有了极大的延展性，它强韧时，可以挽救无数的罪人，但也可以因为人的一己之私而绷断，悬于蛛丝之上的，是救赎与毁灭的双重可能。一根蛛丝贯穿了整个地狱天堂，也为芥川提供了关于人的可能性的最佳载体。

弹性究竟是什么意思呢？根据字典的解释，它是物体因受外力暂时改变形状，外力一去即恢复原状的性质。它还可以理解为事物可大可小、可长可短的伸缩性。我跟着女儿来到小超市门口贩卖玩具的摊位前，观察着这些孩子的玩具，发现水晶泥、橡皮泥、小动物捏捏乐、伸缩手掌、爬墙蜘蛛侠、手指弹射恐龙、魔力彩虹圈等玩具都具有高度的弹性。相比之下，成人的游戏里弹性的要素更少，短视频、游戏（哪怕是开放式的沙盒游戏）、体育竞技，都有着强烈的规则与固定性——一个开放式游戏的结局数量绝不会超过一团橡皮泥捏出的形状的数量。这是否构成一个隐喻：孩子更愿意接受与尚未塑形的天性相契合的弹性玩具，而成人世界的弹性与孩子相比变弱了。

这些弹性的变化会呈现在文学中吗？文学中关于弹性的表达意味着什么呢？

2

和芥川一样，伍尔夫也喜欢蛛丝这个意象。在本细读章节中，关于蜘蛛网的比喻出现了四次，每次都用来比喻人与人关系的亲疏远近。在伍尔夫那篇极为有名的《一间自己的房间》里，她用蛛网对小说做了一个本质性的定义：

> 小说像一个蜘蛛网，或许是非常轻微地黏附着，然而却四个角都始终依附于人生。这种依附往往难以察觉；例如莎士比亚的戏剧，就好像是无所依附而独自悬空的。但是，当那个蛛网被扯歪，网边被钩住，中间被撕开，人家就会想起，这些网并非由一些无形生物悬空织成，而是历尽艰辛的人们呕心沥血之作，它们依附于一些粗糙的物质性事物，例如健康、金钱和我们所住的房屋。

这个比喻提示我们，小说虽然是向壁虚构的东西，但到底依附于真实的人生经验与现实世界,就好像我们常常用"关系网"来形容复杂的人际关系,但这个比喻仍要依附于自然造物提供的喻体。小说既是对个体的观察,也是对人际关系的观察,如何呈现人际关系的变化与进展,是将小说编织起来并且持续讲下去的关键。传统的作家偏好用自然的元素来象征人际关系,当伍尔夫与芥川选择蛛丝与蛛网时,歌德选择的则是一种叫作"亲和力"的自然内聚力,就像酸和碱虽然相互对立,但又容易彼此融合产生新物质。所以在小说《亲和力》中,取法自然的互动力量成为小说中几个角色关系微妙变化的隐喻。但是现代小说家那里,他们则更喜欢用城市化或者奇观化的东西来比喻人与人的关系。厄普代克有个短篇小说叫作《摩洛哥》,通篇就是一家美国人"人在囧途"的旅行故事,当你几乎对这段无聊乏味又絮絮叨叨的旅行故事感到不耐烦时,结尾突然告诉你,这家人如今已经四散,离婚、分居、长大离家,曾经如此乏味的一次旅程成了一家人仅有的团聚的回忆。为此,作家使用了一个很具有浪漫气息的比喻:"但是,在埃菲尔铁塔光芒四射的顶部,我觉得我们被永远铸印在了一起。"回忆里铁塔无形的光芒捆扎起了一家人。

在《达洛维夫人》的这个细读章节中,如果把小说家想成吐丝的蜘蛛,那么,小说的文本是蜘蛛网,它所呈现的人际关系也是蜘蛛网。伍尔夫为读者描绘了两种亲密关系的形态:友情与婚姻,但两者最突出的特点都是丧失了弹性的僵硬感。

当布鲁顿夫人的午宴结束后,休和理查德两位来宾告辞。布鲁顿夫人在昏昏欲睡的状态中感到:

> 他们离她愈来愈远了,虽然刚才和她一起进餐,彼此有一条纤细的纽带联系着,可是当他们穿过市区的时候,这条带子将曳得越来越长,变得越来越细;仿佛请朋友们吃过一顿饭后,就有一条纤细的纽带把他们同自己联结起来。

最终,这只网破了,就像雨滴落在了网面上,它无法承受其重而"披垂"。紧接着,伍尔夫写到"于是她入眠"了。为什么要在社交场合后紧接着写一个人的睡眠?请注意,在理查德回家与克拉丽莎简短交谈后,他也是要去"睡午觉"。睡眠对我来说是有些恐怖的行为,我目睹人们因为抵抗不住困意、不知不觉地睡着时会涌起强烈的畏惧感,因为人无可奈何地拱手让出了意识,把自我昏沉沉地交托给了本能,所以,我决不允许自己不由自主地睡着,然后突然醒来发现被子没盖或者手机丢在一边——无法自控的入睡带有浓郁的本能的色彩,狄更斯在小说里把那些不知不觉睡着的人比喻为"狗熊"。当一个人在社交之后必须去睡觉时,是否意味着社交本身就带有违反本能的性质,它令人耗尽心神、疲倦不已,交情沦为需要付出巨大精力编织和维护的一项仪式。想想我们在结束了一天的被迫社交后,掩上自家门,卸下欢乐面具时的黯然与疲惫吧……

人们为这种违反本能的社交仪式取了一个名字:客气。"客气"真是生活里最奇怪最矛盾的东西,人们都知道客气一定是约定俗成的,虽然它最初也确实包含着敬意与温情。然而,时间久了,客气逐渐演变成了仪式性的套路,变成了你我都知道"不走心"但还是用它来衡量"走不走心"的标准；你若真对我不客气，那我也就愤愤然地不满起来。午宴上的三个人被那根叫作"客气"的蛛丝连接，看起来是亲密无间的，但它无形、脆弱、轻忽，随时会因为一时兴起而中断，也就是说它的弹性不够强，不足以在拉伸和舒展后复原。

缺乏弹性的蛛丝崩坏后，每个人在一团和气的"客气"法则下露出了真实的心思，我们若是仔细读来，简直会乐不可支。布鲁顿夫人亲近两个男人，是因为他们能帮助自己写文章发表在报纸上，一旦文章写完，代笔的利用价值榨干，也就没什么再维系情感的必要了，于是，她昏昏沉沉地走到卧室里去睡觉，仿佛与两人的关系到此为止，连晚上要不要去参加晚宴都不置可否；理查德呢，根本不关心什么移民计划，那封信会不会见报，"关他鸟事"，他为什么又要接近布鲁顿夫人呢？前文交代过，布鲁顿夫人出身名门，是什么爵士的孙女，"理查德愿意愉快地在她麾下服役，他对她极其崇敬，对于名门世家德高望重的老妇人，他怀有罗曼蒂克的想法。"说白了，因为人家地位高，他就主动去巴结。至于休，去拜访老妇人乃是他在"伦敦上流社会混了五十五年"必须做的一件事。

当然，读者可能也会指责三人的关系太功利了，如果没有利益牵扯，就会很快断裂。但有趣的是，朋友之间可能就是有利益纠缠的。在中文里，朋友的"朋"本义是古代的一种货币，也就是我们去博物馆经常看到的考古挖掘出来的贝壳，它似乎意味着人与人的交往必然存在某种利益的交换；类似的，对古希腊人来说，友谊（Philia）一词也远比英文的friendship包含的东西多,最关键的就是"益友损敌"——不仅要为朋友带来利益,也要为敌人带去伤害。只是,我们常常会把"利益"这个词想得太负面或者太物质化,仿佛一定就是财物金钱,但它其实更接近于一个中性词,就像当功利主义的代表边沁宣称要争取绝大多数人的利益,他说的利益可以理解为民生福祉。就友谊而言,当两个人因为喜欢某项事业(比如读书、运动)而愿意待在一起聊个不停,那么,他们之间的利益更接近一种基于智性的分享欲与信任感;当你的朋友跟你吐露了自己的婚外情,如果你生活在亚里士多德的年代,那么你可能会劝她断了关系回归家庭,追寻美德才是你们友情的核心利益;但放到现在,你则可能会听她倾诉困惑、为她提供主意——隐私情感与真实自我的披露是你们友情的核心利益。蒙田有句名言,说他的随笔代替了他和朋友的对话,这就是为什么我们读他的随笔时像在跟密友私聊一样,他是一位现代意义上的朋友。总之,所有人都在寻找能为自己提供足够利益的亲密关系,否则,还待在一起干吗呢?

如此说来,友情关系确实应该是互惠互利的,具有某种循环性。在《伊利亚特》的第六章,有这么一个好玩的情节:两军对峙,战争一触即发,这时,两位面对面的战士隔空攀谈起来,一人问起了另一人的家世,结果一问才知道,对方的先祖招待过自己的祖父,而且还送过礼物,真是大水冲了龙王庙。荷马写了一个有趣的动作,就是发问的这位将士"听了高兴,他把枪插在丰饶的土地上"。把枪插在地上是史诗里很常见的一个修辞,经常用来形容激烈的战斗中,没有命中敌人的枪插到了黑色的土壤里,颤巍巍的,十分饥渴,本来想饱尝人血,但这次,荷马说的显然不是开战和暴力,而是由互惠的友情引发的停战。土地为什么是丰饶的呢?因为,友情是丰饶的。我们来看一下这段完整的回答:

> 他这样说,那个长于呐喊的将领
> 听了高兴,他把枪插在丰饶的土地上,
> 用温和的声音对士兵的牧者这样说道:
> "你很早就是我的祖辈家里的客人,
> 因为神样的奥纽斯在厅堂里款待过
> 白璧无瑕的柏勒罗丰,留了他二十天。
> 他们还互相赠送宾主间的漂亮礼物,
> 奥纽斯赠送一条发亮的紫色腰带,
> 柏勒罗丰赠送一只黄金的双重杯,
> 我出来的时候把它留在我的宫殿里。
> 至于提丢斯,我可不记得,他离家去参加
> 那个使阿开奥斯人在特拜被歼灭的战役时,
> 我还是个婴儿。因此你到阿尔戈斯时
> 是我的宾客,我在吕西亚是你的宾客。

友情的互惠经历了时间的考验,在不同代际的人身上施展出了魔法。这正是友情的弹性所在,它在时间中呈现出"反时间"的面貌——也就是有不曾被时间磨灭的东西。如果荷马笔下的英雄之间也被一根蛛丝粘连,那么,它不会在一次利益交换的行为后就断开,而是逾越几十年,念念不忘,绵绵不绝,而且,利益互惠不单纯只是物质的交换,更有一种情感的交换与慰藉。我上了很多年的大学语文,在讲

到中国的现代诗时,总会介绍张枣的名作《镜中》,这首诗的结尾非常动人,惆怅悱恻——"只要想起一生中后悔的事,梅花便落满了南山。"大学语文是为大一新生开的课,其实上完一个学期后,四年中乃至四年后,我都不会再和这些同学有更多的交流。有一年的毕业季,一位我早已忘记姓名的学生找到我,送了我一册小笔记本,封面印的就是那句"只要想起一生中后悔的事,梅花便落满了南山。"我这才意识到,她是四年前我教过的学生,只是一转眼,她就从刚入学到毕业了。如果非要把师生的关系理解成一种利益交换,好像也没错,你交学费,我教知识;但其中可能又暗藏着情感互动的潜流,我们同时因为文学的召唤,在某一刻不自觉地心心相印,但也足够在日后时不时地反复想起,心领神会,默然微笑,虽然在这些时刻,我们"利益交换"的行为早就停止了。

情感的互惠构成了友谊关系中的弹性,它让我们不至于因为赤裸的物质交换一结束,就绷断了蛛丝。同样,争吵、分歧与距离也提供了弹性,它让人意识到,人与人的亲密关系更像是小孩手里的水晶泥,在不断地生长、成长、变化,而并非定格于一瞬,沦为单纯的迎合和附丽。人们肯定总是因为相似才成了朋友,但相似不是复刻。怀疑,对怀疑的克服,争吵,对争吵的化解,距离,对距离的接纳,都是友谊弹性空间中必要的元素。甚至,当友谊不得不淡去时,坦然接受而不强求,也让友爱的空间变得舒适而不成为束缚。张充和的《寻幽》里说"十分冷淡存知己",这句话有两种解释,要么理解成我对其他人都很冷淡,但唯独把你当知己,这就是比较僵硬的友爱关系;但也可以理解成我与你虽不常见面,也没有打得火热,但我心里是把你当知己的,也坦然接受日后可能的疏远,这则是富有弹性的友爱关系。

让我们来设想一下,假如布鲁顿夫人家道中落,休和理查德还会如此殷勤吗?哪怕在此时,我们都看不到几个人关系中具有弹性的情感互惠的部分,有的只是生硬赤裸的利益交换与彼此轻慢——布鲁顿太太看不上休,觉得他粗俗;理查德根本觉得布鲁顿太太的移民计划无聊,他也根本不想和休逛什么街。可是,这些彼此厌恶的人居然还能其乐融融地相处相伴,倒不由得令人感到他们之间关系的僵化程度。家道中落的猜想在小说中是有迹可循的,请注意,伍尔夫将这位夫人安置在梅弗尔区,虽然小说中虚构了一些地名和店名,但梅弗尔区(Mayfair)是确实存在的,它是伦敦最昂贵、最富裕的地区之一。但是,自二十世纪初以来,这个地区一直在衰落,房价下跌,一项项民主立法的出台又迫使这里的马厩、花园、车库被一一拆除,很可能,布鲁顿夫人这顿豪华的午餐已经是强弩之末。伍尔夫还故意写出她对奢华生活的衰落一无所知,就像她对咖啡、美食是从哪里来的一无所知一样。不难理解,当《红楼梦》里的大多数人享受着不知从哪里进贡来的美食珍馐时,对家族的衰朽也同样无所察觉,财富的由来与枯槁都在暗中进行。

在午宴的这一场关于友情的描述中,读者看不到人们真正说出内心想法的片段,每个人内心里都一堆怨憎,但是表面的和平维护得极好,他们从未爆发过争吵,从未说出过批判。已经走到街上去的休和理查德"并不想买东西,也不想交谈,只想分手",但是为什么居然还待在一起,进了什么商店,看了什么项链!伍尔夫给了一个玩笑式的解释:"不过,由于拐角上刮着逆风,精神有些萎靡,便都留在了那儿,仿佛两种力量卷入一个旋涡,从早晨纠缠到下午,只得歇息一下了。"这股邪门的风隐喻的就是把人们硬生生困在一起的客套,唐突离开,总是不太好意思。与其说每个人都像社交网络上爬行的蜘蛛,倒不如说他们更像是自投罗网的猎物,被限定了位置,失去了活力与弹性。

反过来看,小说中带有弹性的友爱关系会如何呈现呢?

许多早期小说虽然不直接写友情,但却用维系友情的方式来写,也就是写信——你总不会持续地给一个陌生人写信,人们通过写信这种古老的方式想要表达的,都是那些你最想告诉朋友的话,而信件抵达的那双手,则属于你最期待建立关系的某个人。写信和现在的网络聊天有什么区别呢?它大大延长了人们等待的时间,让两人的对话悬置在驿马的轮子上与信鸽的羽翼间,友爱被时间与距离所磨砺,人们也由此被赋予了等待与思考的弹性。我们的朋友在地平线的那头召唤着我们,只要书信没有抵达,我们对他就始终充满想象。但是,移动媒体时代对友爱关系的培养在前几个世纪里都是没有先例的,人们对回复所需的时间的期望发生了巨大的变化,"已读"的灰色字眼,或者"对方正在输入……",再或者只是对方"拍了拍你"的提示,让我们明确了对方的存在,是及时的,也是固定的。

在孟德斯鸠的《波斯人信札》的第一封信中,法国贵族郁斯贝克就为朋友吕斯当写下了这样的话:

> 对于我们的出游,别人有何议论,请你来信见告。
> 光说我爱听的话,那倒大可不必,因为我估计并没多少

赞成我的人。来信寄埃塞垅,我在那里将逗留若干天。

再见,亲爱的吕斯当!请你放心,无论我到天涯海角,永不失为你的忠实朋友。

(罗大冈译)

短短的几行字里,读者被充分告知了两人富有弹性的友情:他们之间不必一唱一和,而是大可以说逆耳忠言,他们也没有形影相伴,而是各在天一涯。弹性的友爱关系能激发出更多的创造力,《波斯人信札》这本书里的一百六十封信就是明证。

3

我观察到,在婚姻与爱情的亲密关系中,人们常常受制于"应该",而"应该",按照哲学家费希特的说法,是一个"受诅咒"的词。——当我说胃痛,你应该立马出现在我家门口,而不应该叫我多喝热水;当我说这台电脑的故障真难搞定,你应该立刻来修电脑,而不应该把故障说明书详细解释给我听;当我们约会时,应该你多来找我,不应该我多去找你……可是,谁规定了这些"应该"呢?就让敏锐的社会学家们去研究社会习俗与主流观念是如何深植人心的吧,文学不解释原因,但会呈现和放大滑稽的一面,文学家和社会学家一明一暗地对个人与社会的荒诞面发起夹击。在这个细读的章节中,伍尔夫通过达洛维夫妇的一番互动,让我们看到了她对第二种亲密关系——婚姻——的沉思,以及对婚姻中那些被"应该"牢牢束缚且丧失了弹性的人的呈现。

也就是说,她从对关系的思考进一步走入了对个体的沉思——丧失了弹性的人会如何导向丧失了弹性的婚姻生活。

一根蛛丝依然贯穿其间。理查德在和休待在一起时,已经归心似箭。"此刻他的心思倾注于自己的妻子,克拉丽莎身上,犹如一张蜘蛛网飘来晃去,终于粘住了一片叶尖儿",当他奔回家去时,"仿佛黏在叶尖儿上的那张蜘蛛网"。我想,把理查德完全理解成一个庸人是不公平的,在细读《包法利夫人》时,也有不少同学为包法利先生喊冤,觉得他虽迟钝,倒也真心。但还是要明确,伍尔夫更倾向于把理查德塑造成一个僵化的、无法变通的人,他的许多行为都是出于婚姻法则里的"应该",就像在社交场合中,"客气"框住了他。为此,伍尔设计了一个递进的结构,让我们发现"丈夫应该做什么"的图纸在理查德身上一步步开始施工:他应该赶紧回家,回家时应该买一束花送给妻子,赠送礼物时应该说出那句"我爱你"。这套清晰固定的规划在小说中获得了一个微妙的隐喻:成功地穿越混乱的街头。直到1926年,皮卡迪利大街上才安装了手动电灯,交通信号灯从此成为城市生活的常规设施。在此之前,穿越街头可是冒险得很,伍尔夫自己的侄女就被街头的车辆撞死了。当理查德穿越街头时,他一面出于职业习惯,脑子里勾勒着对种种乱象的治理,一面坚定地告诉自己,回家之后要告诉妻子自己如何爱她,这样的写法很快让读者意识到:他要在混乱中获得清晰的秩序,而"客气"与"应该"正是人与人关系混乱的暗流中最容易获得的秩序,只要严格遵守,总不会出什么差错。

回家后,理查德始终没说出"我爱你",他觉得妻子自会心领神会。这个细节很重要,因为在原稿《时时刻刻》中,伍尔夫写的本来是理查德说出了口,却没有得到克拉丽莎的回应,但是在成稿的《达洛维夫人》中,改为了他根本就没说出口。这处文稿的改动表明了作家的决心,她要把重点从克拉丽莎转移到理查德身上,让读者先别去管妻子怎么想、是什么反应,而是着力放大理查德这个人物身上僵化的、拒绝改变的、缺乏弹性的一面。

通常来说,作家们会通过许多很小的细节暗示出一个人身上缺乏弹性的僵化特征。

在雷蒙德·卡佛的短篇小说《杰瑞、莫莉和山姆》中,有一个很普通的动作:挤黑头。男人觉得自己的生活一塌糊涂,而且自从孩子养了一条狗后,日子更是乱得没边了,所以,他决定悄悄把狗抛弃。狗被丢弃后,卡佛没有直接写男人回家,而是写他来到了情妇家,情妇一屁股坐到了他怀里,要给他挤黑头,被他非常抗拒地拒绝了。挤黑头,或者挤痘痘,大家都干过这样的事,你为什么总是手痒要去挤呢,而且挤到爆浆还觉得爽呢?因为它在脸上太丑了,有碍观瞻,是一个缺点,一个皮肤的瑕疵。那么,拒绝挤黑头意味着什么?意味着这个男人拒绝承认丢弃狗的行为是一个瑕疵,乃至错误。所以,小说写他回家后还"没有洗澡,也没有换衣服",他整个地拒绝承认自己是错的,不需要改过自新——直到他发现孩子因为丢狗而哭到崩溃时,才意识到,自己可能是错的。我们在细读小说时,不妨注意作家们对"换衣服""洗澡"这些动作的描述,因为它们可能都暗示着改过自新、变化。但是卡佛极为高明地把"洗澡"所暗示的变化升级为更为精细的"挤黑头"这个动作,不由得令人拍手。

而在爱丽丝·门罗的小说《亚孟森》中,她使用的细节是冷馅饼,吃了两次的冷馅饼。门罗本就是一位对男女关系最幽微之处有所洞察的伟大作家,所以,她往往会用最生活化的细节来指涉最重大的情感关隘。小说中,女人来到一个肺结核疗养院当教师,为在那里养病的孩子上课。阴郁严厉的院长爱上了她,请她来家里做了两次客,第一次他们吃了一个冷的苹果馅饼,第二次两人发生了关系,但那天吃的还是一块冷馅饼。我们还是用把自己带入的方式来理解这个细节吧,如果是你,在和男人关系不断升温的时候却总是被请吃冷掉的、买来的馅饼,该作何想呢?不满、失望?还有就是,我们会发现这个男人可能本性难移,他的冷漠且重复的行为里有一种缺乏弹性的特征,他根本就是拒绝改变的。理解到这一层,小说的结尾就没有那么奇怪了:男人带着女人去镇上结婚,但突然反悔,说自己做不到,两人就此分开。男人的"做不到"和理查德说不出口的"我爱你"一样,都是生活僵化和瘫痪的体现,他们拒绝乃至恐惧真正的变化。

在《达洛维夫人》中,日趋僵化的理查德与妻子在客厅里上演了一出乏味无聊的夫妻对话。这里有句关于环境的细节描写:"客厅里看起来空荡荡的。所有的椅子都靠着墙。"因为晚上要举办宴会,所以挪动了家具。这个场景让人想起什么呢?舞台、空荡荡的舞台,观众们围坐一圈,一对男女在中央上演夫妻生活的舞台剧,伍尔夫是否在暗示我们,理查德夫妇的生活有着强烈的表演性质。只是这出剧显得有些蹩脚,因为他们的台词总是对不上,当克拉丽莎提及彼得和老家时,理查德却说,在午餐上见到了休;当克拉丽莎抱怨操持晚宴的琐事时,理查德又觉得对于这个自己没话可说;最后,理查德决定离开,轮到克拉丽莎疑惑了:"他要说些什么呢?他为什么这样?"

伍尔夫并不是在暗示,克拉丽莎嫁错了人,因为就算她嫁给彼得,也不会更幸福。我想,伍尔夫比现代的这些亲密关系研究者更早地觉察到:不要期待引领我们步入婚姻殿堂的那种幸福会无限地延续下去。有一些学者甚至发现,仅仅在结婚两年以后,婚姻的快乐大部分都会减少。如果不信,看看中年人的朋友圈里,有几个还在晒婚姻幸福的,或者,那些习惯于晒幸福的新婚夫妇,能够持续多久。同时,我们也不必放大克拉丽莎的痛苦,因为枯燥沉默的婚姻关系实际上并不令人痛苦——那用叉子在桌布上恶狠狠地画道道的爱玛·包法利终究是文学的虚构与极致——只是没什么乐趣而已。绝大多数人的亲密关系会在自己进入僵化和失去弹性的中年以后变得一并失去活力,沦为一种对习惯法则的遵循。这几乎是无可奈何的事情,就像我们的皮肤会不可逆地失去弹性、布满皱纹一样。

那么,始终葆有弹性的人是什么样的呢?这个问题我们没有在伍尔夫笔下获得明确的答案,因为,她为我们呈现的更多的是丧失了弹性的人——他们要么害怕改变,要么被拉伸后难以复原只能寻死。于是,我把这个问题抛给了同学们。

有个男生的回答很有趣,他说我的妈妈就是非常有弹性的人,像一根弹簧,她遇到很多事情的反应不是"算了算了",也不像他爸爸那样风轻云淡,而是会产生强烈的带有生命力的应激与反弹,所有的压力在她那里都会得到相应的强烈的回应。他继而谈起了印象里的一件事,有个下雨天,一辆疾驰而过的大卡车溅了她一身水,她捡起一块石头追着那辆车跑了很久,最终,卡车司机下来,郑重地道了歉。这个男生一边讲一边笑,很有感染力。听他讲的时候,我第一时间想起了乔伊斯的短篇小说《母亲》中的那位母亲。小说中,当女儿演奏音乐的钱没有如约兑现时,她撕破了脸,非常泼辣地与演奏会的所有工作人员争执,阻止女儿上场,引得音乐厅大乱,最终被扣上了"没有教养""泼妇"的名号。在这篇小说中,乔伊斯使用了一种非常带有诱导性质的写法,他让所有人都有理有据地指责这位母亲,不是说她毁了自己的女儿,就是说她没有教养,他们还结成了统一战线,彼此宽慰与肯定道:你做了该做的事。

这就很容易让我们的同学被带着跑,站到母亲的对立面,当真认为她是一个泼妇,为了几个小钱一点脸面都不要;还有同学觉得这个母亲真不懂变通、很死板,等女儿演奏完,再和和气气地去谈报酬不是更好吗?非要搅得大家都难堪,让大家的心血差点白费。可是,我们要清楚,那微不足道的"几个小钱"是她应得的,而且预付是约定好的。

很多时候,说起一个人的弹性时,大家都以为指的是变通灵活、能屈能伸,或者见人说人话、见鬼说鬼话。但是,很有可能,处事圆滑恰恰是一个人弹性匮乏的体现,这样的人一定是紧紧贴合着某种非常流畅光滑的世俗原则做事,绝不会背离半分,既不得罪人,也不会吃亏。如果说恐惧变化是匮乏弹性的明面,处事圆滑无非是匮乏弹性的暗面,比较下来,前者是战战兢兢地被人情练达的社交法则所支配,后者则是清清楚楚地吃透了这套规则,只不过,他们始终都受制于这套"蛛丝"的牵引。我想,真正的弹性其实更接近韧性,它是一个人历经各种捶打和摧折后,依然能恢复本真性的一种能力,所以,那些看起来最拙、最迂或者最"刚"的人反而是最有弹性的。可能正是在这个意义上,丹麦哲学家克尔凯郭尔才会认为最为"愚拙"的亚伯拉罕却是最崇高的。面对上帝要他杀死儿子来献祭的命令,他无能为力,而无能为力与不变通恰恰是此人的力量所在——要不然,他大可以偷换一个祭品(比如旁边的公羊)或者面对上帝巧舌如簧地搪塞过去。

在日常生活里,人们可能会觉得这个男生的母亲"实在没必要",会劝她"至于吗,多大点事儿",也可能会觉得乔伊斯笔下的母亲"有点过了""不懂变通"。可是,一些极端的情况下,恢复本真性的弹性能力会为个体捍卫最后的尊严,而尊严,则是人们被剥夺最多却又最习焉不察的东西。

在普里莫·莱维的非虚构作品《被淹没与被拯救的》中,他用一个极为恐怖的例子为我们展现了弹性之人的可能。集中营是将人往极限拉伸的地方,很多人一旦被拉伸就再难以复原,哪怕被解救后,依然会陷入麻木不仁、毫无知觉的状态。集中营里有一些人被称为"特遣队",他们负责从毒气室搬出尸体、拔掉尸体的金牙、剃掉女囚犯的头发、整理遗物,他们是目睹死亡与屠杀最多的人,也是人性被拉扯和碾压最多的人。但是,有一天,在清洗纠缠在一起的尸体时,他们突然发现了一个活人,一个活着的年轻姑娘,可能周围的尸体为她圈出了一隔壁垒,她没有被毒气毒死。虽然这群人已经习惯了死亡,但是他们接下来的行为展现出了人性的复原,他们把这个女孩藏了起来,使她吃饱穿暖,让她恢复了活力。我最初读到这段真实的历史时一阵哆嗦,在人的生命遭遇极限的拉扯和碾轧时,我们以为叫作本真性的东西要啪的一声断了,但它居然还是多多少少复原了,保持住了最后的、也是最初的一丝光芒,这正是人的弹性所在。

正因为如此,我才不忍讲述后面的事情,其实女孩很快被纳粹军官发现了,他毫不留情地杀死了她。在经过了纳粹种族灭绝的教化拉伸后,他的弹性,早已丧失。

4

弹性本身是一种物理力量,感受它最直观的方式就是取出健身用的拉力带,双手握住拉力带的两端,分别向两侧打开,我们会感觉到手里的拉力带在渐渐变紧,双臂肌肉在紧张的拉力之下开始发酸,然后,将弹力带慢慢收回,酸痛感衰退,两手之间的紧张感也变成了松弛感。

弹力正是在这一松一紧间产生的。

好的文学本身,也应该是充满弹性而非僵硬的。这种弹性遍布在修辞、谋篇布局、讲故事的手法等层面,它们就像床垫内部小小的弹簧,共同构成了一张床垫令人大感舒适的原因。作家们掌握了松紧、快慢、粗细、大小等等相对状态之间的节奏,就如同掌握了一柄变速的拉杆,通过将节奏乃至尺寸的变化调适为一种具有美感的变奏,也激发了文学本身的弹性。

在这个细读章节中,伍尔夫写到了一个值得玩味的比喻。当理查德在街头往家赶时,他看到了白金汉宫,但是他将白金汉宫比喻为孩子玩的砖型玩具——"他想,一个孩子用一盒砖型玩具,便能搭得比它像样哩"。这个比喻显得不合时宜,它使得白金汉宫从金碧辉煌的皇家建筑一下子被贬低为小孩子手中不值钱的玩具。其实,这正是比喻所暗含的弹性,它让读者冷不防地接受了一个反差极大的形象,仿佛一个吹得鼓鼓的气球突然被放了气,瘪了下去,皱缩的表皮提示着弹力释放的过程。为什么要做这个比喻呢?好的比喻肯定不单纯是为了追求语词的新颖华丽,也许,在理查德潜意识里,对皇室并没有发自内心的尊重,皇室出游的典礼跟小孩子过家家也没太大区别,只是,他在行为上依然坚持对出身名门的人表示出足够的风度。这个人身上有某种未曾言明的矛盾。

我非常喜欢把玩有弹性的修辞,这些修辞释放出来的张力为读者提供了许多想象的空间。在课堂上,我也经常邀请同学们依据作家的文本进行想象的发挥和创作。

讲加缪的《局外人》时,大家遇到了一个比喻:去养老院奔丧的男人默尔索看到装着母亲遗体的送葬车,"长方形,漆得锃亮,像个文具盒"。这真是一个了不起的比喻,因为它在严肃悲痛的死亡与漠然客观的文具盒之间扯起了一根线,让不搭界的东西具有了彼此拉扯的力量,我们被加缪邀请去做更自由的想象。加缪是否在暗示我们,母亲的葬礼已经被一整套文具盒所衍生和代表的社会习俗与礼法所绑定,必须用号啕大哭、苦痛、无心男女之事来表现丧亲之痛,绝不能仅仅在心中默默缅怀?送葬车和文具盒之间的紧张力量,将我们引导到社会与个人之间的紧张力量之上。

当然,比喻修辞所呈现的弹力也可以呈现非常温情的内容。我也喜欢双雪涛在《平原上的摩西》里的一个比喻,在上课时时常和大家聊到。一个警察在追凶时牺牲了,母亲将他的血衣保存了起来,当后生小辈警察来家里想要看这包血衣时(里面可能藏有证据),母亲拿出了这包衣服。我曾经问同学们,如果让你们来一个比喻,你会怎么形容这包衣服呢?我发现,大家都会往悲壮、悲痛、谨慎的方向来打比方——"像捧着一块血迹斑斑的碑""像捧着一个珍贵的宝盒"——但其实,双雪涛是往轻盈的方向反着写的,与加缪的"文具盒"有点异曲同工的意思,他说:"好像一盒点心。"我之所以觉得这个比喻厉害,因为它实在太有弹性了。按照我们同学的写法,当然也不差,但是里面本体和喻体的方向太过于一致,都朝着伤心哀痛的那头奔去,反而差了点回弹的力道。把"点心"与"烈士遗物"放在一起,轻与重的两者拉扯出了难以兼容的力量。点心的家常感消解了烈士遗物的悲壮感,让我们看到老母亲心里的痛苦已经从当初的惨烈变成了如今的平和,不是不痛,只是所有的痛转到了幕后,静水深流。这是具有弹性的修辞才能激发出的读者感受。

通过这几个例子,大家会发现,比喻修辞的弹性往往依靠反差极大的本体与喻体来实现,只有两者之间的距离足够大,才能形成拉紧绳子和放开绳子时的高度弹力。这一点,那些爱玩橡皮筋的熊孩子最能体会,如果把橡皮筋的一头稍微拉开,那么它的回弹力不会造成太大痛苦,但是,狠狠地拉扯橡皮筋直到它近乎断裂,那么,被弹的人可就吃不消了。在文章的谋篇布局上,作家们也深谙这种弹力的写法。

在《达洛维夫人》的这个细读章节里,一些同学表示过疑惑,明明感觉理查德很想马上回家,跟妻子表白自己多么多么爱她,还以为他真有多么爱老婆呢,怎么到了家,反而冷了下来,话也说不上几句,还总不投机。读者有这样的感受,其实正是由于伍尔夫在谋篇布局上的松紧分布。在归家的途中,情绪被催着往紧了写,读者也就因此被诱导去想夫妻俩的感情应该是挺不错的;但一到家,作家马上往松弛的方向写,我们对于亲密情感的想象就会遭遇挫折,有一种小小的幻灭之感,这比直接告诉我们两人情感平淡更有曲折的、婉转的力量。

在另一位作家陀思妥耶夫斯基笔下,松紧之间的张力获得了更微妙的表达。我仍然用大家最熟悉的《罪与罚》举例子。这部小说堪称文学弹力写作的典范。首先是细处布局上的弹性,小说开篇后不久,当男主角杀死老太婆后,他摸出了她口袋里的钥匙,闯入她的卧室想拿钱。这时他看到了什么呢?

> 这是一个很小的房间,一面墙上有一个供着神像的大神龛。靠另一面墙摆着一张大床,床上十分整洁,放着一床被面用碎绸子拼成的棉被。

男主角突然又怕老太婆醒过来,返身回去检查了尸体后,继续用钥匙开卧室里的五斗柜。打不开,又去翻床下的箱子,说不定钱藏在床下,果然下面有一只箱子:

  床底下摆着一只颇为不小的箱子,长达一俄尺多,箱盖隆起,上面蒙着一层红色的山羊皮,钉着一些小钢钉。带锯齿的钥匙刚好配套,箱子应声打开。最上面盖着一条白床单,床单下面是一件用红色的法国图尔绸罩着的兔皮小袄;兔皮小袄下面是一件绸连衣裙,再下面是一条披巾,再继续往下似乎尽是些破衣烂衫了。他首先用那块红色的法国图尔绸擦拭干净自己那双血糊糊的手。

在反复重读的过程中,我突然产生了一个问题:如果我就是凶手,在杀人后准备掠夺钱财,我闯入一间陌生的屋子后应该干什么?应该是先谨慎地观察,然后再快速拿钱,观察的内容就应该被写得较细,掠钱的地方写得较粗。但是,陀氏是反过来的,他笔下的主角就随便瞟了一眼屋子,看到一个神龛和床,也不细写,到了箱子的片段,突然开始近乎极端的精雕细刻,小袄的颜色、图案、质地、材料都一一道来——在已经杀了人的惊恐下,在明知财物就在这堆衣服下面而又想拿到钱后跑路的迫切心理中,他居然在研究布料!这是多么不合情理。那么,为什么要写得这么反常?因为陀氏深谙操纵读者阅读心理的弹性法则,他不按照常理写粗细,他把粗细颠倒了个儿,在读者越是想松——赶紧跑呀——的地方,他越是写得紧实——不让主角拔腿就跑,将他按住,让他仔细盯着一块布料看。这样,读者的焦灼感被压紧到了极致。前面那些粗疏的写法,也是为了把"松"烘托出来,不让我们始终处于紧张、密切、细致的观察里,而是让我们从松进入紧。

除了这种细处的高明的松紧写法,《罪与罚》中还有一个非常奇妙的特点:人们居住的房间不是固定的,而是在弹性中可大可小地伸缩变化着。这是大家在细读这本书时,一个叫作刘静的女生观察到的,我觉得这是个了不起的发现。

她注意到,当主角自己住在房间里时,房间很逼仄,如同"船舱"或者"棺材",天花板很低,一张旧沙发占了房间一半的宽度。有一次,主角忘记了自己的房间有多小,他心烦意乱地在房间里踱来踱去,一会儿撞到一个角落,一会儿又撞到另一个角落。可是,当房间里有其他人的时候,房间就会变大,可以不停地进人,一会进来他的朋友,一会进来警察,一会进来他的母亲和妹妹,好像房间可以被无限撑大。房间的弹性似乎和主角内心的变化是相对应的。

我则是在卡夫卡的短篇小说《猎人格拉胡斯》里发现人们所处的环境是有弹性的,可伸缩的。他写湖边有一栋三层楼的黄房子,一个男人进去后,"门开了,过道上大约有五十个男孩,夹道迎候他,冲他深深地行着鞠躬礼。"既然是过道,那肯定不会像大厅一样宽敞,如果五十个人夹道恭候,那么这个过道的长度又很有可能超过了房子的宽度。我在课堂上讲这个细节时,有同学觉得五十个人并不多,过道可以容纳,但是想想五十个人是什么概念吧——我的每节课差不多就是坐五十个人,一间普通的非阶梯教室塞得满满当当,而教室的宽度差不多是五六米。也就是说,卡夫卡笔下的这个过道和陀氏笔下的房间有着一样的弹性功能,跟民间故事里的宝葫芦一样,可以不停地往里面装人。

在近代文学中,空间突然变得有弹性,是因为作家们不再迷信确定性了,或者,作家们意识到世界所谓的客观性是随着心灵的节奏而变化的。当我们前往一个陌生地方时,刚去的路途会令人感到漫长,回来时时间则似乎变短了,这是因为心灵熟悉了路程。或者,刚住进一套房子时,会觉得它空空荡荡,住久了则会觉得满满当当,不仅是因为里面的东西变多了,也因为人们对房子实在是太过熟悉了。陌生总会产生空旷之感。

文学移植了生活的弹性。

十三

恨意：喂奶与流血

细读内容： 第116—130页

情节梗概： 理查德去睡午觉了。这是医生的嘱咐，他奉若圭臬。克拉丽莎猜测他已经去了下议院，讨论起国家大事，而她自己只关心宴会和玫瑰花。她开始觉得难受和苦闷，可能是因为彼得与理查德都对宴会不以为然，一个觉得她势利，一个觉得她傻。她在内心辩护，认为宴会是一种奉献，将孤独生活的人连接在了一起。她觉得自己一无所长，冥冥间又想到了死亡。女儿伊丽莎白进来了，长得不太像母亲。门外站着家庭女教师基尔曼小姐。她穷、笨拙，但是仇视和鄙夷雇用她的达洛维家。她有德国血统，遇到达洛维先生后给他的女儿教历史。她觉得克拉丽莎这类的妇人养尊处优。

　　她满腔愤恨，在恨克拉丽莎到极致时总会想起上帝，于是又热泪盈眶。克拉丽莎也看不惯基尔曼小姐。此刻，基尔曼开始恨克拉丽莎，觉得她对生活一所无知，要打倒她、征服她。克拉丽莎很害怕，觉得这个粗笨之人居然看透了生活的意义。眼下，基尔曼与克拉丽莎要去商店。穿着破雨衣的基尔曼小姐的恨意、自我观念慢慢淡下来了，收起了白眼。克拉丽莎觉得这个女人把自己的女儿抢走了。但两人已经到了外面。克拉丽莎想到了爱与宗教,同时看到一位老妇人在爬楼。这个形象激发了她一连串的意识,从彼得到他的情人再到对爱情的思考。钟声再次敲响,户外一派忙乱的场景。

基尔曼小姐觉得受到了克拉丽莎的污辱,而她又没能控制肉欲。通过争夺伊丽莎白,她可以胜过克拉丽莎。她边走边自言自语,思考着她对庸俗人世的愤恨。她与伊丽莎白走到了商店,上楼去买裙子,吃茶点,伊丽莎白眼里的女教师很古怪,与母亲也不和,她想走,但是基尔曼不让。基尔曼问伊丽莎白参不参加母亲的宴会。基尔曼感到自己痛苦得快炸开了,她愤世嫉俗惹人厌,又自怨自艾。伊丽莎白赶紧一溜烟跑了,基尔曼被刺痛了,因为她觉得到底是克拉丽莎赢了。她难过地来到大教堂,手掩住脸,在旁人眼里,她显得狼狈又可怜。

1

从大理回昆明的动车上,我旁边坐着两个高中女生,她们要到昆明参加一个明星组合的演唱会。其中一个女孩在微博上有近百万的粉丝,按她们专业的说法,应该算是一个小"粉头"。

很遗憾,我没有参加过任何的演唱会或者音乐节,还以为去演唱会是为了近距离看明星和听音乐的，但是这一次，我被科普了非常精细的粉圈知识："团粉"指的是团体里所有成员都喜欢；"唯粉"指的是只喜欢偶像团体里的一个人，对其他的不感兴趣；"毒唯"则是非常极端的唯粉，喜欢自家的爱豆，讨厌甚至诋毁其他团员的极端唯粉。这位微博大V女孩说，从小学就开始喜欢这个组合，整个青春都投进去了，而且，她是标准的毒唯，只喜欢组合中的一个人，把其他成员的粉丝称为"对家"，听上去很狠。

她告诉我，为了这一次的演唱会，她还准备了婚纱的头纱，这不算夸张，因为穿全套婚纱的都有。同时，我听她们谈起了其他成员的粉丝，像是在谈政敌，见都不想见到，一见到"就想撕"，对方简直是不容于世的存在。她们通过举灯牌的方式，让自家偶像的应援色连成片来击败其他唯粉。对偶像的爱还不够，对"对家"的恨好像才能体现出爱的独特与郑重其事来。我所接触的本科生里似乎很少有如此狂热的"追星族"，或者他们也不想和我聊这个。因而，这一次火车上的偶遇让我大受震撼，我发现爱与恨的激情可以如此强烈，而且可以并行不悖、互相激发。

莎士比亚晚年有一出不太著名的戏剧叫作《科利奥兰纳斯》，讲的似乎也是爱与恨的并行不悖，甚至，恨更胜一筹。剧中，一位骁勇的大将科利奥兰纳斯帮罗马人平息了敌军，但是人民却在护民官的挑唆下将他放逐，罪名是傲慢自大、敌视平民，大将在悲愤之下转投敌营，并引发了后续的悲剧。当大将的妻子担心外出作战的丈夫的安危时，大将的母亲则搬出了古希腊神话里赫卡柏的故事，说她在乳哺着儿子赫克托尔的时候：

> 她的丰美的乳房还不及赫克托尔流血的额角好看,当他轻蔑地迎着希腊人的剑锋的时候。
>
> (朱生豪译)

这句话非常有趣,既有爱,强烈的母性的爱,也有恨,英雄对敌人杀戮嗜血的仇恨。大将的母亲说这句话,却是要将爱与恨放到天平上掂量一下,告诉自己的儿媳妇:恨有时候比爱更为光荣更为伟大,别再哭哭啼啼、妇人之仁。这位大将母亲显得很特别,她居然更看重的是恨,在仇恨已经声名狼藉的时代。无论是冷兵器时代的屠杀与世仇,还是后冷战时代的战争与恐怖袭击,世界上总有地方燃烧着仇恨的火焰,人们也都相信,历史上所有最为暴虐的攻击行为几乎都源于仇恨。

于是,我们只能一直听关于爱的故事,哪怕它已经变成了陈词滥调。从《爱经》《爱的多重奏》《爱欲与文明》到各种恋爱课、恋爱宝典,只要扯上"爱",大家的兴趣就会被激发起来,大学里若是开一门"恋爱心理学""爱情与文学"之类的公选课,肯定最能迎合二十来岁蠢蠢骚动的学子口味。可是,恨呢?为什么没有人为它撰写历史,记录变化,编织"经书",开设课程,谱写歌曲?仅仅因为它是负面的、消极的?我们又为什么去恨呢?幸好,还有文学。文学史在某种程度上就是憎恨的艺术史,那些伟大的作家也多是憎恨艺术家。在文明"希望与爱"的田野上,文学偏偏长出了不少根植于仇恨的莠草。

文学带来一个启示:学会好好去恨,可能是完整生活的必要条件之一。

2

这一节,我们讨论文学中的恨。恨意在《达洛维夫人》整部小说中绵绵不绝,主要集中在克拉丽莎与家庭女教师基尔曼两人的关系上。

在小说开篇没多久,克拉丽莎进入花店之前,她想到了基尔曼小姐,想到了她的怨天尤人与愤世嫉俗,就忍不住恨起她来了:

> 然而,她心中有一个凶残的怪物在骚动!这令她焦躁不安。她的心灵宛如枝叶繁茂的森林,而在这密林深处,她仿佛听到树枝的哔剥声,感到马蹄在践踏;她再也不会觉得心满意足,或心安理得,因为那怪物——内心的仇恨——随时都会搅乱她的心,特别从她大病以来,这种仇恨的心情使她感到皮肤破损、脊背挫伤,使她蒙受肉体的痛楚,并且使一切对于美、友谊、健康、爱情和建立幸福家庭的乐趣都像临风的小树那样摇晃,颤抖,垂倒,似乎确有一个怪物在刨根挖地,似乎她的心满意足只不过是孤芳自赏!仇恨之心多可怕呵!

于是,克拉丽莎一直告诫自己,仇恨之心要不得,并且试图通过徜徉在花海之中来平息自己的情绪。但是,她发现自己还是容不下基尔曼,简直到了看到她就烦的地步。

在和丈夫理查德聊天的过程中,她的话题就没离开过挑剔基尔曼。对基尔曼来说也是一样的,在本细读章节中,伍尔夫对这个人物进行了详尽的刻画,让她有大量空间展现自己的思想与行为:她受不了克拉丽莎养尊处优的生活,觉得她们这一类富太太每天只想着宴会、购物,实在无聊透顶。她看不起这样的生活,觉得世道好不起来了,但又因为贫困笨拙,她无力改变社会,只能把自己弄成一副寒酸、刻薄、怼天怼地的样子:

> 两年零三个月之前,满腔愤恨的基尔曼小姐到一所教堂里去了。她倾听爱德华·惠特克牧师讲道,唱诗班的孩子们咏唱着,她见到了圣光照耀;当她坐在教堂内的时候,无论由于音乐或歌声(她在晚间独处时,常玩小提琴来排遣,不过琴声吱吱嘎嘎,非常刺耳;她没有乐感,听觉不灵嘛;)她内心燃烧着的怒火熄隐了,她感动得热泪盈眶……

可是,恨意的平息依旧只是自欺欺人,一旦她看到克拉丽莎,又怒从心头起。于是,她通过占有和抢夺克拉丽莎的女儿来对克拉丽莎本人宣战。她们好像都知道应该平息恨意,却也都做不到。伊丽莎白看穿了这一切:基尔曼小姐同她母亲是冤家。在这个细读章节中,两人的仇恨被反复地提及了四五次。也就是说,两人之间的相互憎恨不是突然闪现的,而是长期连绵不绝的,会不定期地翻涌而起。它不是蚊子叮了你后,皮肤立即肿起一个包的感觉,而是你看完了一出剧决定扔烂番茄的感觉,它需要思维判断乃至道德的思考。

基尔曼小姐的原型可能来自伍尔夫认识的一个学者，叫作路易丝·欧内斯汀·马泰伊（Louise Ernestine Matthaei），她一直在剑桥大学研究古典学。1918年4月9日的日记中，伍尔夫评价她是个"瘦高笨拙、毫无魅力的女人……她在备受质疑中离开了"。如小说中的基尔曼一样，她同样是德国血统，同样穿得难以想象地丑陋和僵硬，但伍尔夫又承认，这位女学者是才思敏捷的，用现在的话说，这是一个挺别扭的角色，和自己较劲，和世界较劲。

这个角色还有一个男性镜像，出现在伍尔夫的短篇小说《博爱之人》中——标题很有意思，其实伍尔夫写的是怨憎，但是她偏偏要起名跟爱有关，这是小说中常见的套路，用标题对内容进行反讽。敏感和老练的读者往往能够通过阅读题目就对小说的内容走向做出预判。比如曼斯菲尔德的小说题目是《幸福》，那么读者就要起疑，说不定这是一个关于不幸的故事，毕竟"幸福"这个词听起来太大了。另外，伍尔夫的小说写作还有个特点，就是她会在短篇和长篇之间进行穿插，所以要很好地理解《达洛维夫人》，至少还应该看看她的其他短篇，这也是文学阅读的一个常识：作家们往往会在长篇与短篇里创作同一个世界，让同样的人物在其间进进出出，比如福克纳的短篇《夕阳》就是《喧哗与骚动》的先导片，普鲁斯特的《驳圣伯夫》就是《追忆逝水年华》的预览版。在课堂中，每年在细读一部文学作品时，我也要求学生必须再读作家的一些短篇选，它们一定会和目前在读的长篇形成对话。

伍尔夫的很多短篇小说都是围绕着一个叫作达洛维

或者克拉丽莎的人的晚宴展开的,这些短篇中的主角在参加宴会的过程中各怀心思,足以让读者看到宴会的世界被旁逸斜出地扩充了,那些这里没有提及名字的人在那里却拥有了生命。《博爱之人》里面的男人可以视为基尔曼小姐的男性翻版,他也是去参加理查德·达洛维的宴会:

> 他衣着糟糕,怒目而视,既不风度翩翩,也不会掩饰情感。
>
> (徐会坛等译)

他严厉地看着宴会上出没的有钱人,他们衣着考究,自私自利,无力改变这一切的男人只能痛苦又幻灭地度过了这一夜。与基尔曼小姐类似,《博爱之人》里男人的恨意来自阶级不平等的仇恨,但在《达洛维夫人》中,基尔曼的仇恨被赋予了更多的原因,你还可以认为她的憎恶来自女同性恋对女伴的强烈占有欲(她的名字Kilman与"杀死男人"的Kill man只差一个字母),或者认为她因为宗教迷狂而对世俗享乐愤懑不已。无论是出于什么原因,她是伍尔夫小说中被仇恨包裹得最紧的角色。

可是,仇恨到底意味着什么呢?

我们遇到了一个大难题,很多人似乎没有一个憎恶不已的对象,最多偶尔看不惯某人,或者因为偶然的事件对某人上火气恼。与强烈的爱相比,我们体验强烈的恨的可能性小了很多。这个问题也难倒了历代学者,休谟在《人性论》里承认,仇恨是难以定义的,而达尔文及其之后的学者都认为,仇恨是比恐惧、厌恶、生气、欣喜、悲伤等情绪更为复杂的情感体验,它也因此与很多状态相关联:愤怒、蔑视、厌恶、冷淡、复仇……但若是仔细辨别,又大有不同。比如孩子把快递里的泡沫撕得满地都是,而我刚拖了地,那么我就会猛地恼火几秒钟,过后依然爱她。而一个心怀复仇大恨的人并不一定总是处于高涨的愤怒激情中,莎士比亚笔下一心报父仇的王子时常"郁郁不乐",金庸笔下的游坦之或者林平之陷入麻木的沉默或者谨小慎微中。仇恨是绵延在时间之中的,当我们长期处于憎恨的情绪中,反而只能断断续续地有意识地感知到它。

比仇恨轻一点的,是厌恶,很多人对此深有体会,所以我们可以先从厌恶感聊起。比如我讨厌蟑螂,一看到蟑螂就头皮发麻,恶心想吐;有的人则讨厌老鼠和蛇,看到蛇身体就会僵住。绝大多数人都会对身体的排泄物感到厌恶:粪便、脓液、尿液、耳屎、呕吐物、月经等等(眼泪可能是唯一受欢迎的人体排泄物,人们甚至为它写诗),因为它们大多是黏糊糊、脏兮兮、臭烘烘的,它们会让我们联想到病菌、感染、腐烂乃至死亡,所以,人们讨厌它们是因为害怕自己终将成为弃物,里面饱含着对染病与死亡的焦虑。这也许是进化中衍生的一种本能反应,厌恶的核心是自保,避免自己被伤害,它根植于我们的直觉中,几乎不受理智左右。若是让患有胃病的人去喝"康复新液"——这是用蟑螂提取物制作的中成药,具有养阴生肌的功效——明知它效果很好,但很多人还是会拒绝。

对于作家来说,程度较轻的厌恶也比强烈的仇恨好写,因为它可以转移到那些我们厌恶的对象上,就像人们把对死的厌恶转移到了对排泄物的厌恶上。塞林格在短篇小说

《康涅狄格州的威格利大叔》中的仇恨转移对象是地毯和枕头。小说中一对大学同时辍学的闺中密友在多年后畅聊当年的往事,她们边聊边喝酒,几乎从头喝到尾。其中的一个女人全然沉浸在回忆中,她遥想当年读书时的快乐,初恋的美好(初恋后来战死了),完全闭口不谈当下,也对自己的孩子视而不见。我们能够感觉到,沉迷在回忆中的人是漠视当下也没有未来的,她只能通过喝酒来逃避自己对目前生活的失落感。这时候,塞林格写了一个细节,说女伴把酒撒在地毯上了,这个女人的回应是:

"别管它。别管它,"埃洛伊丝说,"反正这个地毯我讨厌着呢。我给你再弄一杯。"

(丁骏译)

后来,她又抱怨:

"这个屋子里他妈的就没一个我能用的枕头。"

这两句话里有不动声色的绝望感和厌恶感,我在反复读的时候不免叹气。地毯与枕头,构成了居家生活的核心,女人说是恨地毯和枕头,其实恨的是她目前不得不过的生活,她不爱那个无聊的丈夫,也不爱那个整天幻想的孩子,她的生命停滞在了过去的美好中,她对当下生活的厌恶则投射到了居家的代表性物品之上。

与厌恶相比,仇恨的程度要强得多,也直接得多,其最大的特征就是泾渭分明的"你与我"的二分。人们承认讨厌的粪便、脓液、尿液、耳屎、月经出自他们的身体，但绝不承认自己会和仇恨对象扯上什么关系，两者必须是敌对的"你与我"的状态。在本细读章节中，伍尔夫意识到了这一点，所以，当女儿伊丽莎白与基尔曼要出门去逛商店时，她喊了一句话："可别忘了宴会呀。"原文说的是"our party"，而不是"party"或者"my party"，加了一个"our"（我们的），排他的意味就非常明显了，这是说给基尔曼小姐听的，让她搞清楚，晚宴是我们家的，跟你可没关系，你是我们家的外人。

人称代词"你我他"有时候饱含着非常强烈的情感元素，是我们在细读时可以留意的点。格雷厄姆·格林在《恋情的终结》中讲述了一桩"有开始也有结束"的婚外情，男人很享受与已婚女人之间的私密共同体，他说起过一个细节，每次女人都只会称呼他为"你"（you）而不是名字——"是你吗？你能吗？你会吗？你呢？"他甚至觉得，世界上只有一个"你"，那就是他自己。这个独一无二的"你"把女人的丈夫排除在外了，是"你"而非"你们"（虽然在英语中这两个称呼是一个词），一个人称代词就足以让读者玩味出男人对女人丈夫的妒忌与憎恶。

在莎士比亚的《哈姆雷特》中，也有一段用人称代词来排除异己、建立共同体的表达。当老国王已经被害死，谋杀他的新国王登基后，王子郁郁不乐，新国王和王后有这么一段对话：

　　国王　我亲爱的王后，他（指大臣）对我说他已经发现了你的儿子心神不定的原因。

　　王后　我想主要的原因还是他父亲的死和我们

305

过于迅速的结婚。

这段话很简洁,但"你、他、我们"的使用非常高效地把旧关系的坍塌和新同盟的建立呈现了出来——儿子是你的,不是我的,所以以后的加害也就顺理成章;旧王虽然是自己的夫君,但已经死了,所以变成了遥远的"他父亲";更重要的,则是新同盟的出现:我们,"我们"构成了和"他"对抗的敌我关系。

仇恨之中的敌我关系可能同样是从漫长的人类发展历史中进化而来的。在原始思维中,人不会明显地强调自己与他者的不同,相反,他们常常感到自己与周围万物融为一体,人们沉浸在个体和万物以及集体的"共生感"之中,因此也就生发出许多物我一体的神话故事。比如,殷商的始祖契是怎么出生的呢?《诗经》中说"天命玄鸟,降而生商"——他的母亲与别人外出洗澡时看到一枚鸟蛋,吞下去后就生下了契。但是,随着社会组织的发展与私有意识的萌生,共生感变成了清晰的物我之分,人不再觉得我与万物连接,而是我变成了万物的主人。你也是主人,他也是主人,那么,竞争就开始了。所以,一些学者认为,非此即彼的分类要求人的大脑尽量简化需要处理的信息,备受抨击的"二极管"思维则能够迅速将现象意义明确并且分类,再迫使人迅速做出反应;还有一些进化心理学家认为,敌我二分与群体的形成与对不合作的白吃白喝者的惩罚以及对地位的追求有关。它深深根植在远古的冲突之中,它确实让人不愉快,但它可能对构建社会制度、强化族群纽带有重要作用。在中世纪的领主制度中,仇恨的敌意甚至是一种制度化的感情,围绕着它,领主与骑士们攻城略地、效忠纳贡。

太多的哲学家与政治家谈到了人类社会中这股日趋强化的"一切人反对一切人"的"敌我状态",人们甚至容不下中间状态,一个人非"我"即"他",绝不能两者兼得。当代战争将非此即彼的仇恨关系从个体的意识强化到了群体的意识中。美国作家唐纳德·巴塞尔姆总是创作那种脑洞大开的小说,他有一篇写于冷战时期的短篇《游戏》,不妨就可以理解为是对两个国家对峙与仇恨的隐喻。小说设置了一个奇怪的场所,两个人因为犯了不知名的错误,被惩罚看守控制台,同时互相看守。巴塞尔姆同样用人称代词强化仇恨的敌我状态:当其中一个男人提出想参与另一个男人玩的游戏时,被拒绝了,理由是:

"它们(指游戏)是我的。"

(陈东飚译)

继而,小说写这两个人各配有一支枪,只要对方行为怪异,就可以拔枪杀死对方。但是,真正的命门不在这只枪上,巴塞尔姆为两人的敌意层层加码,他们还各自藏有一支枪:

除了.45我还有一支肖特韦尔不知道的.38藏在我的搭扣公文包里,而肖特韦尔则有一支我不知道的.25口径贝雷塔绑在他的右小腿上。有时我不看控制台而是锐利地看肖特韦尔的.45,但是这不过是一个诡计,不过是一个花招,而实际上我看的是他的手,当它垂到他的右小腿附近的时候。如果他断定我行为怪异的话他不会用.45而会用贝雷塔击毙我。相似地肖特韦尔假装看我的.45,而真正在看的是我懒懒地搁在我的搭扣公文包上的手,我懒懒地搁在我的搭扣公文包上的手,我的手。我懒懒地搁在我的搭扣公文包上的手。

明明两个人都已经成为囚犯,甚至可能一辈子不能出去,但是他们仍然只关切眼前的对峙。许多评论家认为这两个按住凶器互相监视的人是指当时大搞冷战的美国和苏联,如果是这样,那么小说的题目就非常有意思了——游戏——对于上帝与自然来说,人与人之间那么惨烈的仇杀不过像游戏一样滑稽,或者,用《达洛维夫人》中经历过战争的赛普蒂默斯的话来说:"欧洲大战——是小学生用火药搞的小骚动吗?"巴塞尔姆与伍尔夫秉持着一个相似的观念,即战争的本质是荒诞而可笑的,并不比小孩之间的游戏更庄严或者有意义,而且两人都淡化了战争中群体性的仇恨,却将其绵延不断地注入个体与个体之间。

作家们发现,个体之间的仇恨是持续的、直接的、非此即彼的。

3

西方文学一向有书写仇恨的传统。

许多伟大作品都包含一颗仇恨之心:抨击、谩骂、论战和讽刺,不一而足。我总觉得,欣赏作品的伟大之处,不仅意味着要理解乃至欣赏它呈现出来的恨意,甚至还要直言自己对作品的好恶。但在课堂与教学中,我常常感到大家读到的、想到的和写下的是三分离的状态。比如一个学生会在课堂发言里明确地表达对但丁的憎恶,说不理解他为什么要让这么多得罪他的人下地狱,可是,一到试卷的分析与简答部分,他又会变成"机械复制时代的答题机器",毫无私人情感地把《神曲》的艺术手法、思想内涵、叙事特色一一写下。他的厌恶消失了,甚至他也消失了,只剩下一些无主之字。

我隐约意识到一个现象,一方面,我们得以在阅读中自由地敞开,被邀请赤诚地袒露那些所谓的"负面情绪",另一方面,我们又在制度化的书写体系中被收拢,谨小慎微地剔除任何可能产生不良效果的表达。这可能是教化与文明的必然结果,以至于,大家总是希望文学能传递"真善美",树立正确的价值观,让人学会爱和包容,但是,它们都只是文学的一部分,文学的背面可能更有魅力也更真实,只不过长期的教化让人不敢直视,仿佛它会将人蜇伤。当"仇恨"等情绪被打上负面的标签,人们甚至连稍显负面的情绪都不愿表达。

教化对文学理解与表达的规训与文明自身的成熟度有关,越是成熟精致的文明,越会控制与屏蔽仇恨的表达。西方文化从古典转向近现代的时间节点在中世纪,因为,此时的宫廷文化逐渐成形,一种精致的控制手段出现了。

大约在十世纪左右,欧洲一些地方的主教宫廷和王室宫廷中诞生了克制伦理。随着时间的推移,它将那些粗鲁不堪的世俗贵族驯服为可接受的廷臣,不再能够为所欲为。

为在血腥残酷的宫廷斗争中活下去,人们学会了"当面一套,背后一套",学会了掩饰自己真实的情感,把深深的鄙夷与仇恨掩藏在和蔼可亲的外表之下,撒谎、装腔作势、见风使舵成了一个优秀朝臣的基本技能。这种新的公共生活伦理甚至产生了全新的宫廷礼仪词汇与艺术,一切都需要向优雅守礼看齐。我在读莎士比亚的时候,经常有一个感觉,他笔下的人好会吵架、好会阴阳怪气!那些吵架落败后总觉得自己没发挥好的人最应该看的就是莎士比亚。他笔下虽然有大量直接的仇恨表达,但也同样讽刺性地展现了朝臣们的仇恨被宫廷礼仪收编后的皮里阳秋。以前文提过的《辛白林》为例,莎士比亚通过旁白告诉了我们,一个憎恨自己主人的贵族是如何苦苦恪守礼仪,避免暴露自己的真实情感的。剧中有一个好色无能的王子叫作克洛顿,他满脑子就是霸占自己看上的公主。有两位贵族侍奉他左右,贵族甲是个十足的跟屁虫,但贵族乙却整日用内心独白的方式咒骂这位王子:

  克洛顿 这混蛋不敢跟我对抗。

  贵族乙 (旁白)是啊,他一看见你,就从你的面前逃走了。

  贵族甲 跟您对抗!您占据的地面,他不但不敢侵犯,并且连他自己脚下的地面也要让给您哩。

  贵族乙 (旁白)你有多少海洋,他就让给你多少地面。摇头摆尾的狗子们!

  克洛顿 我希望他们不要劝开我们。

  贵族乙 (旁白)我也这样希望,让你倒在地上,量量你是一个多么长的蠢材。

  克洛顿 她居然会拒绝了我,去爱这个家伙!

  贵族乙 (旁白)假如确当的选择是一种罪恶,那么她的确是罪无可逭的。

  贵族甲 殿下,我早就屡次对您说过了,她的美貌和她的头脑并不是一致的。她是有一个美好的外形,可是我看不出有什么智慧的反映。

  贵族乙 (旁白)她的智慧是不会照射到愚人身上的,因为怕那反光会伤害她。

  克洛顿 来,我要回家去了。要是让他多受一些伤就好了!

  贵族乙 (旁白)我倒不希望这样,除非像一头驴子倒在地上,那是算不了什么损伤的。

我在读这些段落的时候简直乐不可支,看穿一个说坏话的人的心灵多么好玩,好像我们和这位贵族乙一起戏弄了笨蛋王子,而他却蠢笨得毫不知情。或者,我们可以把这两个贵族理解成一个人的"当面一套、背后一套",旁白的写法足以令读者们领教宫廷中的克制礼仪是如何钳住了朝臣的嘴与心中的恨。这套宫廷礼仪是西方精致文明的代表,虽然,它可能只是将表面的仇恨转移到了私下里,就像我们的同学,在自由的课堂上表达时能说出好恶,但是一旦进入规范化的书写系统,就会变成众口一词。

  可是,如果把时间倒推会怎样呢?

  宫殿与城市的修建、艺术作品的制作,可以说都有对抗蛮荒的意味在,当华丽的宫殿还未建立,人们走出家门不久之后就进入了荒野,要么就得咽下已经发霉的食物,要么就得手持木棍与野狼搏斗,他们还会那么克制自己、皮里阳秋吗?历史学者们发现,中世纪的人们处于情感的不稳定之中,绝望、暴怒、冲动的行为和强烈的憎恨实在太多,简直为理性的历史写作带来了大难题。如果你翻看过中世纪的画册,对那些手持棒槌,将人的脑袋砍下当球踢,或者用狼牙棒捶打人类的暴力兔子肯定不会陌生。在这样一个接近于自然本身的社会环境中,人们只发展出很少的手段能控制自然,彼此之间的资源争夺也就更为剧烈,再加上一轮轮流行病、流放、饥荒施加的折磨,使他们始终在残酷的憎恨与温柔的虔诚中摇摆不定,在流血的暴力和流泪的忏悔中辗转反侧。

古代人可能比现代人更神经敏感,对恨的表达,也更自然而赤裸、不受约束。

理解了这一点,大概就能理解为什么但丁要对他所憎恨的人施加如此残酷的刑罚。他既是憎恨大师,也是报复大师。经历过流放,但丁在当时的政党斗争失败后被逐出了佛罗伦萨,对立党派甚至定下了规矩,一旦他回城,任何佛罗伦斯士兵都可以处决、烧死他,从此但丁再也没能回到家乡。所以,他在《神曲》中大发雷霆、恨意满腔地设计了一个漏斗形的地狱,每一层里又设计出花样百出的残酷刑罚用来安置他憎恨的人。这些人包括没有受过洗的希腊人、他的政敌、教皇和叛徒、腐败的修士,等等。我们由此发现但丁身上矛盾的地方,一方面,他认为要恪守"适度"原则,所以,他的律令就是那些贪吃的、贪财的、贪色的都得给我死,而且必须死得很惨!另一方面,他自己又是最不"适度"

的,甚至总是失去节制,他对佛罗伦萨的攻击没有节制,对敌人的折磨没有节制,对仇恨本身的书写还是没有节制,为此,他发明出了很多令现代人瞠目结舌的酷刑,让互相仇恨的死灵魂互相践踏、互相啃咬、互相攻击。

然而,但丁是一个虐待狂吗?他在无节制的仇恨书写中获得的是快感吗?

仔细阅读《神曲》的读者都会发现,但丁的所有憎恨与惩罚都是有原因的——虽然确实无节制。受到憎恨的并不是佛罗伦萨的普通市民、农民,而是施暴者、欺诈者、叛国者、贪污者,等等,也就是我们依据法律或者主流道德判断就会认定"不好"的那类人。所以,对于但丁来说,怨恨的写作是对他认为不公不义之人的道德谴责。虽然看起来有点被动,甚至有点马后炮,但是这类被动的态度依然有助于维持当时的道德规范与人的互动规则——在宫廷礼仪尚未发达、社会制度尚未成熟精致的时代,仇恨可能是一种非常有效的社会道德维持手段。用一个分量较轻的例子来说,你在电影院里看电影,有人不仅迟到了,还在影院中呼朋唤友、走来走去,这个时候你会很生气,因为大家的观影秩序都被干扰了,那么如果你厉言指责,果断地表达不满,秩序大概率能恢复。中国人爱说不平则鸣或者疾恶如仇,或者苏轼所谓的"如蝇在食,吐之乃已",其实也都是指这类仇恨中暗含着道德的诉求。恨并不单纯是个人私欲、嫉妒的发泄。

当然,我也承认,在仇恨的裹挟下,我们的判断可能会受到影响,强烈感情色彩会将人的选择与意义感扭曲,自我欺骗地觉得:我就是对的!我的憎恨完全合理!虽然可能实际情况正好相反,而且越是那些看起来有理有据的恨,越有可能经过精心的自欺与编排,近代历史中的各种种族优越论(白种人、雅利安人的优越论)都是如此。但是,我总觉得在阅读和理解一些古典文学作品时,应该尽可能地"同情之理解",进入作者的时代语境中,也尽量贴合作者时代的思维习惯。当我们了解到中世纪的整个时代氛围与精神气质后,可能很难认为人们直接赤裸的愤恨中有文过饰非的可能。越是原始的,就越有一种赤裸近乎赤诚的存在。甚至,读者会发现,在但丁最野蛮、残忍与憎恨的诗歌中心,居然栖息着一颗最温柔的心灵:对贝德丽彩的爱。他之所以能爱得好,可能恰恰是因为他恨得好。

如果各位还有兴趣继续把时间倒推,就会发现越是处于文明的早期,仇恨与道德诉求的关系就越密切。在古希腊悲剧中,几乎所有充满愤恨的复仇都与对公义的诉求有关。我的外国文学史的课堂上,最能够激起同学们——尤其是女生们——强烈情感反应的古希腊悲剧作品不是《俄狄浦斯王》,而是欧里庇得斯的《美狄亚》,因为它实在太像今天大行其道的暗黑系大女主复仇的爽剧。遭到背叛的公主一口气杀死了丈夫的新欢与自己的孩子,逃之夭夭,为的只是"讨个公道"。类似的,《安提戈涅》中的姐姐向妹妹与僭主不断发泄恨意,为的也只是能让哥哥的尸体公正地安放在城里,不至于被抛尸荒野。

但是,在法律接管了复仇的今天呢?恨除了道德的诉求之外还有别的可能吗?我们习惯把那些称颂仇恨的人贴上邪恶的标签、称其为反动派,可是,难道不是福楼拜所说的——"对资产阶级的憎恨是智慧的开端"?难道不是屠格涅夫对俄国农奴制投去了憎恨的一瞥——"我不够坚强,因为无法与我憎恨的东西呼吸着相同的空气"?难道不是叶芝让仇恨涨满了他诗歌绷紧的表面,并试图将其洋溢到整个爱尔兰的国境上?如果没有黑奴对种族制度的憎恨,白人的合法奴役很可能会延续到今天;如果没有无产阶级对贵族生活的憎恨,近代的民主革命根本不会发生;如果没有女性对父权制的憎恨,女性可能永远只能作为"第二性"出现……也许,在爱创造生命的同时,恨却在推动历史。

德国的哲学家们最先洞察了仇恨改造世界、推进变革的可能。一开始,自然是尼采,在少得可怜的关于价值判断的研究中,第一次发现了仇恨的意义。尼采把基督教里"爱"的理念称为最精巧的"怨恨之花"。怨恨这个词在古代德语中还有一个隐微的意思:反抗,也就是贬低敌人的价值,自己取而代之。可是,这种想法却始终不敢真正地去实践,于是,人就只能在自我剥夺、自我丧失中满足。几十年后,另一位同样来自德国的哲学家舍勒再次讨论了怨恨这个问题,他把怨恨投放到了一个更大的历史更迭的角度来看。西方近代的历史学家与哲学家特别喜欢讨论的一个问题就是:资本主义到底是怎么来的?有的人觉得,是因为清教徒省吃俭用、一心只想侍奉上帝,结果无意中攒了一大堆钱,完成了资本的原始积累;有的人觉得,是因为中世纪的神学院里,那些僧侣们一天天只会埋头捣鼓经文,结果养成了一种习惯性的理性精神,自然有助于日后资本主义条分缕析的计算……

舍勒的回答更直接:资本主义来自怨恨。

在他看来,现代社会是竞争性的社会,天赋人权和人人平等的观念也日益深入人心,这时候,要是你发现怎么有人天生就是贵族,含着银汤匙出生却啥也不会,而你生来就是贫贱之辈,你会是什么心理呢?一旦把两人并列,攀比心态很容易滋生,有了攀比,就有了对当前价值排序的不满,有了不满,就有了重置排序的动力,而动力的核心,就是恨。恨的具体行动则更新历史,一切都得颠倒过来——回忆一下吧,在司汤达的《红与黑》中,于连是多么憎恨他一心想要跻身的上流社会,在死前都不忘慷慨激昂地痛斥一番;或者莫里哀的《伪君子》里,买来身份的"穿袍贵族"答尔丢夫又是何等口蜜腹剑地恨着天生的"佩剑贵族"奥尔恭,一心只想将他的资产女人全部夺取。虽然尼采与舍勒对仇恨都倾向于做否定色彩的描述,但他们也都没有否定仇恨带来的社会改革的动力,我们在文学的讲述中印证了这一点。

也就是说,在仇恨的文学史上,一条河流其实逐渐流出了两条河道:一条通向彻底的暴力、反动与邪恶,一条则流向了对公平的道德诉求与推动历史变化的晦暗力量。

4

简单地回顾了仇恨的文学史后,回到克拉丽莎与基尔曼小姐的仇恨中。

我们同样能在这两个角色中发现仇恨情绪的分叉:克拉丽莎通过"献祭"连接了朋友们,从而化解了仇恨,基尔曼小姐则流入自我憎恨中,变得破碎且痛苦不堪。理查德离开家门后,克拉丽莎陷入了一阵自我怀疑的状态中,她觉得无论是丈夫还是早晨离开的彼得,其实都看不起她,也不把

她的晚宴当回事。这时候,她就需要为晚宴寻找值得举办的价值,想来想去,她想到了,晚宴可以是一种奉献。原文是这么说的:

> 哎,想起来真怪。就好比某人在南肯辛顿,某人在倍士沃特,另一个人在梅弗尔;她每时每刻感到他们各自孤独地生活,不由得怜悯他们,觉得这是无谓地消磨生命,因此心里想,要是能把他们聚拢来,那多好呵!她便这样做了。所以,设宴是一种奉献(offering):联合,创造嘛。然而,奉献给谁呢?

《时时刻刻》的手稿中,赛普蒂默斯自杀时有一段独白:"一件祭品(offering),他喃喃地说,心里有点想做一个祭坛的念头——窗台就是一个祭坛,于是,他相信自己是在向人类奉献人类对他的要求。"但是在成稿里,这句话被删掉了。伍尔夫每一次的删改,都有一次重点转移,一开始她可能设计让孤独的赛普蒂默斯作为牺牲来献祭,后来,她还是决定让喜爱热闹的克拉丽莎来主持献祭。这个改动特别有意思,它让我们极为生动地看到了伍尔夫对人际关系以及生命本质的思考:她相信生活的意义在于人与人的连接,而不是人与人的隔绝与对立。

我们很多同学在阅读作品的时候,容易"望文生义"地对作家产生联想。比如细读《城堡》时,我让同学们勾勒心目中卡夫卡的样子,他们给出了许多消极的描绘,像"阴郁""怪异""冷漠""离群索居""眉头紧皱",等等,可是,无论是在卡夫卡的日记还是他的好友的记录里,我们看到的分明是一个喜欢开怀大笑、幽默、喜爱与朋友们分享作品的人；同样的，大家对伍尔夫的印象也多是"神经质""可能有社交障碍""喜欢独处"……但是，伍尔夫明明是为了参加伦敦的朋友聚会而不惜疯狂赶路的"社交达人"，在钟敲响11点后，仍然不舍得离开。或者，让我们看看伍尔夫自己怎么说的吧。在1923年6月28日的日记中，她写道："我也不认为这是(指社交)应该受到谴责。这是我从母亲那里继承来的一件珠宝——一种欢笑的快乐，一种与朋友接触所激发出来的快乐，既不自私，也不虚荣。然后我就有了想法。而且，为了我现在的工作，我需要更自由、更广泛的交往。"显然，离群索居从来不是成为文豪的保障。

在这样的天性指引下，小说中的献祭从赛普蒂默斯的独自赴死转移到了克拉丽莎的设宴欢聚中。为什么一定要用晚宴来做"奉献"的场景呢？因为从宴会的起源来看，不仅是人与人相聚，也是人与神相聚，不仅是人吃食物，也是神享用食物。现在城市里长大的孩子很难想象中国传统社会里过年的风俗，我是来到北方农村的婆婆家过年时才发现，传统民俗保存得如此之好。大年三十的晚上，要做一桌子丰盛的菜与饺子，不是自己吃，而是献给神吃，而且不是一个神吃，我看到婆婆在一张红纸上写满了各路神仙的名字，祭户神、灶神、土神、门神、行神、井神、财神、厕神……总之，来做客的神仙倒比自己家里的人还多，欢宴将天地神人连接了起来。在西方，饭桌实际上也是社群关系的标志物，读者应该还记得《奥德赛》里抓住了奥德修斯的那个巨人，他是群居还是独居呢？独居。所以，当他的独眼被刺瞎时，他找不到同住的伙伴帮忙，惨痛不已。这个细节是否意味着对古希腊人来说,吃独食意味着被排除在和谐的社群关系之外?

相聚则打破了个体之间孤立的、非此即彼的、"我与你"的对立状态,后者几乎都是仇恨的必要条件。

所以,在《达洛维夫人》中,伍尔夫用了一个非常有宗教色彩的词"offering"来呈现克拉丽莎对自己仇恨情绪的处理,她选择了连接、吃喝、欢聚、宴会,当一个人走向一群人,仇恨被终结了。作为读者,当然还是可以最大限度地设身处地来理解情节:处于痛苦、愤懑等情绪中时,独自待着、一个劲儿地想个没完可能会让我们更深地陷入情绪的泥潭中;和朋友们待在一起,吐吐槽、吃吃喝喝,甚至一起骂两句娘,反而会获得治愈与舒缓。仇恨带来的非此即彼的对立被群体的联合融化了。

小说在这里有一个奇妙的颠倒设计:最世俗的克拉丽莎实践了最具有宗教性质的奉献,而基尔曼这个最具有宗教气息的人反而无法通过上帝抚平恨意。

在这个细读章节中,与通过设宴连接众人、升华仇恨的克拉丽莎相比,基尔曼小姐只能把自己一步步地推向仇恨的深渊。她的仇恨既包括鄙夷克拉丽莎所享受的奢华生活,又包括嫉恨克拉丽莎对女儿的占有(这里会让人读出一丝同性恋中的竞争关系),她别别扭扭、恨意冲天又充满自傲,所有纠结的情绪被凝结在了一件神奇的物品上:雨衣。请各位回忆一下,故事发生的这一天是几月份,什么天气——六月份,太阳很大。但是,基尔曼居然穿着雨衣!

小说中的衣服有秘密吗?

伍尔夫通过《奥兰多》回答了我们:"不是我们穿衣服,

而是衣服穿我们。"衣服是小说细读非常值得花心思的细节。衣服可以是一个人的社会外壳，也可以是其内在的投射，可以是政治性的，也可以是阶级性的。对一件衣服、一双鞋乃至一支口红的完美描述总是令人兴奋的。每一个读着童话长大的孩子都已经学会了"看衣识人"：女巫们总是穿着黑袍出现，而仙子们多半身着轻盈的白裙。在契诃夫笔下，套中人穿的是显示官阶的制服，而安部公房笔下社恐的男人穿的则是一个纸盒子。对于基尔曼来说，六月的大晴天却穿着厚重的雨衣，本身已经是一项宣誓了：我拒绝走到人群中，我是格格不入的。

衣服的质地也在透露穿着者的信息。原文中，雨衣用的词是mackintosh，也就是用防水胶布做成的雨衣，它得名于发明防水材料的苏格兰化学家查尔斯·麦金托什，其面料是煤焦油、清油与橡胶溶液黏合的两层橡胶，价格低廉，质地也没有纯棉或者丝绸柔软。我想它是否宣示着基尔曼退出社交、回到孤独贫困状态的决心？"她四十出头了，穿什么，戴什么，毕竟不是为了讨人喜欢。"还记得克拉丽莎今天准备穿的衣服吗？一件绿色的华丽礼服裙（evening dresses）。它可能是绸缎做的，因为克拉丽莎在缝补它时要用到绸料，它肯定有着曳地的裙摆，不然不会"有人踩过裙子"。奢华的面料、装饰性的点缀以及曳地的裙摆，都是为了取悦观赏者，满足十八世纪以来的社交界的情感需求——在福楼拜的小说中，衣裙的窸窣声回响在每一个充满爱意的社交场合里；《情感教育》中，男人连听到心仪女人丝绸衣裙发出的窸窣声，都会欣喜不已；而当《包法利夫人》中的爱玛终于摆脱了奶妈，和情夫一起散步时，我们也只听到了她袍子的窸窣响声。

小说中,有时候是布料的声音,而非人的面庞或者气味,带来了情欲之感。

雨衣就像是具象化的仇恨,让读者看到基尔曼是如何被困在仇恨带来的孤绝之中与人隔离的。仇恨退缩到了她心灵的私密处,成为她内心与自我斗争的标志。但另一方面,雨衣也贴合地包裹着她粗笨的肉体,使她不至于因为欲望的拉扯而分崩离析。当伊丽莎白在基尔曼面前聊起晚宴时,基尔曼的反应是:

> 她感到自己要炸开了(split asunder)。内心的痛苦简直可怕。

"asunder"(化为碎片、被撕裂)在伍尔夫的笔下有一个比较固定的意思,往往都是用来表明欲望或者恨意带来的痛苦,比如《幕间》里的露西说起自己的丈夫,"爱与恨——这两种情感使她精神分裂"(Love and hate — how they tore her asunder!)。孤立、脆弱、仇恨撕碎了一个人的时候,需要她自我缝合,才能保持完整性。雨衣收拢了她支离破碎的身心。

基尔曼是一个滑稽但并非没有意义的角色。就像小说中所有"硌硬人"、让人不舒服的角色一样,他们总在兼职着某种警示的功能。克拉丽莎的盛宴与化解仇恨都显得太过容易了,她从来没有遇到真正的困难,也就很难有真正的领悟,基尔曼则是因为遇到的真正的困难太多了("连那块蛋糕也没福消受呢"),以至于她的领悟被扭曲了,然而,对于阶级不公、男女不平等现象的观察，她仍然给出了小说中最为切己和深刻的判断。这个角色会让人想到莎剧中的小丑与伶人，他们因为疯傻可笑，反而获得了讲真话的机会，当人们最不把他们当真时，恰恰是他们的真话最有效的时刻，故事以一种曲折的方式增加了深度。

其实，抛开文本，我也始终觉得"不舒服"是一种珍贵的感受，它比"舒服"更能带给人警醒。当一个人学习某个专业、从事某个工作或者处于某段亲密关系中时，不舒服的感觉会持续提示着他天性或者本性的存在，人因此会被迫开始反思目前的处境：是否这个工作真的是我想要的？我是否还该继续这段恋情？相反，舒服感则可能带有一些麻痹效果，温水煮青蛙，让人觉得就这样算了吧，以至于"慢慢就习惯了"这样的说法简直有一丝可疑的邪恶气息。每年毕业季，我都不愿拿"一帆风顺"来搪塞毕业生，相反，我会祝福他们在未来感受到更多的"不舒服"，也更有勇气去面对和修正这种不舒服，由此，才能真正逼近自己真正的所愿、所爱与所想。

显然，相比爱的舒适，仇恨总是令人不舒服的，然而，它终究是推动历史、改写文学甚至让人完整生活的必要条件。

十四

阴魂:脚步轻轻

细读内容:第130—145页

情节梗概:伊丽莎白离开基尔曼小姐后,登上了公共汽车,她满脑子乡间的风景,相比之下,伦敦乏味极了。上哪一辆车,她都随遇而安,只有她的母亲发现了周围人开始对她献殷勤。摆脱了基尔曼,她自在极了,户外的空气清新多了。她想到基尔曼说的这一代女性可以自由选择职业的话,想要成为一个农民或者医生,不理会母亲的意见。各种街景刺激的潜意识像流沙似的在心灵深处徘徊,还没有家里的人来过海滨大街呢,她很有冒险精神,虽然母亲觉得她幼稚。街头的喧闹之声也许能抚慰人心,对那些垂死者亦然。人流与市声将会把人间的一切裹挟而去,如同冰川。天空中的云朵倏忽万变。

　　此时,赛普蒂默斯躺在起居室里,在幻觉中谛听与凝视,他感到大自然在向他表演和传递秘密。雷西娅坐在旁边,用纸片记录他的呓语,有些还很美。有一次,打扫房间的姑娘看到这些内容,发出嗤笑。他向妻子问起亲友的境况,同时手半掩着眼睛,生怕看到残肢异象。她却总是坐在那里缝啊缝,没什么吓人的。他拿过她手里的帽子,突然很正常地开始评论它,还开起了玩笑,多久没有这样了,像正常夫妻那样!雷西娅继续缝帽子,没有比这顶帽子更为真实的东西了。正当他迷蒙间感到快乐时,他觉得雷西娅带着孩子回了老家,又只剩他一个了。他注定孤独。他喊叫埃文斯,但死者没再出现。突然,针断了,雷西娅说:"见鬼!"(Ah, damn!)

她觉得他们像初逢时一样有话说。但医生说他们必须分开,他要静养。她给他看她记录下来的呓语,整理与捆扎纸片,他觉得她很勇敢,战胜了那两个医生。他们决心不分离。这时,霍姆斯大夫来访,雷西娅不让医生见自己的丈夫。霍姆斯上楼后,赛普蒂默斯看到对面楼梯上,一个老人走下来。他纵身一跃,自杀了。医生觉得病人此举简直莫名其妙,他让雷西娅喝下了药汁,让她在迷蒙中昏睡过去,她依稀感到海洋的抚摸,将她与丈夫包裹。

1

人死以后会去哪里呢?

是永恒的寂灭还是投胎转世,或者去阴曹地府游了一圈,又回来了?

我奶奶曾经讲过一桩她的遭遇。那时她到市卫生局工作没多久,住在卫生局的宿舍里,她的后母基本上每周都会来宿舍里玩一两天。后母走路很有特点,喜欢拖着步子走,奶奶一听那个声音就知道是她来了。有一个周末的早晨,太阳很好,她在屋里坐着,听到熟悉的脚步声又拖着走过来了,她扭头一看,没有人,也没当回事,过了一会,脚步声再次传来,她扭头后发现还是没有人。她就问屋外的爷爷,是不是他在走路,爷爷说自己一直坐着写字,没有动过。那天下午,她才知道后母在前夜已经去世了。奶奶他们那一辈人有一种说法,叫作"收脚步",就是人在去世以后,魂魄会回到生前常去的地方,把自己走过的路上留下的脚步全部收回去,才能安心地离去。我从来不觉得奶奶是在说谎。看史书的时候,发现人们有时候会"误植"记忆,比如看了电视里的鬼子进村,就会把它植入自己的大脑,和别人宣称小时候见过日本兵,但其实可能日本人进村时,讲述者还未出生呢!或者,人们因为相思成疾,看朱成碧也是有的。但是,我连这些推断也不想做,因为真伪的问题,在奶奶这里是在考虑之外的。而且,我必须承认,在听她讲述的时候,我起了鸡皮疙瘩。

只有非亲历者才会去考虑真伪。几百年前,一位英国的女士也听到了死者发出的脚步声,甚至与逝者的亡魂面对面畅聊了一番。这件事引发了剧烈的讨论,笛福把它写成了《维尔夫人的显灵》①,人们相信它是"第一个现代鬼故事"。笛福用冗长的标题宣誓它的真实性,姓名、日期和地点无一不备。故事中,巴格雷夫夫人的老朋友维尔夫人前

---

① 《维尔夫人的显灵》这个故事是否真的是笛福所写还存疑,一些现代学者对作者归属提出过异议。

来拜访她。说自己想在旅行出发前聊一聊。巴格雷夫夫人想吻朋友，但被维尔夫人以身体不好为由拒绝了，两人一起读了关于死亡和友谊的书籍，最后，维尔夫人在交代巴格雷夫夫人一些财务方面的信息后，突然就离开了。后来，巴格雷夫夫人才知道维尔在来访的前一天已经去世了，那么，来的是谁呢？只能是她的阴魂了。十八世纪，小说的发展已经开始进入成熟期，笛福交代了一个很动人又很真实的细节，他说两位女士聊起了维尔夫人的长袖式长裙，维尔说这是"精练丝，新做的"，巴格雷夫夫人还伸手摸了好几次料子。这个细节说服了我，比起时间、地点、人名这些"硬实"的证言，女人之间啴摸衣服这个动作有一种更接近生活的柔软质感——很难想象男人之间会互相啴摸衣料，或者抱怨衣物上的一点勾丝与油渍。

辨别真伪可能是阴魂不散、亡灵归来的故事里最乏味的一种理解方式。对我来说，更令人好奇的是人们为什么相信徘徊不去的阴魂会回来，而文学也一遍遍重新讲述着它们的故事。在刺激与害怕的同时，读者会被推向更远的地方，思考生与死、道德与责任、此世与彼岸的种种问题，玄秘又充满魅力。

所以，这一节，我们来聊文学中那些归来的亡灵。

2

你可以把《达洛维夫人》读成任何一种故事，爱情故事、婚姻故事、战争故事、家庭生活故事，反正，就是不可能是个鬼故事，因为它看上去阳光普照。

中国人对鬼的分类很详细,栾保群老先生在《扪虱谈鬼录》里谈到了各种鬼。比如煞,这是有丧事的时候才会出现的丧神,"凶神恶煞"是也;或者伥,死于虎的叫作虎伥——所谓"为虎作伥",死于水的叫作"江伥";更不用说"脏东西""阿飘"之类的现代说法。西方也有非常丰富的鬼怪表达,像幽灵、吸血鬼、狼人、食尸鬼,等等,如果你玩过《巫师》系列游戏,那么对西方传说中的各种鬼怪也不会太陌生。英文中还有一个专门的词描述返回人间的鬼,叫作亡灵(revenant),与汉语里说的"阴魂不散"的阴魂比较相似,但回归者是有身体的,不单纯是一个影子。在《达洛维夫人》中,伍尔夫其实还写了一个亡灵的故事,虽然她没有直接提到 revenant,但却给出了大量亡灵归来的描写。

伍尔夫其实很有些哥特的气质,或者说,很多现代主义作家大都有点儿邪气,就好像一个建筑师在精雕细刻宏伟的文字大教堂时,忽然用胳膊肘捅捅你,指向了大教堂旁边一口枯井张大的嘴巴,这比从一开始就告诉读者"我写的是鬼故事"更令人脊背发寒,因为读者接受故事的现实逻辑会被突然抽掉,坠入漆黑的兔子洞。技术革命与数字传媒从来没能中断都市传说的流行,看起来最一本正经的作家们私心里其实都喜欢捣鼓一点鬼故事,从狄更斯笔下的信号员到乔伊斯笔下的吸血鬼,整个西方文学的历史一直是"神出鬼没"的。

然而,现代作家们写鬼,写亡灵,又和古典时代的作家出发点根本不同。

伍尔夫很喜欢读哥特与恐怖小说,她还常常为知名的恐怖小说作家写文学评论,但她发现如果还是讲老一套的鬼故事,只会陈腐得令人发笑——"如果你的鬼只盯着显而易见的恐怖来源,那么只会令人发笑。经历了战争、发达的通俗小报与大规模机械生产后,我们所吃的恐怖早餐比祖先十二个月吃的都丰盛多了。"这句话挺重要,因为伍尔夫明显是在说:我可不做那种新瓶装旧酒的事儿,我们毕竟是经历了太多的现代人啊。所以,伍尔夫小试牛刀,写了一个一点都不像鬼故事的鬼故事《幽灵之屋》,你要在里面找刺激肯定会大失所望。故事原文的标题是"A Haunted House"。Haunted 在英文里指的是闹鬼、鬼魂出没的意思,很多迪士尼的动画片里总有套着白床单的幽灵在房间里游来荡去,它们徘徊的房间就是鬼屋,所以 A Haunted House 有点像中国的"凶宅"。在这个小说中,两个幽灵除了名字是幽灵、走路飘来飘去之外,倒是一点都不像鬼:

> 无论何时醒来,总能听到关门声。他们手牵手,从这屋到那屋,掀掀这儿,翻翻那儿,四处确认——一对幽灵夫妇。

看来,这对鬼夫妇完全不想吓唬人,它们来到讲故事的人面前,也只是提起银灯照了照,深情地看了很久,并不可怕。它们想找东西,找的是什么,找到了没有,我们都不得而知。从某种程度上来说,这个故事是《达洛维夫人》中亡灵描写的前身,也向读者挑明了作家无意于那些吓唬读者、令人毛骨悚然的肤浅伎俩。鬼也好、阴魂也好、亡灵也好,它们的出现被淡然视之,不再是笛福笔下轰动一时的社会新闻与乡间奇谈,这本身就在说明,一种深刻的精神变化发生了。

在《达洛维夫人》中,有很多处将人"鬼化"的描写,同样不是为了吓唬读者,它们的依据几乎都可以追溯到后文克拉丽莎的一种先验信念中:

> 她终于形成一个先验论式的观念;正因为她怕死,这一观念安慰了她,让她相信,或自称相信,她所谓的幽灵(即一般人所说的肉体),同无形之魂相比,是昙花一现的,而后者充塞于天地之间,因此可能永存,经过某种轮回,依附于此人或那人身上,甚至死后常在某处出没。也许……也许……

在这样的理念指导下,出现了一些比较明显的鬼魂角色,比如时常在赛普蒂默斯眼前出现的战友埃文斯。死者的亡灵一次次返回人间,从花朵与树丛间浮现,折磨着生者,让活着的人产生深切的负罪感:他死了,我凭什么活着呢?基尔曼小姐也有点这个味道,克拉丽莎非常憎恨她,觉得她在人们心目中,已经"变成一个幽灵",骑在人身上,吸干人们的血液——在写这个细节时,伍尔夫一定是想到了她读的那些吸血鬼的传说吧。此外,小说中也有一些不那么明显的鬼魂游荡、生死同域的角色,比如海伦娜·帕里姑妈。这个角色集中出现在前文克拉丽莎回忆旧日恋情的部分。姑妈是她与彼得分分合合的见证人,那是三十多年前的事情了,彼得一直以为她死了,才会笃定地说"她早已死了"。但在小说的高潮宴会部分,她又突然现身,所以有了那句:"海伦娜·帕里小姐没有死,她还活着。"这句话解释

得很淡,但足以让读者想见彼得等人的惊诧。在这个情节中,还提到了姑妈的眼睛:

> 她的眼睛(一只嵌了玻璃)便会徐徐地变得深邃,闪烁出蓝幽幽的目光,仿佛又看见了……

玻璃眼睛何其引人注目!它算有光,却是物质的光,不是生命的光。眼睛是描写亡灵的作家们非常关注的一个器官,活人的眼睛滴溜溜水灵灵,那亡灵的眼睛呢?如果写成两个黑窟窿,虽然省事,却会变成骷髅,骷髅和阴魂也不是一回事儿啊!所以,作家们总喜欢写失去了神采和生命气息的亡灵之眼。比如,在保加利亚和塞维利亚地区流传的一个亡灵归来的民间故事中,姐姐发现死去的弟弟的回魂"皮肤发黑,眼睛无神";布莱姆·斯托克著名的吸血鬼故事《德古拉》中,吸血鬼的眼睛发出了火焰燃烧一般的红光;最绝的是托妮·莫里森在《宠儿》里写回魂人间的女孩的眼睛——"铁的眼睛",它让我想到古老的《伊利亚特》里,战士倒地身亡,荷马会说他沉入"铜样的梦境",冰冷的金属剥夺了生命的气息,就像伍尔夫笔下那只玻璃眼睛。

在这个细读的章节中,还有一处非常隐微但极重要的亡灵形象。它出现在赛普蒂默斯跳窗自杀的那一段,我们先来看看原文:

> 然而,他要等到最后关头。他不要死。活着多好。阳光多温暖。不过,人呢?对面楼梯上,一个老人(old man)走下来,停住,瞪着他。霍姆斯到门口了。他喝

一声："给你瞧吧！"一面拼出浑身劲儿，纵身一跃，栽到菲尔默太太屋内空地的围栏上。

亡灵在哪儿呢？我认为就是那个走下来的老人。有时候，那些不直接参与情节的无名角色，就好像车窗外滑过的脸庞，很难激活读者的记忆点，但每当人们回首往昔，会发现无名的脸庞恰恰是构成记忆幕布的核心要素。我们可以努力回想一下，上一次老人出现在楼梯上是什么情景——是克拉丽莎在满脑子想着讨厌的基尔曼时看到的："克拉丽莎向窗外望去，只见对面那位老太太（old woman）在攀上楼去。"虽然赛普蒂默斯看到的是男性，而克拉丽莎看到的是女性，但我们不妨把它们视作同一个亡灵，只不过投射了见鬼之人自己的性别。它游来荡去，性别难辨，反复出现在一些类似的场景中，却始终无法与人沟通，无法进入家门，只能在楼梯上徘徊。

亡灵的出现提示着活人的死期，而且，与上楼相比，赛普蒂默斯看到的下楼更具有退场和谢幕的意味，所以，在纵身跃出的时刻，赛普蒂莫斯说了一句："给你瞧吧！"原文"I'll give it you!"直译就是"我把它给你吧！"。这个它（it）到底指的是什么？你（you）又说的是谁？读者这时面临两种选择，要么认为 you 指的是赶到门口的医生，要么认为是盯着赛普蒂默斯看的老人亡魂。接受 you 是医生的话，赛普蒂默斯的最后一句话就可以理解成对医生们的妥协——算了，我不抵抗，随你们摆布吧！但是这样理解的话，他之前所有的挣扎都没有了意义，而且也不必寻死，躺平等待着治疗不就行了？所以，我倾向于认为 you 指的是那个下楼的亡灵，it则指的是赛普蒂默斯自己的灵魂，他决定跟随返回人间的亡魂，一道离开人世。只有将灵魂交给逝者，才能在选择自己的命运时保持主动与尊严。或者说，只有通过死的主动性，才能摆脱生的被动性。

在自杀的这个段落中，还有一处细节值得注意：围栏。赛普蒂默斯自杀后躺在了菲尔默太太屋内空地的围栏上，翻译成"屋内"有点歧义，好像他是从人家房顶上砸下去，砰的一声落进别人家的客厅里似的。原文写的是菲尔默太太家的"area"（区域、场地之意），就可以理解成是她家那一片的围栏。围栏是一个很微妙的意象，它区隔了内外，划分了公共场所与私人空间。围栏天然地和区隔与逃离相关。赛普蒂默斯摔到围栏上，就像一个"骑墙者"，介于内与外、公共与私人之间，甚至可以进一步说，他介于生与死、阴与阳之间。这本身也是亡灵的状态，亡灵并没有被地狱彻底收编，而是从炼狱里跑回了人间，但是它们又没有办法参与实际的活人生活。

小说家常常用栅栏、围栏进行处境与情感状态的区分。在福克纳的《喧哗与骚动》中，白痴班吉总是趴栏杆上等姐姐，但是他吓坏了外面放学回来的女生，所以被阉割了以绝后患。围栏就这样把正常人与白痴、欲望与禁欲区分开来。舍伍德·安德森在他的短篇小说《无人知晓》里也写栏杆，饱受情欲折磨的男人来到女人家外面，站在她家的栅栏外等待，期待和她发生关系——"他和他的冒险只隔着窄窄的一溜马铃薯地"。这时候，围栏又把男人与女人、情欲的释放与压抑隔绝开了。栅栏、围栏就像是作家给角色刻意安排的障碍物。总之，在小说细读的时候，可以多注意空间与建筑物的写法,空间是人行动的承载与外化。

围栏这个细节提示我们:在这部小说中,最具有亡灵气息的人甚至都不是埃文斯,而是从战场返回后失魂落魄,有如行尸走肉的赛普蒂默斯自己。身体回来了,却丢了魂。当他在房间里大叫埃文斯的名字却得不到回应时,他知道,是时候随之而去了。

3

传统的亡灵故事是什么样的呢?

在课堂上,我听到了许多极具云南地方色彩的亡灵现身故事,最有意思的一则发生在普洱地区(巧合的是,我们这天的课是在中元节晚上上的)。普洱属于热带,草木极深,有很多原始森林。一位同学的父亲是当年的计生办委员,负责到每村每户宣传计划生育政策。有一天他和同事骑着自行车一前一后穿行在草木夹道的一条窄路上,两人都喝了酒有点醉意,同学的父亲骑在前面,突然发现身后的同事没了声音,他怕出事,又沿着小路找回去,结果发现同事的自行车倒在路边,旁边有一道脚步压倒深草的痕迹。他沿着倒伏的草走近林子深处,发现同事在里面招呼他,说,你怎么才来,这家人一直在招呼我们喝酒,没法拒绝啊,一面说着,一面和人做拉扯推辞状。同学的父亲吓坏了,因为周围根本没人,他用手电筒往附近一照,发现原始森林的草丛里有一块孤零零的墓碑。普洱地区的墓碑和中原有一个很大的区别,一块墓碑上会刻一个家族四代人的族谱,而不单纯写逝者的生卒年,所以,才会有一大家子"人"招呼父亲的同事喝酒的可能。复述父亲经历的这个同学作了一番很有意思的思考,他觉得他们那里的人习惯于"用死来铭刻生",而墓碑躺在原始的荒野的深处,又近乎一个隐喻,让他想到了一个家族的兴衰。

大家会在这里读到什么?恐怖。当然,在中元节这天的晚上听,我还真的心有余悸。但是还有温情,逝者的好客,以及纪念,一个家族的生生死死,浓缩在一个人的生死之上。也许童话故事总是在探讨如何生活的问题——像前几节谈过的,童话中常常出现食不果腹的兄妹以及发现壁橱空空如也的菜农——那么,阴魂与亡灵的故事是我们用来面对自己"终有一死"这个荒诞结局的手段,也是我们思考与逝者关系乃至与宇宙关系的工具,在很多时候,甚至还背负着沉重的道德责任与社会力量,一点也不轻盈。

两千多年以来,文学一直在讲述着亡灵与阴魂的故事,它用极为独特的形式记录了人类情感与观念演变的暗流。甚至,文学自身就具有亡灵的特质。有人以为文学创新是把旧东西一脚踢开,再扑身未来进行创造。但是,艺术创造的永恒法则是:继承大于创新。不只文艺复兴时期的巨匠们需要埋首故纸堆,打捞并重新锻造古希腊罗马的遗产,在每一个时代,文学古老的要素都会一次次返回当下的文本,文学传统的命题也会不断返身到后世的写作,甚至,那些早已逝去的作家也都能够借尸还魂,重新钻出新的文学作品的地表。

这正是所有文学"母题"①的由来。

比如,每个时代的作家都喜欢写水上的漂泊与冒险,时隔千百年,荷马描述过的汹涌动荡的水域,在马克·吐温与麦尔维尔笔下又出现了;当古罗马诗人维吉尔的游魂返回人间带着但丁游历地狱后,徘徊街头的诗人艾略特也突然遇到了去世几十年的诗人叶芝重返人间的亡魂,一起走过一段炼狱般的路……有时候我会感到,整个东西方文学,千百年来甚至只是在重复地讲着几个固定的母题。所以,文学自身就有强烈的亡灵的气息,才能够带领读者不断徘徊在新与旧、过去与未来之间。

传统时代,无论人们通过亡灵想实现什么样的诉求,它们带给人的首先都是恐怖感。古希腊悲剧家埃斯库罗斯的戏剧《普罗米修斯》中留下了一个众人熟知的英雄的身影:普罗米修斯,他为人类盗取天火,最后受罚,被绑在高加索山上任秃鹰啄食心脏。但这部剧中有一个亡灵,可能没有引起太多注意。那是阿尔戈斯的亡灵。当普罗米修斯被绑住时,他看到山下有一位被牛虻追逐的少女,少女一边疾走一边说:

> 哎呀,哎呀,
> 那牛虻又把我这不幸的人蜇刺,
> 那是阿尔戈斯的影像,地母啊,快把它赶走!
> 我一看见这千眼的看牛者便心中发颤。

---

① "母题"的英文是 motif,直译为"主题、主旨",虽然在意思上有重复书写、雷同的框架等含义,但经历了胡适的创造性翻译后,至少在中国读者看来,某个主题脱胎于同一个原始的母体、再历代沿袭的意味才被凸显出来。

> 它带着一副狡猾的眼光前来,
> 它死后大地都未能把它埋葬。
> 它竟然从下界出来,
> 追赶不幸的我,迫使我游荡,
> 忍饥挨饿,在那荒漠的海滩。

(王焕生译)

实际上,作家写的并不是真的亡灵,而是被少女误认为是亡灵的牛虻。但是从少女的眼中,她看到的就是已经死去的阿尔戈斯的亡灵,他从"下界"跑出来,追逐活人。"见鬼"的错觉能发生,说明对那个时代的人来说,它不是一件令人意外的事,但一定是令人惊恐的事,以至于少女说自己"心中发颤",甚至,她感到被蜇伤。

蜇伤,提示着身体的疼痛。有时候,人们恰恰需要借助生理性的刺激,才能够去思考更形而上的问题,因为形而上的思辨常常是迂回着回应了身体与感官的觉知体验。在课堂里,有一位同学分享了她的个人经历,正是从刺激推导出存在感的经历。那是她高三时候,因为压力太大晕倒了,醒来以后已经躺在了医院的床上,没法动弹四肢,连粥和药都是护士帮她喂进去。她产生了一种强烈的瘫痪感,仿佛陷在一个流沙坑里,对自我的四周与身体失去了控制力。这时候,她和家人提出一个奇怪的要求,她要吃苦瓜。并不是因为她喜欢吃苦瓜,而是因为她觉得苦瓜能给她最强烈的感官刺激,让她知道自己还活着,还有存在的知觉。吃了第一口后,苦瓜的滋味奏效了,极致的苦涩涌进口腔,她强烈地感到了自我知觉与控制力。我觉得她的描述特别动人,那天，我们甚至课后还在聊这枚苦瓜。

某种程度上，亡灵和苦瓜的意义是一样的，它用强烈的感官体验提示着人的生死忧患。也就是说，亡灵的意义在于引出对于死亡的原始恐惧。于是，从月光下被废弃的小教堂，到门板吱呀作响的荒宅，从碑文湮灭的墓地，到浓雾笼罩的荒野，只要有人"活"过的痕迹，那么也就会相应地有"死"的痕迹，故事里不停地讲述着那些重返人间的亡灵，它们不断向活人找碴，制造焦虑和恐怖的气氛，反复地提示着我们终有一死。

可是，没有哪个亡灵对这个问题的回答比苏格拉底的亡灵更简单，也更冷峻。苏格拉底的亡灵出现在古罗马的小说《金驴记》中，这可能是小说里最早出现的一批亡魂。《金驴记》是一部非常荒诞的小说，充斥着人变驴、人兽交等重口味情节，小说的开篇倒是郑重其事，讲故事的人自称遇到了苏格拉底，而这时苏格拉底已经死了：

> 可你知道我看见了谁？真巧，是苏格拉底，我的一个同行。他正坐在地上，披着一件刚能遮住身子的破斗篷，而且面色憔悴，瘦骨嶙峋，变得让人难以辨认，完全像一个在十字街头行乞的流浪汉，令人动恻隐之心。
>
> （刘黎亭译）

讲故事的人自称与苏格拉底是莫逆之交，指责他说他的妻子正为他的死而痛不欲生，他竟然还以幽灵的形式到处乱逛，真叫人心寒和难堪。对此，苏格拉底回答说：

> 显然你还不了解：人生的道路真是无比坎坷，命途多舛，变幻莫测啊。

苏格拉底的亡魂说到最后低下了头。作者阿普列乌斯还交代了一个细节，说亡魂把斗篷扯起来遮住脸，"这样一来，他的身体从肚脐以下的部位，全都裸露在外了"。为什么如此露骨地暴露一位哲人的隐私？下体意味着排泄和生殖，也就是维系生命的东西，当它被赤裸暴露时，是否意味着证明一个人"活着"的东西已经彻底被放逐、变得十分虚无了呢？所以，苏格拉底的叹息与暴露的下体，都在暗示人生之路最终的坎坷正在于死亡，它无可避免，只会让活着的人惆怅和痛苦。这种态度基本上预示着漫长的中世纪里人们对于死亡的态度：既然不可避免，就只能甘之如饴。因此，在中世纪出现了一种特别的艺术体裁：死亡之舞。其内容就是返回人间的亡灵与活人手拉手地跳舞，跳个没完，基本上都是由一个赤身裸体、不分性别、野性十足的骷髅或者尸体和一个大活人起舞。死者嚣张、无所顾忌，而活着的人则五味杂陈，有的满脸恐惧，有的麻木无感。而且活人会模仿死人，倒地大笑而"亡"，接着又活过来。死亡之舞就好像是社会的一个隐微的平衡器，它提示着人们，无论在尘世取得多大成就，在死面前，人人平等。直到近代，它仍然是作家们偏爱的古典母题，从普希金到歌德，没少写热热闹闹又凄凄惨惨的"死亡之舞"。

人们面对无常的头等反应当然是恐惧，然后，就会想方设法地将其控制。我在前文讲过修建城市、制作艺术品，都可以说是抵抗与控制无常的办法，还有一个途径很重要，就是宗教。基督教在中世纪根深叶茂的发展，使人们对无常之死的非理性恐惧被纳入一个理性且条分缕析的世界，基督教会为广大磨坊主、农民与手工业者一一解释：为什么死，死后会怎样，所以，活着的时候又应该干什么。从这个时候开始，一个非常神奇的空间被确定了下来：炼狱。人们以前只谈上天堂或者下地狱，但是到了十三世纪左右，社会文明的发展使得人的行为变得空前丰富，也使得判断这些行为的标准显得不够用了。假如你偷了块银币去买酒，那你死后下地狱是没有争议的，但是假如你在灾年都快饿死了，偷了邻居的一块面包，那怎么判呢？又或者，你把人打死，那么自然死后还是下地狱，但是假如你是被人围殴的时候，顺手抓起一把剪刀自卫，无意间划破了对方的大动脉，那又怎么判呢？有些罪太轻了，上天堂不合适，下地狱又不至于，所以，神学家们捣鼓出了一个中间空间：炼狱——先到这儿待着吧，这也为大量亡灵跑回阳间提供了"转运站"，毕竟从炼狱跑出来可比从地狱跑出来容易多了，传统亡灵故事中的鬼总是从炼狱跑出来的。

不要小看从二元的"地狱－天堂"到三元"地狱－炼狱－天堂"的思维变化，虽然中国人习惯说"一生二、二生三、三生万物"，好像从二到三是自然而然的，但在现实处境中，二元思维始终是占主导地位的。我在讲仇恨的章节里也提到过，"二极管"思维其实是一种进化后帮助人们迅速做出选择的生物性结果。但是，从二元中发展出一个灰色的、过渡的居间状态，标志着人类思维的巨大成熟与进步。理解这一点，对解读文学也很有帮助，当我们不再立马断言一个角色是好是坏、是渣男还是浪女之时，当我们在两种极端判断里寻得一个中间数值时,当我们接受所有人性里都包含一段晦暗不明的灰色地带时,当我们沉思与尝试理解人物选择背后的所有经历与可能时,那么,对文学与人的理解就会自然地丰盈起来。

炼狱的出现、对罪与罚审慎的掂量,都暗示出中世纪之后亡灵故事的一个强大倾向:道德化。生理性的、原始的恐惧淡去,道德逐渐抬头。这也是为什么在西方近代的亡灵故事里,充斥着鸣不平与伸冤的元素。早在乔叟写于十四世纪的《坎特伯雷故事集》中,就有遇害而死的人以亡灵之身重返人间,要求生者帮它讨个公道的故事。这类故事不胜枚举,不消细说,归结起来,其实用一句老话总结就够了:不做亏心事,不怕鬼敲门。

鬼变成了法律无力时的代偿性正义,这是传统时代亡灵故事又一大特点。

4

课堂上,有两位同学在复述自己幼时所见阴魂的经历时,都提到了一点:当时他们正在发烧。所以,他们很疑惑,其实可能不是真的见到了阴魂,而是因为高烧烧得人神志不清了,内心里面一些零碎的、病态的记忆由此被重组和拼凑了起来。这个解释非常有代表性,现代人"见鬼"的第一反应是:我是不是病了,是不是精神出问题了。

这就正中赛普蒂默斯的两位医生下怀了。他们坚持认为赛普蒂默斯见到埃文斯的亡魂是因为精神疾病,只要遵医嘱,就可以痊愈。现代世界中,经学哲学的理性话语改头换面,多少变成了医学的理性话语,总之,要将那些飘逸出理智控制范围之外的浮渣一网打尽。别忘了,小说中,赛普蒂默斯憎恨的是医生,而克拉丽莎憎恨的是宗教,当她看到那个老太太(也就是前文我提到的亡灵形象)在爬楼时,她觉得这一幕里有庄严的意味,但是"爱和宗教将破坏它,以及它象征的一切,如幽静的性灵"。也就是说,现代人把传统叙事中的"见鬼"从外移到了内,道德压力被转换成精神压力,从人与世界的关系转移到了人的内在冲突。人们再也不相信有神有鬼了,但他们相信弗洛伊德。以前,人们说这个人中魔了、被附身了、见脏东西了,现在人们说:哦,他只是癫痫、躁郁症或者癔症发作了。

一种惊诧之感消失了,一切都因为说得通而变得平常,个人体验的独一无二也被普世的解读稀释了。

可是,我总觉得惊诧和战栗是非常重要的精神体验,《诗经》里说"战战兢兢、如履薄冰",《新约》里也说"恐惧战栗",这里面都有一种让步的感觉,或者说不那么"满"的感觉,仿佛是把人的理解与感受空间拱手让给了一些人无法全然把握的存在,保留了对灯光未曾填满的房间角落阴影的敬意。一个对什么都习以为常的时代是一个乏味和平庸的时代。在克尔凯郭尔笔下,亚伯拉罕面临上帝发出的献子命令时感受到的是恐惧与战栗,只有这种感受,能够通往绝对的信仰与超越。一些哲学家觉得现代人与古代人相比,是没有了"羞耻"感——做什么没羞没臊的事都不会有心理负担了,我想还可以补充一句,现代人已经没有精神层面的恐惧感和打冷噤的感觉了,最多,人们会去恐怖片和密室逃脱游戏里见鬼,但心里很清楚为的只是恐怖之后的娱乐。

在传统亡灵故事向现代亡灵故事转变的过程中,莎士比亚留下了一把伟大的椅子。

在《哈姆雷特》中,很多人都见到了被害死的老国王的亡灵,它徘徊于城堡的露台,引发了守夜的几个士兵的惶恐,也说出了弥留在传统文学中的恐惧与惊诧:"它使我心里充满了恐怖和惊奇!"老鬼魂的出现正是想让哈姆雷特替自己报仇。但在《麦克白》中,鬼对主角设置了"仅自己可见"。只有双手染上了杀君杀臣之血的大将麦克白自己能看到鬼,庆功宴上,鬼坐在他的椅子上,他没地儿坐了:

麦克白　席上已经坐满了。

列诺克斯　陛下,这儿是给您留着的一个位置。

麦克白　什么地方?

列诺克斯　这儿,陛下,什么事情使陛下这样变色?

麦克白　你们哪一个人干了这件事?

群臣　什么事,陛下?

麦克白　你不能说这是我干的事,别这样对我摇着你的染着血的头发。

洛斯　各位大人,起来,陛下病了。

只有心怀内疚的人才能看见鬼。这是否意味着,到了《麦克白》中,亡魂的意义已经从实现道德与正义的工具变成了人内在紧张感与负罪感的呈现——它们通常隐于内心,不被人看见。这是现代文学对亡灵故事一个很大的改造,我们在《达洛维夫人》中,会发现退伍军人赛普蒂默斯看到的战友埃文斯的亡灵与麦克白看到的班柯的鬼魂非常类似——都只有一个人能看见,而见鬼也指向了这个人的精神上的创伤。①

在《达洛维夫人》中,塞普蒂默斯的精神状态不仅由亡灵呈现,也由活着的人来侧面烘托。在这个细读章节中,读者会发现作者没有马上写赛普蒂默斯的死,而是插入了一段伊丽莎白的漫游,也就是我们在本细读章节开篇读到的内容。伊丽莎白是一个过渡角色,她气质秉性更接近赛普蒂默斯而非母亲,所以她的功能偏重于提示赛普蒂默斯的状态。在描绘伊丽莎白在街头的沉思时,有这么一段关于市声的描写:

> 人们的健忘可能令人伤心,他们的忘恩负义也许会腐蚀别人,然而这种噪声,年复一年无休止地喧腾着,将吞噬人间一切——(她自己的)誓言、这开拓者、这沸腾的生活、滔滔的人流;噪声将囊括一切,把它们席卷而去,恰如在汹涌的冰川中,巨大的冰块载着一小片骨头、一枚蓝色花瓣、一些橡树的残骸,把它们全都卷去,滚滚向前。

---

① 这种从外在转向内在的变化,甚至能通过追溯一些神鬼相关的词汇的变迁史来印证。比如说"Phantasmagoria"一词,这个词最早其实指的是十八、十九世纪初欧洲幻术展览和公共娱乐活动中的鬼魂表演,这些表演通常会使用各种道具制造出幽灵。根据《牛津英语词典》中的定义,它的意思是"一系列或连续变化的幻影或想象中的人物,如梦中所见"。但是近代以来,这个词发生了字面和隐喻的变化,它越来越具有内部或者主观的含义,开始被理解为"内心的幻想和幻觉"。一个悖谬的情况由此也浮现出来,到了十九世纪左右,鬼魂已经从日常生活中消失,但人的经历却比以往任何时候都更加鬼魅丛生。

把时间喻为河流已经变得乏味,这段话里重要的是温度:翻滚的冰块、汹涌的冰川,它们都是极冷的,但凡有生机的东西(花瓣、橡树)都会被席卷和吞没。

寒冷暗示着什么呢?

在课堂上,我邀请大家努力回忆经历过的最寒冷的时刻,有同学回忆北方的冬天,掩在口罩里的鼻腔里硬邦邦的,因为湿气凝结在鼻毛上很快就冻住了;也有同学回忆了去东北旅游的经历,相机的电池会反常地快速耗尽。大家几乎都接着想到了匮乏、索然、贫乏等情绪,童话里的悲剧也很少发生在大热天。不妨再想想与寒冷相对应的温热。生命是有温度的,人的身体也是有体温的。我想到体温时,脑海中出现的是抱着孩子发烧的身体时的情景,热量穿过衣服,烫着我的手心,我甚至不敢抱她,更不敢摸她的额头,高热如同人的生命力在挣扎,与病毒对抗。永恒无常的死亡剥夺的正是人的体温。大江健三郎在《死者的奢华》里写过一个细节:医学生搬运用以解剖的尸体,尸体泡在冰凉的水池里,"脚心白白地浮动着,非常冷清",而医学生则因为体力活热得大汗淋漓。死与生的反差通过温差来实现。寒冷提示着死亡,冰川般的寒冷提示着人类永恒的寂灭,所以许多灾难片采用的主题都是极寒的世界末日。

英国文学始于寒冷。

十世纪末的古老的匿名英国诗歌《流浪者》①描述了一个流浪者的哀叹与孤独。在这首诗中,首次出现了大量寒

---

① 原诗收录于手抄本《埃克赛特诗集》(*Exeter Book*)中,作者与编者均已无从考证,《流浪者》(*The Wanderer*)为后人所加标题。

冷与霜冻的描写,海鸟在冰雹与霜雪中飞翔,而他的感情则被冻住了(frozen feelings)。从英国的气象史看,极端的寒冷、霜冻天气就没有断过,海洋冰封、船只停运、牛羊冷死,继而是数千的饥民饿死,这些都是史书中的常客……气候组成了人的一部分记忆和情绪,一个拉美作家笔下就很难出现这么多冰川与霜冻的描写,但极寒几乎就是刻在英国作家骨子里的天气。伍尔夫也非常喜欢写极寒。在《岁月》的"1917年"这一章,当年轻人即将前往北部的战壕,所见之处,"整个英国都凝固如同沉静的玻璃。池塘和水沟结了冰,路上的水洼冻成了闪亮的眼睛"。《奥兰多》中,她用更多的细节描述了大自然的霜冻灾害:

> 鸟在空中冻僵,像石头一样落到地上。在诺里奇,有人看见一个健壮的乡村姑娘在走到街角时被冰雹击中,顿时粉身碎骨,像一团尘土被吹到了周围的屋顶上。许多牛羊也都冻死了。人冻死后都无法把他们和床单分开。路上经常能看见一大群猪冻在那里,一动不动。田野里到处是牧人、农夫、马群和赶鸟的小男孩,他们都在一个动作的瞬间被冻住了,有的伸手去擦鼻子,有的把酒瓶举到了嘴边,有的举着小石块要投向一只乌鸦……

> (侯毅凌译)

所以,伊丽莎白的作用在于,用寒冷感提示我们:请忘记在母亲家宴会的热闹与欢愉吧,因为,马上就要死人了!这和开篇克拉丽莎"不祥的预感"是类似的。在这里,读者领略到从"热"到"冷"的渐变艺术,温度渐渐冷却了下来,向死亡的寒冷靠近。

这一章节还包含一个从"实"到"虚"的渐变艺术,同样也在提示着读者死亡与鬼魂的质地。

赛普蒂默斯自杀之前,与妻子度过了一段罕见的亲密时光。妻子雷西娅在这个部分有两个引人注意的动作:她把记录赛普蒂默斯思绪的小纸条不停地折叠和收纳,接着一针针地缝补帽子。为什么是这两个动作?我感到,这两个动作是共通的,都意味着建立结构与秩序,带着珍重的情绪。

我常常和同学们开玩笑说,如果不教外国文学,我最喜欢的工作就是家政和收纳师,因为收纳和整理会给我带来强烈的秩序感,甚至整饬的结构感,仿佛在"熵"增加的世界"逆熵"而行。"熵",用一个最通俗的例子解释这个热力学的概念:你把耳机线和数据线整理好放在包里,过了一会儿拿出来它们又缠作一团乱麻,也就是说"熵增"发生了。事物自然的规律就是由有序变成无序(你再也不用因为房间凌乱却找不到借口而发愁了,因为一切都是熵增惹的祸),甚至人们一次次从和平走入战争也可以视为熵增。所以,雷西娅用折叠与收纳小纸条来理顺赛普蒂默斯失序的世界,而一针针缝制帽子也有一种构建感——几乎所有的手工活都能给人带来接近生命本身的气息,它是可见的、可触摸的、可感知的。我很喜欢这段通过赛普蒂默斯的眼睛观察到的缝制的细节,因为伍尔夫传递出了一种"扎实"甚至"硬挺"的感觉:

> 她便着手缝了。他觉得,她缝的时候有一种微声,仿佛炉子铁架上煮着水壶,冒出咝咝的水泡声;她忙个不停,纤小而有力的指尖一忽儿掐、一忽儿戳,手上的针闪亮着。

想象一下,把布面绷紧在绣箍上时,布料变得像鼓面一样,针头穿过,棉线拉扯,尘絮飞扬,发出轻轻的"嘣嘣"声音。或者,用指腹触摸棉线在布料上的凸起,虽然都是那么小,却又那么真,一针下去就是结结实实的一道痕迹。这是物质与行动带来的"实在感",赛普蒂默斯贪婪地注视着这一切,感到"再也没有比这更实在的了"。他之所以渴求"实",是因为他在战后已成为行尸走肉,他就是"虚",而且马上要步战友埃文斯的后尘。

在本细读章节中,从热到冷的渐变、从实到虚的渐变,都是要突出赛普蒂默斯身上的"亡灵气息"。伍尔夫故意采用了亡灵来书写存在、战争、死亡等大问题。在古代意味着更有重量的道德感或战栗感的亡灵,在现代人心目中,似乎变轻了。传统社会向现代社会蜕变的过程中,一些庄重、冷峻、神秘的东西渐渐都失去了重量,人们习惯举重若轻地谈起这些话题,甚至引为滑稽的笑谈或奇谭;然而,另一方面,现代人的生活又陷入了"举轻若重"的泥潭,一个人若缺乏将精神锚定的重心,日常里所有的事情都会平等地压得他喘不过气来。我与学生聊天时,常常惊讶于他们在考试和四六级、交友恋爱、工作琐事等各种问题里的焦头烂额,每一件事都全力以赴,结果每一件事都左支右绌。他们总以为是自己能力的问题,以至于进一步陷入焦虑与抑郁中,但

347

这也可能是现代人"不能承受的生命之轻"的宿命。

也许,在那些已经被现代人驱逐的敬畏、神秘、战栗与恐惧中,总有锚定我们,让我们富有生机的元素。鬼神只不过是其中一个而已,甚至也许是最微不足道的那个。

十五
磨蹭：迟迟不进

细读内容：第145—158页

情节梗概：彼得听见救护车凄厉的声音,思忖:这是文明的一大胜利。什么人正在被救助,而这就是他从东方回来后最强烈的感受。听着鸣笛声,他开始浮想,觉得孤独真好,随心所欲,想哭就哭,在英国人的圈子里他一直落落寡合。站在邮筒旁,他突然有万物一体之感。他想起与克拉丽莎一同乘坐公共汽车,讨论人与人之间无法理解的理论,但很快,她又改变主意觉得万物相通,生死共存。彼得觉得有道理,三十年来,他与克拉丽莎的关系忽远忽近,但总是如种子一般留下了痕迹,她对他影响太大了。

回到旅馆,他上楼开门,想到的则是他们曾经在乡间漫步远游的情景。这时,她的信来了,说:"我必须告诉你,见到你真是太高兴了。"这封信叫他心烦。这个旅馆也糟糕。冷清而古板。她肯定是在他离开后立刻写信的,她肯定感触良多。她有一股生命力,冲劲,如今又是这么平庸。彼得解开靴带。又想到她的婚姻,那是自然而然的事。理查德是个体面人,讨女人喜欢,而实际上呢……算了,不想了。他脱掉靴子,掏空口袋,想到了黛西,她才二十四岁,不顾一切向他奔来。这把年纪了,还卷入这样的事情,如果同黛西结婚,又有一堆顾虑。他一边想,一边抚平衬衫。想想一会儿到底去哪儿。黛西是不顾一切的,他却三心二意。

他难以集中心思。边扣马甲边想克拉丽莎、黛西、高尔夫球、嫉妒,等等。得吃饭了。他来到餐厅,在一只小桌边观察着人们,他点餐的口吻引起了旁桌莫里斯家的敬意,他们自然地聊了起来,都是一些闲话,但彼得感到这家人喜欢自己。他决定去赴宴。只觉得意识如海底之鱼一般游弋。这一天热浪依旧袭人,暮色已浓,华灯初上,娱乐似乎刚要开始。延长的夜市使人们有充分机会娱乐享受,原先金字塔般的社会结构发生了变化,也令他感触。帕里小姐早就死了。他把报纸丢下,拿起帽子和外衣,决定赴宴。望着街头粗俗的美,人潮车流,音乐灯光,一片炫目。他敞开大衣,前往威斯敏斯特,一边观察着路人,眼前之景如溪流之水,他的眼睛都快装不下了。

他掏出刀子,拔出刀片。

1

每个人的一生至少会经历一次"卡夫卡时刻"。

我指的是,在办事处、行政楼、柜台前,为了递交表单、发票、材料、盖章而来回折返,却无果而终。我简直不相信世界上有递交表格一次就成功的例子。人们遇到的问题包括但不限于：证明你是你或者你的学生是你的学生；多了一个标点符号就得毁掉所有材料从头再来；A部门推给B部门盖章，但B部门说，他们盖了我才有资格盖……每个人都是K，每个人都有过徘徊于城堡门口无法进入的时刻。

但是，在一次经历"卡夫卡时刻"之际，我忽然觉得《城堡》也许可以从反面思考。那一天，为了盖两个章，把一张表格交上去，我在行政处与打印店之间来回跑，从早上九点入校一直到下午五点行政处下班，仍然没能递交表格，我当天的微信步数达到了史无前例的一万九千步，小腿的肌肉一直发疼。为什么没能成功递交表格呢？因为我有严重的填表困难症，一看到表格就眼睛发直脑袋发晕，而且总是图快，想赶紧糊弄完交差，所以，每次都有小错误，每次就得重新打印材料。一整个白天的时间，都被我浪费掉了。我的"困难症"与"糊弄"又源于我从根本上很抗拒交材料填表格这些事，似乎是潜意识里的抗拒感让我陷入了磨时间的怪圈，越想早点结束，就越被卷入其中与其鏖战。拖着疲惫的双腿、带着无果的材料往回走时，我突然想到了K——有没有一种可能，并非城堡不接纳他，而是他根本就很抗拒进城堡，所以，他想尽办法围着城堡外围绕圈子，各种拖延推迟、磨磨蹭蹭、磨磨叽叽。

他不是迟迟进不去，是迟迟不想进去。

如果是这样，《城堡》的核心艺术就变成了磨蹭：磨蹭的艺术，高级一点的说法，叫作延宕的艺术。

为了推迟进入城堡，K做了许多其实根本不必要的、节外生枝的事情。本来，在酒店里好好等着与城堡上层的沟通就行了，况且他承认自己结过婚，但在酒馆里他非要去勾搭总管的女人弗丽达，第二天就和她发生了关系，结果因为混乱的关系导致众人的关系朝向不可逆的复杂状态滑去；本来，他做土地测量员就好好做，但他又要去当什么小学老师，早上起来还被一群小学生围观；本来，他去和信使沟通就认真沟通，但是中途又听说可以通过一个女人接近总管，在那个女人正在生病的情况下他居然谎称自己是医生，要去给人治病……表面上看，K 是在处心积虑地进入城堡，其实，他所做的一切都是在城堡的外围裹丝，城堡愈发变得如一枚胖嘟嘟的茧，不便进入。随着小说的推进，他干脆连啥也不做了，就是大段大段地说话，磨时间。

K 为什么不想进入城堡？我想起了希利斯·米勒的解释，他通过精湛的文本细读发现了卡夫卡小说与纳粹的隐秘关系。在大量关于纳粹的历史档案、文件、照片、宣传册中，米勒都发现了与卡夫卡小说神秘吻合的蛛丝马迹。比如，在小说《下落不明的人》里，男人从关押他的地方跑了出来，看到了一张海报，那是一则招聘广告：机不可失、召唤着你抓住工作机会，而历史上布痕瓦尔德集中营大门的告示则是："各守其分，各取其咎"，两者之间竟然意外地相似……那么，小说中的人总是在磨蹭、在延宕就有了解释，他们知道结局无非就是死亡，集中营式的死亡，所以，他们迟迟不进。

磨蹭与推迟，有了一丝保卫自己、对抗死亡的味道，它与《一千零一夜》中王后山鲁佐德每天讲一个故事来推迟自己的死期的意义是一样的。

这一章，我想聊文学中的磨蹭与拖延。

2

没有人会赞美拖延,所有的书籍、视频、课程与心灵鸡汤都在告诉你怎么克服拖延症。人们编纂了"拖延症自救手册""7 天治疗拖延症指南",相信它一定是生活中亟待克服的顽疾。估计也不会有人一点拖延症都没有——我写这本书并不是因为我时间充裕,相反,我为期五年的课题还剩八个月的时间就要结题了,但我还没开始写第一个字。从这点上来说,我甚至还不如伯恩哈德小说《水泥地》中的主角,人家至少已经为著作的第一句话构思了十年,虽然还是没写出来。反正,我是在"死线"前负隅顽抗的千万人中的狼狈一员。

幸好,吾道不孤,伍尔夫也在拖延。在 1924 年 8 月 15 日的日记中,她抱怨了一大堆琐事,不是为这个去世的作家写悼念社论,就是得写另一篇随笔,所以,小说的创作只能一拖再拖:"我正试着这样安排,午饭前写小说,午后写随笔。看来《达洛维夫人》要拖到(stretch)10 月份才能完工。"而且,在这篇日记里,她交代了一个重要的内容,她的构思计划是在写完"又紧张又棘手的"赛普蒂默斯之死后,马上开门见山地写克拉丽莎盛大的舞会,然后结束全书,这样就先跳过彼得自己吃饭的这一段,这一段写起来还挺麻烦的。从现有的手稿来看,伍尔夫并没有这么做,她应该还是按部就班地先写了本章彼得在旅馆的就餐经历,然后才转向了盛大结局的描写。为什么她感到本章写起来很麻烦?我猜测可能是因为她已经没得可写了,对于彼得这个人的过去与未来,他与克拉丽莎的情感纠缠,伍尔夫已经写不出新东西了。但是,既然已经设计了这个情节,那该怎么完成呢?

拖延呗。

于是,在这个细读章节中,伍尔夫还是勉力把彼得拎出来单独撰写了几页。如果问他做了什么,一句话就能说完:他听到了救护车的鸣笛声,回到酒店穿衣打扮,思考到底一会儿去哪儿,在饭店里坐了一会儿,他决定去赴宴。这里面,我觉得最有意思的就是他回旅馆后思考晚上去哪儿时的几页内容,因为,这时的彼得根本就是在磨时间!读者可以脑补一下,同样是看信(而且这封信就一句话,类似于今天收到一条简短的微信)、解开靴带、脱下靴子、掏空口袋、抚平衬衫、扣上马甲、来回走动,做完这一切我们需要多长时间?我可能需要两三分钟。但是对于彼得来说,他可能用了一个小时左右!小说明确写道,彼得收到信时是下午六点钟,此前,他刚听到呼啸的救护车开过。彼得置身餐厅时,已经是晚上,伍尔夫描写了伦敦进入夜色的美景。伦敦处于高纬度地区,六月份夏季天黑时起码要到晚上九点以后,也就是说,刨除吃饭时间——姑且算两个小时吧——彼得光是做上面那一系列整理衣服的动作可能就做了一个小时!

当然,你可能会解释说,那是因为他在边做边想啊,前文很多时候都是这样的套路。比如,看完了克拉丽莎的信后,他马上展开了一段关于两人感情的思考:

> 要让他在下午六点钟收到这封信,她必定在他离

开后立即坐下来写,贴上邮票,叫人去寄掉。正如人们所说,她的脾气就是这样。他的访问使她心烦意乱。她必定感触很多,在吻他手的刹那间,觉得懊悔,甚至羡慕他,也许还想起他以前说过(从她的表情看得出来):万一她嫁给他的话,他俩将改造这可恶的世界。如今她却是这般模样,到了中年,平庸得很;于是她凭着不可遏制的活力,迫使自己撇开这一切,不再顾影自怜,因为她有一股生命力,坚毅,有韧劲,足以克服任何障碍,使自己顺利地进展。

这段话其实没为读者带来任何新的信息,它只是在之前我们对两人了解的基础上再次添加了一些雷同的内容,我得承认,我已经审美疲劳了。在复述情节时,我也能感到学生普遍的疲态。实际上,在这个细读章节中,所有在某个动作后展开的沉思都有点炒冷饭的味道。比如,解开靴带时思考的理查德的为人,是体面的但可能缺乏男子气概;或在脱掉靴子、掏出口袋里的东西时,思考黛西很不错,很爱自己,但是两人的结合会受到很多世俗的压力;或在扣上马甲时,他又开始对黛西吃醋。所有这些内容,读者无不在前文就已经知悉。

那么,如何来理解本细读章节的内容与意义呢?从情节与人物塑造的角度来说,我倾向于认为是一次乏善可陈的写作,伍尔夫应该也写得比较吃力,为了避免从死亡快速过渡到盛宴,她再次采用了延宕的手法,和上一章节中伊丽莎白漫游的情节类似,都是为了在快速突转的两个情节中设置一条缓冲带。但是很明显,伊丽莎白漫游的情节是成功的,她成功将文本的温度从热闹的宴会转入冰冷的死亡。但是在本章彼得独处旅馆与餐厅的情节中,读者没有获得更多的东西,也很难说这段内容与之前的自杀和后面的盛宴之间有什么关联。

然而,幸好有这段拖拖拉拉、这段"为写而写",读者有机会从另一些细节领受伍尔夫文字的精妙,它们本身与情节的进展或者技巧的施展无涉,单纯以无功利的审美的姿态出现。

也许,等待的过程并不意味着乏味。《奥德赛》中,一头确实是佩涅罗佩在织布又拆毁的循环中无限延宕,但另一头,却是奥德修斯在女神卡吕普索岛上所经历的耽搁,女神爱上了这个浪迹天涯的英雄,强留他在岛上住下,一住就是七年。只有耽搁在这个岛上,他才享受到了"热水澡",这是游离在回乡这条主线之外的意外之喜。法国女哲西蒙娜·薇依曾断言:"整个荷马史诗都在远离热水澡。"《伊利亚特》中,女人为战士们准备热水,等待他们归来,凸显了战争的残酷。与《伊利亚特》相比,《奥德赛》中的热水澡更多了,但最令奥德修斯留念的,就是在女神卡吕普索岛上洗过的澡。虽然他耽搁在岛上,一心思念故土,当他获准离开后,漂流到了另一国土受到热情款待时,一盆热乎乎的洗澡水勾起的不是思乡与思妻:

> 女仆们把烧水三脚鼎架上旺盛的火焰,
> 向鼎里注水,抱来柴薪向鼎下添加。
> 火焰把鼎肚围抱,凉水渐渐变温暖。
> ………………

> 这时主管女仆过来邀请他沐浴,
> 前去浴室。他一见那温暖的浴水,
> 欣悦涌心头,因为他已久未如此享用,
> 自从他离开美发的卡吕普索的居处,
> 当日神女曾对他如对神明般地体贴。

我非常喜欢这段关于热水澡的描写,火焰舔着三角鼎胖乎乎的肚子,凉水逐渐变暖,温暖舒适的沐浴,让英雄一次想起了他曾在女神那里耽搁的日子,尤其是想起了她为他提供的体贴的热水澡。在冰冷、荒凉、自然的海洋冒险中,人为的、炉火加热的、舒适的洗澡是意外之喜。《荷马史诗》中,士兵们的鏖战是在远离热水澡,而英雄归乡的耽搁却为他赢得了热水澡。人们区分了泡澡与洗澡,洗澡只是为了把身上的污秽清除,但泡澡是在热水里耽搁、拨弄浴盐球产生的泡泡、享受浪费时间、推迟起身迎接冷空气的时刻,泡澡让一直奔波的双腿舒展开来,停止了劳碌。越是耽搁、越是拖延,文学就会展现出更丰富的内涵,当一个人学会了在文学中的拖延与有限性里挨过去,那么他也许就能感受到文学的某些无限性。

从这个角度来看,在本细读章节中,正是因为彼得乃至伍尔夫本人的拖延,反而为读者留下了一段独一无二的二十世纪初的伦敦夜景描述,文字在这个时候变成了流动的镜头,贪婪地捕捉着街头的人、物、声、光、味、色:

> 不管怎样,那是一种美感。既非一目了然的粗俗

的美,也不是纯粹的美——贝德福德大街通向拉塞尔广场。当然是笔直的,可也是空荡荡的;还有匀称的走廊;灯光闪亮的窗子,钢琴,开着的留声机;一种享乐的感觉,隐隐约约,不过有时也露出来,譬如通过打开的不挂帘子的窗口,看得见一簇簇人坐在餐桌边,青年们翩翩起舞,男人和女人在密谈,女仆们懒洋洋地向窗外眺望(她们干完了活儿,就怪里怪气地评头论足);高层壁架上晾着长袜,一只鹦鹉,几株花木。这生活的景象,如此魅人,神秘,无限地丰盈。宽阔的广场上,汽车接二连三,风驰电掣,神速地绕着弯儿;一对对漫步的恋人,打情骂俏,紧紧地拥抱,隐入浓阴匝地的树下……就这样向前走,投入一片噪声和炫目的光海中。

这是现代性的街头,也是现代人的街头。狄更斯在《荒凉山庄》里写伦敦的街头,但那街上满是泥泞,好像洪水刚从大地上退去,从破晓起就有成千上万的人在那里跌倒和滑跤,烟煤则从烟囱顶上纷纷飘落,化作一阵黑色的毛毛雨;笛福在《瘟疫年纪事》里写伦敦的街头,街道上要么因为疫病而空无一人,留下意味深长的寂静,要么就变成露天的停尸房,塞满尸体;在柯南·道尔的《福尔摩斯探案集》里,伦敦街头也好不了多少,虽然不乏人流涌动,但依然泥泞不堪,橱窗店铺的刺眼黄光也无法穿透街头的雾霾,而且街道形如迷宫,很容易迷路。

只有在伍尔夫笔下,伦敦的街头第一次有了大量的汽车、信号灯、干净的大道、葱茏的花木以及汹涌的人潮——人群,是城市巨大魅力的来源。一如本雅明发现的那样,街头的人群构成了旋涡，人们推搡、拥挤，发散出无所事事的味道与巨大的能量，气息的光晕四散开去。将伦敦的街头写下来，本就是伍尔夫的夙愿，在1924年5月26日的日记中，她坦诚地说："伦敦令人着迷……夜晚是惊人的，所有的白色门廊和宽阔寂静的大道。人们像兔子一样轻轻地、有趣地进进出出；我俯视南安普顿街，像海豹背一样湿，或者被阳光晒得红红的、黄黄的，看着公共汽车来来去去，听到那古老而疯狂的风琴声。总有一天，我要写一篇关于伦敦的文章，描写它如何占据了我的私人生活，如何毫不费力地继续下去。"

也许读者不应在书中去想象伍尔夫与本雅明描述的街头，而应该真正地走到街头的人流里去感受，这样一来，"震惊""现代性"就不再是令人捉摸不透的抽象大词，变成了一种与人摩肩接踵、交错而过的亲历感。

我喜欢逛街，喜欢贪婪地看橱窗里的衣服、首饰、杂货，所以真的难以想象住在无法逛街的乡间有多么寂寞。每所大学外面应该都会有一条商业街或者步行街，新冠疫情期间，我们学校外面的商业街摊贩凋敝殆尽，走在路上一片冷清。今年春天开学后，人流一下子涌到了街头。置身其中，只觉得是被人潮推着往前走，光是看各种食物、耳环项链、宠物、水果、小吃都已经目不暇接。我不一定买东西，但一定要看，看里面有一种强烈的新奇感与满足感，就像伍尔夫写彼得看不过来时的感觉——"眼前一连串景象好像冰冷的溪水，看不清了，他的眼睛犹如一只满溢的杯子，里面的水在瓷杯四周淌下来"——虽然许多哲人们都认为这种现代性的街头奇观里暗藏着资本主义梦幻世界的废墟与残骸,但是对于这时的我来说,我想到的只是生活又恢复了,人与人又走到了一起。这令人庆幸。

如果没有本章节的耽搁与拖延,人们大概会错失对二十世纪初伦敦街头的美妙一瞥。

3

请猜一猜,下面描写的这栋建筑是用来做什么的?

> 比最宏伟的饭店更高,
> 透亮的梳型前墙几里外都能看见,但是你看,
> 它的四周,拥挤的街道参差起伏,
> 像上个世纪发出的一声长叹。

(阿九译)

课堂中,我们的学生猜测它可能是一个车站,或者博物馆,因为"梳型前墙"是比较有艺术特色的造型,而且博物馆或者车站的建筑总是非常高大气派,一般用途的建筑很少这样。而且,早年的博物馆经常会建在市中心,导致被拥挤的街道包围,这些年新的城市规划概念兴起后,博物馆才开始建到了郊区。那么,接着看下面的几句:

> 门卫衣冠不整;门口不时出现的
> 不是出租车;大厅里面
> 和攀藤植物一样,萦绕着一种可怕的气息。

这时,大家出现了犹豫,觉得建筑可能变成了一个清水衙门,也许一度红火,但现在已经是门前冷落车马稀,老气过时的室内装修说不定因为资金匮乏而年久失修,所以显得"可怕"。好,我们再往下看:

> 有简装书,还有贵得要命的茶水,
> 和机场大厅有的一拼,但那些温驯地坐在
> 一排排铁制长椅上的人们翻着破旧的杂志
> 并未走远。更像一辆本地巴士,
> 这些户外便装、半满的购物袋
> 还有一张张不安而无奈的脸……

这下,大家总算确定了一点,这些人在等着干什么。但是,如果是在政府衙门等候,为什么茶水要收费?如果是逛博物馆,大概不会出现这样的着装和表情。文字描写的人群陷入了等待,他们翻看着破旧的杂志打发时间,而读者们也被一再推迟了解真相:到底这个空间写的是什么?一直要再耐着性子往后读三四节,读者才会锁定一句话:

> 有人坐着轮椅经过,穿着洗得掉线的病号服。

也就是说,其实,这个建筑是一所医院。以上节选,来自英国诗人菲利普·拉金的诗歌《那座建筑》。从标题开始,拉金就有意隐瞒了建筑物的属性,他需要读者在径自的阅读中不停地猜测、推翻、疑问,然后才是恍然大悟的"噢"的一声。这时候,绕回去看开头的那一段,"一声长叹""不

安而无奈的脸"也都有了解释：人们在无涯的等待中静候自己的审判。这就是拖延的诗学，它使得一切解释都被不停地后置，迟迟不出现。

不妨再往细里读，比如来看第二段里说"大厅里面和攀藤植物一样，萦绕着一种可怕的气息"，"萦绕"的原文是"hangs"，有悬挂、吊着、悬浮、糊着的意味，就是说拉金把爬藤植物吊在墙上的视觉变成了大厅里的气味，人们闻到的气味变成了固态的。我认为这首诗的开篇几句就在营造一种迟滞悬浮的氛围，诗歌整体的速度是迟滞的、暂缓的、拖延的。在这样的环境里，每个人都被剥夺了外在的身份、职业、年龄与性别，他们都在挨着，外面的世界不真切得像个梦境。拉金把人们的延宕时刻放在医院中大有深意，因为人们终将听到医生的宣判：死还是活。哪怕目前可以治愈，但——

> 所有人都知道他们终将死去。
> 只是现在还没有，也许不在这里，但总归要死，
> 在某个类似的场所。

我想，这首诗里拖延的艺术并不单纯是在制造悬念，它深刻地表明了人类生存的基本状态：我们每个人其实都是在拖延、在推迟、在抵抗最终的结局——死亡，虽然它一定会来到。你游戏人间，我拼命工作，他希望生许多小孩，她则希望不婚不育全世界旅游……人们用不同的方式塞满近乎偷来的每一天，似乎这样就能使人忘记还有终点。在这个意义上，哲学家所说的死亡是"悬临在每个人头上的"

这句话就好理解了。也许,拖延与推迟是人类生存的本质性缩影,在所有号召人们行动起来、不要浪费时间、改掉拖延症的口号背后,也许都隐藏着对死亡问题仓皇的回避。

延迟是生活的一个根本事实,或者说,耽搁本身就是满足的必要条件。

在那些更为具体的事件中,它体现得尤为明显。比如说旅游,漫长的乘车、赶路、转机往往多于真正游玩的时间,漫无目的地看着途中乏味的景观才是常态,谁也不知道什么时候才到景点;或者一场战争中,沉重的辎重是如何堵住了狭窄的路,车马又是如何迟迟耽搁在途中难以前行,士兵是如何日夜守在无聊到不堪忍受的屋顶上,驻守前线的先锋又是如何在战壕里等到昏昏欲睡,真正交火的时刻反而是屈指可数的。只是,从结果来说,所有的事件都只记取了高光时刻,比如在美景中摆出 pose(姿势),在战争的捷报中记录功勋。但高光时刻是如此稀少,它们本是由无数黯淡的拖延与等待组成,后者代表了更广阔的世界中的某种犹豫与不确定。

宽恕与理解拖延,使人对"时间就是金钱"这样的宣言产生了疑问。所有人都熟悉的这句话来自本杰明·富兰克林,竖起耳朵听的话,大概会在启蒙运动时期所有哲人的书房里听到相同的嘀嗒作响的声音,它在伍尔夫笔下的伦敦准时敲响,也通过拉金笔下候诊室里的护士叫号来表达。在一个崇尚勤劳与竞争的社会中,"时间就是金钱"这句话会挫败所有希望拖延的人,让一切与直接目的背道而驰的行为都背上罪责。好在,作家们为拖延症撑腰,他们显然发掘出了推迟与拖延之中的美学,它是一个小型的时间中断甚至逆流体验——不知道为什么，磨时间时所做的那些事有时会令人感到幸福，好像时间本身变得更多了，人们积极去做的事情未必总是自己最想做的，但拖延时选择做的事情往往是贴合自己的天性的。通过拖延，人们觉察出自己的所爱与所憎，也会对价值进行非常个人化的重新排序，所以，拖延也会激发回顾、自省与洞察力。

我乐于收集文学中那些拖延与磨蹭的瞬间，它使得读者得以偏离主线和目的，久久耽搁与沉溺在一些无关紧要却又可能性命攸关的细节中。

在《伊利亚特》中，战争的激流经常会因为细节的出现而招致耽误，有时，细节会小到一块圆盾。那是特洛伊王子赫克托尔与希腊将士萨尔佩冬作战时的一个场面，在刺杀的致命时刻，荷马突然开始拖延：

> 特洛亚人和光辉的赫克托尔也许不会
> 攻破壁垒的大门，把坚固的门闩砸断，
> 若不是远谋的宙斯激励儿子萨尔佩冬
> 有如狮子扑牛群，进攻阿尔戈斯人。
> 萨尔佩冬立即把精美的圆盾举到胸前，
> 那盾用青铜锻造，由技艺高超的工匠
> 精心制作，内侧衬着多层牛皮，
> 四周用金钉严严密密地铆钉结实。
> 他把盾牌举到胸前，挥舞长枪，
> 有如一头山野的狮子冲杀过去。
> 那狮子许久未吃到肉食，勇敢的心灵
> 激励它冲进坚固的圈栏去扑杀羊群

也许,一个三流的作家会在情节的紧要关头乘胜追击,话赶话地让剧情陷入焦灼的激情之中,但是,荷马突然开始把注意力转移到了盾牌上——它是什么形状啦、什么材质啦、什么工艺啦、如何装饰啦——这些内容根本无法渲染紧张的气氛,反而拖慢了情节的进展,这不只是荷马故意卖关子,让你急得百爪挠心,而是他有一种美学原则:绝对不允许提到的事情模模糊糊,凡是提及,必须清晰,让一枚盾牌在硝烟四起的战场上被黄沙遮蔽是无法容忍的。于是,在这个延宕的时刻,这块圆形的盾牌从具有淹没力量的时间洪流中被瞬间拯救了出来。对于这位伟大的古代诗人来说,他的拖延症服务于他的美学要求,也就是让整个世界都无所隐瞒、毫不保留地倾倒而出,因而,我在读荷马的时候,常常有一个感受,他的世界是平面的、平均的、没有隐藏或者强化,也没有立体造成的阴影与缝隙。

这是孩子气的写法。

一位现代的写作导师或者语文老师也许会谆谆告诫学生:要学会详略得当,要学会松弛有度,别想把所有写到的东西都写清楚。拖延与耽搁、推迟与磨蹭,我们也确实常常在孩子身上看到。我猜测,一位孩子的父母不管多么温和与耐心,至少都对孩子催过一次:"给我快点!别再磨磨蹭蹭的!"孩子小时候洗脸穿衣服的磨蹭所激起的愤怒,还会在上学后做作业时的磨蹭中加剧,引发父母的心塞。不过,有时候,孩子的拖延又令父母感到解脱。任何一位有经验的父母都知道,最省心的带娃方式就是把娃扔到沙滩上,娃可以从早挖沙挖到晚,叫也叫不走。席勒发现了孩子拖延里的奥秘,他觉得孩子们的游戏就是他们的防御:小卡车可以不用去哪里,桶里的沙可以装满又倒掉,什么也不为,"孩子们总是耽搁"。所以,游戏就是为了耽搁时间,而文学本身就是游戏,耽搁的游戏则是为了最大的满足——在普鲁斯特的《追忆逝水年华》中,男人也有一个孩子气的推迟动作,他苦苦追求一位交际花后终于得手,但是他却捧着她的脸拖延了好久,迟迟不肯吻下去,一切都是为了最大的也是最后的满足。

很多现代作家都是荷马的继承人。

在亨利·詹姆斯的短篇小说中,几乎都有一个一再被推迟实现的目的,要么是迟迟不发的工资、耽搁许久却无法实现的离职;要么就是一个作家创作里最大的诀窍,或者一个人从前说过的关于自我最深刻的秘密。一开始,读者可能还会有点好奇心,要知道究竟它们是什么,但是读着读着,会发现自己忘记了,忘记了去关心始终延宕的目的,而是沉迷于在此过程中人与人展现出的关系的无尽可能。在意大利作家迪诺·布扎蒂笔下,人们也总是处于漫长的等待与耽搁中。他们要么是想要离开驻地却迟迟不能的士兵,要么是苦苦寻找边界却永远也找不到的信使,要么是被裹在一袭阿拉伯袍子里的神秘人尾随了大半个地球的可怜人……总之,延宕组成了这些角色生命的核心体验。

也许,文学体验的精髓就在于学会理解拖延与耽搁。

4

有时,文学的拖延与耽搁并不只是一种美学手段,拖延的写法往往是为了实现更深的关切与批判。在这个细读章节中,彼得为什么一直在拖延?是不是因为他对晚上的宴会是厌恶的?伍尔夫用他在餐厅吃饭时的状态为读者预演了他在晚宴时的状态:

> 他沉默寡言,因为他是孤独的,仅仅和侍者说话;然而,他看菜单的神情,用食指点一种酒的样子,紧靠餐桌的姿态,进餐时正襟危坐,毫无馋相。

彼得天性就厌恶觥筹交错的社交生活,这是他与克拉丽莎最大的分歧,他承认自己在英国人的圈子里总是落落寡合,所以,宴会对他的天性来说就是负担,是极力想逃避的东西,正襟危坐与沉默寡言大概也是当晚他会在宴会上呈现出的姿态。而且,通过他观察的眼睛,读者会发现餐厅里大家进餐的场景里隐隐有令人不快的东西。在本细读章节的最后,彼得的观察具有强烈的负面色彩,他看到进来的女士穿戴得像"一具木乃伊",又感觉"白厅似乎蒙上一层蜘蛛网,镀银一般,弧形灯四周蚊蚋"——木乃伊、蜘蛛、蚊蚋,这些东西让人联想到什么呢?如果再意识到这是一个闷热的夏夜,我们会自然地联想到湿热环境里滋生的腐败与臭味以及缭绕的蝇虫。若是把宴会当成整个大英帝国的繁华缩影,那么,腐败与蝇虫则是彼得看向缩影中央时勘破的线索,它们提示着浮华表面下的一派腐烂。彼得用以抨击的武器,就是本章结束时掏出的小刀,每当需要反抗时,那把小刀就是他最得意的武器。

理解了这种心态,就能理解这个细节:彼得坐在餐厅里观察众人磨时间时,他想到了一个俱乐部:东方俱乐部。他认识的不少从印度回来的人都会在这里聚集,大谈世风日下。东方俱乐部(The Oriental Club)是真实存在的机构,至今还在运营。英国十九世纪以来的许多俱乐部都有准入制度,需要同等地位的人开具介绍信才能进入,十九世纪的作家萨克雷甚至专门写过一部小说《潘登尼斯》来还原进入一间俱乐部所需要的周章与人脉。它是社会地位与圈子强有力的证据。这个东方俱乐部接纳的都是去过东方的英国人,也几乎非富即贵。它的标志则是一头印度象,这是一个非常有殖民意味的图案。伍尔夫为什么单单提到这个俱乐部呢?彼得也是从印度回来的,这时却有意坐到了俱乐部的对面,这种拉开距离的观察里有一种深切的鄙夷,他不希望把东方的经历兑换成在英国混圈子的筹码,相反,这个俱乐部的存在倒像是一个滑稽又明显的罪证——英国人是如何败坏了自己的文明而不自知,又是如何劫掠与破坏了他者的文明却还在扬扬自得。

推迟赴宴、磨磨蹭蹭的行为让彼得有时间对大英帝国所代表的文明幻象进行充分的洞察并将其刺破,这样一来,本章节开篇的那声赞美也就带了一点阴阳怪气的味道:

> 彼得·沃尔什认为,这是文明的一大胜利。当他听见救护车凄厉的铃声时,就自忖:文明的一大胜利。那救护车麻利地、飞也似的驶向医院,它迅疾地、富于人道地搭救了一个可怜虫:什么人被打昏了头,或者病倒了,或许几分钟前被车撞倒了,就在这样的十字路口,自己也可能碰上这种车祸哩。这便是文明。

伍尔夫并没有明确写出这辆救护车是去救前文自杀的赛普蒂默斯的，无论如何，它总是奔赴一个或死或伤的人所在的地方。彼得表面上是在赞美文明，其实这"文明"与赛普蒂默斯描述的张着血盆大口的"人性"是一对同义词，他们都对近代的民族主义、进步主义与国家主义发出了疑问。也正是在这些时刻，伍尔夫关怀的问题变得更为深沉。你当然可以把她理解成为女性争取权益的女性主义作家，这是伍尔夫在乎的主题之一，但是她的雄心还在于超越性别议题的地方。作为一个享受着现代文明与进步的强国的国民，她却产生了一种珍贵的自反意识，也就是说，对现代社会整体状况的洞察与关怀使她当之无愧地进入了一流的"思想型作家"行列。读者会在许多一流作家与思想家那里发现一个共性：对自我文明的唱衰而非礼赞，是这种文明里最具有生命力与希望的所在，而对赞歌的警惕是一个文明成熟的标志之一，当然，也可以说是一个人成熟的标志。

小说中，伍尔夫戴上了彼得的面具，而彼得作为局外人对大英帝国文明的内在瓦解是由拖延构成的，在现代作家那里，拖延具有了某种审判与对抗的意味，就像我在本章开篇提到的 K 的拖延那般。

在福克纳著名的中篇小说《熊》中，也有一个伟大的拖延段落。人们总是把这篇小说当成一个少年通过猎熊成长的故事。小说中，少年在成长的过程中有三次遭遇大熊的经历，似乎抓住熊、击倒熊，是一个少年变成男人的成年礼。在前几次追踪大熊的过程中，福克纳都写得非常紧张机动，人们带着号叫的猎狗策马飞奔，从芦苇丛追进灌木丛，在滑动的泥土里打着趔趄,作者通过快速变化的空间与地理环境渲染出一种紧张感,就像大家在电影里看到的飞速掠过的镜头。同时,他又紧锣密鼓地写人类与大熊的近身搏斗:狗群是如何咬住熊的身体,猎人又是如何被熊死死压在身体下面,这些场景的写法都非常传统,读者只希望一口气读下去,看看到底谁胜谁负。到了第三次猎熊时,我们原本以为福克纳会用一种更为快速激烈的方式来写,但是,他突然开始拖延了。他不想马上开始写搏斗的场景,转而去写了一些无关的内容,那是已经延伸到森林里的火车与铁轨,专门用来运送木柴:

> 当时那列火车还是没什么害处的……满载的火车从森林深处驶出,这时行驶得不那么快了,可是给人一种幻觉,仿佛在用爬行速度前进的是一架发狂的玩具,它这时为了保存蒸汽也不鸣笛了,仅仅从疯狂的、毫无意义的虚荣心出发,把一小口一小口受折磨的、费了好大劲儿才吐出的废气,喷到亘古以来就存在的林木的脸面上去,它既空虚,又吵闹,还很孩子气,连这些条木要运到何处去、派什么用场都不知道,而搬走这些木头也不会在哪儿留下伤疤与残根,就像一个孩子用玩具车在玩装沙运沙的游戏。
>
> (李文俊译)

如果福克纳只是想写一个男孩的成长故事,那么关于铁路的描写就很多余,而且,它让读者期待不已的精彩的猎熊活动不断推迟。显然,这一次的拖延大有深意。

铁路和火车意味着什么呢？我小时候生活在厂矿，生活物资都是自给自足，但是我印象很深的就是每周三都会有一列火车经过我们生活的厂区，在附近停靠。最令人兴奋和期待的就是去火车上选购物资，犹如赶集，火车与铁轨打破了厂区的孤立状态。但是，打破也意味着入侵。福克纳通过铁路的场景拖慢了整个故事，让读者意识到，这并不是一个关于狩猎的传奇，而是一场关于入侵与改变、人与自然博弈进退的故事。甚至，你可以认为这是一个崇高与审美被打倒的故事。最为滑稽之处，是他把火车比喻为人类眼中孩子气的玩具与游戏，那么它对以大熊为代表的神秘与崇高的瓦解，就更有一种强烈的讽刺意味了。

所以，我想，拖延意味着福克纳的挽留与抗拒，他想强行挽留那些终将失去的伟大尊严，或者对抗那些最终将伟大剥夺的力量。可以说，通过拖延和推迟，作家或他们笔下的角色表达了不合作的立场与捍卫自我的态度。

十六

两栖：分身有术

细读内容：第159—188页

情节梗概：宴会终于开始了。露西等仆人忙碌起来，端酒、擦洗、烹饪……女士来宾们一个个上楼来，餐厅里则是男士们的欢笑。男士们终于上楼了，仆人们一阵忙碌，通报着来宾的姓名，克拉丽莎对每个人都致意，但貌似热情，实则做作。她感觉这场宴会要失败了，她自问为什么要举办宴会、受这种煎熬？彼得让她看清自己：夸张、做作。埃利·亨德森收入微薄，最后才收到请帖，感觉不是很愉快。她还感到时代变化太快。理查德和她聊了起来，这时，彼得出现，又喊住了理查德，两人攀谈起来。客人继续到来，克拉丽莎却觉得自己扮演这样的角色并不开心，如同被钉在那里。忽然，萨利来了，她也老了，生了五个孩子。紧接着，首相驾到。

彼得目睹大家对首相的毕恭毕敬，再次觉得这些人势利。他看着休，看着那些老太太，认为他们都伪善不已，心中开始了审判。这时，克拉丽莎在屋子里走动起来，美人鱼式的衣服华丽高贵，她也对首相的光临不胜荣幸。但她还是觉得眼下的兴奋并非真正的感受，有一种空洞之感。只是，宾客需要她，于是她又加入了众人的聊天。一群知识分子来宾都显得外强中干,其中一位还夸赞此时的吵闹就象征着宴会的成功。海伦娜姑妈也来了,她没死,克拉丽莎向她介绍起彼得,她已经记不起彼得是谁了。克拉丽莎继而又去和布鲁顿夫人酬酢,该夫人可是帝国荣誉坚定的捍卫者。

克拉丽莎看到彼得和萨利聊了起来,想起了萨利裸体抽烟的往事,那时她们还年轻奔放,谁想到她会嫁给一个秃头老板呢?接下来,克拉丽莎又去迎接布雷德肖夫妇,她其实很不喜欢威廉爵士这个医生。她听布雷德肖太太这个可怜虫叹气刚来时发生的事儿:有个年轻人自杀。克拉丽莎听后来到一个没有人的房间,想到了自杀的年轻人,感觉到了他下坠时的痛苦和力量。死者已死,活着的人继续虚度生命,他是被医生之流逼死的。她在与万物合一的过程中逃遁了,他却自我牺牲了。看着天空,听到欢声笑语,看到对面的老妇人要上床了,她感到自己和这个年轻人非常相似。必须振作精神活下去。

彼得还在和萨利聊天,彼得觉得萨利从野姑娘变成了一个一心只有孩子的母亲。他又想到了当年的往事,萨利也是如此,但她不好意思问彼得的近况,只问了他有没有在写作,彼得说一个字也没写。过去萨利穷困潦倒,现在嫁了个有钱人,飞黄腾达,非常享受。彼得说她一点都不像克拉丽莎,她应了一声,想不通克拉丽莎怎么会嫁给理查德这种人,觉得他身上散发出马厩的臭味。他俩还看见了休,彼得不以为然,觉得他就是个在宫里打工的仆从。休当年吻了萨利,让萨利怒不可遏,克拉丽莎还不相信。他们继续谈论克拉丽莎,萨利觉得克拉丽莎骨子里就是个势利鬼,嫁给理查德也有失身份,彼得耐着性子听,心里想怎么还见不到克拉丽莎。

客人开始一个个走了,他们又看到了希尔伯里夫人。萨利又说到克拉丽莎对朋友的慷慨,当年她们很聊得来,而一个人只有说出内心的感觉,才值得谈。两人一直在聊克拉丽莎,她幸福吗?她真的更关心彼得而非理查德吗?人老了以后反而会看得更透,彼得还希望和萨利聊聊印度的那个女人。理查德一直在瞅着自己的女儿,客人悉数离去,地板上一片狼藉,他一开始都没看出来这个可爱的姑娘是女儿。萨利打算去向理查德告别,彼得突然发现,克拉丽莎就站在眼前(For there she was)。

1

人真的可以认识自己吗?

这个古老的命题在几千年前就出现在德尔菲神庙的箴言里,至今仍然被大量讨论着,无从终结。无论如何,阅读文学可能是认识自己的一种方式,虽然,它最多只能提供一种参照坐标。毕竟,个人经验有不可重复的属性,没有一个人会和另一个人的经验完全吻合,更不用提和一本书的角色完全吻合。从事文学教育,让我有机会看到年轻的学子们是如何一点点在文学阅读中走近自己,观照自己,推翻自己,又再次重来的。

有一个女孩每每下课后都会和我聊天。我是她的班主任,对她本身就印象极深。她不是按照常规的应试教育培养起来的学生,从小走的是私塾路线,打算国际高中毕业以后就出国。但在成长过程中,因为家学渊源,她对中国古典文化产生了强烈的爱意,为了能与国学在地缘上更亲密,她还是放弃了出国,换回了高考的赛道。可能在很长时间内,她对自我的认识都是比较固定的:一个终身浸淫在传统经典中的虔敬学子。大二开始学了外国文学、文学理论后,她常常和我谈到读作品时强烈的感受,同时,她还说到了一个词:自限。以往的教育让她有一种比较强烈的"活在自己经验之中而无法抽离"的感觉,好像遇到的所有问题都可以用脑子中既有的"逻辑"解决掉。直到现在读了更多突破以往阅读视野的书以后,才发现了"自限"所在,抽离的感觉也就产生了,仿佛一个新的我在审视旧的我,虽然,这个"新"也只是阶段性的。

小说的一个核心命题,正是自我认识。最直观的自我认识,则是人物的"抽离"或者"分身"后的自我观察。很有可能,人们从小说中学到的关于人类自我的知识会比从科学化的心理学中学到的更多。

在乔伊斯·卡罗尔·欧茨的许多短篇小说中,都会出现上面这个分身的套路。以《何去何从》为例。小说中的主角是个十五岁的姑娘,她喜欢在镜子中观察自己,对于自己的美貌、独立、叛逆(不听老妈的话)、比姐姐强的地方,好像都了解得挺确切。有一天,在父母姐姐出门做客后,她一个人留在家里,回想与男孩子约会的甜蜜。这时候,门外来了个与她有一面之缘的男人,年纪肯定三十多岁了。他用极温柔的口吻要求姑娘出门约会,但是却令姑娘越来越害怕,仿佛那温柔背后是引诱和迫害。她想打电话呼救,但男人却始终平静地说,你们家不堪一击,我随时可以冲进去,放下电话。奇怪的是,在极度的恐惧和无助下,姑娘真的放下了电话。男人继而要求她出门,和自己拥抱,姑娘全都机械地照做了。这时,欧茨写道:

> 她看着自己慢慢把门推开,仿佛她站在门廊的另一边背后一个安全的地方,眼看着这个身体和披一头长发的脑袋走出去,走到阳光下阿诺德·弗兰德等着她的地方去。

姑娘分身之后,看到了自己。可能,分身意味着字面意义上的"身不由己",也可能意味着姑娘突然发现对自我以往的认知是不正确的,她实际上并不独立,也不叛逆,她现在才真正看清了自己的懦弱与顺从。当然,这个故事也可以解读成是对女孩到女人的转变的隐喻——通过被迫地委身于一个男人。总之,在危急关头,人的自知突然涌现了出来。

文学中的自我认识不会随时随地浮现出来,它往往会和一些危急的情境有关,比如死亡或者危难;它也会表现为分身、反诘自问、自我描述、自我对话、顿悟等形式。这是我最为关心的终极问题,也是本书的核心问题——克拉丽莎真的能追寻到自己吗?所以,最后这一章,我想谈的是文学中的自我认识。

2

在这个细读部分,伍尔夫呈现了全书的高潮与终章:一场盛大的宴会,她让书中出现的所有角色都一一现身并且聚到了一起。来看看她在1924年9月7日的日记中是如何谈论这个部分的:她宣布这一天终于写到了这里,但是担心"写得太拖泥带水,除了现在分词别的都没用上"——"我现在终于来到了宴会上,宴会将从厨房开始,然后慢慢地往楼上爬。这将是一首最复杂、最生动、最坚实的曲子,把所有的东西编织在一起,以三个音符做结,在楼梯的不同阶段,每个音符都对克拉丽莎做出一点概括。谁来说这些话呢?也许是彼得、理查德以及萨利·塞顿。但我还不想把自己拴在这件事上。我确实认为这可能是最好的结局。"也就是说,伍尔夫原计划让彼得、萨利与理查德构成三个音符,分别对克拉丽莎做出评论,然后结束全篇。但是显然,这个计划流产了,我们在成稿中看到的只有彼得和萨利在一起聊天与评论,理查德始终在别处忙于酬酢,从未加入对话中。为什么会这样呢,稍后讨论。

让我们先从宴会的开篇聊起。

伍尔夫觉得自己在7号这一天什么都没写,"很丢人",要说写了,也只用了一些"现在分词",也就是描述人们当下在做些什么动作的词汇。所以,与前文非常不同的地方在于,宴会上人们的思绪流动变少了,取而代之的是做事情和对话,毕竟,没有安静的空间让人独处静思了。伍尔夫交代了如下仆人:露西、沃克太太、吉尼、铂金森太太、巴特尼太太、威尔金斯先生,其中两人是临时工。可是,一个有趣的现象是:这些人都忙着干自己的活,没有一笔写到他们内心的意识。

在课堂上,大家讨论到这一点时,有同学笑称仆人们就像是游戏里的NPC,推动情节进展就行了,心灵的世界是只属于主角们的特权;当然,你也可以猜测是伍尔夫无意识的傲慢,那些喜欢挖掘作家私生活的传记作家非常喜欢引用伍尔夫和自家仆人交恶的黑历史来暴露她的势利——伍尔夫两口子一年挣4000英镑,但只给仆人们40英镑,她还天天和女厨师伯克索(Nellie Boxall)吵架呢!所以,这些评论家认为,她在小说中讽刺人们势利,自己可能也有点儿,似乎在她看来,生活在底层的工人阶级内心世界并不那么丰富。

为什么仆人们集体丧失了心灵活动呢?

我不想从那么外在的角度理解文本,好像什么小说最后都会变成阶级斗争的小说似的。我倾向于认为伍尔夫打算一门心思集中笔力在克拉丽莎身上,她不能再让其他无关的人的浮想联翩占据读者的注意力了。她要在这宴会的高潮逼迫克拉丽莎开始最终的自我认识与自我观察,而这一命题是在小说开篇"达洛维夫人说她自己去买花"的矛盾与摇摆中就提出来的,是时候回答了。

伍尔夫使焦点从仆从与宾客这些外在之物转入克拉丽莎的内在感受,让我想到了简·奥斯丁在《爱玛》中的类似手法。小说中,爱玛一心想促成一对男女的婚事,没想到男人心仪的是自己,他借着酒劲向爱玛表白,令她慌乱不

已,两人的关系瞬间变得狼狈和尴尬,好容易才分了手。接着,奥斯丁另起一章写道:

> 头发卷好了,女仆也打发走了,爱玛坐下来苦思冥想,觉得很糟糕——真真是一桩倒霉事——她的如意算盘到头来落得了一场空,事态全都朝着难以接受的方向发展而去。

原文是 The hair was curled, and the maid sent away, and Emma sat down to think and be miserable,但是在现行的中译本中,译者一般会翻译成"她的头发卷好了,她把女仆也打发走了",这样翻译读者固然会更容易读懂,但是却丢失了原文中那种突然进入一个角色内心世界的转向之感。如果像原文一样按客观的方式,先翻译外在的头发与女仆,然后,突然进入"爱玛"这个角色的心灵,就有一种猛扎到水里,一口气向下潜去的感觉。伍尔夫的拐弯没有这么犀利和简约,但是外在世界的烘托也足够了,她继而专注地让克拉丽莎开始"分身",也就是站在一旁观察自己的行为。当她向每一位来宾问候致意时,有这么一段:

> "见到您真高兴!"克拉丽莎说,她对每位宾客都这么说。见到您真高兴!那是她最糟糕的作风——貌似热情洋溢,其实矫揉造作。彼得·沃尔什自忖:今晚来赴宴是个大错误,应该待在家里看书,或者上音乐厅去;应该待在家里,因为这些客人,他一个都不认识。

"貌似热情洋溢,其实矫揉造作"这句话是谁说的?读者可能会产生一种错觉:是彼得说的,因为后文马上就开始描述彼得心理的不情愿。但是读完全篇,我们会发现两个人在小说结束时才见了面,此时的话是克拉丽莎对自己说的,而她借助的是彼得对她之前的评价。后文中,克拉丽莎又补充道:"他使她看清自己:夸张、做作。"这时候,仿佛一个克拉丽莎还在笑盈盈地迎客寒暄,另一个克拉丽莎已经站到了一边,冷冷地瞧着这个满脸堆笑的女人。这种分身与自我审视,使得她浑身不自在,她无法做到浑然融入当下的环境中,反而时时刻刻在反躬自问:

> 说到底,她究竟为什么要举行宴会呢?为什么要爬到顶上出风头,而实际上在火堆里受煎熬?不管怎样,但愿火把她烧掉!烧成灰烬!

分身是作家们最常使用的一种自我认识的方法,但却是现实生活中大家最难获得的一种能力。人与自己的行为、生活往往像唇与齿、皮肤与肌肉的关系,哪怕分开些许都意味着痛苦的撕裂。自我观察就意味着承认自己身上有着比想象中更为不堪的恶劣与野蛮、懦弱与胆怯。所以,人们宁可浑然不觉地融入所做的事情中、所过的生活里。一些严厉的哲学家因此认为,绝大部分人能够在对自己的生活毫无真正意识与洞察的情况下生活。一切都是顺理成章的,一切也都浮在暧昧不明中,"不知道自己要什么"可能只是"不知道自己"的外化结果。所以,认识自己不是碰巧就有的禀赋,比如发现我的眼睛是黑棕色的,或者我脚底有痣。认识自我的英文是 self-knowledge，它是一种成就，一种通过学习才有可能获得的知识，也许是人类生活与个体生命里的最高价值之一。我忌惮于自知之明的魅力与威力——每当我暗想"这个人也太没自知之明了"的时候，就会很惊恐地想到，我其实也可能好不到哪儿去，我也缺乏一个分身跳出来自审：瞧这家伙，其实也不过是个"大聪明"。

正因为自知之难，从奥古斯丁时代开始，自我认知就包含了两层含义，既有对自身作为一个凡人的有限性的体认，也包括对人身上可能有的神性的寻觅，因为人如果真的有反思的能力，那么一定会引人飞升，最后触及神。这个神不必理解为确切的某个上帝、佛祖、观音菩萨，而是可以理解成超越性的精神力量。有时候，超越性的精神力量恰恰是以弃绝而非获得来实现的。在我看来，知与不知之间没有中间地带，没有两可，如果一个人说自知而没有相应的行动，那么只能说明，他还是不自知。从这点上来看，自知不仅是一种接近于"善"的内在价值，也是一种可以培养的外在道德手段，将人引向谨慎与克制，而这也正是超越性精神力量的体现。

这种对自我的治理与控制非常具有人文色彩，许多哲人都相信自由不是从放纵而是从克制中诞生的。十八世纪的哲人亚当·斯密提出了一个了不起的"中立旁观者"的概念，正是从上面这种以自我控制为目标的道德哲学中诞生的。他觉得人应该发展出一个分身，在做任何事情时，都有一个中立的旁观者和自己对话，让人们在自我的欲望诉求与社会的要求之间权衡。这个旁观者很容易被误解成大家平时说的"良心"，区别在哪呢？良知更多的是社会准则对人的外在训诫——你不能做这个,你不能做那个,否则,就是"良心被狗吃了";但客观中立者更倾向于聆听内在诉求,权衡时局利弊,它通过人的自我对话来实现一种充满主体性的价值选择。

有时候,分身与客观中立者会勒紧一个人,让他变得过度自我审查和压抑。在詹姆斯·乔伊斯的短篇小说《痛苦的事件》中,作家塑造了一个极其自我压抑和克制的男人,他的房间、人生、感情全都井然有序,他对自己也不放过:

> 他过着一种与自己的躯体拉开距离的生活,以怀疑的目光从侧面注视着自己的行为。他有一种奇怪的作自传的习惯,因此常常在脑子里构想关于自己的短句,一般只包含一个第三人称的主语和一个过去时的谓语。
>
> (王逢振译)

过度的分身导致了一桩爱情悲剧:男人在陶醉于与一个女人的恋情过程中,突然被跳出来的内心声音告诫说:你应该保持孤独,你不能把自己交出去!由此,他狠心地斩断了情丝,导致女人跳轨自杀,这时候,他又感到痛失所爱。詹姆斯·乔伊斯触及了一个问题:通过分身实现的自我认识是不是教化的功劳?这种教化一定是对的吗?小说罗列了大量男人阅读的书,他与女人讨论的话题也是关于精神世界的,他被他的阅读所塑造。在我个人的观察中,也发现对浸淫在传统文化、传统宗教中的人,自我克制与自我观察的倾向更明显,因为他们会比普通人多出一个安拉、基督或者孔子来督导他们的行为。

但另一些时候,分身又会化身成一段抚慰人心、令人舒缓的小提琴声。

与狄更斯同时代的英国作家安东尼·特罗洛普在小说《巴彻斯特养老院》中交代了一场道德闹剧——人们义愤填膺地向不公宣战时,不仅没解决旧的道德困境,反而产生了新的道德难题。小说中的牧师在担任养老院院长期间一直待遇优渥,其俸禄甚至占去了养老院经费的大半,于是,社会人士、养老院里的民众,乃至牧师的女儿都开始打着"公义"的名号打算重新分配钱。他们频繁介入牧师的私人生活,专制蛮横地替他做主,无中生有地人身攻击,搞得硝烟四起。身处这样的乱局中,牧师反复挣扎,他的"分身"与客观中立者被形象化了:他往往在空中拉着一张假想的小提琴,随思绪节奏时缓时急。当自由不可得乃至被侵犯时,他就会选择退回内心,保持心灵秩序不被干扰的状态,沉思与反观自己此时的处境:

> 院长仍旧默默无言地望着他的脸,用一个假想的提琴乐弓尽可能微微地拉了几下,同时又用另一只手的手指按捺住各条假想的琴弦。
>
> (主万译)

我在反复读《巴彻斯特养老院》时总是很动容,院长身上沉默自省的倾向非常吸引我。他不是那种通过大声疾呼来证明自己、言说自己的角色,他所有的自我思考与社会思考都是在心灵的反刍中完成的。每当小提琴声响起,一个中立的旁观者就出现了,他引领院长对自己的处境做出理解,然后再慎重地给予相应的行动。特罗洛普一定也是怀着深情描绘这个善于内省的人物的。当院长有一天拉响一只真正的提琴时,作家写道:"从一切声音里,透过一切声音,超乎一切声音,都只听见那只大提琴的旋律"——似乎在特罗洛普看来,自我对话与自我观察的声音,应该比所有他者的声音、社会的声音、道德的声音更为洪亮。

对于我来说,小说中最有吸引力的,一个是大量及物的、隐喻的细节表达,一个就是深思熟虑的人物和自我交流的场景。在文学中,最好的人物发展往往存在于这个角色个人叙述的核心:他对故事里事件的反应和他对自己的观察。人物的分身与自我观察是书面小说相对于其他叙事艺术形式的最大优势,也为故事本身带来了生命力。

3

在这个细读章节中,克拉丽莎的分身通过一个绝妙的符号获得了隐喻:美人鱼。

宴会的高潮,克拉丽莎陪着首相在室内走动:

> 步态轻盈,容光焕发,灰白的头发使她更显得庄重。她戴着耳环,穿一袭银白黛绿交织的、美人鱼式的礼服。她好似在波浪之上徜徉,梳着辫子,依然有一股天然的魅力;活着,生存着,行走着,眼观四方,囊括一切;她蓦地转过身,围巾绕在一位女客的衣服上了;她立即解开,朗声笑着,从容不迫,潇洒极了,如鱼得水,

好不自在。然而,岁月已在她身上拂过了,恰如在清澈宁谧的薄暮时分,在波平似镜的海面上,美人鱼瞥见了夕阳。

在第六章,我已经提到过,彼得在公园里神游时,他曾幻视过海中升起的女神的形象。我想他内心最深处的欲望不是那个印度女人,还是克拉丽莎,小说在这个细节上有一个草蛇灰线的呼应。美人鱼本来就是伍尔夫非常喜欢的意象,在《远航》的结尾处,蕾切尔也说过自己是一条美人鱼。那么,在宴会中,为什么要强调美人鱼这个意象呢?我们的同学展开了丰富的讨论。

有同学想到了《美人鱼》的童话,美人鱼渴望美好,最终却为了追求王子的爱情而化为了一摊泡沫,这正对应着克拉丽莎对浮华奢侈的社交生活的追逐,最终,这些她所谓的美好可能都是虚空的梦幻泡影;还有同学观察到了这条裙子的剪裁,她觉得美人鱼式的裙子是不是有点像女生们现在穿的鱼尾裙呢?如果是,那其实这种裙子非常不好走路,人得夹着腿走路,迈不开大步子,这也就可以引申为克拉丽莎的某种局促性,她表面上光鲜亮丽,但其实活得很别扭很憋屈;另一位同学结合前文提到的彼得神游的片段,认为这个描写单纯是强化克拉丽莎的性魅力;最后,还有同学谈到美人鱼的特性,感到它似乎是两栖动物,可以生活在水中,又可以生活在陆地,就好像克拉丽莎一直过着一种双重的精神生活,既陶醉于世俗享乐,又对超越性的生活有所期待。

最后的这种解读启发了我,它让我思考克拉丽莎分身的原因。她为什么会在宴会中不自觉地游离出另一个自我开始自审,确实是因为她本身具有一种两栖动物般的品质,既可以活于水,又可以活于陆地,两种生活状态其实很难兼容,只会对峙。也就是说,伍尔夫赋予了克拉丽莎这个角色非常难得的自我认识的能力。

但是,在这个细读章节中,随着宴会的推进,读者会发现一些隐微的变化:克拉丽莎自我审视带来的难受的感觉在逐渐消失,在后文中,客观中立者和分身失踪了,她开始感到宴会的成功,尤其在首相驾临后,她"不胜荣幸","内心剧烈地跳动起来"。随之,只有由他人来对她进行认识——也就是伍尔夫在日记里说的通过三个音符对克拉丽莎做出勾勒。这个转变是否说明,伍尔夫其实对人到底能不能真的认识自我是持怀疑态度的?至少人不能始终保持自知之明,只会在偶然间自审。

很多人玩游戏时,会发现第一人称视角的游戏开篇有一个套路,就是一场爆炸或者意外发生后,"我"(游戏扮演者)从昏迷中醒来,这时候电脑或者手机屏幕前会出现一双手,它舒展活动手指,开始操作工具,这双手是由玩家控制的手,也即,我们看不到自己,只看得到自己的手。更常见的例子是由同学提供的,他说:四人间的宿舍里永远只看得到三个人。意思都是一样的,我作为自我观察者,其实永远存在视角的盲区,无论如何分身,与自己保持距离,观察都还是从"我"这个主体发出的。更何况,如果我们接受,完整的自我身份是由许多层次与部分构成的动态组合,总是情随事迁,那么,过去与现在的认同、欲望、希望、倾向、行为、气质是否都会参与到说明"我是谁"的结论中,以至于,当我描述自己时,永远只可能删繁就简,用一种虚构的、有盲区的、不确切的、过度简化的方式来理解自己呢?

在一些哲学家看来,自我认识并不是一个可以完全实现的理想,它就像"一个光天化日之下的谜"。当我说要用超脱的、分身的视角来看自己时,这本身就是我的有计划有设置的表达,并非一个真的独立观察的视角。我曾经在课堂上邀请同学们描述自己,大家也曾坦诚地说:我是安静的,像一朵云一样、我是积极的、我比较独立……但是这种方法可能会遭到哲学家萨特的质疑。在他看来,自我观察与描述只能在归纳的基础上进行,就是一个人通过归纳他自己以前做的事情,然后给出一个概括性的结论。但是严格说来,这些概括性的词——安静的、积极的、有野心的、独立的——并不是内在生发出来并且真的溶于一个人身体里的,而是我们把在别人身上看到的类似的东西拿到了自己身上来用,简而言之,"性格是为他人准备的"。

我想,文学中可能一直有一个认识自我的神话,它最早应该起源于索福克勒斯的名剧《俄狄浦斯王》。它提供的不仅是"杀父娶母"的永恒主题,也是"人真的可以认识自我吗?"这个永恒母题。

这出剧有一个非常典型的"剥洋葱"结构,俄狄浦斯王真正的身份就藏在洋葱的核心。戏剧开始时,全城瘟疫弥漫,俄狄浦斯不知道瘟疫的起因是自己杀父娶母的罪行,于是就找来一个个相关人士询问真相。每问一个人,他就剥掉了一层洋葱皮,也就更接近真相了一些,一层层的盘问使得剧情变得非常紧张压抑。而且,索福克勒斯非常善于用上一章谈到的拖延的手法。俄狄浦斯遇到的每一个人都在痛苦地表明:我不能和你说出真情,否则就会毁了你。这种向洋葱核心卷去的力量以及推迟剥开的力量交汇在一起,让戏剧张力最大化地呈现出来。在第四场戏中,通过与牧人交换信息,俄狄浦斯终于确认了自己的身份:

> 牧人　主上啊,我可怜他,我心想他会把他带到别的地方——他的家里去;哪知他救了他,反而闯了大祸。如果你就是他所说的人,我说,你生来是个受苦的人啊!
>
> 俄狄浦斯　哎呀!哎呀!一切都应验了!天光呀,我现在向你看最后一眼!我成了不应当生我的父母的儿子,娶了不应当娶的母亲,杀了不应当杀的父亲。
>
> （罗念生译）

众所周知,俄狄浦斯王最后刺瞎了双眼作为赎罪,那么他最后要看的"天光"就有了某种隐喻的意味,天光既可以认为是神罚,也可以认为是启蒙——启蒙(Enlightenment)一词本就带有点亮、照亮的意味。在《俄狄浦斯王》中,甚至也有一个分身的结构——一个人既是丈夫,又是儿子,见到天光的一刻,就是确认这个分身的一刻。索福克勒斯也许要表明,人为了了解自己,就必须直视刺眼的天光——在柏拉图的洞穴寓言中,那些承受不住自然天光的人终究返回了洞穴中,自然也无法获得认识。一个暗含的公式出现了:人最终是能认识自己的,只是要付出代价。

在这个细读章节中,萨利·塞顿也许就接受了索福克勒斯的这则公式,只不过用了一种反讽的方式。和彼得聊天时,她谈到了一个领悟:"一个人必须说出内心的感觉。"当时,她侃侃而谈与克拉丽莎这些年的交情,虽然她势利,嫁了个傻子,但好歹是内心纯洁又慷慨的,而且经历了这些年的风霜,萨利自认为也更理解自己了——自己要的是什么生活、想嫁的是什么人,她都清楚并且获得了,用现在的话来说,她是那种"很知道自己要什么"的女性。所以,她才有资格说自己说出了内心的感觉。那么,她付出了什么代价呢?

伍尔夫用了一个很残酷的词,她说萨利有"五个胖娃娃了","胖"的原文是 enormous,这个词除了"极大的、巨大的"含义外,还有一个古意:"凶恶的、残暴的"。形容孩子胖的词很多,为什么偏偏是这个词?我猜测,伍尔夫在描述萨利的生活时,带着一种强烈的讽刺与悲悯交织的心情。从前贫困但充满灵气的少女如今变成了一个享尽荣华、守着一堆孩子还沾沾自喜的俗妇,她自以为了解了人生、了解了自己,但在作家看来,可能更多的是一系列不自觉的丧失,她的青春与生命力被生育以及优渥的生活"凶残"地剥夺了。她的自知,其实还是不自知,所以,当她说出自己的领悟时,更为清醒的彼得反而说:"我弄不清自己有什么感受"——这可能才是真的,因为他知道自己其实是不自知的,这很接近苏格拉底说的"我唯一知道的就是我什么也不知道"。

显然,索福克勒斯确立起来的自我认识的神话在近代遭遇了颠覆。

近代小说对意识世界的深入探索已经很难再令作家

们接受上面这则公式。哪怕在弗洛伊德已经遭遇各种怀疑和颠覆的今天,小说家也好、认知科学家也好、神经科学家也好,也还是会同意弗洛伊德发现的那个关于意识的秘密——你脑海中的意识只是表象,你其实完全不知道大脑中到底发生了什么,依据这些意识形成的自我认识,又如何可信呢?就像雪莱在《自我认识》一诗中的描绘——自我是无法被认识的,因为内在的东西只是"黑暗的波动,一切都无法用思想来解决"。因此,在现当代小说的创作领域里,有一个比较明显的倾向:模仿第一人称形式的供词、自白、回忆录、自传、书信的文学作品越来越多,小说与传记的边界也越来越模糊。但与此同时,这些作家又会令角色在进行自我描述和自我观察时显得不那么可爱,甚至不那么可信。

我在初读新晋诺奖得主安妮·埃尔诺的《一个女孩的记忆》时很不喜欢,可能就是因为她笔下自我观察的人不太可爱。这部小说是非常典型的现代主义小说,它极大程度上模糊了自传与小说的边界,很多读者甚至会认为这就是埃尔诺身上发生的一切——虚构性小说的边界就在这里,哪怕小说中的事件基础全部取材于作家的生平,但一旦套上小说的外壳,读者就需要假定所有的事情都是假的,讲述者"我"也只是一个虚构人物。在小说中,埃尔诺同样是通过分身来实现对主角自我的观察与回顾的,但她的"分身"更现成,直接用了一个 2014 年的"我"去回忆 1958 年的"我",回避了当下的、即时的客观中立者出现。在叙事者看来,分身的出现可能很残酷:

或者,使用"她"和"我"来区分二者,以期能够尽可能地阐述事实和行为。在我个人看来,这不是最公平的,而是最冒险的,同时也是最残酷的,就像你在门后听到别人谈论自己的时候用"她"或"他",那一刻你感觉快要窒息了。

(陈淑婷译)

也就是说,埃尔诺对所谓的客观中立者或者分身的存在是质疑的,倒不是说它们无法让人真的认清自己,埃尔诺发现了关于自我认识困境中的另一种可能:它们的存在是对自己的一种苛刻的剥削和统治。通常来讲,当众的自我批评、当众忏悔可能确实都有一些权力控制的意味在,比如一个中世纪修道院里的小僧侣,早上起来后得到师父面前忏悔,说自己昨天晚上睡觉时有没有做春梦啦、有没有手淫啦,总之就是要站在一个绝对外在于自己的角色上,把灵魂深处的淫邪之念都抖出来。但是另一方面,这种行为本身就是对老师傅外在权威的巩固和认可,或者说,老僧侣的权威正是以小僧侣的自我忏悔与观察实现的,其本质是暴力的。可是,如果人们的忏悔、自我观察不是面向公众或者别人,而仅仅是存于内心呢?有没有一种可能,存于内心的自我认识的标准也是外在权威的内化呢?

埃尔诺可能想到了这一点,所以,她干脆只以分身写事情与当时的情绪感受,但不写太多的思考。这也是我最初不喜欢这部作品的原因,一味读到她又遇到什么男人啦、又和什么男人睡觉啦、月经又带来什么影响啦……真是不胜其烦。但是,后来我才意识到,要求一个人在自我观看和回顾时必须给出批判性的反思本身就是"认识自我"神话的一种,仿佛一个硬性和冰冷的终点:只要你开始反思与认识,就应该得出点什么东西。这跟读文章就一定要总结中心思想、或者做一件事就一定要有意义一样,是不太可能甚至有些粗暴的。

4

在和学生交流的时候,我常常会被问到关于自我认识的困境的问题,这些时候我会很惭愧地表示:我也不知道怎么办,我可能真的只擅长读文学和处理自己的生命事务。但是,从一开始,我就打定主意,不希望文学的解读变成一种心灵鸡汤式的、隔靴搔痒的慰藉。宁可说不知道,也拒绝熬鸡汤。

心灵鸡汤的恶劣之处在于,它可能提供了一种幻觉:非常具有个体性的困境却可以通过一种面向所有人的道理解决,听了一席话,一拍脑袋就懂了。这里面可能暗含着偷懒或者自欺,应该由个人面对(哪怕无法解决)的实际问题被轻飘飘转移到了普世之道的概念中,解决问题的美妙蓝图偷换了有待解决的问题本身,结果只能是一种:听了无数道理,却依然过不好这一生。很多时候,小说也喜欢描述身处认知困境中的人突然想明白了的瞬间,也即顿悟的那一刻。但是,对于一个优秀的小说家来说,自知之明的失败是一个无法抗拒的主题,他们往往喜欢把顿悟处理成"一过性"的:想明白了一会儿,然后继续按照以往的方式生活。

在本细读章节中,克拉丽莎也有一个顿悟的时刻。那是她无意间听到了赛普蒂默斯的自杀后心灵上涌起的风波。我们先从她听到消息后的反应开始说起。这是非常值得细读的一段,原文比较长,我只截取最相关的:

> 那小伙子自杀了——可怎么死的?……这一回,据说那青年是跳楼自尽的:猛地摔到底下,只觉得地面飞腾,向他冲击,墙上密布的生锈的尖钉刺穿他,遍体鳞伤。他躺在地上,头脑里发出重浊的声音:砰、砰、砰……终于在一团漆黑中窒息了。
>
> ....
>
> 以前有一回,她曾随意地把一枚先令扔到蛇河里,仅此而已,再没有掷掉别的东西。那青年却把生命抛掉了。人们继续活下去(她得回到客厅去,那里仍然挤满了宾客,而且不断有新的客人到来)。他们(她一直在想起老家布尔顿、彼得与萨利),他们将变为老人。无论如何,生命有一个至关紧要的中心,而在她的生命中,它却被无聊的闲谈磨损了,湮没了,每天都在腐败、谎言与闲聊中虚度。那青年却保持了生命的中心。死亡乃是挑战。死亡企图传递信息,人们却觉得难以接近那神秘的中心,它不可捉摸;亲密变为疏远,狂欢会褪色,人是孤独的。死神倒能拥抱人哩。

这是非常复杂的一段,因为它再次呈现出了克拉丽莎的分身。在课堂上,我也邀请同学们试着感受一下,看看能找出几个人在言说。同学们逐渐找出了三种:首先,当然是克拉丽莎自己的声音,她问自己,那个小伙子是怎么死的?

393

后来，又想到了以前把先令扔到河里的经历；其次，还有赛普蒂默斯的感觉——也就是说，克拉丽莎身上第一次直观地分出了赛普蒂默斯的形象，是他，而不是她，感受到了自杀时的触感：地面飞腾、向他冲击，地面密布的铁钉刺穿了他……自杀时，俯身向下冲击的场面，只有亲历者才能知晓。

然后，还有谁在讲述呢？是伍尔夫自己，她站在一个旁观者的角度，远远凝视着克拉丽莎再次回到红尘中的生活，就像克拉丽莎曾经站在大厅里自我凝视一般，伍尔夫的出现点评了赛普蒂默斯与克拉丽莎的生命，描绘了他们冥冥之中的聚与散、相似与背道而驰。我想，不难理解为什么此时的克拉丽莎身上分身出了赛普蒂默斯乃至伍尔夫本人：他们都有着同样的对生的贪恋、死的犹豫，最后，伍尔夫选择的还是赛普蒂默斯的路：自杀。在构思赛普蒂默斯自杀的时候，伍尔夫还考虑过让他用煤气自杀，并把"the gas tube"（煤气管）几个字打了出来，但是，她还是决定让赛普蒂默斯推窗跳楼，以此与开篇克拉丽莎的推窗呼吸新鲜空气形成呼应。不过，对于伍尔夫自己来说，她最后选择的是自沉，在家门口外的乌斯河。

这次分身的自我认识与自我觉知，让克拉丽莎有了顿悟的契机。她离开了热闹的人群，走进小房间里，开始沉思，并获得了顿悟。伍尔夫用不短的篇幅描述了克拉丽莎顿悟的整个过程。她先是想到了生之恐怖，继而回想青春时代，那是最幸福的时刻，她像鸟儿一样、像浪潮一样与万物合一，又与乡村的天宇合二为一。如今，天色变暗，对面的老妇人正要上床，客人们还在畅笑：

>   整个屋子漆黑一团,而声浪不断流荡,她反复自言自语,脱口道:不要再怕火热的太阳。她必须回到宾客中间。这夜晚,多奇妙呵! 不知怎的,她觉得自己和他像得很——那自杀了的年轻人。他干了,她觉得高兴;他抛掉了生命,而她们照样活下去。钟声还在响,滞重的音波消逝在空中。她得返回了。必须振作精神。

我们这里所说的顿悟(epiphany),原本来自希腊语epiphaneia,指的是"显现""显示",它有比较强烈的宗教意味,指神向凡人的现身。但是在世俗背景中,它慢慢演化成了一个人对自己状况忽然的了解,一种充满了洞察力或者直觉的了解。[①] 陶渊明的《桃花源记》就很有顿悟的意味:"林尽水源,便得一山,山有小口,仿佛若有光。便舍船,从口入。初极狭,才通人。复行数十步,豁然开朗。"如果不把这篇游记按字面意思理解成真的发现一个山洞,而是当成一个人思考的进路,突然看到光的显现,突然想明白了,也是可以的。今天谈西方文学中的顿悟,必须感谢詹姆斯·乔伊斯,是他在小说中刻意使用了"顿悟"一词,并解释这是"寻寻常常的灵魂——突然在我们看来明亮焕发,还会通过

---

① 在中文里,到底是谁第一次把 epiphany 翻译成"顿悟"已不可考。但是乔伊斯那种基督教语境里的顿悟与中文佛语境里的顿悟并不相同。根据葛兆光的解释,佛教的顿悟是理解到"内心本来就是空,而外在世界也是一个空幻假象,所以,内心就可以做到无念、无住、无相……所有的念头不停留于内心"。这种解释显然和西方语境中的神或者自我的临现是有区别的,我们在读西方文学或者文化方面的书时,那些看似相似的表达与词汇可能还得多加斟酌。

任何的契机、词汇与姿势展示出来"。顿悟往往会在最深的层面上参与一个角色的精神变化。借助一个意外的契机——比如在宴会上突然听到一个男青年的自杀——人物对自己的处境、自我的理解产生了新的认知:克拉丽莎终于确认了自己与素不相识的赛普蒂默斯的关系,她和他像得很。他死了,她还得活下去,就仿佛,他是代替了她去死,而她原应该用死亡摆脱被腐败、谎言与闲聊包围的人生。既然这个年轻人已经代她而死,为了不辜负他,她必须认真振作地活下去。

在顿悟时刻结束后,她打定主意:必须找到萨利和彼得。但实际上,小说又花了大量的篇幅写萨利与彼得的交谈,他们评价着克拉丽莎,他们还遇见了休、希尔伯里、埃利·亨德森、威廉爵士等很多人……克拉丽莎家再大,也不至于从小房间进入客厅找到萨利和彼得像在茫茫人海捞针一样。小说又耽搁了许久,才让这三个人见面,也就是说,克拉丽莎顿悟完以后的第一个动作就没执行,这是否透露出伍尔夫隐隐的泄密:顿悟只是一瞬间的,它其实真的很难从本质上改变一人的心性。佛教里说"当头棒喝",或者奥古斯丁在终日纵欲后幡然悔悟,好像被击中的一瞬会成为生命的一个转折点,让人的认识彻底、稳定且永恒地改变了。但是,小说把顿悟的力量缩小了,这是否又说明文学对于人的观察比起宗教来更为实际、也更为日常——我们总希望一次顿悟能彻底让人洗心革面、变得通透,但每每只是恍然大悟后生活照旧,爱听心灵鸡汤的人会永远爱下去。自我顿悟的效果尚只持续一瞬间,更不用说听别人的心灵鸡汤和大道理了,它们最多只是暂时麻痹人而已,问题还是那个问题。

一些作家喜欢让角色在危机情况下顿悟和自审,比如托尔斯泰的名篇《伊凡·伊里奇》中,男人是在临终前才停下来审视自己的生活。他不治之症的低谷期,在防线最脆弱的时候,必须面对这一生到底做了什么的问题。而另一些作家则选择让角色置身于带有极限味道的大自然中,让他们在大自然中获得净化与领悟。在约翰·契弗的《苹果世界》中,他让主角沐浴在一条瀑布的激流中,并获得了顿悟。

小说中的男人是个伟大的作家,除了没拿诺贝尔奖,几乎什么文学大奖都拿到了。他的作品一向高贵典雅。在旅居异国时,他进入林间散步,却无意间看到一对正在做爱的恋人,男人"赤裸长毛的"脊背令他大为震撼,此后,他发现自己越来越不"纯洁",脑海中总是浮现各种淫邪的画面与字句,他决定面对自我:

> 污秽就是他的宿命、他的最大自我。
>
> (冯涛、张坤译)

于是,他每天写作大量的淫邪诗作,然后付之一炬。可是,他仍然困惑于自己的变化,他想起了妻子、孩子出生、女儿的结婚,这些天真的时刻是一个远离他正在写作的肮脏作品的世界。最后,他决定求助于宗教,并把自己的一块奖牌献祭给据说很灵验的一位天使。在归程中,他看到一道瀑布,突然想到了自己的父亲曾沐浴在瀑布里大吼大叫。他做了同样的事情,当他在冰冷的水里大吼大叫挨了一分钟后,"终于感到周身自如自在"。他回家就写了一首高贵的诗歌。小说结束于此。

——你相信这位诗人的顿悟吗?向天使献祭也好,在冷水中顿悟也好,真的能让他彻底告别"污秽的宿命"吗?小说终结于高贵的诗篇,但是读者可能会小声嘀咕,冷水中的顿悟可能是一种良心不安的自我欺骗,置身于瀑布中本身就有一层道德含义:清洗、冲刷罪恶,那么,置身其间获得的顿悟也不过是事先就安排好的意图,不是意外来到的释然。诗人始终和"正常、高贵、优雅"绑定得太深,他也还是觉得一个淫邪之我是需要被修正与擦亮的。最后写下的这篇高雅之作,倒像是他在彻底缴械投降之前的强弩之末,说不定,这之后更为下流色情的东西会克制不住地写出来了。

在爱德华·阿尔比的戏剧《山羊或谁是西尔维娅》中,"顿悟"甚至成了一个极为滑稽和荒诞的词。有着完美婚姻的男人居然"×了一只叫作西尔维娅的山羊",他跟妻子忏悔时,却把和山羊的相遇称为"顿悟",简直把妻子气得呕吐。阿尔比的这出剧几乎可以算是约翰·契弗的《苹果世界》的重口味延续版,这些作家不仅不相信顿悟可以让人真正地认识自己,反而开始怀疑顿悟的意义。

也许,顿悟没有接近真正的自我认识,反而把人与认知推得更远了一些。

在最后的宴会中,克拉丽莎的顿悟更多地也只是指向了她与赛普蒂默斯生命气息相通的一面,并没有真正改变她的行为。小说快要结束了,她早上没有在彼得离开时与他一起私奔,晚上没有在赛普蒂默斯自杀后步其后尘,那么她明天以及日后每一天的日子都还会这样过下去——她仍然会乐此不疲地举办宴会,并时常因为跳出来的自我观察或者顿悟感到失落,她还是会对女儿与丈夫亲力亲为,有时候又难免思念起彼得。现代小说之所以喜欢把主角的故事放在一天之内讲述——乔伊斯的《尤利西斯》也是——本身就意味着,现代作家们接受了一个现代人生活的平庸与不起波澜,一天中情绪最激烈的时候,要么发生在大脑里面,要么发生在网络的骂战中。一天也预演了一生的样子。古典的故事之所以写得那么长,一方面当然是当时的出版制度需要作家们绵延不绝地拉长连载的战线,但更重要的是,作家们相信人身上的奇遇与可能。充满了变数的人生需要稀释在漫长的时间中,没有人可以在一天之内完成剑斩妖魔、迎娶公主的业绩。从古典到现代的文学变迁,其中一大特点就是对日常乃至庸常的承认以及传奇的淡化。这甚至可以成为读者自我判断的标准:如果你仍然期待小说情节不断"反转",那么你就是一位比较传统的小说读者。

现在,让我来解决全书的最后一个问题,为什么伍尔夫没有按照原定计划让彼得、理查德与萨利谈论克拉丽莎,在成稿中只留下了彼得和萨利的谈论呢?一方面,我觉得她认为理查德本质上是一个乏味空洞的角色,缺乏弹性,也缺乏对克拉丽莎细腻的了解,所以让他来说,肯定说不出什么;另外,大家能感到彼得和萨利虽然有很多意见纷争,但他们对理查德的态度倒是结成了统一战线,他们看不起他,也就无法展开话题,没得聊。因而,伍尔夫采取的是现在大家看到的结局:她让克拉丽莎的自我观察与顿悟代替了原计划中理查德的评论,与另两个音符组成了一支完整的曲调。

曲调的名字大概就可以叫作——《就在眼前》(*For There She Was*)。这似乎也可以理解为,一个人是在自我间歇的顿悟与他人持续的观测之中才能完成的。

初稿:2023.10.9
二稿:2023.11.6

参考文献

简要起见,重复出现的参考文献只列一次

一

Virginia Woolf, *The Diary of Virginia Woolf*, ed. Anne Olivier Bell(London: Hogarth Press, 1978).

Virginia Woolf, *The annotated Mrs Dalloway*, ed. Merve Emre (NY: Liveright, 2021).

纳博科夫. 纳博科夫短篇小说全集[M]. 逢珍,译. 上海:上海,译文出版社,2018.

科塔萨尔. 克罗诺皮奥与法玛的故事[M]. 范晔,译. 南京:南京大学出版社,2012.

张枣. 张枣随笔集[M]. 颜炼军,编. 上海:东方出版中心,2018.

麦尔维尔. 水手比利·巴德:梅尔维尔中短篇小说精选[M]. 陈晓霜,译. 北京:新华出版社,2015.

乔伊斯. 都柏林人[M]. 王逢振,译. 上海:上海译文出版社,2010.

科塔萨尔. 被占的宅子:科塔萨尔短篇小说全集1[M]. 陶玉平、李静、莫娅妮,译. 海口:南海出版公司,2017.

福楼拜. 包法利夫人[M]. 许渊冲,译,南京:译林出版社,2015.

伍尔夫. 伍尔夫随笔全集[M]. 石云龙、刘炳善、李寄、黄梅,译,北京:中国社会科学出版社,2001.

二

Virginia Woolf, *The Letters of Virginia Woolf: Vol. 1, 1888*—

1912, ed. Nigel Nicolson and Joanne Trautmann (NY: Harcourt Brace, 1975).

屠格涅夫. 屠格涅夫经典[M]. 杨烨等,译,南京:江苏凤凰文艺出版社,2018.

谢泼德. 活山[M]. 管啸尘,译,上海:文汇出版社,2018.

安德森. 鸡蛋的胜利[M]. 东来,译,北京:人民文学出版社,2021.

雨果. 巴黎圣母院[M]. 陈敬容,译,北京:人民文学出版社,2015.

耶茨. 复活节游行[M]. 孙仲旭,译,上海:上海译文出版社,2009.

伍尔夫. 存在的瞬间:伍尔夫短篇小说集[M]. 刘文荣,译,成都:四川文艺出版社,2020.

孙隆基. 中国文化的深层结构[M]. 桂林:广西师范大学出版社,2011.

布罗茨基. 小于一[M]. 黄灿然,译,上海:上海译文出版社,2021.

威廉斯. 欲望号街车[M]. 冯涛,译,上海:上海译文出版社,2015.

凯鲁亚克. 荒凉天使[M]. 娅子,译,重庆:重庆出版社,2006.

茨威格. 昨日的世界[M]. 吴秀杰,译,北京:民主与建设出版社,2017.

三

Virginia Woolf, *A Haunted House and Other Short Stories* (London: Harcourt Brace Jovanovich, 1972).

马尔克斯. 族长的秋天[M]. 轩乐,译,海口:南海出版公司,2021.

马尔克斯. 梦中的欢快葬礼和十二个异乡故事[M]. 罗秀,译,海口:南海出版公司,2015.

海明威. 海明威短篇小说全集[M]. 陈良廷等,译,上海:上海译文出版社,2011.

托尔斯泰. 战争与和平[M]. 刘辽逸,译,北京:人民文学出版社,2015.

塞林格.九故事[M].丁骏,译,南京:译林出版社,2018.

托尔斯泰.安娜·卡列宁娜[M].周扬等,译,北京:人民文学出版社,2004.

张爱玲.流言[M].北京:北京十月文艺出版社,2012.

陀思妥耶夫斯基.群魔[M].臧仲伦,译,上海:上海三联书店,2015.

奥康纳.好人难寻:奥康纳短篇小说精选集[M].于是,译,西安:陕西师范大学出版社,2018.

曼佐尼.约婚夫妇[M].王永年,译,北京:人民文学出版社,2020.

四

山多尔.伪装成独白的爱情[M].郭晓晶,译,南京:译林出版社,2015.

笛卡尔.第一哲学沉思集:反驳和答辩[M].庞景仁,译,北京:商务印书馆,1986.

卢梭.忏悔录[M].黎星、范希衡,译,北京:人民文学出版社,1982.

奥斯丁.傲慢与偏见[M].孙致礼,译,南京:译林出版社,2010.

伍尔夫.夜与日[M].唐伊,译,北京:人民文学出版社,2003.

昆德拉.不朽[M].王振孙、郑克鲁,译,上海:上海译文出版社,2015.

卡佛.请你安静些,好吗?[M].小二,译,南京:译林出版社,2016.

齐美尔.桥与门:齐美尔随笔集[M].涯鸿、宇声,译,上海:上海三联书店,1991.

契诃夫.契诃夫短篇小说选[M].汝龙,译,北京:人民文学出版社,2015.

德布林.柏林,亚历山大广场[M].罗炜,译,上海:上海译文出版社,2008.

海明威.乞力马扎罗的雪[M].汤伟,译,南京:译林出版社,2012.

五

Lillian Faderman, *Surpassing the Love of Men: Romantic Friendship and Love Between Women from the Renaissance to the Present*(NY: Harper Paperbacks, 1998).

凯雷特. 突然,响起一阵敲门声[M]. 楼武挺,译,湖南:湖南文艺出版社,2020.

巴迪欧. 何为真正生活[M]. 蓝江,译,北京:中国人民大学出版社,2019.

巴什拉. 空间的诗学[M]. 张逸婧,译,上海:上海译文出版社,2009.

加藤周一. 日本文化中的时间与空间[M]. 彭曦,译,南京:南京大学出版社,2010.

托尔斯泰. 复活[M]. 汝龙等,译,北京:人民文学出版社,2015.

艾略特. 荒原:艾略特文集·诗歌[M]. 裘小龙,译,上海:上海译文出版社,2012.

康拉德. 间谍[M]. 何卫宁,译,北京:新华出版社,2015.

罗兰·米勒. 亲密关系[M]. 王伟平,译,北京:人民邮电出版社,2015.

刘易斯. 四种爱[M]. 邓军海,译,上海:华东师范大学出版社,2018.

阿贝拉尔等. 亲吻神学[M]. 施皮茨莱,编,李承言,译,上海:华东师范大学出版社,2018.

普拉斯. 钟形罩[M]. 杨靖,译,南京:译林出版社,2013.

福克纳. 福克纳评论集:外国文学研究资料丛刊[M]. 李文俊,编选,中国社会科学出版社,1980.

莫里森. 秀拉[M]. 胡允桓,译,海口:南海出版公司,2014.

莎士比亚. 莎士比亚全集:增订本[M]. 朱生豪等,译,南京:译林出版社,2016.

爱伦·坡. 爱伦·坡短篇小说集[M]. 曹明伦,译,北京:读客图书·文汇出版社,2018.

狄更斯. 我们共同的朋友[M]. 王智量,译,上海:华东师范大学出版社,2013.

宇文所安. 追忆:中国古典文学中的往事再现[M]. 郑学勤,译,北京:生活·读书·新知三联书店,2014.

六

Keri Smith, *The Wander Society* (London: Penguin Books, 2016).

段义孚. 恋地情结:对环境感知、态度与价值[M]. 志丞、刘苏,译,北京:商务印书馆,2018.

福柯. 疯癫与文明:理性时代的疯癫史[M]. 刘北成、杨远婴,译,北京:生活·读书·新知三联书店,2019.

比尔. 死屋:沙皇统治时期的西伯利亚流放制度[M]. 孔俐颖,译,成都:四川文艺出版社,2019.

陀思妥耶夫斯基. 死屋手记[M]. 娄自良,译,上海:上海译文出版社,2015.

莫里斯. 大英帝国三部曲 II:帝国盛世[M]. 杨筳薇,北京:九州出版社,2023.

伍尔夫. 海浪[M]. 曹元勇,译,上海:上海译文出版社,2012.

勃朗特. 维莱特[M]. 吴钧陶,译,上海:上海译文出版社,2000.

拜伦. 曼弗雷德 该隐:拜伦诗剧两部[M]. 曹元勇,译,北京:华夏出版社,2007.

尼采. 瞧,这个人:人如何成其所是[M]. 孙周兴,译,北京:商务印书馆,2016.

辛格. 市场街的斯宾诺莎[M]. 傅晓微,译,南京:译林出版社,2018.

塞巴尔德. 土星之环[M]. 闵志荣,译,桂林:广西师范大学出版社,2020.

斯特恩. 项狄传:绅士特里斯舛·项狄的生平与见解[M]. 蒲隆,译,上海:上海译文出版社,2012.

英戈尔德. 线的文化史[M]. 张晓佳,译,北京:北京联合出版公司,2023.

昆西. 一个英国瘾君子的自白[M]. 于中华,译,北京:中国对外翻译出版有限公司 2012.

七

贝克特. 等待戈多[M]. 余中先,译,长沙:湖南文艺出版社,2022.

勃兰兑斯. 十九世纪文学主流[M]. 张道真等,译,北京:人民文学出版社,2018.

莫兰黛. 历史[M]. 万子美等,译,北京:外文出版社,2012.

德拉埃斯马. 记忆的风景[M]. 张朝霞,译,北京:北京联合出版公司,2014.

王明珂. 华夏边缘[M]. 上海:上海人民出版社,2020.

马尔克斯. 霍乱时期的爱情[M]. 杨玲,译,海口:南海出版公司,2012.

瞿同祖. 中国法律与中国社会[M]. 北京:商务印书馆,2010.

亨特. 法国大革命时期的家庭罗曼史[M]. 郑明萱、陈瑛,译,北京:商务印书馆,2008.

纪德. 伪币制造者[M]. 盛澄华,译,上海:上海译文出版社,2013.

贝娄. 更多的人死于心碎[M]. 吴刚,译,北京:文汇出版社,2022.

卡尔维诺. 分成两半的子爵[M]. 吴正仪,译,南京:译林出版社,2012.

格林. 恋情的终结[M]. 柯平,译,江苏凤凰文艺出版社,2017.

帕斯捷尔纳克. 日瓦戈医生[M]. 白春仁,译,上海:上海译文出版社,2012.

卡夫卡. 审判[M]. 文泽尔,译,天津人民出版社,2019.

八

鲁迅. 鲁迅小说全集[M]. 济南:山东画报出版社,2019.

福楼拜. 庸见词典[M]. 施康强,译,上海:上海译文出版社,2010.

果戈理. 果戈理短篇小说选[M]. 侯丹,译,北京:生活·读书·新知三联书店,2020.

保罗. 颜色的故事[M]. 李春姣,译,长沙:湖南美术出版社,2023.

耶茨. 革命之路[M]. 侯小翊,译,上海:上海译文出版社,2019.

阿伦特. 责任与判断[M]. 陈联营,译,上海:上海人民出版社,2011.

阿伦特. 人的境况[M]. 王寅丽,译,上海:上海人民出版社,2009.

托马斯·曼. 魔山[M]. 钱鸿嘉,译,上海:上海译文出版社,2019.

荷马. 奥德赛[M]. 王焕生,译,北京:人民文学出版社,2015.

马洛. 文艺复兴时期英国戏剧选 I[M]. 朱世达,译,北京:作家出版社,2021.

科塔萨尔. 南方高速:科塔萨尔短篇小说全集 2[M]. 金灿、林叶青、陶玉平,译,海口:南海出版公司,2017.

柏拉图. 会饮篇[M]. 王太庆,译,北京:商务印书馆,2013.

莱姆. 其主之声[M]. 由美,译,南京:译林出版社,2021.

克尔凯郭尔. 恐惧与战栗:静默者约翰尼斯的辩证抒情诗[M]. 赵翔,译,北京:华夏出版社,2013.

雅斯贝尔斯. 悲剧的超越[M]. 亦春,译,北京:中国工人出版社,1988.

九

Elaine Scarry, *The Body in Pain* (NY: Oxford University Press, 1987).

Roselyne Rey, *The History of Pain* (Cambridge: Harvard University Press, 1998).

Marni Jackson, *Pain: The Science and Culture of Why We Hurt* (Toronto: Vintage Canada, 2003).

博尔赫斯. 博尔赫斯全集[M]. 王永年、林之木等,译,上海:上海译文出版社,2017.

笛卡尔. 哲学原理[M]. 关文运,译,北京:商务印书馆,1958.

叔本华. 人生的智慧[M]. 韦启昌,译,北京:中央编译出版社,2011.

奥尔科特. 小妇人[M]. 刘春英,译,南京:译林出版社,2004.

阿甘本. 裸体[M]. 黄晓武,译,北京:北京大学出版社,2017.

齐泽克. 暴力[M]. 唐健、张嘉荣,译,北京:中国法制出版社,2012.

索洛古勃、勃留索夫、别雷. 南十字星共和国:俄国象征派小说选[M]. 周启超,译,杭州:浙江文艺出版社,2017.

雷马克. 西线无战事[M]. 姜乙,译,上海:上海文艺出版社,2021.

普鲁斯特. 追忆似水年华[M]. 李恒基等,译,南京:译林出版社,2022.

格里耶. 嫉妒[M]. 李清安,译,南京:译林出版社,2007.

陀思妥耶夫斯基. 地下室手记[M]. 曾思艺,译,杭州:浙江文艺出版社,2020.

纳博科夫. 独抒己见[M]. 唐建清,译,上海:上海译文出版社,2018.

赫拉利. 人类简史:从动物到上帝[M]. 林俊宏,译,北京:中信出版社,2017.

福楼拜. 圣安东尼的诱惑[M]. 刘方,译,北京:人民文学出版社,1987.

塞万提斯. 堂吉诃德[M]. 杨绛,译,北京:人民文学出版社,2015.

莫里森. 最蓝的眼睛[M]. 杨向荣,译,海口:南海出版公司,2013.

盖斯凯尔夫人. 夏洛蒂·勃朗特传[M]. 张淑荣等,译,北京:团结出版社,2000.

陀思妥耶夫斯基. 群魔[M]. 臧仲伦,译,上海:上海三联书店,2015.

埃斯库罗斯等. 古希腊悲剧喜剧全集[M]. 张竹明、王焕生,译,南京:译林出版社,2015.

桑塔格. 关于他人的痛苦[M]. 黄灿然,译,上海:上海译文出版社,2006.

十

Florence Emily Hardy, *The Early Life of Thomas Hardy* 1840

—1891(Cambridge: Cambridge University Press, 1988).

Werner Wolf, Walter Bernhart, *Silence and Absence in Literature and Music*(Leiden: Brill, 2016).

Sheridan Simove, *What Every Man Thinks about Apart from Sex* (London: The Talent Shed Ltd, 2011).

安德列耶夫. 七个被绞死的人[M]. 陆义年、张业民,译,桂林:漓江出版社,2020.

德勒兹. 什么是哲学[M]. 张祖建,译,长沙:湖南文艺出版社,2007.

张爱玲. 色,戒[M]. 北京:北京十月文艺出版社,2007.

彼得斯. 对空言说:传播的观念史[M]. 邓建国,译,上海:上海译文出版社,2017.

卡夫卡. 卡夫卡中短篇小说全集[M]. 叶庭芳,译,北京:人民文学出版社,2015.

卡夫卡. 城堡[M]. 高年生,译,北京:人民文学出版社,2018.

霍桑. 红字 七个尖角顶的宅第[M]. 胡允桓,译,北京:人民文学出版社,2019.

巴迪欧. 爱的多重奏[M]. 邓刚,译,华东师范大学出版社,2012.

施密特. 政治的概念[M]. 刘小枫编,上海:上海人民出版社,2015.

乔叟. 坎特伯雷故事[M]. 黄杲炘,译,上海:上海译文出版社,2007.

古尔纳. 赞美沉默[M]. 陆泉枝,译,上海:上海译文出版社,2022.

奥斯丁. 曼斯菲尔德庄园[M]. 项星耀,译,上海:上海译文出版社,2021.

伍尔夫. 海浪[M]. 曹元勇,译,上海:上海译文出版社,2023.

雪莱. 科学怪人[M]. 李璐,译,南京:江苏凤凰文艺出版社,2016.

十一

Alfred Tennyson, *The Princess*(Montana: Kessinger Publishing Co, 2004).

William Pryor, *Virginia Woolf & the Raverats: A Different Sort of Friendship*(London: Clear Books, 2004).

Amy J. Lloyd, *Emigration, Immigration and Migration in Nineteenth-Century Britain*(Cambridge: University of Cambridge, 2007).

威廉斯. 斯通纳[M]. 杨向荣,译,上海:上海人民出版社,2016.

帕多万. 比例[M]. 周玉鹏,译,北京:中国建筑工业出版社,2005.

伊拉姆. 设计几何学[M]. 李乐山,译,北京:中国水利水电出版社,2003.

康定斯基. 艺术中的精神[M]. 范文澜,译,广州:岭南美术出版社,2020.

易洛思. 爱,为什么痛?[M]. 叶嵘,译,上海:华东师范大学出版社,2015.

福克纳. 喧哗与骚动[M]. 李继宏,译,天津:天津人民出版社,2018.

赫西俄德. 工作与时日 神谱[M]. 张竹明,蒋平,译,北京:商务印书馆,1997.

刘易斯. 语词谈薮[M]. 丁骏,译,北京:商务印书馆,2023.

布劳提根. 在美国钓鳟鱼[M]. 陈汐、肖水,译,桂林:广西师范大学出版社,2018.

弥尔顿. 失乐园[M]. 朱维之,译,北京:人民文学出版社,2019.

莱辛. 画地为牢[M]. 田奥,译,南京:南京大学出版社,2019.

尼采. 偶像的黄昏[M]. 李超杰,译,北京:商务印书馆,2013.

契弗. 约翰·契弗短篇小说集[M]. 冯涛、张坤,译,南京:译林出版社,2020.

丸山真男. 现代政治的思想与行动[M]. 陈力卫,译,北京:商务印书馆,2018.

易卜生. 易卜生戏剧四种[M]. 潘家洵,译,北京:人民文学出版社,2019.

陀思妥耶夫斯基. 白痴[M]. 荣如德,译,上海:上海译文出版社,2015.

斯特劳斯. 神话学:餐桌礼仪的起源[M]. 周昌忠,译,北京:中国人民大学出版社,2007.

十二

Barbara Caine, *Friendship: A History* (London: Routledge, 2014).

芥川龙之介. 罗生门[M]. 赵玉皎,译,昆明:云南人民出版社,2015.

歌德. 亲和力[M]. 高中甫,译,上海:上海三联书店,2015.

厄普代克. 父亲的眼泪[M]. 陈新宇,译,人民文学出版社,2012.

布伦戴尔. 扶友损敌:索福克勒斯与古希腊伦理[M]. 包利民等,译,北京:生活·读书·新知三联书店,2009.

孟德斯鸠. 波斯人信札[M]. 罗大冈,译,北京:人民文学出版社,2020.

门罗. 亲爱的生活[M]. 姚媛,译,北京:北京十月文艺出版社,2014.

莱维. 被淹没与被拯救的[M]. 杨晨光,译,北京:中信出版社,2017.

双雪涛. 平原上的摩西[M]. 北京:北京日报出版社,2021.

十三

Christine Froula, *Virginia Woolf and the Bloomsbury Avant-garde: War, Civilization, Modernity* (NY: Columbia University Press, 2007).

Berit Brogaard, *Hatred: Understanding Our Most Dangerous Emotion*(NY: Oxford University Press, 2020).

Barbara H. Rosenwein, *Anger's Past: The Social Uses of an Emotion in the Middle Ages*(NY: Cornell University Press, 1998).

多兹尔. 仇恨的本质[M]. 王江,译,北京:新华出版社,2004.

伍尔夫. 存在的瞬间:伍尔夫短篇小说集[M]. 徐会坛,译,北京:译言·古登堡计划,2011.

格林. 恋情的终结[M]. 柯平,译,南京:江苏凤凰文艺出版社,2017.

巴塞尔姆. 巴塞尔姆的60个故事[M]. 陈东飚,译,海口:南海出版公司,2015.

但丁. 神曲[M]. 田德望,译,北京:人民文学出版社,2018.

尼采. 道德的谱系[M]. 梁锡江,上海:华东师范大学出版社,2015.

舍勒. 道德意识中的怨恨与羞感[M]. 刘小枫主编,北京:北京师范大学出版社,2014.

伍尔夫. 奥兰多(插图珍藏版)[M]. 侯毅凌,译,天津:天津人民出版社,2021.

凯特. 面料的隐喻性:关于纺织品的心理学研究[M]. 董方媛、阎兆来,译,重庆:重庆大学出版社,2023.

吴尔夫. 幕间[M]. 谷启楠,译,北京:人民文学出版社,2022.

十四

Terry Castle, Phantasmagoria: Spectral Technology and the Metaphorics of Modern Reverie, *Critical Inquiry*, Vol. 15, No. 1 (Autumn, 1988), pp. 26−61.

Julian Wolfreys, Victorian Hauntings: Spectrality, Gothic, *the Uncanny and Literature*, Bloomsbury Academic, 2017.

Daniel Defoe, The Apparition of Mrs. Veal, DigiCat, 2022.

Christian Livermore, When the Dead Rise: Narratives of the Revenant, from the Middle Ages to the Present Day(Cambridge : D. S. Brewer, 2021).

The Exeter Book, Israel Gollancz ed, Vol, Forgotten Books, 2018.

栾保群. 扪虱谈鬼录[M]. 南京:江苏凤凰文艺出版社,2017.

莫里森. 宠儿[M]. 潘岳、雷格,译,海口:南海出版公司,2013.

安德森. 小城畸人[M]. 陈胤全,译,天津:天津人民出版社,2019.

阿普列乌斯. 金驴记[M]. 刘黎亭,译,上海:上海译文出版社,1988.

赫伊津哈. 中世纪的秋天:14 世纪和 15 世纪法国与荷兰的生活、思想与艺术[M]. 何道宽,译,桂林:广西师范大学出版社,2008.

勒高夫. 炼狱的诞生[M]. 周莽,译,北京:商务印书馆,2021.

乔叟. 坎特伯雷故事[M]. 黄杲炘,译,上海:上海译文出版社,2013.

大江健三郎. 死者的奢华[M]. 王中忱、李庆国等,译,北京:光明日报出版社,1995.

吴尔夫[M]. 岁月[M]. 蒲隆,译,北京:人民文学出版社,2003.

奥康纳. 好人难寻:弗兰纳里·奥康纳短篇小说全集之二[M]. 周嘉宁,译,北京:人民文学出版社,2016.

十五

Harold Schweizer, *On Waiting* (NY: Routledge, 2008).

米勒. 共同体的焚毁:奥斯维辛前后的小说[M]. 陈旭,译,南京:南京大学出版社,2019.

伯恩哈德. 历代大师:伯恩哈德作品选[M]. 马文韬,译,北京:生活·读书·新知三联书店,2006.

薇依. 柏拉图对话中的神:薇依论古希腊文学[M]. 吴雅凌,译,北京:华夏出版社,2012.

本雅明. 发达资本主义时代的抒情诗人[M]. 张旭东、魏文生,译,北京:生活·读书·新知三联书店,2014.

拉金. 菲利普·拉金诗全集:亚齐·伯内特编辑评注版[M]. 阿九,译,郑州:河南大学出版社,2018.

詹姆斯. 亨利·詹姆斯短篇小说精选1[M]. 薄振杰,译,北京:人民文学出版社,2021.

萨克雷. 潘登尼斯[M]. 项星耀,译,上海:上海译文出版社,1985.

福克纳. 熊[M]. 李文俊,译,北京:人民文学出版社,2016.

布扎蒂. 60个故事[M]. 崔月,译,北京:北京联合出版公司,2020.

布扎蒂. 鞑靼人沙漠[M]. 刘儒庭,译,成都:四川人民出版社,2018.

十六

David A Jopling, *Self-Knowledge and the Self* (NY: Routledge, 2000).

Helen North, *Sophrosyne: Self-Knowledge and Self-Restraint in Greek Literature* (NY: Cornell University Press, 1966).

Ursula Renz, *Self-Knowledge: a History* (NY: Oxford University Press 2017).

Alison Light, *Mrs Woolf and the Servants: An Intimate History of Domestic Life in Bloomsbury* (London: Penguin Books Ltd, 2008).

Jane Austen, *Emma* (London: Penguin Classic, 2003).

欧茨. 爱的轮盘[M]. 国彬等,译,北京:中国社会科学出版社,1989.

斯密. 道德情操论[M]. 蒋自强、钦北愚、朱钟棣、沈凯璋,译,北京:商务印书馆,1997.

特罗洛普. 巴塞特郡纪事(一):巴彻斯特养老院[M]. 主万,译,上海:上海译文出版社,1986.

萨特. 存在与虚无[M]. 陈宣良等,译,杜小真校,北京:生活·读书·新知三联书店,2012.

福柯. 性经验史[M]. 佘碧平,译,上海:上海人民出版社,2005.

埃尔诺. 一个女孩的记忆[M]. 陈淑婷,译,上海:上海人民出版社,2022.

利科. 情节与历史叙事:时间与叙事(卷一)[M]. 崔伟锋,译,上海:上海人民出版社,2023.

阿尔比. 爱德华·阿尔比戏剧集[M]. 张悠悠,译,北京:中国华侨出版社,2019.

葛兆光. 声回响传:讲稿八篇[M]. 成都:四川人民出版社,2023.

图书在版编目(CIP)数据

与达洛维夫人共度一天 / 张秋子著. -- 北京：北京联合出版公司, 2024.10(2025.2重印). -- ISBN 978-7-5596-7875-1

Ⅰ.I561.074-53

中国国家版本馆CIP数据核字第2024U1A380号

与达洛维夫人共度一天

作　　者：张秋子
出 品 人：赵红仕
出版统筹：杨全强　杨芳州
责任编辑：管　文
特约编辑：廖　雪
封面设计：张　卉

北京联合出版公司出版
(北京市西城区德外大街83号楼9层　100088)
北京联合天畅文化传播公司发行
北京启航东方印刷有限公司印刷　新华书店经销
字数286千字　775毫米×940毫米　1/32　13.625印张
2024年10月第1版　2025年2月第2次印刷
ISBN 978-7-5596-7875-1
定价：68.00元

版权所有，侵权必究
未经书面许可，不得以任何方式转载、复制、翻印本书部分或全部内容。
本书若有质量问题，请与本公司图书销售中心联系调换。电话：010-64258472-800